INSURGENTE

Também de Veronica Roth
DIVERGENTE

INSURGENTE

VERONICA ROTH

Tradução
Lucas Peterson

Rocco

Título original
INSURGENT

Copyright © 2012 *by* Veronica Roth

Todos os direitos reservados. Nenhuma parte desta obra pode ser reproduzida, ou transmitida por qualquer forma ou meio eletrônico ou mecânico, inclusive fotocópia, gravação ou sistema de armazenagem e recuperação de informação, sem a permissão escrita do editor.

Edição brasileira publicada mediante acordo com a
HarperCollins Children's Books, uma divisão da HarperCollins Publishers

Direitos para a língua portuguesa reservados
com exclusividade para o Brasil à
EDITORA ROCCO LTDA.
Rua Evaristo da Veiga, 65 – 11º andar
Passeio Corporate – Torre 1
20031-040 – Rio de Janeiro, RJ
Tel.: (21) 3525-2000 – Fax: (21) 3525-2001
rocco@rocco.com.br
www.rocco.com.br

Printed in Brazil/Impresso no Brasil

Preparação de originais
FLORA PINHEIRO

CIP-BRASIL. CATALOGAÇÃO NA PUBLICAÇÃO
SINDICATO NACIONAL DOS EDITORES DE LIVROS, RJ

R754i

    Roth, Veronica
        Insurgente / Veronica Roth ; tradução Lucas Peterson. - 1. ed. - Rio de Janeiro : Rocco, 2024.

        Tradução de: Insurgent
        ISBN 978-65-5532-442-6
        ISBN 978-85-8122-223-3 (recurso eletrônico)

        1. Ficção. 2. Literatura infantojuvenil americana. I. Peterson, Lucas. II. Título.

24-89284	CDD: 808.899282	
	CDU: 82-93(73)	

Meri Gleice Rodrigues de Souza - Bibliotecária - CRB-7/6439

O texto deste livro obedece às normas do novo
Acordo Ortográfico da Língua Portuguesa.

Para Nelson,
que fez valer a pena cada risco.

*Como um animal selvagem, a verdade é poderosa
demais para ser mantida aprisionada.*
— Do manifesto da Franqueza

CAPÍTULO UM

Acordo com o nome dele na boca.

Will.

Antes de abrir os olhos, vejo-o desabar sobre o asfalto novamente. Morto.

Pelas minhas mãos.

Tobias se agacha na minha frente, apoiando a mão sobre meu ombro esquerdo. O vagão do trem chacoalha sobre os trilhos, e Marcus, Peter e Caleb estão de pé ao lado da porta. Respiro fundo e prendo o ar, tentando aliviar parte da pressão acumulada em meu peito.

Uma hora atrás, nada do que aconteceu me parecia real. Mas agora parece.

Solto a respiração, mas a pressão continua.

— Tris, vamos — diz Tobias, encarando os meus olhos. — Precisamos pular.

Está escuro demais para ver onde estamos, mas, se vamos saltar do trem, devemos estar perto da cerca. Tobias me ajuda a levantar e me guia em direção à porta.

Os outros saltam, um de cada vez: primeiro Peter, depois Marcus e, em seguida, Caleb. Seguro a mão de Tobias. O vento aumenta quando nos aproximamos da beirada da porta do vagão, como uma mão empurrando-me para trás, para a segurança.

Mesmo assim, nos lançamos em direção à escuridão e aterrissamos com força. O impacto faz meu ombro ferido doer. Mordo o lábio para evitar gritar e procuro meu irmão.

— Você está bem? — pergunto, ao encontrá-lo sentado na grama a alguns metros de mim, esfregando o joelho.

Ele assente. Ouço-o fungar, como se estivesse tentando conter as lágrimas, e sou obrigada a desviar os olhos para não vê-lo chorar.

Aterrissamos na grama perto da cerca, a vários metros da estrada gasta pela qual viajam os caminhões da Amizade quando trazem comida para a cidade, e longe do portão que permite que eles saiam. O portão está trancado, prendendo-nos do lado de dentro. A cerca gigante barra nosso caminho, alta e flexível demais para ser escalada, e firme demais para ser derrubada.

— Deveria haver guardas da Audácia aqui — diz Marcus. — Onde eles estão?

— Provavelmente estavam sob o efeito da simulação — diz Tobias —, e agora estão...

Ele se cala por um instante.

— Sabe-se lá onde, fazendo sabe-se lá o quê.

Interrompemos a simulação. O peso do disco rígido no meu bolso de trás não me deixa esquecer. Mas não esperamos para ver o que se passou depois. O que será que aconteceu com nossos amigos, nossos companheiros, nossos líderes, nossas facções? Não há como saber.

Tobias se aproxima de uma pequena caixa de metal do lado direito do portão e a abre, revelando um teclado.

— Espero que a Erudição não tenha pensado em trocar a senha — diz ele enquanto digita uma série de números. Ele para no oitavo número e a tranca do portão abre.

— Como você sabia a senha? — pergunta Caleb. Sua voz está carregada de emoção, tanta emoção que fico surpresa por ele não se engasgar.

— Trabalhei na sala de controle da Audácia, monitorando o sistema de segurança. Só modificamos as senhas duas vezes por ano — diz Tobias.

— Sorte a nossa — diz Caleb. Ele encara Tobias de maneira cautelosa.

— Não tem nada a ver com sorte — diz Tobias. — Eu só trabalhava lá porque queria ter certeza de que conseguiria fugir um dia.

Sinto um calafrio. Ele fala em fugir como se acreditasse que nós estamos presos. Eu nunca havia pensado dessa maneira, o que agora parece uma tolice.

Caminhamos em um grupo pequeno, com Peter apertando seu braço sangrento contra o peito, o braço no qual atirei, e Marcus com a mão no ombro dele, mantendo-o estável. Caleb enxuga as bochechas toda hora e eu sei que está chorando, mas não sei como confortá-lo, nem por que não estou chorando também.

Em vez de chorar, assumo a liderança do grupo, com Tobias andando silenciosamente ao meu lado, e, embora não esteja tocando em mim, ele me dá apoio.

+ + +

O primeiro sinal de que estamos nos aproximando da sede da Amizade são os pontinhos de luz que vemos. Depois, as luzes transformam-se em janelas acesas. Um amontoado de construções de madeira e vidro.

Para alcançá-las, precisamos atravessar um pomar. Meus pés afundam no solo e, sobre a minha cabeça, os galhos se entrelaçam, formando uma espécie de túnel. Há frutas escuras penduradas entre as folhas, prontas para cair. O cheiro pungente e doce de maçãs apodrecendo mistura-se ao odor da terra molhada.

Ao nos aproximarmos, Marcus deixa o lado de Peter e assume a liderança do grupo.

— Sei para onde devemos ir — diz.

Ele nos guia, passando direto pelo primeiro edifício, em direção ao segundo, à esquerda. Todos os edifícios, exceto as estufas, são construídos com a mesma madeira escura, crua e áspera. Ouço risadas saindo de uma janela aberta. O contraste entre as risadas e a imobilidade fria dentro de mim é gritante.

Marcus abre uma das portas. A falta de segurança seria chocante, se não se tratasse da sede da Amizade. Eles costumam ultrapassar o limite entre confiança e estupidez.

Nesse prédio, o único som que consigo ouvir é o ranger dos nossos sapatos contra o chão. Não ouço mais o choro de Caleb, mas ele já não estava mesmo fazendo muito barulho.

Marcus para em frente a uma sala espaçosa, onde Johanna Reyes, representante da Amizade, está sentada, olhando por uma janela. Eu a reconheço porque é difícil esquecer seu rosto, quer você o tenha visto uma ou mil vezes. Uma cicatriz se estende, em uma linha grossa, desde a parte imediatamente acima da sua sobrancelha direita até o lábio, cegando um dos olhos e fazendo com que ela ceceie ao falar. Só a ouvi falar uma vez, mas me lembro bem. Ela seria uma mulher linda, não fosse pela cicatriz.

— Graças a Deus! — exclama ela ao ver Marcus. Caminha em sua direção com os braços abertos. Mas, em vez de abraçá-lo, apenas toca seus ombros, como se lembrasse que os membros da Abnegação não gostam de contatos físicos desnecessários.

— Os outros membros do seu grupo chegaram há algumas horas, mas não sabiam ao certo se vocês haviam sobrevivido — conta ela. Está se referindo ao grupo da Abnegação que estava com meu pai e Marcus no esconderijo. Eu havia esquecido completamente de me preocupar com eles.

Ela volta sua atenção para o grupo atrás de Marcus. Primeiro para Tobias e Caleb, depois para mim e por último para Peter.

— Nossa — diz ela, olhando fixamente para o sangue que encharca a camisa de Peter. — Vou chamar um médico. Posso permitir que vocês passem a noite aqui, mas amanhã a nossa comunidade terá que tomar uma decisão em conjunto. E... – ela olha para mim e para Tobias – ... eles provavelmente não ficarão muito felizes com a presença da Audácia em nosso complexo. Peço, é claro, que vocês entreguem quaisquer armas que possam estar carregando.

Pergunto-me, de repente, como ela pode ter tanta certeza de que sou da Audácia. Ainda estou usando uma camisa cinza. A camisa do meu pai.

De repente, o cheiro da camisa, de sabonete e suor, sobe e preenche meu nariz, preenche todo o meu corpo com a sua presença. Cerro os punhos com tanta força que minhas unhas ferem minhas mãos. *Aqui não. Aqui não.*

Tobias entrega sua arma, mas, quando levo a mão às costas para pegar a arma que estou escondendo, ele a segura e a afasta. Em seguida, entrelaça seus dedos nos meus, para disfarçar o que fez.

Sei que é uma boa ideia manter uma das nossas armas. Mas, mesmo assim, seria um alívio entregá-la.

— Meu nome é Johanna Reyes – apresenta-se ela, apertando a minha mão e depois a de Tobias. Um cumprimento da Audácia. Seu conhecimento dos costumes de outras facções é impressionante. Sempre me esqueço do quão atenciosas as pessoas da Amizade são, até que as encontro.

— Este é To... – Marcus começa a dizer, mas Tobias o interrompe:

— Meu nome é Quatro – diz ele. – Estes são Tris, Caleb e Peter.

Até alguns dias atrás, entre os integrantes da Audácia, "Tobias" era um nome que apenas eu conhecia; um pedaço dele que ele havia me dado de presente. Fora da sede da Audácia, lembro-me do motivo que o levou a esconder esse nome do mundo. O nome representa uma ligação com Marcus.

— Sejam bem-vindos ao complexo da Amizade. — Os olhos de Johanna fixam-se em meu rosto, e ela dá um sorriso torto. — Por favor, permitam que nós cuidemos de vocês.

+ + +

E nós permitimos. Uma enfermeira da Amizade me oferece uma pomada desenvolvida pela Erudição a fim de acelerar a cicatrização para passar no ombro, depois leva Peter à ala hospitalar para tratar do braço. Johanna nos leva até o refeitório, onde encontramos alguns dos membros da Abnegação que estavam no abrigo com Caleb e meu pai. Susan está lá, junto com alguns dos nossos antigos vizinhos, em fileiras de mesas de madeira que se estendem por todo o salão. Eles nos cumprimentam, especialmente a Marcus, com lágrimas contidas e sorrisos reprimidos.

Agarro-me ao braço de Tobias. Curvo-me sob o peso dos membros da facção dos meus pais, das suas vidas e das suas lágrimas.

Um dos membros da Abnegação coloca um copo de líquido fumegante sob meu nariz e diz:

— Beba isto. Ajudará você a dormir, assim como ajudou alguns dos outros aqui. Sem sonhos.

O líquido tem um tom vermelho rosado, da cor de morangos. Agarro o copo e bebo rapidamente. Por alguns segundos, o calor do líquido faz com que eu me sinta como se ainda houvesse algo dentro de mim. À medida que tomo as últimas gotas do copo, sinto o corpo relaxar. Alguém me guia por um corredor, até um quarto com uma cama. E isso é tudo.

CAPÍTULO DOIS

ABRO OS OLHOS, apavorada, agarrando os lençóis. Mas não estou correndo pelas ruas da cidade ou pelos corredores da sede da Audácia. Estou deitada em uma cama, na sede da Amizade, e há um cheiro de serragem no ar.

Viro o corpo e contraio o rosto quando sinto algo espetando minhas costas. Levo as mãos às costas e meus dedos envolvem a arma.

Por um instante, vejo Will de frente para mim, e nós apontamos nossas armas um para o outro. *Sua mão. Eu poderia ter atirado em sua mão. Por que não fiz isso? Por quê?* Quase grito seu nome.

De repente, ele se vai.

Levanto-me da cama e ergo o colchão com uma só mão, depois o apoio em meu joelho. Coloco a arma sob o colchão e deixo que ele a esconda. Quando não vejo mais a arma, nem a sinto mais contra a minha pele, consigo pensar com mais clareza.

Agora que a onda de adrenalina de ontem passou, assim como o efeito do líquido desconhecido que me fez dormir, a dor profunda e lacerante no meu ombro está muito forte. Visto as mesmas roupas de ontem à noite. A ponta do disco rígido escapa de debaixo do travesseiro, onde eu o enfiei logo antes de cair no sono. Dentro do disco estão armazenados os dados que controlavam os membros da Audácia e os registros do que a Erudição fez. O disco parece tão importante que eu mal consigo tocá-lo, mas não posso deixá-lo ali, então o agarro e o enfio entre a cômoda e a parede. Parte de mim acredita que seria uma boa ideia destruí-lo, mas sei que ele contém o único registro da morte dos meus pais, então decido mantê-lo escondido.

Alguém bate à minha porta. Sento-me na beirada da cama e tento ajeitar o cabelo.

— Pode entrar — digo.

A porta se abre e Tobias coloca metade do corpo para dentro. Ele está usando a mesma calça jeans de ontem, mas veste uma camiseta vermelho-escura no lugar da preta, que provavelmente pegou emprestada de alguém da Amizade. A cor fica estranha nele, viva demais, mas, quando ele apoia a cabeça no batente da porta, vejo que ela torna o azul dos seus olhos mais claro.

— Os membros da Amizade vão se reunir daqui a meia hora. — Ele contrai as sobrancelhas e diz, em um tom dramático: — *Para decidir o nosso destino.*

Balanço a cabeça.

— Nunca imaginei que meu destino um dia estaria nas mãos de alguns membros da Amizade.

— Eu também não. Ah, trouxe uma coisa para você.

Ele desenrosca a tampa de um pequeno frasco e me oferece um conta-gotas com um líquido transparente.

— É remédio para a dor. Tome uma medida cheia a cada seis horas.

— Obrigada.

Levo o conta-gotas até o fundo da garganta. O remédio tem gosto de limão velho.

Tobias encaixa o polegar em um dos passadores da sua calça e diz:

— Como você está, Beatrice?

— Você acabou de me chamar de *Beatrice*?

— Achei que seria legal, para variar. — Ele sorri. — Não colou?

— Talvez só em ocasiões especiais. Dias de Iniciação, Dias de Escolha... — Paro de falar. Ia listar mais alguns feriados, mas só a Abnegação os celebra. Acho que a Audácia tem seus próprios feriados, mas não sei quais são. De qualquer maneira, a ideia de celebrarmos qualquer coisa agora parece tão absurda que prefiro não continuar.

— Está combinado. — Seu sorriso desaparece. — Como você está, Tris?

É uma pergunta normal, depois de tudo por que passei, mas fico tensa, com medo de que ele possa ver o que se passa dentro da minha cabeça. Ainda não falei com ele sobre Will. Quero contar, mas não sei como. Só a ideia de pronunciar as palavras faz com que eu me sinta tão pesada que poderia quebrar as tábuas do chão.

— Estou... — Balanço a cabeça algumas vezes. — Não sei, Quatro. Eu... — Continuo a balançar a cabeça. Ele desliza a mão sobre a minha bochecha, com um dedo preso atrás da minha orelha. Depois, abaixa a cabeça e me beija, fazendo um calor se espalhar por todo o meu corpo. Agarro os seus braços, segurando-o ali pelo máximo de tempo possível. Quando ele me toca, o sentimento de vazio no meu peito e estômago torna-se quase imperceptível.

Não preciso contar nada. Posso apenas tentar esquecer. Ele pode me ajudar a esquecer.

— Eu sei — diz ele. — Desculpe, eu não deveria ter perguntado.

Por um instante, tudo em que consigo pensar é *Como você poderia saber?* Mas algo em sua expressão me lembra de que ele realmente sabe algo sobre a perda. Ele perdeu a mãe quando criança. Não me lembro de como ela morreu, só de ter ido ao funeral.

De repente, lembro-me dele, agarrado às cortinas na sua sala de estar, com mais ou menos nove anos, vestido de cinza, com os olhos escuros fechados. A imagem é passageira, e talvez seja apenas a minha imaginação e não uma lembrança.

Ele me solta.

— Vou deixar você se arrumar.

+ + +

O banheiro feminino fica a duas portas do meu quarto. O chão é coberto de ladrilhos marrom-escuros e cada cabine de chuveiro conta com paredes de madeira e uma cortina de plástico separando-a do corredor central. Uma placa na parede dos fundos diz: LEMBREM-SE: DEVEMOS CONSERVAR OS RECURSOS NATURAIS. OS CHUVEIROS SÓ PERMANECERÃO LIGADOS POR CINCO MINUTOS.

A água do chuveiro é fria, e eu não faria questão de tomar um banho de mais de cinco minutos de qualquer maneira, mesmo se pudesse. Lavo-me rapidamente com a mão esquerda e deixo a mão direita pendurada ao lado do corpo. O remédio que Tobias me deu funciona rapidamente. A dor em meu ombro já se transformou em um latejar ameno.

Quando saio do chuveiro, uma pilha de roupas me aguarda sobre a cama. Parte das roupas é amarela e vermelha, as cores da Amizade, e outra parte é cinza, da Abnegação, uma combinação de cores raramente vista. Aposto que foi alguém da Abnegação que deixou as roupas ali para mim. É o tipo de coisa que eles se lembrariam de fazer.

Visto uma calça jeans vermelha tão comprida que preciso dobrá-la três vezes e uma camisa cinza da Abnegação que é grande demais para mim. As mangas alcançam as pontas dos meus dedos, e as dobro também. Mexer a mão direita dói, por isso mantenho meus movimentos curtos e lentos.

Alguém bate à porta.

— Beatrice? — A voz delicada é de Susan.

Abro a porta. Ela está carregando uma bandeja de comida, que coloca sobre a cama. Procuro em seu rosto algum sinal do que ela perdeu. Seu pai, um líder da Abnegação, não sobreviveu ao ataque. Mas encontro apenas a determinação plácida característica da minha antiga facção.

— Sinto muito por as roupas não lhe servirem — diz ela. — Tenho certeza de que conseguiremos encontrar outras melhores, se a Amizade permitir que fiquemos aqui.

— Elas servem — digo. — Obrigada.

— Ouvi dizer que você foi baleada. Você quer ajuda para arrumar o cabelo? Ou para calçar os sapatos?

Quase recuso, mas realmente preciso de ajuda.

— Sim, obrigada.

Sento-me em um banco em frente ao espelho, e ela fica atrás de mim, com os olhos focados apenas na tarefa que deve realizar, e não no próprio reflexo. Ela não ergue os olhos, nem por um instante, enquanto passa um pente em meu cabelo. E não me pergunta sobre meu ombro, sobre como levei o tiro, ou sobre o que aconteceu quando deixei o esconderijo da Abnegação para deter a simulação. Tenho a sensação de que, se eu pudesse talhá-la até alcançar o seu núcleo, ela seria composta inteiramente de Abnegação.

— Você já viu o Robert? — pergunto.

Seu irmão, Robert, escolheu a Amizade no mesmo dia em que escolhi a Audácia, e, portanto, está em algum lugar deste complexo. Pergunto-me se o encontro deles será parecido com o meu e de Caleb.

— Rapidamente, ontem à noite — conta ela. — Deixei que ele compartilhasse seu luto com a própria facção, assim como eu compartilho o meu com a minha. Mas foi bom vê-lo novamente.

Ouço um tom em sua voz que sugere que o assunto está encerrado.

— É uma pena que isso tenha ocorrido no momento em que ocorreu – diz Susan. — Nossos líderes estavam prestes a fazer algo maravilhoso.

— É mesmo? O quê?

— Não sei. — O rosto de Susan fica vermelho. — Mas eu sabia que algo estava acontecendo. Não queria ser curiosa, mas percebi certas coisas.

— Não a culparia por ser curiosa, mesmo se esse fosse o caso.

Ela acena com a cabeça e continua a pentear meu cabelo. O que será que os líderes da Abnegação, entre eles meu pai, estavam fazendo? Surpreendo-me com a crença de Susan de que, o que quer que estivessem fazendo, era algo maravilhoso. Gostaria de voltar a acreditar nas pessoas dessa maneira.

Se é que um dia acreditei.

— As pessoas da Audácia deixam os cabelos soltos, certo? – pergunta ela.

— Às vezes – respondo. — Você sabe fazer uma trança?

Seus dedos hábeis começam a arrumar mechas do meu cabelo em uma trança, fazendo cócegas no meio da minha espinha. Encaro duramente o meu reflexo no espelho até ela acabar. Agradeço-lhe quando termina, e ela deixa o quarto com um sorriso discreto, fechando a porta ao sair.

Continuo encarando o espelho, mas não vejo a mim mesma. Ainda consigo sentir seus dedos roçando minha nuca, quase como os da minha mãe na última manhã que passei ao seu lado. Meus olhos se enchem de lágrimas e eu balanço para a frente e para trás no banco. Tenho medo de que, se começar a chorar, não consiga mais parar, até murchar como uma uva-passa.

Encontro uma caixa de costura na cômoda. Dentro dela há duas cores de linha, vermelha e amarela, e uma tesoura.

Sinto-me calma ao desfazer a trança e pentear meu cabelo novamente. Parto-o ao meio e me certifico de que está reto e bem alisado. Fecho a tesoura no meu cabelo, à altura do queixo.

Como posso manter a mesma aparência depois que ela se foi e tudo mudou? Não posso.

Corto o cabelo o mais reto que consigo, usando a minha mandíbula como referência. A parte mais difícil é a de trás, que não consigo ver muito bem, então faço o melhor possível usando o tato, em vez da visão. Mechas de cabelo louro acumulam-se no chão ao meu redor, formando um semicírculo.

Deixo o quarto sem olhar novamente o meu reflexo.

+ + +

Quando Tobias e Caleb vêm me buscar depois, olham para mim como se eu não fosse a mesma pessoa que eles conheciam ontem.

— Você cortou o cabelo — diz Caleb, levantando as sobrancelhas.

Ater-se aos fatos em meio a uma situação chocante é uma atitude típica da Erudição. Um dos lados do seu cabelo, sobre o qual ele dormiu, está arrepiado, e seus olhos estão vermelhos.

— Sim — respondo. — Está... quente demais para cabelo comprido.

— Você tem razão.

Caminhamos juntos pelo corredor. As tábuas corridas rangem sob nossos pés. Sinto saudade da maneira como meus passos ecoavam no complexo da Audácia. Sinto saudade do ar frio do subterrâneo. Mas, mais do que tudo, sinto saudade dos medos que senti nas últimas semanas, tão pequenos quando comparados aos de agora.

Deixamos o edifício. O ar externo me comprime como um travesseiro tentando me sufocar. O cheiro é verde, como o de uma folha partida ao meio.

— Todos sabem que você é filho de Marcus? — pergunta Caleb. — Digo, entre as pessoas da Abnegação?

— Que eu saiba, não — responde Tobias, olhando de relance para Caleb. — E eu agradeceria se você não falasse nada.

— Não preciso falar nada. Qualquer um com um par de olhos seria capaz de perceber. — Caleb franze a testa ao olhar para Tobias. — Quantos anos você tem mesmo?

— Dezoito.

— Você não acha que é velho demais para namorar minha irmã mais nova?

Tobias solta uma pequena risada.

— Ela não é nada sua.

— Parem com isso, vocês dois — digo. Um grupo de pessoas vestindo amarelo caminha na nossa frente, em direção a uma estrutura baixa e larga, construída inteiramente de vidro. O reflexo da luz do sol nos painéis fere meus olhos. Protejo o rosto com a mão e continuo a caminhar.

As portas da construção estão completamente abertas. Ao redor das beiradas da estufa circular, plantas e árvores crescem em tinas e pequenas piscinas de água. Dezenas de ventiladores espalhados por todo o interior servem apenas para espalhar o ar quente, e eu já estou suando. No entanto, paro de pensar nisso quando a multidão à minha frente se espalha e vejo o restante do ambiente.

No centro da estufa, cresce uma árvore enorme. Seus galhos espalham-se por quase todo o lugar, e suas raízes brotam do chão, formando uma densa teia de madeira. Nos espaços entre as raízes, não há terra, mas água e barras de metal firmando-as. Isso não deveria me surpreender. Os membros da Amizade passam a vida desenvolvendo feitos agrícolas como esse, com a ajuda da tecnologia da Erudição.

Em meio a um emaranhado de raízes, encontra-se Johanna Reyes, com o cabelo cobrindo o lado marcado do rosto. Aprendi na aula de História das Facções que a Amizade não reconhece líderes oficiais. Eles resolvem tudo por meio do voto, e os resultados costumam ser praticamente unânimes. Eles são como as muitas partes de uma única mente, e Johanna é apenas a sua porta-voz.

Os membros da Amizade sentam-se no chão, a maioria deles com as pernas cruzadas, em grupos e amontoados que parecem um pouco as raízes da árvore. Os membros da Abnegação sentam-se em fileiras metodicamente organizadas, alguns metros à minha esquerda. Meus olhos vasculham o grupo por alguns segundos, até eu me dar conta do que estou procurando: meus pais.

Engulo em seco e tento esquecer. Tobias toca a parte inferior das minhas costas, guiando-me para um canto do espaço de reunião, atrás dos membros da Abnegação. Antes de nos sentarmos, ele aproxima a boca do meu ouvido e diz:

— Gosto do seu cabelo assim.

Encontro um sorriso discreto para oferecer-lhe e encosto nele quando me sento, com o braço contra o seu.

Johanna levanta as mãos e abaixa a cabeça. Todos no ambiente calam-se imediatamente. Por todos os lados, os membros da Amizade sentam-se em silêncio, alguns com os olhos fechados, outros articulando palavras que não consigo ouvir, e outros ainda encarando algum ponto distante.

Cada segundo é uma tortura. Quando Johanna finalmente levanta a cabeça, já estou completamente exaurida.

— Hoje, estamos diante de uma questão urgente — diz ela —, que é: como devemos agir neste momento de conflito, como pessoas que buscam a paz?

Cada membro da Amizade volta-se para a pessoa ao seu lado e começa a falar.

— Como eles conseguem resolver alguma coisa assim? — pergunto, enquanto os minutos de conversa se arrastam.

— Eles não ligam para eficiência — explica Tobias. — Só se importam em chegar a um consenso. Continue assistindo.

Duas mulheres com vestidos amarelos a alguns metros de mim se levantam e se juntam a um grupo de três homens. Um jovem muda de posição, fazendo com que a pequena roda onde ele estava fosse absorvida pela roda ao lado. Por todo o ambiente, os pequenos grupos crescem e se expandem, e um número cada vez menor de vozes enche a sala, até que consigo ouvir apenas três ou quatro pessoas. Só consigo ouvir partes do que elas falam:

— Paz-Audácia-Erudição-abrigo-envolvimento...

— Isso é bizarro — falo.

— Eu acho lindo — diz ele.

Eu o encaro.

— Que foi? — Ele ri um pouco. — Todos têm um papel igual no governo; todos se sentem igualmente responsáveis. E isso faz com que eles se importem; isso os torna gentis. Eu acho isso lindo.

— Eu acho insustentável — digo. — Claro, funciona para a Amizade. Mas o que acontece quando nem todos querem tocar banjo e plantar verduras? O que acontece quando alguém faz algo terrível e discutir não vai resolver o problema?

Ele dá de ombros.

— Bem, acho que vamos descobrir agora.

Por fim, uma pessoa de cada grupo grande levanta-se e se aproxima de Johanna, andando cuidadosamente por entre as raízes da grande árvore. Imagino que eles vão discursar para o restante do grupo, mas, em vez disso, reúnem-se em uma roda com Johanna e conversam silenciosamente. Começo a achar que nunca vou saber o que estão discutindo.

— Eles não vão nos deixar participar da discussão, não é? — pergunto.

— Duvido — responde ele.

É o nosso fim.

Quando cada um deles já disse o que tinha para dizer, eles se sentam novamente, deixando Johanna sozinha no centro da sala. Ela vira-se para nós e dobra as mãos em frente ao corpo. Para onde iremos quando eles nos obrigarem a ir embora? De volta para a cidade, onde nada é seguro?

— Nossa facção tem mantido uma relação próxima com a Erudição por mais tempo do que qualquer um de nós é capaz de lembrar. Precisamos uns dos outros para sobreviver e sempre cooperamos uns com os outros — diz Johanna. — Mas também mantivemos uma relação forte com a Abnegação no passado e não acreditamos que seja correto recusar a mão a um amigo quando a dele tem estado estendida há tanto tempo.

Sua voz é doce como mel, e seus movimentos são vagarosos e cuidadosos. Enxugo o suor da minha testa com a parte de trás da mão.

— Acreditamos que a única maneira de preservar a nossa relação com ambas as facções é permanecer imparciais e isentos — continua ela. — Sua presença aqui, apesar de bem-vinda, complica isso.

Lá vem, penso.

— Decidimos tornar a nossa sede um refúgio para membros de todas as facções — diz ela —, desde que sejam respeitadas certas condições. A primeira é que nenhuma arma, de qualquer tipo, é permitida dentro do complexo. A segunda é que, se qualquer conflito mais grave ocorrer, seja ele verbal ou físico, todas as partes envolvidas serão convidadas a se retirar. A terceira é que o conflito não deve ser discutido, mesmo de maneira privada, dentro dos limites deste complexo. E a quarta é que todos os que permanecerem aqui deverão contribuir para o bem-estar deste ambiente trabalhando. Informaremos a Erudição, a Franqueza e a Audácia sobre a nossa decisão assim que possível.

Seu olhar volta-se para mim e Tobias e permanece em nós.

— Vocês são bem-vindos aqui, desde que consigam seguir nossas regras — informa ela. — Essa é a nossa decisão.

Penso na arma que escondi sob o colchão e nas tensões entre mim e Peter, e entre Tobias e Marcus, e minha boca seca. Não sou boa em evitar conflitos.

— Não vamos conseguir ficar aqui muito tempo — digo para Tobias, baixinho.

Há alguns minutos, ele exibia um pequeno sorriso. Agora, os cantos da sua boca formam uma careta.

— Não, não vamos.

CAPÍTULO TRÊS

AQUELA NOITE, VOLTO para meu quarto e enfio a mão sob o colchão, para me certificar de que a arma ainda está lá. Meus dedos tocam o gatilho, e minha garganta aperta como se eu estivesse tendo uma reação alérgica. Puxo a mão de volta e ajoelho ao lado da cama, respirando fundo até a sensação desaparecer.

O que há com você? Balanço a cabeça. *Recomponha-se.*

E é exatamente assim que me sinto: recompondo as partes diferentes de mim mesma, como se as puxasse para dentro do meu corpo com um cadarço. Sinto-me sufocada, mas pelo menos me sinto forte.

Percebo um movimento no canto da minha visão e olho para a janela que dá para o pomar de macieiras. Lá fora, Johanna Reyes e Marcus Eaton caminham lado a lado, depois param no canteiro de ervas para arrancar folhas de menta dos galhos. Deixo o quarto antes que consiga avaliar os motivos que me levam a querer segui-los.

Saio correndo do edifício para não me perder deles. Quando chego do lado de fora, preciso tomar mais cuidado. Caminho pelo outro lado da estufa e, depois de ver Johanna e Marcus desaparecendo atrás de uma fileira de árvores, me esgueiro até a fileira seguinte, esperando que os galhos me escondam caso algum dos dois decida olhar para trás.

— ... tem me confundido é o momento do ataque — diz Johanna. — Será que Jeanine simplesmente terminou de bolar seu plano e resolveu colocá-lo em ação, ou será que houve algum incidente que a incitou?

Vejo o rosto de Marcus através de um tronco partido. Ele contrai os lábios e diz:

— Hum.

— Acho que nunca vou saber. — Johanna ergue a sobrancelha boa. — Não é?

— É, talvez não.

Johanna apoia a mão em seu braço e o encara. Contraio o corpo, temendo que ela me veja, mas ela só olha para Marcus. Agacho-me e engatinho até uma das árvores, para que o tronco me esconda. A casca da árvore incomoda as minhas costas, mas não me mexo.

— Mas a verdade é que *você sabe* — diz ela. — Você sabe por que ela resolveu atacar naquele momento. Posso não pertencer mais à Franqueza, mas ainda sei reconhecer quando alguém está escondendo a verdade de mim.

— A curiosidade é uma característica egoísta, Johanna.

Se eu fosse Johanna, brigaria com ele por um comentário como esse, mas ela apenas diz, gentilmente:

— Minha facção depende de mim para aconselhá-la, e, se você tiver conhecimento de informações tão cruciais, é importante que eu também as saiba, para que possa compartilhá-las com ela. Sei que você será capaz de entender isso, Marcus.

— Há um motivo por que você não sabe tudo o que sei. Há muito tempo, uma informação confidencial foi confiada à Abnegação — diz Marcus. — Jeanine nos atacou porque queria roubá-la. E, se eu não for cuidadoso, ela vai destruí-la. Isso é tudo o que posso dizer.

— Mas, certamente...

— Não — Marcus a interrompe. — Essa informação é muito mais importante do que você imagina. A maioria dos líderes da cidade arriscou a vida para evitar que Jeanine se apoderasse dela e acabou morrendo por isso, e eu não vou colocar isso em risco agora só para saciar a sua curiosidade egoísta.

Johanna se cala por alguns segundos. Está tão escuro que mal consigo ver minhas próprias mãos. Há um odor de terra e maçãs no ar, e eu tento não respirar alto demais.

— Desculpe — diz Johanna. — Devo ter feito algo que levou você a acreditar que não sou confiável.

— Da última vez que confiei essa informação ao representante de uma facção, todos os meus amigos acabaram mortos — responde ele. — Não confio em mais ninguém.

Não consigo me conter. Inclino o tronco para a frente, a fim de olhar por trás da árvore. Marcus e Johanna estão imersos demais na conversa para notar o movimento. Eles estão próximos um do outro, mas não se encostam, e eu nunca vi Marcus parecer tão cansado ou Johanna com uma aparência tão irritada. No entanto, seu rosto relaxa, e ela toca novamente o braço de Marcus, acariciando-o levemente dessa vez.

— Para que alcancemos a paz, precisamos primeiro ter confiança — diz Johanna. — Portanto, espero que você mude de ideia. Lembre-se de que sempre fui sua amiga, Marcus, mesmo quando você não tinha muitos amigos.

Ela se inclina e beija a bochecha de Marcus, depois caminha até a saída do pomar. Ele fica ali parado durante alguns segundos, aparentemente atordoado, depois caminha em direção ao complexo.

As revelações que ouvi na última meia hora zunem em minha mente. Pensava que Jeanine havia atacado a Abnegação para ganhar poder, mas o fez para roubar informações; informações que só eles conheciam.

De repente, o zunido para, e eu me lembro de outra coisa que Marcus falou: *A maioria dos líderes desta cidade arriscou a vida por isso.* Será que meu pai foi um desses líderes?

Preciso saber. Preciso saber o que poderia ser tão importante que tenha levado os membros da Abnegação a morrer, e os da Erudição a matar.

+ + +

Paro antes de bater à porta de Tobias, e ouço o que está acontecendo dentro do quarto.

— Não, *assim* não – diz Tobias, rindo.

— Como assim, "assim não"? Eu imitei você perfeitamente. – A outra voz pertence a Caleb.

— Não imitou nada.

— Bem, faça de novo, então.

Abro a porta no exato momento em que Tobias, sentado no chão com uma das pernas esticada, lança uma faca de manteiga contra a parede à sua frente. A faca finca, com o cabo para trás, em uma enorme fatia de queijo que eles colocaram sobre a cômoda. Caleb, em pé ao seu lado, encara, incrédulo, primeiro o queijo e depois a mim.

— Por favor, diga-me que ele é algum tipo de prodígio na Audácia – diz Caleb. – Você sabe fazer isso também?

Seu aspecto está melhor do que antes. Os olhos não estão mais vermelhos e recuperaram um pouco do antigo brilho de curiosidade, como se ele tivesse voltado a se interessar pelo mundo. Seu cabelo preto está despenteado e os botões da sua camisa estão nas casas erradas. Meu irmão é bonito, mas de uma maneira descuidada, como se quase nunca tivesse a menor ideia de como está a sua aparência.

— Talvez com a minha mão direita – digo. – Mas, sim, o *Quatro* é um tipo de prodígio da Audácia. Vocês podem me explicar *por que* estão lançando facas contra um queijo?

Os olhos de Tobias encontram os meus quando digo a palavra "Quatro". Caleb não sabe que Tobias carrega sua excelência o tempo inteiro no apelido.

— Caleb veio aqui discutir algo – diz Tobias, encostando a cabeça contra a parede enquanto olha para mim. – E, não sei como, acabamos falando sobre lançar facas.

— Como costuma acontecer — falo, começando a esboçar um pequeno sorriso.

Ele parece tão relaxado, sua cabeça está inclinada para trás e seu braço apoiado no joelho. Nós nos encaramos por alguns segundos a mais do que seria socialmente aceitável. Caleb limpa a garganta.

— Bem, acho que está na hora de voltar para o meu quarto — diz Caleb, olhando para Tobias, depois para mim e novamente para Tobias. — Estou lendo um livro sobre sistemas de filtragem de água. O garoto que me deu o livro olhou para mim como se eu fosse louco por querer ler aquilo. Acho que era para ser um tipo de manual, mas é fascinante.

Ele para de falar por um instante, depois diz:

— Desculpem. Vocês também devem achar que sou louco.

— Que nada — diz Tobias, fingindo sinceridade. — Talvez *você* devesse ler esse manual também, Tris. Acho que você ia gostar.

— Posso emprestar-lhe o livro — diz Caleb.

— Talvez depois — respondo. Quando Caleb sai e fecha a porta, olho irritada para Tobias.

— Muito obrigada — digo. — Agora ele vai encher meus ouvidos com todos os detalhes sobre filtragem de água e como funciona. Mas acho que prefiro isso ao que ele realmente quer falar comigo.

— É mesmo? E sobre o que ele realmente quer falar com você? — Tobias franze as sobrancelhas. — Sobre aquaponia?

— Aqua o quê?
— É uma das formas como eles produzem comida aqui. Não é algo pelo qual você se interessaria.
— Tem razão, não me interessa. Sobre o que ele veio falar com você?
— Sobre você. Acho que foi um sermão de irmão mais velho. Tipo "não mexa com a minha irmã mais nova".
Ele se levanta.
— O que você disse a ele?
E se aproxima de mim.
— Eu contei a história de como nós acabamos juntos. Foi assim que começamos a falar sobre arremesso de facas — diz ele. — E eu disse a ele que não estou de brincadeira.

Sinto um calor invadir todo o meu corpo. Ele aperta as mãos contra os meus quadris e me pressiona gentilmente contra a porta. Seus lábios encontram os meus.

Não lembro mais por que vim parar aqui.

E não ligo.

Envolvo-o com meu braço saudável, puxando-o contra mim. Meus dedos encontram a barra da sua camiseta e escorregam para dentro, percorrendo a parte de baixo das suas costas. Ele parece ser tão forte.

Ele me beija novamente, de forma mais insistente, apertando a minha cintura com as mãos. Sua respiração, minha respiração, seu corpo, meu corpo, estamos tão perto que as diferenças desaparecem.

Ele se afasta alguns poucos centímetros. Não o deixo ir muito longe.

— Não foi para isso que você veio aqui — diz ele.
— Não.
— Então, por que veio?
— Quem se importa?

Passo os dedos pelo seu cabelo e puxo a sua boca para a minha novamente. Ele não oferece resistência, mas, depois de alguns segundos, murmura contra a minha bochecha:

— Tris.
— Tudo bem, tudo bem. — Fecho os olhos. Realmente, vim aqui por um motivo importante: para contar-lhe sobre a conversa que ouvi.

Sentamos lado a lado na cama de Tobias, e eu começo do início. Conto a ele sobre como segui Marcus e Johanna até o pomar. Conto sobre a pergunta de Johanna a respeito do momento do ataque da simulação e sobre a resposta de Marcus e a discussão que se seguiu. Enquanto falo, observo seu rosto. Ele não parece chocado ou curioso. Em vez disso, sua boca se contrai em uma expressão amarga, como acontece sempre que alguém menciona o nome de Marcus.

— Bem, o que você acha? — pergunto, depois de terminar a história.

— Eu acho — diz ele cuidadosamente — que Marcus está tentando se sentir mais importante do que realmente é.

Não era essa a resposta que eu estava esperando.

— Então... você acha que ele está falando besteira?

— Acho que provavelmente existe alguma informação que a Abnegação tinha e que Jeanine queria descobrir, mas acho que ele está exagerando a sua importância. Acho que está tentando inflar o próprio ego, fazendo com que Johanna pense que ele tem algo que ela quer e que ele não vai dar.

— Acho... — Franzo as sobrancelhas. — Acho que você está errado. Ele não parecia estar mentindo.

— Você não o conhece como eu. Ele é um ótimo mentiroso.

Ele está certo. Não conheço Marcus. Certamente, não tão bem quanto Tobias. Mas meus instintos me levaram a acreditar em Marcus, e eu costumo confiar neles.

— Talvez você tenha razão — digo —, mas não deveríamos tentar descobrir o que está acontecendo? Só para ter certeza.

— Acho mais importante lidarmos com a situação atual — diz Tobias. — Voltar para a cidade. Descobrir o que está acontecendo por lá. Descobrir uma maneira de derrubar a Erudição. Depois, quando tudo isso estiver resolvido, podemos tentar descobrir sobre o que Marcus estava falando. Tudo bem?

Aceno com a cabeça. Parece um bom plano. Um plano sensato. Mas não acredito nele. Não acredito que seja mais importante seguir em frente do que descobrir a verdade. Quando eu descobri que era Divergente... quando descobri que a Erudição ia atacar a Abnegação... essas revelações mudaram tudo. A verdade costuma mudar os planos das pessoas.

Mas é difícil convencer Tobias a fazer algo que ele não queira, e ainda mais difícil justificar o que sinto sem qualquer prova além da minha intuição.

Por isso, aceito o plano dele. Mas não mudo de ideia.

CAPÍTULO QUATRO

— A BIOTECNOLOGIA existe há bastante tempo, mas nem sempre foi muito eficaz – diz Caleb. Ele começa a comer a casca da sua torrada. Comeu o miolo primeiro, como fazia quando éramos crianças.

Caleb está sentado na minha frente no refeitório, à mesa mais próxima da janela. Alguém entalhou as letras "D" e "T" na beirada da mesa, ligadas por um coração e tão pequenas que quase não as enxerguei. Passo os dedos sobre elas enquanto Caleb continua a falar.

— Mas há algum tempo os cientistas da Erudição desenvolveram uma solução mineral altamente eficaz. É melhor para as plantas do que terra – explica ele. – É uma versão mais antiga da pomada que eles usaram no seu ombro. Ela acelera o crescimento de células novas.

Seus olhos estão acesos com essas novas informações. Nem todos da Erudição têm a mesma sede de poder e falta de consciência que a sua líder, Jeanine Matthews. Alguns são como Caleb: pessoas fascinadas por tudo e que não sossegam enquanto não descobrem como as coisas funcionam.

Apoio o queixo sobre a mão e sorrio discretamente para ele. Parece estar animado hoje. Fico feliz que tenha encontrado algo que o distraia do seu sofrimento.

— Então, a Erudição e a Amizade trabalham juntas? — pergunto.

— A Erudição é mais próxima da Amizade do que qualquer outra facção — diz ele. — Você não se lembra disso do nosso livro de História das Facções? Segundo o livro, são as "facções essenciais". Sem elas, não conseguiríamos sobreviver. Alguns dos livros da Erudição se referem a elas como as "facções enriquecedoras". E uma das missões da Erudição como facção era se tornar as duas coisas: essencial e enriquecedora.

Não gosto disso. Da maneira como a nossa sociedade precisa da Erudição para funcionar. Mas as duas facções realmente são essenciais. Sem elas, a agricultura seria ineficiente, os tratamentos de saúde seriam insuficientes e não haveria qualquer avanço tecnológico.

Mordo a minha maçã.

— Você não vai comer a sua torrada? — pergunta ele.

— O pão está com um gosto estranho — respondo. — Pode ficar com ele, se quiser.

— A maneira como eles vivem aqui me fascina — continua ele, enquanto pega a torrada do meu prato. — São completamente autossustentáveis. Contam com uma fonte de energia própria, bombas de água próprias e um sistema de filtragem próprio, sem falar nas fontes de alimento... Eles são independentes.

— Independentes — digo — e neutros. Deve ser legal.

E, pelo que eu estou percebendo, realmente é. A grande janela ao lado da nossa mesa deixa entrar tanta luz que parece que estou sentada do lado de fora. Grupos de membros da Amizade sentam-se a outras mesas com roupas de cores vivas e pele bronzeada. Em mim, o amarelo fica sem graça.

— Então, acho que a Amizade não foi uma das facções para as quais você mostrou aptidão — comenta ele, sorrindo.

— Não.

Um grupo de membros da Amizade a algumas cadeiras de distância começa a rir. Eles nem olharam em nossa direção desde que me sentei aqui para comer.

— Mas fale baixo, está bem? Não quero que todos saibam disso.

— Desculpe — diz ele, inclinando-se sobre a mesa para poder falar mais baixo. — Mas quais foram as facções?

Começo a ficar tensa e me ajeito em meu lugar.

— Por que você quer saber?

— Tris, sou seu irmão. Você pode me dizer qualquer coisa.

Seus olhos verdes não vacilam. Ele abandonou os óculos inúteis que usava quando era membro da Erudição e agora usa uma camisa cinza e o cabelo curto da Abnegação. Está com a mesma aparência que tinha há alguns meses, quando nossos quartos ficavam no mesmo corredor e considerávamos mudar de facção, mas não tínhamos coragem suficiente para revelar isso um para o outro. Não confiar nele o bastante para contar a verdade foi um erro que não quero cometer novamente.

— Abnegação, Audácia e Erudição.

— *Três* facções? — Ele ergue as sobrancelhas.

— Sim. Por quê?

— Parece muita coisa – diz ele. – Todos tivemos que escolher um tema de pesquisa na iniciação da Erudição, e eu escolhi a simulação do teste de aptidão. Por isso, sei bastante sobre a maneira como é projetado. É muito difícil alguém alcançar um resultado duplo. Na verdade, o programa não permite isso. Mas um resultado *triplo*... Nem sei como isso é possível.

— Bem, a administradora do teste foi obrigada a alterá-lo. Ela forçou o programa a simular a situação do ônibus para que pudesse eliminar a opção da Erudição. Mas não deu certo.

Caleb apoia o queixo sobre a mão fechada.

— Uma alteração no programa – diz ele. – Como será que a administradora do teste sabia fazer isso? Não é algo que eles normalmente aprendem.

Franzo as sobrancelhas. Tori era tatuadora e voluntária no teste de aptidão. Como será que ela aprendeu a alterar o programa do teste de aptidão? Se ela era boa com computadores, era apenas por hobby, e duvido que alguém que tenha a computação como hobby saiba manipular a simulação da Erudição.

De repente, lembro-me de algo que ela falou em uma das nossas conversas. *Tanto meu irmão quanto eu nos transferimos da Erudição.*

— Ela era da Erudição — explico. — Ela se transferiu de facção. Talvez seja por isso.

— Talvez — diz ele, batendo os dedos, da esquerda para a direita, na bochecha. Quase nos esquecemos de comer nosso café da manhã. — O que será que isso indica a respeito da sua química cerebral? Ou da sua anatomia?

Solto uma pequena risada.

— Não sei. Só sei que estou sempre consciente durante as simulações e às vezes consigo acordar delas. Às vezes, elas nem funcionam. Como na simulação do ataque.

— Como consegue acordar delas? O que você faz?

— Eu... — Tento me lembrar. Parece que faz muito tempo desde que participei de uma simulação, mas faz apenas algumas semanas. — É difícil dizer, porque as simulações da Audácia eram programadas para acabar quando nos acalmávamos. Mas em uma das minhas... naquela vez em que Tobias descobriu o que eu sou... fiz algo impossível. Quebrei um vidro simplesmente encostando a mão sobre ele.

Caleb assume uma expressão distante, como se estivesse olhando para um lugar muito longe. Sei que nada do que acabei de descrever aconteceu com ele na simulação do teste de aptidão. Por isso, talvez ele esteja tentando imaginar como é a sensação ou como algo assim é possível. Minha bochecha esquenta. Ele está analisando meu cérebro como se analisasse um computador ou uma máquina.

— Ei – digo. – Volte aqui.

— Desculpe – diz ele, concentrando-se novamente em mim. – Mas é simplesmente...

— Fascinante. É, eu sei. Sempre parece que algo sugou a vida do seu corpo quando você fica fascinado por alguma coisa.

Ele ri.

— Mas podemos mudar de assunto? – peço. – Pode não haver traidores da Erudição e da Audácia por aqui, mas falar sobre isso em público ainda é um pouco estranho.

— Tudo bem.

Antes que Caleb possa prosseguir, a porta do refeitório se abre, e um grupo de membros da Abnegação entra. Eles vestem roupas da Amizade, como eu, mas também está na cara a qual facção pertencem. Eles são silenciosos, mas não carrancudos. Sorriem para os membros da Amizade por quem passam, inclinando a cabeça, e alguns deles param para trocar cortesias.

Susan senta-se ao lado de Caleb com um pequeno sorriso no rosto. Seu cabelo loiro está preso em um nó, como de costume, e brilha como ouro. Caleb e ela sentam-se um pouco mais perto do que amigos se sentariam, mas não se tocam. Ela acena com a cabeça para me cumprimentar.

— Desculpe – diz ela. – Interrompi alguma coisa?

— Não – responde Caleb. – Como vai?

— Vou bem. E você?

Estou prestes a fugir do refeitório para não ter que participar desse tipo de conversa calculada e educada da

Abnegação quando Tobias entra no salão com uma expressão perturbada. Ele deve ter trabalhado na cozinha esta manhã, como parte do acordo com a Amizade. Terei que trabalhar na lavanderia amanhã.

— O que aconteceu? — pergunto quando ele se senta ao meu lado.

— Em meio ao entusiasmo para resolver conflitos, parece que a Amizade esqueceu que se meter na vida dos outros só ajuda a criar mais conflitos — diz Tobias. — Se ficar aqui muito mais tempo, vou acabar socando alguém, e não vai ser nada bonito.

Caleb e Susan levantam as sobrancelhas quando olham para ele. Alguns dos membros da Amizade na mesa ao nosso lado param de conversar e o encaram.

— Vocês me ouviram — diz Tobias para eles. Todos desviam o olhar.

— Mas, então — digo, cobrindo a boca para esconder um sorriso —, o que aconteceu?

— Depois eu conto.

Deve ter alguma coisa a ver com Marcus. Tobias não gosta da maneira suspeita com a qual os membros da Abnegação olham para ele quando fala sobre a crueldade de Marcus, e Susan está sentada bem na sua frente. Fecho as mãos sobre meu colo.

Os membros da Abnegação sentam-se à nossa mesa, mas não ao nosso lado. Eles se sentam a uma distância respeitável, a duas cadeiras da gente, mas a maioria deles acena para nós. Eles eram os amigos, vizinhos e colegas de trabalho da minha família, e, há algum tempo, a presença deles me incentivaria a agir de maneira discreta e humilde. Mas agora ela me faz querer falar ainda mais alto, para me distanciar ao máximo daquela antiga identidade e da dor que a acompanha.

Tobias fica completamente paralisado quando uma mão pousa em meu ombro direito, causando pontadas de dor por todo o meu braço. Cerro os dentes para não gemer.

— Ela levou um tiro no ombro — diz Tobias, sem olhar para o homem atrás de mim.

— Perdão. — Marcus levanta a mão e se senta à minha esquerda. — Olá.

— O que *você* quer? — pergunto.

— Beatrice — diz Susan baixinho. — Não há necessidade de...

— Susan, por favor — diz Caleb. Ela fecha os lábios em uma linha reta e desvia o olhar.

Franzo a testa ao olhar para Marcus.

— Eu fiz uma pergunta.

— Gostaria de discutir algo com você — diz Marcus. Sua expressão é tranquila, mas ele está nervoso. A tensão em sua voz o entrega. — Eu e os outros membros da Abnegação discutimos e decidimos que não devemos ficar aqui. Acreditamos que, dada a inevitabilidade de maiores conflitos em nossa cidade, seria egoísmo nosso ficar aqui enquanto o que resta da nossa facção continua do lado de dentro daquela cerca. Gostaríamos que você nos escoltasse.

Por essa eu não esperava. Por que Marcus quer voltar para a cidade? Será que é realmente apenas uma decisão da Abnegação, ou será que ele pretende fazer algo por lá, algo ligado à informação que a Abnegação tem?

Eu o encaro por alguns segundos, depois olho para Tobias. Ele relaxou um pouco, mas mantém os olhos fixos na mesa. Não sei por que age assim na presença do pai. Ninguém, nem mesmo Jeanine, assusta Tobias.

— O que você acha? — pergunto.

— Acho que devemos sair daqui depois de amanhã — diz Tobias.

— Tudo bem. Obrigado — diz Marcus. Ele se levanta e senta no outro canto da mesa, com os outros membros da Abnegação.

Aproximo-me de Tobias sem saber como confortá-lo de uma maneira que não acabe piorando as coisas. Levanto a maçã com a mão esquerda e seguro a mão dele sob a mesa com a direita.

Mas não consigo desviar o olhar de Marcus. Quero saber mais sobre o que ele falou com Johanna. E, às vezes, quando queremos a verdade, precisamos exigi-la.

CAPÍTULO CINCO

Depois do café da manhã, falo para Tobias que vou dar uma caminhada, mas sigo Marcus. Achava que ele iria para o dormitório de hóspedes, mas atravessa o campo atrás do refeitório e entra no edifício de filtragem de água. Paro no primeiro degrau que leva à porta. Será que realmente quero fazer isso?

Subo os degraus e atravesso a porta que Marcus acabou de fechar.

O edifício de filtragem é pequeno, um ambiente único com algumas máquinas grandes dentro. Até onde sei, algumas das máquinas recebem a água suja do restante do complexo, outras a purificam, outras a testam e as últimas bombeiam a água limpa de volta para o complexo. Todos os sistemas de encanamento são subterrâneos, exceto um, que passa sobre o chão e leva água até a usina de energia.

Marcus fica parado ao lado das máquinas que filtram a água. Algumas têm canos transparentes. Dá para ver a água entrar, amarronzada, desaparecer dentro da máquina e sair limpa. Nós dois assistimos o processo de purificação, e eu me pergunto se ele está pensando a mesma coisa que eu. Como seria bom se a vida funcionasse assim, livrando-nos da nossa sujeira e nos devolvendo, limpos, para o mundo. Mas certas sujeiras parecem destinadas a durar.

Encaro a parte de trás da cabeça de Marcus. Preciso fazer isso agora.

Agora.

— Ouvi o que você disse outro dia.

Marcus vira a cabeça rapidamente.

— O que você está fazendo, Beatrice?

— Segui você até aqui. — Cruzo os braços. — Ouvi você falando com a Johanna sobre o que motivou Jeanine a atacar a Abnegação.

— A Audácia lhe ensinou a invadir a privacidade das pessoas assim, ou você aprendeu isso sozinha?

— Sou uma pessoa naturalmente curiosa. Não mude de assunto.

Marcus franze a testa, especialmente entre as sobrancelhas, e há marcas fortes nos lados de sua boca. Ele parece ser uma pessoa que passou a maior parte da vida franzindo a testa. Talvez tenha sido bonito quando era mais jovem, e pode até ainda ser para mulheres da sua idade, como Johanna, mas tudo o que vejo quando olho para ele são os olhos vazados e escuros da paisagem do medo de Tobias.

— Se você me ouviu conversando com Johanna, sabe que não revelei isso nem para ela. Então, o que a leva a acreditar que eu compartilharia essa informação com *você*?

A princípio, não sei o que dizer. Mas subitamente a resposta me vem à cabeça.

— Meu pai. Meu pai está morto.

É a primeira vez que verbalizo isso desde que contei para Tobias, no caminho de trem até aqui, que meus pais morreram por mim. A palavra "morreram" era só um fato então, desvinculado de qualquer emoção. Mas agora a palavra "morto", misturada aos sons da água mexendo e borbulhando na sala, me atinge como uma marreta no peito, e o monstro da tristeza acorda, cravando suas garras nos meus olhos e na minha garganta.

Forço-me a continuar:

— Talvez ele não tenha morrido pela informação a qual você se refere, mas quero saber se ele arriscou a vida por ela.

A boca de Marcus treme.

— Sim — diz ele. — Ele arriscou.

Meus olhos se enchem de lágrimas, e eu pisco para contê-las.

— Bem — continuo, quase engasgando. — Então, que diabo de informação era essa? Era algo que vocês estavam tentando proteger? Ou roubar? Ou o quê?

— Era... — Marcus balança a cabeça. — Não vou contar.

Caminho em sua direção.

— Mas você a quer de volta. E Jeanine está com ela.

Marcus realmente é um bom mentiroso. Ou, no mínimo, uma pessoa boa em esconder segredos. Ele não reage. Gostaria de poder enxergá-lo como Johanna o enxerga; como a Franqueza o enxerga. Gostaria de poder ler as suas expressões. Ele pode estar perto de revelar a verdade. Se eu o pressionar o suficiente, talvez ele ceda.

— Eu poderia ajudá-lo – digo.

O lábio superior de Marcus se contorce.

— Você não tem a menor ideia do quão ridículo é o que está falando. – Ele cospe as palavras contra mim. – Você pode ter conseguido desligar a simulação de ataque, garota, mas foi por pura sorte, e não por suas habilidades. Eu morreria de surpresa se você conseguisse fazer qualquer outra coisa de útil por um bom tempo.

Esse é o Marcus que Tobias conhece. O Marcus que sabe exatamente onde atingir uma pessoa para causar o máximo de dano possível.

Meu corpo treme de raiva.

— Tobias tem razão sobre você – respondo. – Você não passa de um monte de lixo, arrogante e mentiroso.

— Ele disse isso, é? – Marcus ergue uma das sobrancelhas.

— Não – respondo. – Ele não fala sobre você o bastante para dizer algo assim. Descobri isso por conta própria. – Cerro os dentes. – Você não significa praticamente nada para ele, sabia? E, com o passar do tempo, significará cada vez menos.

Marcus não responde, mas apenas se vira novamente para o filtro de água. Fico parada por um instante, absorvendo a minha própria vitória, enquanto o som da água corrente se mistura ao do batimento cardíaco em meus ouvidos. Em seguida, deixo o edifício e, apenas quando já atravessei metade do campo, me dou conta de que não venci a discussão. Marcus venceu.

Seja lá qual for a verdade, vou ter que descobri-la de outra maneira, porque não vou perguntar novamente.

+ + +

Naquela noite, sonho que estou em um campo e que encontro um bando de corvos no chão. Quando afasto alguns deles, percebo que estão sobre um homem, bicando as suas roupas cinzentas como as da Abnegação. Subitamente, os corvos voam, e eu percebo que o homem é Will.

De repente, acordo.

Aperto o rosto contra o travesseiro e solto, não o seu nome, mas um soluço que lança o meu corpo contra o colchão. Sinto o monstro da tristeza novamente, contorcendo-se no espaço vazio onde meu coração e estômago costumavam ficar.

Puxo o ar com força, as duas mãos sobre o peito. Agora, a criatura monstruosa está com as garras presas na minha garganta, impedindo a passagem de ar. Viro o corpo e encaixo a cabeça entre meus joelhos, respirando até que a sensação de estrangulamento tenha desaparecido.

O ar está quente, mas meu corpo treme. Levanto-me da cama e me arrasto pelo corredor até o quarto de Tobias. Minhas pernas nuas quase brilham no escuro. A porta range quando eu a abro, e ele acorda. Ele me encara por um segundo.

— Vem aqui — diz ele, lento de sono, e se ajeita na cama para abrir espaço para mim.

Eu deveria ter pensado melhor sobre isso. Durmo com uma camiseta comprida que a Amizade me emprestou. Ela não chega a cobrir as minhas coxas, e eu não pensei em colocar um short antes de vir aqui. Tobias passa os olhos pelas minhas pernas nuas, e meu rosto esquenta. Deito-me ao seu lado, virada para ele.

— Teve um pesadelo? — pergunta ele.

Concordo com a cabeça.

— O que houve?

Balanço a cabeça. Não posso revelar que estou tendo pesadelos com Will, ou teria que explicar o motivo. O que ele pensaria de mim se soubesse o que fiz? Como será que me olharia?

Ele mantém a mão sobre a minha bochecha, movendo lentamente o polegar sobre a maçã do meu rosto.

— Nós estamos bem, sabia? Eu e você. Está bem?

Meu peito dói, e eu concordo com a cabeça.

— Tudo o mais está errado. — Seu sussurro faz cócegas na minha bochecha. — Mas nós estamos bem.

— Tobias — digo. Mas o que quer que eu fosse dizer se perde na minha cabeça, e aperto os lábios contra os dele, porque sei que beijá-lo vai me distrair de todo o resto.

Ele me beija de volta. Sua mão começa a acariciar a minha bochecha, depois desce pela lateral do meu corpo, passando pela dobra da minha cintura, cobrindo a curva do meu quadril e deslizando pela minha perna nua, fazendo-me estremecer. Eu me aproximo mais e o envolvo com as pernas. Minha cabeça zune com o nervosismo, mas o restante do meu corpo parece saber exatamente o que está fazendo, pulsando em um único ritmo e desejando a mesma coisa: escapar de si mesmo e tornar-se parte do corpo dele.

Sua boca move-se contra a minha, e sua mão desliza sob a barra da minha camiseta, e eu não tento impedi-lo, embora saiba que deveria. Solto um pequeno suspiro, e a vergonha faz o meu rosto esquentar. Tobias não me ouviu, ou não se importou, porque pressiona a palma da mão contra a parte inferior das minhas costas, me aproximando mais ainda. Seus dedos movem-se lentamente para cima das minhas costas, seguindo a minha coluna. Minha camiseta desliza para cima, e eu não a abaixo, mesmo quando sinto o ar frio contra a minha barriga.

Ele beija o meu pescoço e eu seguro o seu ombro para me estabilizar, agarrando a sua camiseta. Sua mão alcança o topo das minhas costas e se enrosca no meu pescoço. Minha camiseta está enrolada em seu braço e nós nos beijamos desesperadamente. Sei que minhas mãos estão tremendo com toda a energia e o nervosismo que há dentro de mim, portanto aperto ainda mais o seu ombro, para disfarçar.

Em seguida, seus dedos roçam o curativo sobre o meu ombro, e uma pontada de dor atravessa o meu corpo. Seu toque não doeu tanto, mas me trouxe de volta à realidade. Não posso ficar com ele *dessa* maneira, se um dos motivos do meu desejo é apenas a vontade de me distrair do meu sofrimento.

Inclino o corpo para trás e cuidadosamente abaixo a barra da minha camiseta para cobrir-me novamente. Por um instante, ficamos apenas deitados, misturando nossas respirações. Não quero chorar. Não, agora não é uma boa hora para chorar. Preciso me segurar. Mas não consigo afastar as lágrimas, não importa o quanto pisque.

— Desculpe.

— Não se desculpe — responde Tobias, quase severamente. Ele enxuga as lágrimas das minhas bochechas.

Sei que pareço um passarinho, estreita e pequena, e com a cintura reta e frágil, como que feita para voar. Mas, quando ele me toca desse jeito, como se não conseguisse afastar a mão, não queria ser nem um pouco diferente.

— Não queria estar tão desequilibrada — digo, com a voz fraquejando. — Mas é que me sinto tão...

Balanço a cabeça.

— Isso é errado — afirma ele. — Não importa se seus pais estão em um lugar melhor. Eles não estão aqui ao seu lado, e isso está *errado*, Tris. Isso não deveria ter acontecido. Não deveria ter acontecido com você. E qualquer pessoa que diga que está tudo bem está mentindo.

Um soluço sacode o meu corpo novamente, e ele me envolve com seus braços com tanta força que tenho dificuldade em respirar, mas não importa. Se antes eu estava chorando com alguma dignidade, agora a coisa ficou feia. Minha boca se abre, meu rosto se contorce e sons parecidos com os de um animal morrendo escapam da minha garganta. Sinto que vou me despedaçar se continuar assim. Talvez isso fosse até melhor. Talvez fosse melhor simplesmente me despedaçar e não precisar mais carregar esse peso.

Tobias passa um longo período em silêncio, até que eu também me calo.

— Durma — diz ele. — Eu vou protegê-la dos pesadelos, se eles vierem atrás de você.

— Com o quê?

— Com as minhas mãos, é claro.

Envolvo sua cintura com um braço e respiro fundo contra o seu ombro. Ele cheira a suor, ar puro e menta. O cheiro de menta é da pomada que usa às vezes para relaxar músculos doloridos. Ele também cheira a segurança, como uma caminhada por um pomar ensolarado ou um café da manhã silencioso no refeitório. Nos momentos antes de cair no sono, quase me esqueço da nossa cidade devastada pela guerra e do conflito que nos encontrará em breve, se nós não o encontrarmos primeiro.

Antes de dormir, ouço-o sussurrar:

— Eu te amo, Tris.

Eu poderia responder, mas já estou longe demais.

CAPÍTULO SEIS

Naquela manhã, acordo ao som de um barbeador elétrico. Tobias está diante do espelho, com a cabeça inclinada para conseguir enxergar o canto do queixo.

Abraço os meus joelhos cobertos pelo lençol e o assisto.
— Bom dia — diz ele. — Dormiu bem?
— Dormi. — Eu me levanto e, enquanto ele inclina a cabeça para trás, para alcançar o queixo com o barbeador, abraço-o, encostando a testa nas suas costas, onde a tatuagem da Audácia surge sob a camiseta.

Ele coloca o barbeador na pia e segura as minhas mãos. Nenhum de nós rompe o silêncio. Escuto a sua respiração, e ele acaricia os meus dedos lentamente, esquecendo-se do que estava fazendo.

— É melhor eu ir me arrumar — digo, depois de alguns segundos. Não tenho vontade de ir embora, mas preciso trabalhar na lavanderia e não quero que os membros da

Amizade pensem que não estou cumprindo a minha parte do acordo que nos ofereceram.

— Vou arrumar alguma coisa para você vestir — fala ele.

Caminho descalça pelo corredor alguns minutos depois, vestindo a camiseta com a qual dormi e um short que Tobias pegou emprestado da Amizade. Quando entro no meu quarto, Peter está em pé ao lado da minha cama.

Instintivamente, ajeito o corpo e procuro algum objeto no quarto que possa usar como arma.

— Saia daqui — digo com o máximo de confiança que consigo. Mas é difícil evitar que minha voz trema. Não consigo deixar de lembrar do seu olhar quando ele me pendurou pela garganta sobre o abismo, ou quando me empurrou contra a parede no complexo da Audácia.

Ele se vira para me encarar. Ultimamente, quando ele olha para mim, não vejo a malícia de antes, mas apenas exaustão. Sua postura parece a de uma pessoa vencida e seu braço está apoiado em uma tipoia. Mas ele não me engana.

— O que está fazendo no meu quarto?

Ele se aproxima de mim.

— Por que você está seguindo o Marcus? Vi o que você fez ontem, depois do café da manhã.

Eu o encaro de volta.

— Não é da sua conta. Vá embora.

— Estou aqui porque não entendo por que *você* foi escolhida para cuidar do disco rígido — continua ele. — Não é como se você fosse uma pessoa muito estável.

— *Eu* sou instável? — Solto uma risada. — Acho isso um pouco engraçado, vindo de você.

Peter comprime os lábios e fica calado.

— Por que você está tão interessado no disco rígido? — pergunto com desconfiança.

— Não sou idiota — responde ele. — Sei que contém muito mais do que os dados da simulação.

— Não, você realmente não é idiota, não é mesmo? Você acha que, se entregar o disco rígido para a Erudição, talvez eles desculpem a sua indiscrição e o aceitem de volta.

— Não quero que eles me aceitem de volta. — Ele se aproxima ainda mais. — Se quisesse, não teria ajudado vocês no complexo da Audácia.

Finco a ponta do dedo indicador no peito dele, cravando a unha na sua pele.

— Você me ajudou porque não queria que eu atirasse em você outra vez.

— Posso não ser um traidor de facção e amante da Abnegação. — Ele agarra o meu dedo. — Mas ninguém me controla. Muito menos a Erudição.

Arranco a minha mão de volta, torcendo-a para que ele a solte. Minhas mãos estão suadas.

— Não espero que você entenda. — Enxugo as mãos na barra da minha camiseta, enquanto direciono-me lentamente para a cômoda. — Tenho certeza de que, se eles tivessem atacado a Franqueza, e não a Abnegação, você teria permitido que eles atirassem na testa dos seus familiares sem protestar. Mas não sou assim.

— Cuidado com o que fala sobre a minha família, Careta. — Ele se move junto comigo, em direção à cômoda, mas eu viro o corpo cuidadosamente, posicionando-me entre ele e as gavetas. Não quero revelar a localização do disco rígido, tirando-o do esconderijo com Peter no quarto, mas também não quero deixar o caminho livre para ele.

Seus olhos voltam-se para a cômoda atrás de mim, para o lado esquerdo, onde o disco rígido deveria estar escondido. Franzo as sobrancelhas e olho para ele, e então percebo algo que não havia percebido antes: um volume retangular em um dos seus bolsos.

— Devolva isso. Agora.

— Não.

— Devolva, ou eu juro que te mato quando você estiver dormindo.

Ele ri debochadamente.

— Você deveria ver o quão ridícula fica quando está ameaçando alguém. Parece uma menininha dizendo que vai me enforcar com a corda de pular.

Começo a caminhar em sua direção e ele se afasta, entrando no corredor.

— Não me chame de menininha.

— Eu chamo você do que eu quiser.

Lanço-me sobre ele, mirando o punho esquerdo no local onde eu sei que vai doer mais: seu braço ferido. Ele se desvia do soco, mas, em vez de tentar novamente, seguro seu braço com o máximo de força possível, torcendo-o para o lado. Peter grita muito alto e, enquanto está distraído pela dor, chuto seu joelho com força, fazendo-o desabar no chão.

Pessoas chegam correndo, vestidas com roupas cinzentas, pretas, amarelas e vermelhas. Peter se lança em minha direção, meio agachado, e soca o meu estômago. Inclino-me para a frente, mas a dor não me detém. Solto algo entre um grunhido e um grito, e parto para cima dele, com o cotovelo esquerdo puxado para trás ao lado da minha boca, para que eu consiga acertar o seu rosto.

Um dos membros da Amizade agarra os meus braços e me puxa para longe de Peter, erguendo-me do chão. A ferida em meu ombro lateja, mas quase não sinto dor em meio ao choque de adrenalina. Esforço-me para me aproximar dele novamente, tentando ignorar os olhares de estupefação dos membros da Amizade e da Abnegação, assim como de Tobias, e uma mulher ajoelha-se ao lado de Peter, sussurrando palavras em um tom tranquilizante. Tento ignorar seus grunhidos de dor e a culpa que aperta o meu estômago. Eu o odeio. Não me importo. Eu o odeio.

— Tris, acalme-se! — diz Tobias.

— Ele está com o disco rígido! — grito. — Ele o roubou de mim! Está com ele!

Tobias caminha em direção a Peter, ignorando a mulher agachada ao seu lado, e pisa sobre seu tórax para que ele não se mova. Em seguida, enfia a mão no bolso de Peter e retira o disco rígido.

Tobias fala com ele baixinho:

— Não vamos ficar em um abrigo para sempre, e isso não foi muito esperto da sua parte.

Depois, ele vira-se para mim e diz:

— Também não foi muito esperto da sua parte. Quer que sejamos expulsos?

Respondo com uma carranca. O homem da Amizade que está segurando o meu braço começa a me puxar pelo corredor. Tento soltar-me da sua mão.

— O que você pensa que está fazendo? Me solta!

— Você violou os termos do nosso acordo de paz – diz ele, suavemente. – Precisamos agir de acordo com o protocolo.

— Vá com ele — aconselha Tobias. — Você precisa se acalmar.

Olho os rostos da multidão que se juntou ao meu redor. Ninguém discute com Tobias. Eles me olham de volta, de relance. Então, deixo que dois homens da Amizade me guiem pelo corredor.

— Cuidado com os pés — avisa um deles. — As tábuas são desniveladas aqui.

Minha cabeça está latejando, sinal de que estou me acalmando. Um dos homens da Amizade, que é grisalho, abre uma porta à esquerda. Uma placa na porta diz: SALA DE CONFLITO.

— Vocês estão me deixando de castigo ou algo assim? — Faço uma careta. É bem o tipo de coisa que a Amizade faria: me deixar de castigo, depois me ensinar a fazer exercícios de respiração purificantes ou a pensar positivo.

A sala é tão clara que preciso apertar os olhos para enxergar. A parede do outro lado possui enormes janelas voltadas para o pomar. Apesar disso, a sala parece pequena, provavelmente porque o teto, assim como as paredes e o chão, também é coberto por tábuas de madeira.

— Por favor, sente-se — instrui o homem mais velho, apontando para um banco no meio da sala. Como todos os outros móveis no complexo da Amizade, ele é feito de madeira bruta e parece robusto, como se continuasse plantado no chão. Não me sento.

— A briga acabou — digo. — Não farei isso novamente. Não aqui.

— Precisamos agir de acordo com o protocolo — diz o homem mais jovem. — Por favor, sente-se, e nós vamos discutir o que aconteceu, depois deixaremos você ir.

Os dois falam de maneira muito delicada. Eles não sussurram como os membros da Abnegação, que estão sempre pisando em ovos e tentando não perturbar os outros. Falam de maneira suave, tranquilizante e baixa. Pergunto-me, então, se isso é algo que ensinam aos seus iniciandos aqui. Como falar, se mover, sorrir e promover a paz da melhor maneira possível.

Não quero me sentar, mas me sento, na beirada do banco, para poder me levantar rapidamente, se precisar. O homem mais jovem fica em pé na minha frente. Dobradiças rangem atrás de mim. Olho para trás. O homem mais velho está mexendo em algo sobre o balcão atrás de mim.

— O que você está fazendo?

— Estou fazendo chá.

— Não acho que a solução para isso realmente seja tomar chá.

— Então, conte-nos — diz o homem mais novo, chamando a minha atenção de volta para a janela. Ele sorri para mim. — Qual você acha que é a solução?

— Expulsar Peter deste complexo.

— Me parece – diz o homem suavemente – que foi você quem o atacou primeiro. Aliás, foi você quem atirou no braço dele.

— Você não tem ideia do que ele fez para merecer isso. — Minhas bochechas esquentam novamente, latejando em sintonia com as batidas do meu coração. — Ele tentou me matar. E outra pessoa. Ele esfaqueou o olho de outra pessoa... com uma faca de *manteiga*. Ele é mau. Eu tinha todo o *direito* de...

Sinto uma forte pontada no pescoço. Pontos escuros cobrem o homem que se encontra diante de mim, obscurecendo minha visão do seu rosto.

— Desculpe-nos, querida. Estamos apenas seguindo o protocolo.

O homem mais velho está segurando uma seringa. Algumas gotas do que ele injetou em mim ainda estão dentro dela. O líquido é verde vivo, da cor de grama. Pisco rapidamente e os pontos escuros desaparecem, mas o mundo continua balançando ao meu redor, como se eu estivesse indo para a frente e para trás em uma cadeira de balanço.

— Como você se sente? – pergunta o homem mais jovem.

— Eu me sinto... – *Irritada*, eu estava prestes a dizer. Irritada com Peter, irritada com a Amizade. *Mas isso não é verdade, não é?* Sorrio. — Eu me sinto bem. Parece um pouco... que estou flutuando. Ou balançando. Como *você* se sente?

— A tonteira é um dos efeitos colaterais do soro. Talvez seja melhor você descansar esta tarde. E estou bem. Obrigado por perguntar. Você pode ir agora, se quiser.

— Vocês sabem onde posso encontrar Tobias? — pergunto. Quando penso no seu rosto, o afeto por ele borbulha dentro de mim, e tudo o que quero fazer é beijá-lo. — Quero dizer, o Quatro. Ele é bonito, não é? Não sei por que ele gosta tanto de mim. Não sou muito legal, não é?

— Geralmente, não — diz o homem. — Mas acho que você poderia ser, se tentasse.

— Obrigada. É muita gentileza sua dizer isso.

— Acho que você o encontrará no pomar. Eu o vi saindo depois da briga.

Solto uma pequena risada.

— A briga. Que bobagem...

E realmente parece uma bobagem atingir o corpo de alguém com o punho. Como um carinho, mas forte demais. Carinhos são muito mais gostosos. Talvez eu devesse ter acariciado o braço de Peter. Isso teria sido mais gostoso para nós dois. Meus dedos não estariam doendo agora.

Eu me levanto e sigo em direção à porta. Preciso me apoiar na parede para me equilibrar, mas ela é robusta, por isso não ligo. Tropeço pelo corredor, rindo da minha falta de equilíbrio. Estou desastrada de novo, exatamente como era quando pequena. Minha mãe costumava sorrir para mim e dizer:

— Cuidado onde você pisa, Beatrice. Não quero que se machuque.

Saio ao ar livre e o verde das árvores parece mais verde, tão potente que quase consigo sentir o gosto dele. Talvez eu *consiga* sentir o gosto do verde, e ele seja o mesmo da grama que decidi mastigar quando era criança, só para descobrir que gosto tinha. Quase caio na escada, porque o mundo ao meu redor está balançando, e caio na gargalhada quando sinto a grama fazer cócegas nos meus pés descalços. Caminho em direção ao pomar.

— Quatro! — grito. Por que estou gritando um número? Ah, é. Porque é o nome dele. Grito novamente: — Quatro! Onde você está?

— Tris — diz uma voz, vinda das árvores à minha direita. Parece que a árvore está falando comigo. Dou uma risadinha, mas é claro que é só Tobias, abaixando a cabeça para passar por debaixo de um galho.

Corro em sua direção, mas o chão gira para o lado e eu quase desabo. Sua mão encosta na minha cintura, me sustentando. Seu toque lança uma onda de energia pelo meu corpo, e todo o meu interior queima, como se tivesse sido aceso por seus dedos. Eu me aproximo dele, pressionando meu corpo contra o seu, e levanto a cabeça para beijá-lo.

— O que eles... — Ele começa a dizer, mas eu o interrompo com meus lábios. Ele me beija de volta, mas rápido demais, e eu solto um suspiro alto.

— Isso foi caído — reclamo. — Está bem, não foi, mas...

Fico na ponta dos pés para beijá-lo novamente, e ele encosta os dedos nos meus lábios para me deter.

— Tris. O que eles fizeram com você? Você está parecendo uma lunática.

— Não é muita gentileza sua falar isso. Eles me deixaram de bom humor, só isso. E agora eu quero muito beijá-lo; por isso, se você puder simplesmente *relaxar*...

— Não vou beijá-la. Vou descobrir o que está acontecendo.

Faço beicinho por um segundo, mas depois sorrio, enquanto as coisas começam a fazer sentido na minha cabeça.

— É por *isso* que você gosta de mim! Porque você também não é muito legal! Tudo faz sentido agora.

— Venha comigo — diz ele. — Vamos falar com Johanna.

— Eu também gosto de você.

— Isso me deixa muito mais aliviado — responde ele, de maneira vaga. — Vamos. Ah, pelo amor de Deus. Eu carrego você, então.

Ele me levanta, com um braço sob os meus joelhos e outro sob as minhas costas. Abraço seu pescoço e beijo sua bochecha. Depois, descubro que, quando chuto o ar, a sensação do vento nos meus pés é gostosa, então movo-os para cima e para baixo, enquanto ele caminha em direção ao edifício onde Johanna trabalha.

Quando alcançamos o escritório, ela está sentada atrás de uma mesa, diante de uma pilha de papéis, mordendo a borracha de um lápis. Ela levanta a cabeça e olha para nós, e sua boca abre um pouco. Uma mecha de cabelo escuro cobre a metade esquerda do seu rosto.

— Você não deveria cobrir a sua cicatriz — sugiro. — Você fica mais bonita com o cabelo fora do rosto.

Tobias me coloca no chão de maneira um pouco bruta. O impacto é brusco e machuca um pouco o meu ombro, mas gosto do som que meus pés fazem ao bater no chão. Solto uma risada, mas Johanna e Tobias não riem comigo. Estranho.

— O que vocês fizeram com ela? — pergunta Tobias, secamente. — O que diabos vocês fizeram com ela?

— Eu... — Johanna franze a testa ao olhar para mim. — Eles devem ter dado demais para ela. Ela é muito pequena. Talvez não tenham levado o peso e o tamanho dela em conta.

— Eles devem ter dado *o que* demais para ela? — insiste Tobias.

— Sua voz é bonita — falo para ele.

— Tris, por favor, fique calada.

— O soro da paz — explica Johanna. — Em doses pequenas, o soro tem um efeito ameno e tranquilizante e melhora o humor. O único efeito colateral é um pouco de tonteira. Oferecemos a membros da nossa comunidade que apresentam dificuldades em manter a paz.

Tobias bufa:

— Não sou idiota. *Todos* os membros da sua comunidade têm dificuldades em manter a paz, porque são humanos. Vocês provavelmente jogam o soro nas reservas de água.

Johanna passa alguns segundos sem responder. Ela dobra as mãos em frente ao corpo.

— Certamente, você sabe que isso não é verdade, ou esse conflito não teria ocorrido. Mas todas as decisões aqui são tomadas em conjunto, como uma facção. Se eu pudesse dar o soro para todas as pessoas da cidade, daria. Você certamente não estaria na situação que está agora se eu tivesse feito isso.

— Ah, claro — retruca Tobias. — Drogar toda a população é realmente a melhor solução para o nosso problema. Ótimo plano.

— O sarcasmo é uma falta de gentileza, Quatro — diz ela suavemente. — Sinto muito se erramos ao administrar uma dose excessiva para a Tris. Sinto muito, de verdade. Mas ela violou os termos do nosso acordo, e temo que, por isso, vocês não possam ficar aqui por muito mais tempo. Não poderemos esquecer o conflito entre ela e o garoto, Peter.

— Não se preocupe. Pretendemos sair daqui o mais rápido possível.

— Ótimo — diz ela, com um pequeno sorriso. — A paz entre a Amizade e a Audácia só pode existir se mantivermos distância entre nossas facções.

— Isso explica muita coisa.

— Como assim? O que você está insinuando?

— Isso explica — fala ele, cerrando os dentes — por quê, sob o pretexto da *neutralidade*, como se isso sequer fosse possível, vocês nos abandonaram para morrer nas mãos da Erudição.

Johanna suspira silenciosamente e olha pela janela. Do lado de fora, há um pequeno pátio com videiras. As videiras agarram-se às beiradas da janela, como se quisessem entrar e participar da conversa.

— A Amizade não faria algo assim — digo. — Isso é maldade.

— Nós não nos envolvemos pelo bem da paz... — começa a dizer Johanna.

— Paz. — Tobias cospe a palavra. — Sim, tenho certeza de que as coisas ficarão muito pacíficas quando estivermos todos mortos ou acovardados sob a ameaça de termos as nossas mentes controladas ou de ficarmos presos em uma simulação sem fim.

Johanna contorce o rosto, e eu a imito, só para experimentar a sensação de fazer aquilo. Não é muito boa. Pergunto-me por que ela fez aquilo.

— A decisão não foi minha – diz ela devagar. – Se tivesse sido, talvez nossa conversa agora fosse diferente.

— Você está dizendo que discorda deles?

— Estou dizendo que não devo discordar da minha facção publicamente, mas que sou livre para fazê-lo na privacidade do meu próprio coração.

— Eu e Tris vamos embora daqui a dois dias — diz Tobias. — Espero que sua facção não desista de usar este complexo como um refúgio.

— Não costumamos mudar nossas decisões tão facilmente. E quanto a Peter?

— Vocês terão que lidar com ele separadamente – diz ele. – Porque ele não virá com a gente.

Tobias segura a minha mão, e a sensação da sua pele contra a minha é agradável, embora não seja nem suave nem macia. Ofereço um sorriso de desculpa para Johanna, mas sua expressão não muda.

— Quatro – chama ela. – Caso você e seus amigos queiram permanecer... intocados pelo soro, é melhor evitarem o pão.

Tobias agradece sem se virar para ela, e descemos o corredor juntos. Dou pequenos saltinhos a cada dois passos.

CAPÍTULO SETE

O EFEITO DO soro passa cinco horas depois, quando o sol está se pondo. Tobias manteve-me trancada em meu quarto durante todo o dia, fazendo visitas de hora em hora para ver como eu estava. Dessa vez, quando ele entra, estou sentada na cama, encarando a parede.

— Graças a Deus — diz ele, encostando a testa na porta. — Estava começando a acreditar que o efeito nunca passaria e que eu seria obrigado a deixar você aqui... cheirando flores, ou seja lá o que você ia querer fazer sob o efeito desse treco.

— Eu vou matá-los. Eu vou *matá-los*.

— Não precisa. Vamos embora em poucos dias. — Ele fecha a porta e retira o disco rígido do bolso. — Pensei em esconder isso atrás da sua cômoda.

— É exatamente onde estava.

— Eu sei. Por isso mesmo o Peter não vai procurar lá de novo. — Tobias afasta a cômoda da parede com uma das mãos e enfia o disco rígido atrás dela com a outra.

— Por que será que não consegui combater o soro da paz? Se o meu cérebro é estranho o bastante para resistir ao soro da simulação, por que não resistiu também a este?

— Para ser sincero, não sei. — Ele desaba ao meu lado na cama, empurrando o colchão. — Talvez, para resistir ao efeito de um soro, você precise realmente *querer*.

— Mas é claro que eu *queria* — digo, frustrada, mas sem muita convicção. Será que eu realmente queria? Ou será que foi agradável esquecer a raiva, a dor, esquecer tudo por algumas horas?

— Às vezes — diz ele, deslizando os braços ao redor dos meus ombros —, as pessoas só querem ser felizes, mesmo que seja de uma maneira irreal.

Ele tem razão. Mesmo agora, esta paz entre nós vem de não falarmos sobre as coisas, sobre Will, sobre os meus pais, sobre eu quase ter atirado na cabeça dele ou sobre Marcus. Mas não ouso interromper este momento com a verdade, porque estou ocupada demais me apoiando nele.

— Talvez você tenha razão — concordo baixinho.

— Você está *cedendo*? — exclama ele, abrindo a boca com ar debochado de surpresa. — Parece que esse soro até fez bem a você...

Eu o empurro com o máximo de força que consigo.

— Retire o que disse. Retire o que disse *agora*.

— Está bem, está bem! — Ele levanta a mão. — É só que... eu também não sou muito legal, sabe? Por isso é que gosto tanto de você...

— Saia! — grito, apontando para a porta.

Rindo sozinho, Tobias beija a minha bochecha e vai embora.

+ + +

À noite, estou envergonhada demais pelo que aconteceu para ir jantar, então passo o tempo agarrada aos galhos de uma macieira, nos limites do pomar, catando maçãs maduras. Subo o mais alto que minha coragem permite para alcançá-las, e meus músculos ardem. Descobri que, quando fico parada, deixo pequenas frestas abertas por onde a tristeza consegue entrar, por isso me mantenho ocupada.

Estou enxugando a testa com a barra da minha camiseta, em pé sobre um dos galhos, quando ouço o barulho. A princípio, ele é fraco e mistura-se ao zunir das cigarras. Fico parada para ouvir melhor e, depois de alguns instantes, consigo identificar o som: carros.

A Amizade conta com cerca de uma dúzia de caminhonetes, usadas para transportar produtos, mas eles só fazem isso durante os finais de semana. Sinto um arrepio na nuca. Se o som não vem de automóveis da Amizade, provavelmente vem de carros da Erudição. Mas preciso ter certeza.

Agarro o galho acima de mim com as duas mãos, mas me ergo apenas com o braço esquerdo. Não sabia que ainda conseguia fazer isso. Fico agachada, com galhos e folhas enrolados nos cabelos. Algumas maçãs caem no chão quando desloco o meu peso. As macieiras não são muito altas; talvez eu não consiga ver longe o bastante.

Uso os galhos próximos como degraus, equilibrando-me com as mãos e me contorcendo e abaixando para me esgueirar em meio ao labirinto de galhos da árvore. Lembro-me da vez que escalei a roda-gigante no píer, com as mãos tremendo e os músculos pulsando. Dessa vez estou ferida, mas também mais forte, e a escalada é mais fácil.

Os galhos tornam-se mais delgados e fracos. Molho os lábios e encaro o galho seguinte. Preciso escalar o mais alto possível, mas o galho que escolhi é curto e parece flexível. Apoio um pé sobre ele, testando sua resistência. Ele enverga, mas aguenta. Começo a levantar o corpo para apoiar o outro pé, e o galho rompe.

Arquejo enquanto meu corpo desaba para trás, agarrando-me ao tronco da árvore no último segundo. Esta altura terá que ser suficiente. Fico na ponta dos pés e me esforço para olhar na direção do som.

A princípio, não vejo nada além de terras cultivadas, um trecho de terra desmatada, uma cerca, campos e os primeiros prédios a distância. Mas vejo alguns pontos se aproximando da cerca, que ficam prateados ao rebater a luz. Carros com teto preto e painel solar, o que só pode significar uma coisa: a Erudição.

Solto o ar dos meus pulmões, chiando, entre os dentes cerrados. Não paro para pensar; apenas abaixo um pé após o outro, tão rápido que a casca da árvore solta dos galhos, desabando para o chão. Assim que meus pés tocam o solo, começo a correr.

Conto as fileiras de árvores enquanto passo por elas. *Sete, oito.* Os galhos estendem-se para baixo, e eu passo imediatamente abaixo deles. *Nove, dez.* Seguro o meu braço direito junto ao corpo e começo a correr mais rápido, e a ferida de bala no meu ombro dói a cada passo. *Onze, doze.*

Quando alcanço a décima terceira fileira, jogo o corpo para o lado, descendo por uma delas. As árvores da décima terceira fileira são próximas umas das outras. Seus galhos se entrecruzam, criando um labirinto de folhas, galhos e maçãs.

Meus pulmões doem, clamando por oxigênio, mas estou perto do final do pomar. O suor molha as minhas sobrancelhas. Alcanço o refeitório e abro a porta com força, abrindo caminho entre um grupo de homens da Amizade, e então o vejo; Tobias está sentado em um dos cantos do salão, com Peter, Caleb e Susan. Quase não consigo enxergá-los por trás dos pontos que ofuscam a minha visão, mas Tobias toca o meu ombro.

— Erudição. — É tudo o que consigo dizer.

— Vindo para cá?

Assinto com a cabeça.

— Dá tempo de fugir?

Não tenho certeza.

A essa altura, os membros da Abnegação sentados na outra ponta da mesa estão prestando atenção. Eles reúnem-se ao nosso redor.

— Por que precisamos fugir? — pergunta Susan. — A Amizade transformou este lugar em um refúgio. Conflitos não são permitidos.

— A Amizade terá dificuldade em fazer cumprir essa política — diz Marcus. — Como impedir o conflito sem criar mais conflito?

Susan acena com a cabeça.

— Mas não podemos ir embora – diz Peter. – Não temos tempo. Eles nos veriam.

— A Tris tem uma arma – diz Tobias. – Podemos tentar fugir na marra.

Ele segue em direção ao dormitório.

— Espere – chamo-o. – Tenho uma ideia.

Olho para os membros da Abnegação ao redor.

— Disfarces. A Erudição não tem certeza de que ainda estamos aqui. Podemos fingir ser da Amizade.

— Então, todos de nós que não estiverem vestidos como membros da Amizade devem ir para os dormitórios – diz Marcus. — Quanto aos outros, soltem o cabelo; tentem imitar o comportamento deles.

Todos os membros da Abnegação vestidos de cinza deixam o refeitório em grupo e atravessam o pátio até o dormitório de hóspedes. Ao chegar lá, corro até o meu quarto, fico de quatro e enfio a mão sob o colchão, à procura da arma.

Demoro um pouco para encontrá-la e, quando encontro, minha garganta aperta e não consigo engolir. Não quero tocar a arma. Não quero tocá-la novamente.

Vamos, Tris. Enfio a arma sob a cintura da minha calça vermelha. Ainda bem que ela está tão folgada. Encontro os frascos de pomada curativa e analgésicos sobre a mesa de cabeceira e enfio-os no meu bolso, para o caso de conseguirmos escapar.

Em seguida, pego o disco rígido atrás da cômoda.

Se a Erudição nos pegar, o que é bastante provável, eles vão nos revistar, e não quero simplesmente entregar a simulação de ataque novamente. Mas esse disco rígido também contém as imagens de segurança do ataque. O registro das nossas perdas. Da morte dos meus pais. A única parte deles que me restou. E, como os membros da Abnegação não tiram fotos, é também o único registro da aparência deles que tenho.

No futuro, quando a minha memória começar a falhar, o que terei para me lembrar de como eles eram? Seus rostos vão mudar na minha memória. Nunca mais vou vê-los novamente.

Não seja idiota. Isso não é importante.

Aperto o disco rígido com tanta força que minha mão dói.

Então, por que eu sinto *que é tão importante?*

— Não seja idiota — digo em voz alta. Cerro os dentes e agarro o abajur da minha mesa de cabeceira. Tiro o fio da tomada, jogo a pantalha sobre a cama e me agacho sobre o disco rígido. Piscando para afastar as lágrimas, bato com a base do abajur contra o disco rígido, amassando-o.

Bato outra vez, e outra, e outra, até o disco rígido quebrar, espalhando pedaços pelo chão. Em seguida, chuto os pedaços para debaixo da cômoda, coloco o abajur de volta no lugar e sigo para o corredor, enxugando os olhos com as costas da mão.

Alguns minutos depois, um pequeno grupo de homens e mulheres vestindo cinza surge no corredor, junto com Peter, remexendo pilhas de roupas.

— Tris — diz Caleb. — Você ainda está vestida de cinza.

Seguro a camisa do meu pai e hesito.

— É do papai — explico. Se eu trocar de roupa, terei que deixá-la para trás. Mordo o lábio para que a dor me fortaleça. Preciso me livrar dela. É apenas uma camisa. Só isso.

— Vou vesti-la sob a minha — diz Caleb. — Eles não vão perceber.

Aceno com a cabeça e agarro uma camisa vermelha da pilha de roupas. Ela é grande o bastante para ocultar o volume da arma. Entro no quarto mais próximo para me trocar e entrego a camisa cinza para Caleb ao voltar para o corredor. Há uma porta aberta e, por trás dela, vejo Tobias enfiando roupas da Abnegação no lixo.

— Você acha que os membros da Amizade vão mentir por nós? — pergunto a ele, apoiando-me no batente da porta.

— Para evitar um conflito? — Tobias acena com a cabeça. — Com certeza.

Ele está usando uma camisa vermelha de colarinho e uma calça jeans rasgada no joelho. Fica ridículo com essas roupas.

— Bela camisa — comento.

Ele torce o nariz para mim.

— Era a única coisa que cobria a minha tatuagem, está bem?

Dou um sorriso nervoso. Havia me esquecido das minhas tatuagens, mas a camisa as esconde bem.

Os carros da Erudição chegam ao complexo. Há cinco deles, todos prateados, com teto preto. Os motores parecem ronronar enquanto as rodas atravessam o terreno irregular. Entro um pouco para dentro do edifício, deixando a porta aberta atrás de mim, e Tobias mantém-se ocupado com o fecho da lata de lixo.

Todos os carros estacionam e as portas se abrem, revelando pelo menos cinco homens e mulheres vestindo o azul da Erudição.

E cerca de outros quinze vestindo o preto da Audácia.

Quando os membros da Audácia se aproximam, vejo tiras de tecido azul enroladas em seus braços, o que só pode significar que eles se aliaram à Erudição. A facção que escravizou as suas mentes.

Tobias segura a minha mão e me guia para dentro do dormitório.

— Não pensei que a nossa facção seria tão idiota — diz ele. — Você está com a arma, certo?

— Estou. Mas não posso garantir que conseguirei atirar muito bem com a mão esquerda.

— Você deveria treinar isso — aconselha ele. Sempre um instrutor.

— Vou treinar — respondo, e começo a tremer um pouco ao completar: — se sobrevivermos.

Suas mãos acariciam meus braços nus.

— É só saltitar um pouco enquanto anda – instrui, beijando a minha testa –, fingir que você tem medo das armas deles – outro beijo, entre as minhas sobrancelhas –, agir como a flor amedrontada que você nunca será – um beijo na minha bochecha –, e você ficará bem.

— Está bem. — Minhas mãos tremem enquanto eu agarro o colarinho da sua camisa. Puxo a sua boca para junto da minha.

Um sino toca uma, duas, três vezes. É um chamado para o refeitório, onde os membros da Amizade costumam se reunir para ocasiões menos formais do que o encontro do outro dia. Nos juntamos ao grupo de membros da Abnegação fantasiados de Amizade.

Retiro os grampos do cabelo de Susan. Seu estilo de cabelo é severo demais para a Amizade. Ela me oferece um pequeno sorriso de gratidão, enquanto o cabelo cai sobre os ombros. É a primeira vez que vejo seu cabelo dessa maneira. Suaviza seu queixo quadrado.

Eu deveria ser mais corajosa do que os membros da Abnegação, mas eles não parecem estar tão preocupados quanto eu. Sorriem uns para os outros e caminham em silêncio. Silêncio demais. Abro caminho entre eles e cutuco o ombro de uma das mulheres mais velhas.

— Fale para as crianças brincarem de pique-pega – peço a ela.

— Pique-pega?

— Elas estão agindo de maneira muito respeitável e... Careta – explico, contorcendo o rosto ao falar a palavra que se tornou o meu apelido dentro da Audácia. – Crianças da Amizade estariam fazendo uma arruaça. Apenas faça o que eu disse, está bem?

A mulher toca o ombro de uma das crianças da Abnegação e sussurra algo em seu ouvido, e alguns segundos depois um grupo de crianças está correndo, desviando dos pés dos membros da Amizade e gritando:

— Peguei você! É a sua vez!

— Não, você só tocou na manga da minha camisa!

Caleb se dá conta do que estamos fazendo e começa a cutucar a costela de Susan, que cai na gargalhada. Tento relaxar, saltitando ao andar, como Tobias sugeriu, e balançando os braços ao dobrar os corredores. É impressionante como fingir ser de uma facção diferente muda tudo, até o meu modo de caminhar. Deve ser por isso que é tão estranho eu poder facilmente pertencer a três delas.

Alcançamos os membros da Amizade à nossa frente enquanto atravessamos o pátio em direção ao refeitório e nos misturamos a eles. Mantenho Tobias dentro do meu campo de visão, porque não quero me distanciar muito dele. Os membros da Amizade não questionam nossa atitude; eles apenas permitem que nos misturemos à sua facção.

Uma dupla de traidores da Audácia está em pé ao lado da porta do refeitório, segurando armas, e meu corpo enrijece. De repente me dou conta da realidade: estou sendo levada para dentro de um prédio cercado por membros da Erudição e da Audácia. Se me descobrirem, não terei para onde correr. Eles me matarão na hora.

Penso em fugir. Mas para onde poderia ir, sem que eles conseguissem me pegar? Tento respirar normalmente.

Estou quase passando por eles. *Não olhe, não olhe.* Estou a alguns passos de distância. *Desvie os olhos, desvie os olhos.*

Susan me dá o braço.

— Estou contando uma piada — diz ela — que você acha muito engraçada.

Cubro a boca com a mão e forço uma risadinha, que soa aguda e estranha, mas, pelo sorriso de Susan, parece que foi convincente. Agarramos uma à outra da mesma maneira que as meninas da Amizade fazem, olhando de soslaio para os membros da Audácia e rindo novamente. Fico impressionada com a minha capacidade de agir assim, mesmo com este peso no meu peito.

— Obrigada — sussurro, depois que entramos no refeitório.

— De nada.

Tobias senta-se à minha frente a uma das mesas longas, e Susan, ao meu lado. Os outros membros da Abnegação se espalham pelo salão, enquanto Caleb e Peter sentam-se a algumas cadeiras de distância de nós.

Batuco os dedos na minha perna enquanto esperamos alguma coisa acontecer. Ficamos sentados ali durante um longo tempo, e eu finjo prestar atenção à história que uma menina da Amizade está contando. Mas, de vez em quando, olho para Tobias, e ele me encara de volta, como se estivéssemos compartilhando o medo.

Finalmente, Johanna entra no refeitório com a mulher da Erudição. Sua camisa azul parece brilhar em contraste com a sua pele, que é marrom-escura. Ela vasculha o salão enquanto conversa com Johanna. Prendo a respiração quando seus olhos me encontram, depois a solto quando ela segue vasculhando o salão, sem hesitar. Ela não me reconheceu.

Pelo menos, não por enquanto.

Alguém bate com a mão na mesa e o refeitório fica em silêncio. Está na hora. É agora que ela nos entregará, ou não.

— Nossos amigos da Erudição e da Audácia estão procurando algumas pessoas — diz Johanna. — Vários membros da Abnegação, três membros da Audácia e um ex-iniciando da Erudição. — Ela sorri. — Para cooperar inteiramente com eles, disse que as pessoas que procuram estiveram, de fato, aqui, mas já foram embora. Eles estão pedindo permissão para revistar as nossas dependências, e isso significa que precisamos votar. Alguém é contra a revista?

A tensão em sua voz sugere que, caso alguém realmente seja contra, é melhor ficar de boca calada. Não sei se os membros da Amizade captam esse tipo de mensagem, mas ninguém fala nada. Johanna acena com a cabeça para a mulher da Erudição.

— Três de vocês ficam aqui — fala a mulher para o grupo de guardas da Audácia posicionado ao lado da entrada. — Os outros, vasculhem os edifícios e me avisem se encontrarem alguma coisa. Podem ir.

Há tantas coisas que eles poderiam encontrar. Os pedaços do disco rígido. Roupas que eu posso ter me esquecido de jogar fora. Uma ausência suspeita de objetos pessoais e de decoração nos nossos aposentos. Sinto o meu batimento cardíaco atrás dos olhos enquanto os três soldados da Audácia que ficaram para trás caminham para cima e para baixo, entre as fileiras de mesas.

Sinto um arrepio na nuca quando um deles caminha atrás de mim, com passos pesados e barulhentos. Não é a primeira vez que fico feliz em ser pequena e de aparência comum. Não chamo a atenção das pessoas.

Mas Tobias chama. Ele entrega o seu orgulho em sua postura, e na maneira como seus olhos apoderam-se de tudo o que veem. Isso não é um traço da Amizade. Só pode ser da Audácia.

A mulher da Audácia que caminha em sua direção olha imediatamente para ele. Seus olhos se estreitam enquanto se aproxima, e ela para diretamente atrás dele.

Queria que o colarinho de sua camisa fosse maior. Queria que ele não tivesse tantas tatuagens. Queria...

– Seu cabelo é bastante curto para alguém da Amizade – comenta ela.

... que ele não cortasse o cabelo como alguém da Abnegação.

– Está quente.

A desculpa até poderia ter colado se ele soubesse dizê-la do jeito certo, mas seu tom é ríspido.

Ela estende a mão e, com o dedo indicador, abaixa o colarinho da camisa de Tobias, revelando a sua tatuagem.

E Tobias entra em ação.

Ele agarra o punho da mulher, puxando-a para a frente e fazendo com que perca o equilíbrio. Ela bate com a cabeça na quina da mesa e desaba. Do outro lado do salão, uma arma dispara, alguém grita, e todos mergulham sob as mesas ou se escondem atrás dos bancos.

Todos, menos eu. Continuo sentada onde estava antes do disparo, agarrada à quina da mesa. Sei onde estou, mas não consigo mais enxergar o refeitório. Vejo o corredor por onde fugi depois que minha mãe morreu. Encaro a arma na minha mão e a pele macia entre as sobrancelhas de Will.

Solto um gemido gorgolejante. Seria um grito se meus dentes não estivessem travados. O feixe de memória desaparece, mas continuo paralisada.

Tobias agarra a nuca da mulher da Audácia e a obriga a se levantar. Ele está segurando a arma dela e a usa como escudo humano, enquanto atira por cima do seu ombro contra o soldado da Audácia que se encontra do outro lado do salão.

— Tris! — grita ele. — Você poderia me ajudar aqui?

Levanto a camisa apenas o bastante para conseguir agarrar o punho da arma, e meus dedos tocam o metal. Está tão frio que as pontas dos meus dedos doem, mas isso é impossível; o refeitório está muito quente. Um homem da Audácia na ponta da fileira de mesas aponta o revólver em minha direção. O ponto escuro na ponta do cano da arma cresce ao meu redor, e a única coisa que consigo ouvir é o meu próprio batimento cardíaco.

Caleb salta em minha direção e agarra a minha arma. Ele a segura com as duas mãos e dispara contra o joelho do homem da Audácia que está em pé a poucos metros dele.

O homem da Audácia grita e desaba, agarrando a perna e dando a Tobias a oportunidade de disparar contra a sua cabeça. Sua dor é momentânea.

Todo o meu corpo treme, e eu não consigo parar. Tobias ainda segura a mulher da Audácia pela garganta, mas, desta vez, aponta a arma para a mulher da Erudição.

— Mais uma palavra — diz Tobias — e eu mato você.

A boca da mulher da Erudição está aberta, mas ela não fala nada.

— Quem estiver conosco é melhor começar a correr — avisa Tobias, enchendo o salão com a sua voz.

De repente, os membros da Abnegação erguem-se de seus lugares sob as mesas e bancos e seguem em direção à porta. Caleb me puxa do banco. Começo a andar em direção à porta.

De repente, vejo algo. Uma contração, uma centelha de movimento. A mulher da Erudição ergue uma pequena arma e aponta-a para uma pessoa de amarelo na minha frente. O instinto, e não a consciência, leva-me a mergulhar. Minhas mãos se chocam contra a pessoa e o disparo atinge a parede e não ela, ou eu.

— Abaixe a arma — diz Tobias, apontando seu revólver para a mulher da Erudição. — Minha mira é *muito* boa, e aposto que a sua não é.

Pisco algumas vezes para clarear minha visão. Peter me encara. Acabei de salvar a sua vida. Ele não me agradece, e eu o ignoro.

A mulher da Erudição solta a arma. Juntos, eu e Peter seguimos para a porta. Tobias nos segue, caminhando de costas, para manter a arma apontada para a mulher da Erudição. Assim que sai do salão, ele bate a porta entre os dois.

E todos nós corremos.

Corremos juntos pelo corredor central do pomar, ofegantes. O ar noturno está pesado como um cobertor e cheira a chuva. Ouço gritos atrás de nós. Depois, ouço o som de portas de carro batendo. Corro o mais rápido possível, como se estivesse respirando adrenalina, e não ar. O ruído dos motores me segue até o meio das árvores. Tobias agarra a minha mão.

Corremos juntos por um milharal em uma longa fila. A esta altura, os carros já nos alcançaram. Seus faróis atravessam os talos altos, iluminando algumas folhas e espigas de milho.

— Espalhem-se! — grita alguém. Parece ter sido o Marcus.

Nós nos dividimos e nos espalhamos pelo campo, como água sendo derramada. Agarro o braço de Caleb. Ouço Susan arfar atrás dele.

Atropelamos pés de milho pelo caminho. As folhas pesadas cortam minhas bochechas e braços. Encaro o ponto entre as omoplatas de Tobias enquanto corro. Ouço um ruído surdo e pesado e solto um grito. Ouço gritos por todos os lados, à minha direita e à minha esquerda. Tiros. Os membros da Abnegação estão morrendo mais uma vez, como ocorreu quando fingi estar sob o efeito da simulação. E tudo o que eu estou fazendo é correr.

Finalmente, alcançamos a cerca. Tobias segue por ela, empurrando-a com a mão, até que encontra um buraco.

Ele segura a grade para que eu, Caleb e Susan possamos atravessar. Antes de começarmos a correr novamente, paro e olho o milharal que deixamos para trás. Vejo os faróis brilhando, distantes. Mas não ouço mais nada.

— Onde estão os outros? — sussurra Susan.

— Eles se foram — respondo.

Susan soluça. Tobias me puxa com força para o seu lado e segue em frente. Meu rosto arde com os cortes superficiais das folhas de milho e meus olhos estão secos. A morte dos membros da Abnegação é apenas mais um peso que não consigo deixar para trás.

Evitamos a estrada de terra que os carros da Erudição e da Audácia usaram para chegar ao complexo da Amizade, seguindo a linha de trem até a cidade. Não há onde nos escondermos aqui, nenhuma árvore ou prédio para nos proteger, mas não importa. Os carros da Erudição não conseguem atravessar a grade, e vai demorar um pouco até que eles consigam alcançar o portão.

— Preciso... parar... — diz Susan, de algum lugar na escuridão atrás de mim.

Paramos. Susan desaba no chão, chorando, e Caleb se agacha ao seu lado. Tobias e eu olhamos para a cidade, onde as luzes ainda estão acesas, porque ainda não é meia-noite. Quero sentir alguma coisa. Medo, raiva, mágoa. Mas não sinto. Só sinto vontade de continuar a me movimentar.

Tobias vira-se para mim.

— O que foi aquilo, Tris?

— O quê? — respondo, e sinto vergonha de o quão fraca minha voz soa. Não sei se ele está falando do Peter, do que aconteceu antes ou de alguma outra coisa.

— Você congelou! Alguém estava prestes a matá-la, e você não fez *nada*! — Agora ele está gritando: — Pensei que pudesse contar com você, pelo menos para salvar a sua própria pele!

— Ei! — diz Caleb. — Deixe-a em paz, está bem?

— Não — diz Tobias, me encarando. — Ela não precisa ser deixada em paz. — Suaviza a voz: — O que aconteceu?

Ele ainda acredita que sou forte. Forte o bastante para não precisar da sua compaixão. Eu costumava achar que ele tinha razão, mas agora não tenho tanta certeza. Limpo a garganta.

— Eu entrei em pânico. Isso não acontecerá novamente.

Ele levanta uma sobrancelha.

— Não acontecerá — repito, mais alto.

— Tudo bem. — Pareço tê-lo convencido. — Precisamos chegar a algum lugar mais seguro. Eles vão se reagrupar e começar a procurar por nós.

— Você acha que eles se preocupam tanto conosco? — pergunto.

— Conosco, sim. Éramos nós que eles realmente estavam procurando, e Marcus, que deve estar morto.

Não sei como eu esperava que ele dissesse isso. Talvez com alívio, porque Marcus, seu pai e a maior ameaça à sua vida, finalmente se foi. Ou com dor e tristeza, porque seu pai talvez esteja morto, e às vezes a tristeza não faz muito sentido. Mas ele disse isso como se fosse apenas um fato, como a direção na qual estamos seguindo ou a hora atual.

— Tobias... — Começo a dizer, mas não sei como completar a frase.

— Precisamos ir — diz Tobias, olhando para trás.

Caleb ajuda Susan a se levantar. Ela só consegue se mover com o apoio do braço dele em suas costas, empurrando-a em frente.

Não havia percebido até aquele momento que a iniciação da Audácia havia me ensinado uma lição importante: como seguir em frente.

CAPÍTULO
OITO

Decidimos seguir os trilhos do trem até a cidade, porque nenhum de nós é bom com direções. Caminho de dormente em dormente, Tobias se equilibra sobre um dos trilhos, oscilando apenas de vez em quando, e Caleb e Susan nos seguem. Contraio o corpo cada vez que ouço um som que não consigo identificar, e só relaxo quando percebo que é apenas o vento, ou o ruído dos sapatos de Tobias sobre o trilho. Gostaria de continuar correndo, mas só o fato de eu conseguir mover os pés já é impressionante.

De repente, ouço um rangido baixinho vindo dos trilhos.

Agacho-me e encosto a palma das mãos em um trilho, fechando os olhos para me concentrar na sensação do metal sob minhas mãos. A vibração parece um suspiro atravessando o meu corpo. Olho para a extensão do trilho por entre os joelhos de Susan e não vejo nenhuma luz de trem, mas isso não significa nada. Talvez o trem esteja andando sem apitos ou faróis, para não anunciar sua chegada.

De repente, vejo o brilho de um pequeno vagão, distante, mas se aproximando rapidamente.

— Ele está vindo — aviso a eles. Esforço-me para me levantar, quando tudo o que quero fazer é me sentar. Mas acabo me levantando e esfregando as mãos na calça jeans.

— Acho que devemos embarcar.

— Mesmo se o trem estiver sendo controlado pela Erudição? — pergunta Caleb.

— Se os membros da Erudição estivessem controlando o trem, teriam-no usado para ir até o complexo da Amizade para procurar por nós — diz Tobias. — Acho que vale a pena arriscar. Conseguiremos nos esconder na cidade. Aqui, eles vão acabar nos encontrando.

Nós nos afastamos dos trilhos. Caleb oferece instruções detalhadas a Susan sobre como embarcar em um trem em movimento, de uma maneira que só alguém que costumava pertencer à Erudição conseguiria fazer. Vejo o primeiro vagão se aproximando e ouço as batidas rítmicas do trem sobre os dormentes e o sussurro da roda de metal contra os trilhos de metal.

Quando o primeiro vagão passa na minha frente, começo a correr. Ignoro a sensação de queimação nas minhas pernas. Caleb ajuda Susan a subir em um dos vagões do meio, depois embarca também. Respiro fundo e lanço o corpo para a direita, chocando-me com o chão do vagão, as pernas balançando para fora do trem. Caleb agarra o meu braço esquerdo e me puxa mais para dentro. Tobias usa uma maçaneta para alçar o corpo para dentro depois de mim.

Olho para cima e fico sem ar.

Olhos brilham na escuridão. Há formas escuras dentro do vagão, mais numerosas que nós.

Os sem-facção.

+ + +

O vento uiva dentro do vagão. Todos estão de pé e armados, exceto eu e Susan, que não temos armas. Um homem sem-facção com um tapa-olho aponta uma arma para Tobias. Não sei onde ele a conseguiu.

A seu lado, uma mulher mais velha segura uma faca de cortar pão. Atrás dele, outra pessoa segura uma tábua com um prego saindo da ponta.

— Nunca vi pessoas da Amizade armadas — diz a mulher sem-facção que está segurando a faca.

O homem com a arma me parece familiar. Ele está vestido com roupas esfarrapadas de cores diferentes: uma camiseta preta sob uma jaqueta rasgada da Abnegação, uma calça jeans com costura vermelha e botas marrons. Há roupas de todas as facções representadas diante de nós: calças pretas da Franqueza usadas com camisas pretas da Audácia, vestidos amarelos sob casacos azuis. A maioria das peças de roupas está rasgada ou manchada de alguma maneira, mas algumas não. Imagino que elas tenham sido roubadas recentemente.

— Eles não são da Amizade — diz o homem com a arma.
— São da Audácia.

De repente o reconheço: é Edward, o iniciando que deixou a Audácia depois que Peter o atacou com uma faca de manteiga. É por isso que está usando o tapa-olho.

Lembro-me de segurar sua cabeça quando ele estava deitado no chão, gritando, e de limpar o seu sangue do chão.

— Olá, Edward — digo.

Ele inclina a cabeça em um cumprimento, mas não abaixa a arma.

— Tris.

— Seja lá o que vocês forem — diz a mulher —, terão que sair deste trem se quiserem continuar vivos.

— Por favor — implora Susan, com os lábios tremendo. Seus olhos se enchem de água. — Estávamos fugindo... e os outros estão mortos e não... — Ela começa a chorar novamente. — Acho que não consigo continuar, eu...

Sou tomada por uma vontade estranha de bater com a cabeça contra a parede. Não me sinto à vontade perto de pessoas chorando. Talvez seja egoísmo meu.

— Estamos fugindo da Erudição — informa Caleb. — Se saltarmos do trem, eles nos encontrarão mais facilmente. Portanto, agradeceríamos se vocês permitissem que fôssemos até a cidade de trem com vocês.

— É mesmo? — Edward inclina a cabeça para o lado. — E o que vocês já fizeram por nós?

— Eu ajudei você quando ninguém mais queria ajudar — respondo. — Lembra disso?

— Tudo bem, você ajudou. Mas e os outros? Nem tanto.

Tobias dá um passo à frente, e a arma de Edward quase encosta na sua garganta.

— Meu nome é Tobias Eaton. Não acho que você queira me empurrar para fora deste trem.

O efeito do nome sobre as pessoas no vagão é imediato e impressionante: elas abaixam suas armas e trocam olhares significativos.

— Eaton? É mesmo? — diz Edward, erguendo as sobrancelhas. — Tenho que admitir que eu não esperava por essa. — Ele limpa a garganta. — Tudo bem, vocês podem ficar no trem. Mas, quando chegarmos à cidade, terão que vir com a gente.

Em seguida, ele abre um pequeno sorriso.

— Conhecemos uma pessoa que tem procurado por você, Tobias Eaton.

+ + +

Tobias e eu nos sentamos na beirada do vagão, com as pernas balançando para fora.

— Você sabe quem é?

Tobias assente com a cabeça.

— Quem é, então?

— É difícil explicar. Preciso lhe contar muitas coisas.

Apoio o meu corpo contra o dele.

— É. Eu também.

+ + +

Não sei quanto tempo passa até eles pedirem para nós saltarmos. Mas, quando isso acontece, estamos na parte da cidade onde os sem-facção vivem, a cerca de um quilômetro e meio de onde cresci. Reconheço cada prédio no caminho, porque passava por eles quando perdia o ônibus da escola. Um tem tijolos quebrados. Outro está sustentando um poste de luz quebrado.

Ficamos em pé diante da porta do vagão, os quatro enfileirados. Susan choraminga.

— E se nos machucarmos? — pergunta ela.

Seguro sua mão.

— Vamos pular juntas. Eu e você. Já fiz isso várias vezes e nunca me machuquei.

Ela acena com a cabeça e aperta os meus dedos com tanta força que os machuca.

— No três. Um, dois, *três*.

Eu pulo, puxando-a comigo. Meus pés se chocam contra o chão e seguem correndo, mas Susan desaba na calçada e rola de lado. No entanto, fora um joelho ralado, ela parece estar bem. Os outros saltam sem dificuldades. Até Caleb, que, pelo que sei, só havia saltado de um trem uma vez antes disso.

Não sei quem entre os sem-facção conheceria Tobias. Talvez Drew e Molly, que foram reprovados na iniciação da Audácia. Mas eles nem sabiam qual é o nome verdadeiro dele e, além do mais, Edward provavelmente já os matou, considerando a disposição que ele mostrou em atirar em nós. Deve ser alguém da Abnegação ou da escola.

Susan parece ter se acalmado. Ela está andando sozinha agora, ao lado de Caleb, e suas bochechas estão secando, sem nenhuma lágrima para molhá-las novamente.

Tobias caminha ao meu lado, tocando levemente o meu ombro.

– Faz um tempo que não examino esse ombro. Como ele está?

– Está bem. Por sorte, trouxe o remédio contra dor. – Gosto de conversar sobre algo leve ou, pelo menos, o mais leve possível, considerando que ainda estamos falando sobre uma ferida. – Acho que não estou deixando o machucado cicatrizar direito. Estou usando o braço toda hora ou caindo sobre ele.

– Teremos tempo o bastante para cicatrizar quando tudo isso acabar.

– É. – *Ou talvez nem importe se eu cicatrizar ou não*, concluo em silêncio, *porque estarei morta*.

– Toma – oferece ele, tirando uma pequena faca do bolso de trás da calça e me entregando. – Por via das dúvidas.

Coloco a faca no bolso. Estou ainda mais tensa agora.

Os sem-facção nos guiam por uma rua, depois viram a esquina e entram em um corredor sinistro, com cheiro de lixo. Ratos se espalham à nossa frente, com guinchos de terror, e eu só vejo seus rabos, desaparecendo em meio a montes de lixo, latas de lixo vazias e caixas de papelão molhadas. Respiro pela boca para não vomitar.

Edward para ao lado de um dos prédios decadentes de tijolos e abre uma porta de aço com força. Recuo, quase esperando que o prédio desmorone se ele a abrir com muita força. As janelas estão tão sujas que a luz quase não as atravessa. Seguimos Edward para dentro de uma sala escura. Em meio ao brilho cintilante de uma lanterna, vejo... pessoas.

Pessoas sentadas ao lado de rolos de roupas de cama. Pessoas abrindo latas de comida. Pessoas bebendo água de garrafas. E crianças caminhando entre os grupos de adultos, sem qualquer confinamento a uma cor específica de roupas. Crianças sem-facção.

Estamos em um depósito dos sem-facção, e os sem-facção, que deveriam ser espalhados, isolados e sem comunidade... estão juntos dentro dele. Eles estão juntos, como uma *facção*.

Não sei o que esperar deles, mas fico surpresa com o quão normais parecem. Não lutam uns com os outros, nem se evitam. Alguns deles estão contando piadas, outros conversando baixinho. Mas aos poucos todos parecem perceber que nós não deveríamos estar ali.

— Venham — diz Edward, dobrando o dedo para que nós o acompanhemos. — Ela está aqui atrás.

Somos recebidos com olhares e silêncio enquanto seguimos Edward para o interior do prédio que deveria estar abandonado. Finalmente, não consigo mais conter as minhas perguntas:

— O que está acontecendo? Por que vocês estão todos juntos desta maneira?

— Você achou que eles... nós... estávamos dispersos — diz Edward, olhando para trás. — Bem, eles ficaram, por um tempo. Faminto demais para fazer qualquer coisa além de procurar comida. Mas aí os Caretas começaram a lhes dar comida, roupas, ferramentas e tudo o mais.

E eles se tornaram mais fortes, e esperaram. Estavam assim quando eu os encontrei, e me receberam de braços abertos.

Entramos em um corredor escuro. Sinto-me em casa, na escuridão e no silêncio tão comuns aos túneis do complexo da Audácia. Tobias, no entanto, está enroscando um fio solto da sua camisa no dedo, para a frente e para trás, repetidas vezes. Ele sabe quem nós iremos encontrar, mas eu ainda não tenho a menor ideia. Por que será que sei tão pouco sobre o menino que diz que me ama, o menino cujo nome verdadeiro é poderoso o bastante para nos manter vivos dentro de um vagão cheio de inimigos?

Edward para em frente a uma porta de metal e bate nela com o punho.

— Espera aí, você disse que vocês estavam esperando? — pergunta Caleb. — Esperando *o quê*, exatamente?

— Esperando o mundo desmoronar — responde Edward. — E foi o que aconteceu agora.

A porta é aberta, e uma mulher estrábica com aparência severa aparece. Seu olho estável olha para cada um de nós.

— Eles estavam perdidos?

— Não exatamente, Therese. — Ele aponta com o polegar para trás, em direção a Tobias. — Este aqui é Tobias Eaton.

Therese encara Tobias durante alguns segundos, depois acena com a cabeça.

— É, é mesmo. Esperem aqui.

Ela fecha a porta novamente. Tobias engole em seco com força, e seu pomo de adão sobe e desce.

— Você sabe quem ela vai chamar, não sabe? — pergunta Caleb a Tobias.

— Caleb — diz Tobias —, por favor, cale a boca.

Para minha surpresa, meu irmão reprime a curiosidade típica da Erudição.

A porta se abre outra vez, e Therese nos dá passagem. Entramos em uma antiga sala das caldeiras, com máquinas que surgem da escuridão tão subitamente que eu acabo esbarrando nelas com os joelhos e cotovelos. Therese nos guia através de um labirinto de metal até os fundos da sala, onde várias lâmpadas estão penduradas do teto sobre uma mesa.

Uma mulher de meia-idade está em pé atrás da mesa. Seu cabelo é preto e cacheado, e sua pele é morena. Suas feições são duras e tão angulares que quase a tornam feia, mas não exatamente.

Tobias agarra a minha mão. De repente, reparo que os dois têm o mesmo nariz, curvado e um pouco grande demais no rosto dela, mas não no dele. Eles também têm a mesma mandíbula forte, queixo distinto, lábio inferior carnudo e orelhas salientes. Apenas os olhos dela são diferentes. Ao contrário dos olhos azuis de Tobias, os dela são tão escuros que parecem pretos.

— Evelyn — diz ele, com a voz levemente trêmula.

Evelyn era o nome da mulher de Marcus e da mãe de Tobias. Seguro a mão dele com menos força. Há apenas alguns dias, estava recordando o funeral dela. O *funeral* dela. E agora ela está diante de mim, com olhos mais frios do que os de qualquer mulher da Abnegação que eu jamais tenha visto.

— Olá. — Ela se aproxima pelo lado da mesa, estudando-o. — Você parece mais velho.

— Pois é. A passagem do tempo costuma ter esse efeito nas pessoas.

Ele já sabia que ela estava viva. Há quanto tempo ele descobrira?

Ela sorri.

— Então, você finalmente veio...

— Não vim pela razão que você imagina — interrompe-a Tobias. — Estávamos fugindo da Erudição, e a única chance de fuga que tínhamos me obrigou a revelar meu nome aos seus mal armados lacaios.

Ela deve tê-lo irritado de alguma maneira. Mas não consigo deixar de pensar que, se eu descobrisse que minha mãe estava viva depois de pensar por tanto tempo que estivesse morta, nunca falaria com ela da maneira que Tobias está falando com a mãe dele agora, não importa o que ela tivesse feito.

A verdade por trás desse pensamento dói. Deixo isso de lado e me concentro no que está diante de mim agora. Sobre a mesa atrás de Evelyn há um grande mapa com marcações em vários pontos. É claramente um mapa da cidade, mas não sei o que as marcações querem dizer. Na parede atrás dela há um quadro-negro com um gráfico desenhado. Não consigo decifrar as informações no gráfico; estão escritas em um tipo de estenografia que desconheço.

– Entendo. – Evelyn continua sorrindo, mas sem o tom alegre de antes. – Apresente-me seus companheiros refugiados, então.

Seus olhos encontram nossas mãos unidas. Tobias solta os dedos imediatamente. Ele aponta para mim primeiro.

– Esta é Tris Prior. Seu irmão, Caleb. E a amiga deles, Susan Black.

– Prior – repete ela. – Conheço muitos Prior, mas nenhum chamado Tris. Já Beatrice, no entanto...

– Bem – comento –, conheço vários Eaton vivos, mas nenhum chamado Evelyn.

– Prefiro o nome Evelyn Johnson. Principalmente quando estou no meio de um grupo de pessoas da Abnegação.

– E *eu* prefiro o nome Tris – respondo. – E não somos da Abnegação. Pelo menos a maioria de nós não.

Evelyn olha para Tobias.

– Você fez algumas amizades bem interessantes.

– Aquelas são contagens da população? – pergunta Caleb, de trás de mim. Ele caminha adiante, com a boca aberta. – E... o quê? Abrigos secretos dos sem-facção? – Ele aponta para a primeira linha do gráfico, onde está escrito: 7.......... *Csa Vde*. – Quer dizer, esses lugares no mapa? São abrigos como este, não são?

– Você está fazendo muitas perguntas – diz Evelyn, erguendo uma sobrancelha. Reconheço a sua expressão. Ela pertence a Tobias, assim como sua resistência em relação a perguntas. – Por motivos de segurança, não responderei nenhuma delas. De qualquer maneira, está na hora do jantar.

Ela aponta para a porta. Susan e Caleb caminham em direção a ela, seguidos por mim, e Tobias e sua mãe vêm por último. Atravessamos o labirinto de máquinas outra vez.

— Não sou idiota — fala ela baixinho. — Sei que você não quer saber de mim, embora ainda não entenda exatamente por quê... — Tobias bufa. — Mas vou convidá-lo mais uma vez. Você poderia nos ajudar muito aqui, e sei que você compartilha da nossa opinião a respeito do sistema de facções...

— Evelyn – diz Tobias –, eu escolhi a Audácia.

— Escolhas podem ser refeitas.

— O que a leva a acreditar que eu tenha alguma vontade de estar perto de *você*? — Ouço a pausa em suas pegadas e desacelero meus próprios passos para ouvir a resposta dela.

— Porque sou sua mãe — diz ela, e sua voz quase falha ao dizer essas palavras, com uma vulnerabilidade pouco característica. — Porque você é meu filho.

— Você realmente não entende — continua Tobias. — Você não tem a menor ideia do que fez comigo. — Ele parece estar sem ar. — Não quero me juntar ao seu pequeno exército sem-facção. Quero ir embora daqui o mais rápido possível.

— Meu *pequeno* exército sem-facção tem duas vezes o tamanho da Audácia — diz Evelyn. — É melhor você levá-lo a sério. As ações dele poderão determinar o futuro desta cidade.

Depois de falar isso, ela caminha na frente dele e na minha frente também. Suas palavras ecoam em minha mente: *Duas vezes o tamanho da Audácia.* Quando será que eles se tornaram tão numerosos?

Tobias olha para mim, com as sobrancelhas abaixadas.

— Há quanto tempo você sabe? — pergunto.

— Há cerca de um ano. — Ele se apoia na parede e fecha os olhos. — Ela me mandou uma mensagem codificada na Audácia, pedindo para que eu a encontrasse no pátio de trens. Eu fui porque estava curioso, e lá estava ela. Viva. Como você deve imaginar, não foi um reencontro muito feliz.

— Por que ela deixou a Abnegação?

— Ela teve um caso. — Ele balança a cabeça. — O que não é nenhuma surpresa, já que meu pai... — Ele balança a cabeça outra vez. — Bem, digamos que Marcus não era mais gentil com ela do que comigo.

— É... é por isso que você está com raiva dela? Porque ela foi infiel a ele?

— Não — diz ele, de maneira um pouco dura demais, enquanto abre os olhos. — Não, não é por isso que estou com raiva.

Aproximo-me dele como se me aproximasse de um animal selvagem, calculando cada passo sobre o chão de cimento.

— Então, por quê?

— Entendo que ela precisava deixar meu pai. Mas será que pensou em me levar junto?

Contraio os lábios.

— Ah, ela deixou você com ele.

Ela o deixou sozinho com seu pior pesadelo. Dá para entender por que ele a odeia.

— É. — Ele chuta o chão. — Foi o que ela fez.

Meus dedos encontram os seus, desajeitados, e ele os guia para os espaços entre os dele. Sei que já basta de perguntas por agora, então deixo que o silêncio permaneça entre nós, até que ele decida quebrá-lo:

— Parece que os sem-facção são melhores amigos do que inimigos.

— Talvez. Mas qual seria o preço dessa amizade?

Ele balança a cabeça.

— Não sei. Mas talvez não tenhamos opção.

CAPÍTULO NOVE

Um dos sem-facção acendeu uma fogueira para esquentarmos nossa comida. Os que querem comer reúnem-se em uma roda em volta de uma bacia enorme de metal onde se encontra a fogueira, primeiro aquecendo as latas e distribuindo colheres e garfos, depois passando as latas de mão em mão, para que todos possam comer um pouco de tudo. Tento não pensar no número de doenças que poderiam se espalhar assim enquanto mergulho a minha colher em uma lata de sopa.

Edward senta-se no chão ao meu lado e pega a lata de sopa da minha mão.

— Então vocês eram todos da Abnegação, não é? — Ele enfia vários pedaços de macarrão e um de cenoura na boca, e passa a lata para a mulher à sua direita.

— Sim, nós éramos. Mas, como você já sabe, eu e Tobias nos transferimos, e... — De repente me dou conta de que não devo contar a ninguém que Caleb juntou-se à Erudição. — Caleb e Susan ainda são da Abnegação.

— E o Caleb é seu irmão. Você abandonou a sua família para juntar-se à Audácia?

— Você está parecendo alguém da Franqueza — respondo, irritada. — Que tal guardar suas opiniões para si mesmo?

Therese inclina-se em nossa direção.

— Na verdade, ele costumava ser da Erudição, e não da Franqueza.

— É, eu sei. Eu...

Ela me interrompe:

— Eu também era, mas fui obrigada a sair.

— O que houve?

— Eu não era inteligente o bastante. — Ela dá de ombros e pega uma lata de feijão da mão de Edward, mergulhando sua colher dentro dela. — Minha nota no teste de inteligência da iniciação não foi boa o bastante. Então, eles disseram "Passe o resto da vida limpando o laboratório de pesquisa ou vá embora". Decidi ir embora.

Ela olha para baixo e limpa a colher com a língua. Pego os feijões dela e passo-os para Tobias, que encara o fogo.

— Há muitos de vocês da Erudição? — pergunto.

Therese balança a cabeça.

— Na verdade, a maioria é da Audácia. — Ela acena com a cabeça na direção de Edward, e ele franze a testa. — Os outros são da Erudição, da Franqueza e alguns poucos da Amizade. Ninguém é reprovado na iniciação da Abnegação, então temos poucas pessoas de lá, exceto por algumas que sobreviveram ao ataque da simulação e procuraram abrigo aqui.

— Acho que o fato de haver tantas pessoas da Audácia não deveria me surpreender — digo.

— É verdade. A iniciação deles é uma das piores, e existe aquela coisa da velhice.

— Coisa da velhice? — pergunto.

Olho para Tobias. Agora ele está prestando atenção e sua aparência é quase normal, com os olhos pensativos e escuros sob a luz da fogueira.

— Quando os membros da Audácia atingem um certo grau de deterioração física — explica ele —, são convidados a deixar a facção. De uma maneira ou de outra.

— Qual é a outra maneira? — Meu coração dispara, como se já conhecesse a resposta que eu não consigo encarar sem perguntar.

— Digamos apenas que, para algumas pessoas, é melhor morrer do que se tornar um sem-facção — responde ele.

— Essas pessoas são idiotas — diz Edward. — Prefiro ser um sem-facção do que um membro da Audácia.

— Sorte a sua que você veio parar aqui, então — observa Tobias, friamente.

— Sorte? — Edward solta uma bufada irônica. — É. Sou muito sortudo, com meu único olho e tal.

— Lembro-me de ouvir boatos que diziam que você provocou aquele ataque — diz Tobias.

— Como assim? — intervenho. — Ele estava vencendo, só isso, e Peter ficou com inveja, então ele...

Vejo o sorrisinho no rosto de Edward e paro de falar. Talvez eu não saiba de tudo o que ocorreu durante a iniciação.

— Houve um incidente antes — explica Edward. — E Peter não saiu vitorioso dele. Mas isso certamente não justifica uma faca de manteiga no olho.

— Concordo com você — responde Tobias. — Se isso o faz se sentir melhor, ele levou um tiro à queima-roupa no braço durante o ataque da simulação.

Isso realmente parece fazer Edward se sentir melhor, porque ele passa a sorrir ainda mais.

— Quem atirou nele? Você?

Tobias balança a cabeça.

— Tris.

— Muito bem — diz Edward.

Eu aceno com a cabeça, mas me sinto um pouco enojada por ser parabenizada por isso.

Bem, nem *tão* enojada assim. Afinal de contas, foi Peter.

Encaro as chamas abraçarem os pedaços de madeira que as alimentam. Elas se movem e se transformam, como os meus pensamentos. Lembro-me da primeira vez que me dei conta de que nunca havia visto um membro idoso da Audácia. Lembro-me também de quando percebi que meu pai era velho demais para subir os caminhos do Fosso. Agora compreendo isso melhor do que gostaria.

— Você sabe dizer como as coisas andam agora? — pergunta Tobias a Edward. — Todos os membros da Audácia se juntaram à Erudição? A Franqueza fez alguma coisa?

— A Audácia está dividida — diz Edward com a boca cheia. — Metade se encontra na sede da Erudição, e a outra metade na sede da Franqueza. O que restou da Abnegação está aqui, conosco. Não aconteceu muita coisa até agora. Exceto pelo que aconteceu com vocês, é claro.

Tobias acena com a cabeça. Fico um pouco aliviada em saber que pelo menos metade dos membros da Audácia não nos traiu.

Como colherada após colherada, até ficar de estômago cheio. Depois, Tobias arruma catres e cobertas, e eu encontro um canto vazio para deitarmos. Quando ele se abaixa para desamarrar os sapatos, vejo o símbolo da Amizade na parte inferior das suas costas, com os galhos curvando-se sobre sua espinha. Quando ele ajeita o corpo, piso nos lençóis e o abraço, roçando a tatuagem com os dedos.

Tobias fecha os olhos. Espero que o fogo minguante nos esconda enquanto acarício as suas costas, tocando cada tatuagem, sem vê-las. Imagino o olho fixo da Erudição, a balança desequilibrada da Franqueza, as mãos unidas da Abnegação e as chamas da Audácia. Com a outra mão, encontro a chama tatuada sobre o tórax de Tobias. Sinto a respiração pesada dele contra a minha bochecha.

— Queria que estivéssemos sozinhos — diz ele.

— Eu quase sempre quero isso — respondo.

+ + +

Caio no sono, embalada pelo som de conversas distantes. Ultimamente, tenho mais facilidade em cair no sono quando há barulho ao meu redor. Consigo concentrar-me no barulho, não nos pensamentos que invadiriam a minha mente se houvesse silêncio. O barulho e a atividade são os refúgios dos enlutados e dos culpados.

Quando acordo, o fogo se reduziu a uma pequena brasa, e apenas alguns poucos sem-facção continuam acordados. Demoro alguns segundos para descobrir por que acordei: ouvi as vozes de Evelyn e Tobias a alguns metros de mim. Fico imóvel, esperando que eles não descubram que estou acordada.

— Você vai ter que me explicar o que está acontecendo aqui, se quiser que eu considere ajudá-la – diz ele. – Embora eu ainda não entenda por que precisa de mim.

Vejo a sombra de Evelyn na parede, tremeluzindo com o fogo. Ela é esguia e forte como Tobias. Seus dedos embaraçam-se em seu cabelo enquanto ela fala:

— O que você gostaria de saber exatamente?

— Fale-me sobre o gráfico. E o mapa.

— Seu amigo acertou quando disse que o mapa e o gráfico listavam nossos abrigos secretos. Mas errou a respeito da contagem de população... mais ou menos. Os números não incluem todos os sem-facção, apenas alguns deles. E aposto que você consegue adivinhar quais são.

— Não estou com paciência para adivinhações.

Ela suspira:

— Os Divergentes. Estamos contando os Divergentes.

— Como você sabe quem eles são?

— Antes do ataque da simulação, uma das ações da campanha da Abnegação foi um teste de pessoas sem-facção, para detectar certas anomalias genéticas. Às vezes, os testes incluíam uma segunda aplicação do teste de aptidão. Outras vezes, a questão era mais complicada. Mas eles nos explicaram que suspeitavam que nossa população Divergente é maior do que a de qualquer outro grupo da cidade.

— Não entendo. Por que...

— Por que os sem-facção têm uma população Divergente tão grande? — Pelo tom da sua voz, ela deve estar sorrindo. — É claro que aqueles que não conseguem confinar-se a uma única forma de pensar teriam uma chance maior de deixar uma facção ou de ser reprovados nas iniciações, certo?

— Não era isso o que eu ia perguntar. Quero saber por que *você* se importa com a quantidade de Divergentes que existem.

— A Erudição está à procura de mão de obra. Eles a encontraram temporariamente na Audácia. Agora, vão procurar mais, e nós somos a opção mais óbvia, a não ser que descubram que nós contamos com mais Divergentes do que qualquer outro grupo. Caso eles não descubram, quero saber quantos de nós somos resistentes às simulações.

— Entendo, mas por que a Abnegação estava tão interessada em descobrir quem é Divergente? Não era para ajudar Jeanine, era?

— É claro que não. Mas, infelizmente, não sei. A Abnegação não estava disposta a revelar informações que, segundo eles, só serviam para aliviar a nossa curiosidade.

Eles nos contaram apenas o que acreditavam que deveríamos saber.

— Estranho — murmura ele.

— Talvez você deva questionar o seu pai a respeito disso — sugere ela. — Foi ele quem me falou sobre você.

— Sobre mim? O que ele falou sobre mim?

— Que suspeitava que você fosse Divergente. Ele estava sempre de olho em você. Reparando no seu comportamento. Ele prestava muita atenção em você. Por isso... por isso, pensei que você estaria seguro com ele. Mais seguro do que comigo.

Tobias permanece em silêncio.

— Hoje, vejo que eu provavelmente estava errada.

Ele continua em silêncio.

— Eu gostaria... — Ela começa a dizer.

— Não se atreva a pedir desculpa. — Sua voz treme. — Isso não é algo que você pode consertar com uma ou duas palavras, com alguns abraços ou coisa parecida.

— Tudo bem. Tudo bem. Não vou pedir desculpa.

— Por que os sem-facção estão se reunindo? O que vocês pretendem fazer?

— Queremos derrubar a Erudição. Quando nos livrarmos deles, será difícil nos impedirem de tomar o governo.

— Você quer que eu a ajude a fazer isso? A derrubar um governo corrupto e substituí-lo por uma tirania sem-facção. — Ele ri com desdém. — De jeito nenhum.

— Não queremos ser tiranos — insiste ela. — Queremos estabelecer uma nova sociedade. Uma sociedade sem facções.

Minha boca fica seca. Sem facções? Um mundo onde ninguém sabe quem é ou onde pertence? Não consigo nem imaginar isso. Só consigo imaginar o caos e o isolamento que isso provocaria.

Tobias solta uma gargalhada.

— Certo. E como vocês planejam derrubar a Erudição?

— Às vezes, mudanças trágicas exigem medidas trágicas. — A sombra de Evelyn ergue um ombro. — Imagino que isso envolverá um alto grau de destruição.

Sinto um arrepio ao ouvir a palavra "destruição". Em alguma parte obscura do meu ser, anseio por destruição, desde que seja a Erudição a ser destruída. Mas a palavra agora tem um significado novo para mim, desde que testemunhei a sua verdadeira aparência: corpos vestidos de cinza jogados sobre meios-fios e calçadas, líderes da Abnegação baleados em seus próprios jardins, ao lado de suas caixas de correio. Aperto o rosto contra o catre sobre o qual estou dormindo, tão forte que minha testa dói, só para tentar mandar essa lembrança para longe, longe, *longe*.

— Quanto ao motivo pelo qual preciso de você — diz Evelyn. — Para conseguirmos levar isso a cabo, precisamos da ajuda da Audácia. Eles contam com armas e experiência de combate. Você poderia fazer a ponte entre eles e nós.

— Você acha que sou importante para a Audácia? Bem, não sou. Sou apenas uma pessoa que não tem medo de muita coisa.

— O que estou sugerindo é que você *se torne* importante. — Ela se levanta, e sua sombra se estende do chão até o teto. — Tenho certeza de que você daria um jeito de conseguir isso, se quisesse. Pense nisso.

Ela puxa o cabelo encaracolado para trás e o amarra em um nó.

— A porta está sempre aberta.

Alguns minutos depois, ele se deita novamente ao meu lado. Não quero admitir que estava bisbilhotando, mas quero dizer a ele que não confio em Evelyn nem nos sem-facção, nem em qualquer pessoa que fale de maneira tão natural em destruir uma facção inteira.

Antes que eu consiga juntar coragem para falar, a respiração dele torna-se constante, e ele cai no sono.

CAPÍTULO DEZ

Passo a mão pela nuca para levantar os fios de cabelo que grudaram nela. Meu corpo inteiro dói, especialmente minhas pernas, que queimam por causa do ácido lático mesmo quando estou parada. Também não estou cheirando muito bem. Preciso de um banho.

Desço um corredor até o banheiro. Não sou a única pessoa que teve a ideia de tomar banho. Há um grupo de mulheres diante das pias, metade delas nua, e a outra metade sem parecer dar a menor importância a isso. Encontro uma pia vazia no canto do banheiro e enfio a cabeça sob a torneira, deixando que a água fria se derrame sobre minhas orelhas.

— Olá — cumprimenta Susan. Viro a cabeça para o lado. A água desliza pela minha bochecha e entra no meu nariz. Ela está carregando duas toalhas, uma branca e outra cinza, ambas com as pontas puídas.

— Oi.

— Tenho uma ideia. — Ela vira as costas para mim e levanta a toalha, bloqueando a visão do restante do banheiro. Solto um suspiro aliviado. Privacidade. Ou pelo menos o máximo de privacidade que conseguirei aqui.

Dispo-me rapidamente e agarro o sabonete ao lado da pia.

— Como você está? — pergunta ela.

— Estou bem. — Sei que ela só está perguntando porque as regras da sua facção dizem que deve perguntar. Gostaria que ela falasse comigo livremente. — Como você está, Susan?

— Melhor. Therese me disse que há um grupo grande de refugiados da Abnegação em um dos abrigos dos sem-facção — diz ela, enquanto passo o sabonete no cabelo.

— É mesmo? — Enfio a cabeça sob a torneira outra vez, massageando o couro cabeludo com a mão esquerda para remover o sabão. — Você vai encontrá-los?

— Sim — confirma Susan. — A não ser que vocês precisem da minha ajuda.

— Obrigada por oferecer, mas acredito que sua facção precise mais de você — respondo, fechando a torneira. Gostaria de não precisar me vestir. Está quente demais para usar calça jeans. Mas pego a outra toalha no chão e me seco correndo.

Visto a camisa vermelha que usava antes. Não queria vestir algo tão sujo outra vez, mas não tenho opção.

— Acho que algumas das mulheres sem-facção têm roupas sobrando — diz Susan.

— Provavelmente. Pronto, é a sua vez.

Seguro a toalha enquanto Susan se limpa. Meus braços começam a doer depois de um tempo, mas ela ignorou a dor por mim, então farei o mesmo por ela. A água respinga nos meus calcanhares quando ela lava o cabelo.

— Nunca pensei que passaríamos por essa situação juntas — digo depois de um tempo. — Tomando banho em uma pia de um prédio abandonado, fugindo da Erudição.

— Pensava que moraríamos perto uma da outra — diz Susan. — Frequentaríamos eventos sociais juntas. Pensava que nossos filhos caminhariam até o ponto de ônibus juntos.

Mordo o lábio ao ouvir isso. É claro que a culpa por isso nunca ter sido uma possibilidade é minha, porque escolhi outra facção.

— Desculpe, não tive a intenção de levantar esse assunto. Mas me arrependo por não ter prestado mais atenção. Se eu tivesse prestado, talvez conseguisse perceber pelo que você estava passando. Fui egoísta.

Sorrio de leve.

— Susan, não há nada de errado com a maneira como você agiu.

— Terminei. Pode passar a toalha?

Fecho os olhos e me viro, para que ela possa pegar a toalha da minha mão. Quando Therese entra no banheiro fazendo uma trança no cabelo, Susan pergunta se ela tem alguma roupa sobressalente.

Quando deixamos o banheiro, estou vestida com uma calça jeans e uma camisa preta com gola tão larga que desliza dos meus ombros, e Susan está vestindo uma calça jeans folgada e uma camisa branca da Franqueza, com colarinho. Ela abotoa a camisa até a garganta. Os membros da Abnegação são tão recatados que chegam a se vestir de modo desconfortável.

Quando volto para a sala central, alguns dos sem-facção estão saindo com baldes de tinta e pincéis. Olho para eles até que a porta se fecha.

— Eles vão escrever mensagens para os outros abrigos — diz Evelyn, atrás de mim. — Em um dos outdoors. Códigos formados por informações pessoais, como a cor preferida ou o nome do animal de estimação de infância de alguém.

Não entendo exatamente por que ela está me contando algo sobre os códigos dos sem-facção, até que eu me viro. Vejo uma expressão familiar em seus olhos. É a mesma expressão que Jeanine usou quando contou a Tobias que havia desenvolvido um soro capaz de controlá-lo: uma expressão de orgulho.

— Muito esperto. Foi ideia sua?

— Foi sim. — Ela dá de ombros, mas não me engana. Ela certamente não está indiferente. — Eu era da Erudição antes de ir para a Abnegação.

— É mesmo? O que houve? Não conseguiu acompanhar aquela vida acadêmica?

Ela não morde a isca.

— É, mais ou menos. — Ela faz uma pausa. — Seu pai deve ter deixado a facção pelo mesmo motivo.

Quase me viro para fugir da conversa, mas suas palavras criam um tipo de pressão dentro da minha cabeça, como se ela estivesse esmagando o meu cérebro com as mãos. Eu a encaro.

— Você não sabia? — Ela franze a testa. — Desculpe, esqueci que os membros das facções raramente falam sobre suas antigas facções.

— O quê? — pergunto, com a voz falhando.

— Seu pai nasceu na Erudição. Os pais dele eram amigos dos pais de Jeanine Matthews, antes de morrerem. Seu pai e Jeanine costumavam brincar juntos quando crianças. Eu costumava vê-los trocando livros na escola.

Imagino o meu pai, adulto, sentado ao lado de Jeanine, adulta, a uma mesa do velho refeitório da minha escola, com um livro entre eles. A imagem me parece tão ridícula que solto algo entre uma risada e um gemido. Não pode ser verdade.

Mas...

Mas ele nunca falava sobre sua família ou sua infância.

Mas ele não tinha as mesmas maneiras quietas dos que tinham crescido na Abnegação.

Mas seu ódio pela Erudição era tão forte que deveria ser *pessoal*.

— Desculpe, Beatrice — diz Evelyn. — Não tive a intenção de reabrir feridas do passado.

Franzo a testa.

— Sim, você teve.

— O que você quer dizer...

— Preste bem atenção — digo, baixando a voz. Olho atrás dela para ver se Tobias está por perto. Só consigo ver Caleb e Susan em um canto do chão, compartilhando uma lata de pasta de amendoim. Tobias não está aqui.

— Não sou idiota — continuo a dizer. — Sei que você está tentando usá-lo. E vou falar isso para ele, se ele ainda não tiver percebido.

— Minha querida menina — diz ela. — Sou da família dele. Eu sou permanente. Você é apenas temporária.

— Você tem razão. A mãe o abandonou e o pai o espancava. É claro que a lealdade dele será ao sangue do seu sangue, com uma família dessas.

Vou embora, com as mãos tremendo, e sento-me ao lado de Caleb no chão. Susan agora está do outro lado da sala, ajudando um dos sem-facção na arrumação. Ele me passa a lata de pasta de amendoim. Lembro-me das fileiras de pés de amendoim nas estufas da Amizade. Eles o cultivam porque é um alimento rico em proteína e gordura, o que é importante principalmente para os sem-facção. Pego um pouco da pasta de amendoim com o dedo e enfio-a na boca.

Será que eu conto para ele o que Evelyn acabou de dizer? Não quero que ele pense que a Erudição está em seu sangue. Não quero lhe dar nenhum motivo para voltar para lá.

Decido não falar nada por enquanto.

— Queria falar com você sobre uma coisa — diz ele.

Aceno com a cabeça, ainda tentando lamber a pasta de amendoim que ficou presa no céu da minha boca.

— Susan quer ir visitar o pessoal da Abnegação. E eu também quero. Também quero ter certeza de que ela ficará bem. Mas não quero deixar você.

— Não tem problema.

— Por que você não vem conosco? — pergunta ele. — Tenho certeza de que a Abnegação aceitaria você de volta.

Também tenho certeza. Os membros da Abnegação não guardam rancores. Mas estou prestes a ser engolida pela tristeza e, se eu voltar para a antiga facção dos meus pais, é o que vai acontecer.

Balanço a cabeça negativamente.

— Preciso ir para a sede da Franqueza e descobrir o que está acontecendo. Não saber está me deixando maluca. — Forço um sorriso. — Mas você deve ir. Susan precisa de você. Ela parece estar melhor, mas ainda precisa de você.

— Está bem. — Caleb assente com a cabeça. — Bem, vou tentar me juntar a você em breve. Mas tome cuidado.

— Eu sempre tomo, não é?

— Não, acho que a maneira como você costuma agir está mais para imprudente.

Caleb aperta o meu ombro saudável de leve. Como outro dedo cheio de pasta de amendoim.

Tobias sai do banheiro masculino alguns minutos depois com uma camiseta preta, em vez da camisa vermelha da Amizade que vestia antes, e com o cabelo molhado. Nós nos encaramos, cada um de um lado da sala, e eu sei que está na hora de ir embora.

+ + +

A sede da Franqueza é grande o bastante para abrigar um mundo inteiro. Pelo menos essa é a minha impressão do lugar.

Ela está localizada em um enorme edifício de concreto, voltado para o que um dia foi o rio. Na frente do edifício há uma placa onde está escrito MERC IS MART. No passado, o que se lia era "Merchandise Mart", mas a maioria das pessoas refere-se ao lugar como Merciless Mart, ou Mercado Impiedoso, porque os membros da Franqueza são impiedosos, mas honestos. Eles parecem ter aceitado o apelido.

Não sei o que esperar do lugar, porque nunca entrei lá. Eu e Tobias paramos diante da porta e olhamos um para o outro.

— Lá vamos nós — diz ele.

Não consigo ver nada além do meu reflexo nas portas de vidro. Pareço cansada e suja. Pela primeira vez, percebo que não precisamos fazer nada. Poderíamos nos esconder com os sem-facção e deixar que os outros cuidem dessa bagunça. Poderíamos nos tornar ninguém, seguros, juntos.

Ele ainda não me contou sobre a conversa que teve com sua mãe na noite passada, e não acho que vai contar. Parecia estar tão determinado a alcançar a sede da Franqueza que eu começo a me perguntar se não está planejando algo sem mim.

Não sei por que atravesso as portas. Talvez seja porque decido que, já que chegamos até aqui, não custa nada descobrir o que está acontecendo. Mas acho que o fato é que eu sei o que é verdade e o que não é. Sou Divergente, não sou uma ninguém. Ninguém está realmente "seguro", e tenho coisas mais importantes na minha mente do que ficar brincando de casinha com Tobias. E parece que ele também.

O saguão é grande e bem iluminado, com o piso de mármore preto que se estende até um hall de elevador. Um anel de ladrilhos de mármore branco no centro do saguão forma o símbolo da Franqueza: uma balança desequilibrada, representando o peso da verdade contra o da mentira. O ambiente está lotado de membros armados da Audácia.

Uma soldada da Audácia com o braço em uma tipoia aproxima-se de nós, com a arma em punho e o cano apontado para Tobias.

— Identifique-se — comanda. Ela é jovem, mas não o bastante para conhecer Tobias.

Os outros se reúnem atrás dela. Alguns nos olham com suspeita, outros com curiosidade, mas, mais estranho do que qualquer desses olhares, é o brilho que vejo em alguns dos seus olhos. Reconhecimento. Talvez eles conheçam Tobias, mas como é possível que me reconheçam?

— Quatro — diz Tobias. Ele acena com a cabeça em minha direção. — Esta é a Tris. Nós dois somos da Audácia.

A soldada da Audácia arregala os olhos, mas não abaixa a arma.

— Alguém pode me ajudar aqui? — pede ela. Alguns dos membros da Audácia dão um passo à frente, mas com cuidado, como se fôssemos perigosos.

— Há algum problema? — pergunta Tobias.

— Vocês estão armados?

— É claro que eu estou armado. Sou da Audácia, não sou?

— Coloquem as mãos atrás da cabeça — ordena a garota, de maneira nervosa, como se esperasse que nós recusássemos. Olho para Tobias. Por que será que estão todos agindo como se estivéssemos prestes a atacá-los?

— Acabamos de entrar andando pela porta da frente — falo, devagar. — Vocês acham que teríamos feito isso se planejássemos machucar vocês?

Tobias não me encara de volta. Apenas encosta as pontas dos dedos na parte de trás da cabeça. Depois de alguns segundos, faço o mesmo. Os soldados da Audácia aglomeram-se ao nosso redor. Um deles revista as pernas de Tobias, enquanto outros pegam a arma presa à sua cintura. Outro soldado, um menino de cara redonda e bochechas rosadas, olha para mim com ar culpado.

— Tenho uma faca no bolso de trás — falo para ele. — Mas, se encostar as mãos em mim, vai se arrepender.

Ele resmunga uma desculpa, depois segura o cabo da faca com as pontas dos dedos, com cuidado para não me tocar.

— O que está acontecendo?

A soldada troca olhares com os outros.

— Desculpe. Mas recebemos ordens para prendê-los assim que vocês chegassem.

CAPÍTULO ONZE

Eles nos cercam, mas não nos algemam, e nos guiam até o hall dos elevadores. Não importa quantas vezes eu pergunte por que estão nos prendendo, ninguém responde nada nem olha para mim. Acabo desistindo e ficando calada, como Tobias.

Subimos até o terceiro andar, onde eles nos levam a uma pequena sala com o piso de ladrilho branco, e não preto. A sala não é mobiliada, exceto por um banco encostado na parede dos fundos. Todas as facções são obrigadas a ter salas de detenção para as pessoas que criam confusão, mas nunca estive em uma antes.

A porta é fechada atrás de nós, depois trancada, e somos deixados sozinhos mais uma vez.

Tobias senta-se no banco com a expressão carrancuda. Caminho de um lado para outro na frente dele. Se ele tivesse qualquer ideia do motivo de estarmos presos aqui, me contaria, então nem pergunto. Ando cinco passos para um lado e cinco para outro, cinco para um lado e cinco para outro, de forma ritmada, na esperança de que isso me ajude a pensar em alguma coisa.

Se a Erudição não dominou a Franqueza, como Edward disse, por que iam querer nos prender? O que poderíamos ter feito a eles?

Se a Erudição *não* os dominou, então o único crime que poderíamos ter cometido é termos nos juntado a ela. Será que eu fiz alguma coisa que poderia ter sido classificada assim? Mordo o lábio inferior com tanta força que faço uma careta de dor. Sim, fiz uma coisa. Atirei no Will. Atirei em vários outros membros da Audácia. Eles estavam sob o efeito da simulação, mas talvez a Franqueza não saiba disso, ou acredite que isso não é um motivo bom o bastante.

— Você poderia se acalmar, por favor? — pede Tobias. — Está me deixando nervoso.

— Estou justamente tentando me acalmar.

Ele inclina o tronco para frente, apoiando os cotovelos nos joelhos, e encara o chão entre seus sapatos.

— Não parece, pelo ferimento no seu lábio inferior.

Sento-me ao seu lado e abraço os joelhos com o braço esquerdo, deixando o direito caído ao lado do corpo. Durante muito tempo, ele não fala nada, e abraço as minhas pernas com cada vez mais força. Sinto que, quanto menor eu fico, mais segura estou.

— Às vezes — diz ele —, acho que você não confia em mim.

— Eu confio em você. É claro que confio. Por que você acha isso?

— Porque parece que você está escondendo alguma coisa de mim. Eu *lhe* contei coisas... — Ele balança a cabeça. — ... que nunca teria contado a mais ninguém. Mas tem alguma coisa acontecendo com você, e você ainda não me contou.

— Há muitas coisas acontecendo. Você sabe disso. Mas e você? Eu poderia falar a mesma coisa de você.

Ele toca a minha bochecha, depois passa os dedos pelo meu cabelo. E ignora a minha pergunta da mesma maneira que eu ignorei a dele.

— Se a questão é só os seus pais — diz ele suavemente —, é só falar que eu acreditarei em você.

Seus olhos deveriam estar cheios de apreensão, considerando a situação na qual nos encontramos, mas estão calmos e escuros. Eles me transportam para lugares familiares. Lugares seguros, onde confessar que atirei em um dos meus melhores amigos seria fácil, e onde eu não teria medo da maneira que Tobias vai me olhar depois que souber o que fiz.

Cubro a mão dele com a minha.

— É só isso mesmo — confirmo, com a voz fraca.

— Tudo bem — diz ele. Ele encosta a boca na minha. Sinto uma pontada de culpa no estômago.

A porta se abre. Algumas pessoas entram. Dois membros armados da Franqueza, um homem mais velho da Franqueza, de pele escura, uma mulher da Audácia que eu não reconheço e, por último, Jack Kang, representante da Franqueza.

Pelos padrões da maioria das outras facções, ele é um líder jovem, com apenas trinta e nove anos. Mas, pelos padrões da Audácia, isso não é nada. Eric tornou-se líder da Audácia aos dezessete. Mas esse é provavelmente um dos motivos por que as outras facções não respeitam as nossas opiniões e decisões.

Jack é bonito, tem cabelo preto, olhos ternos e puxados como os de Tori, e maçãs do rosto salientes. Apesar de sua beleza, ele não é conhecido por seu charme, provavelmente por ser da Franqueza, que considera o charme uma forma de enganação. Mas, se alguém pode nos dizer o que está acontecendo sem gastar tempo com formalidades, é ele. Isso já é alguma coisa.

— Fui informado de que vocês pareciam confusos a respeito do motivo da sua prisão. — Sua voz é grave, mas estranhamente monótona, como se ele não fosse capaz de criar um eco, mesmo no fundo de uma caverna vazia. — Isso significa que ou vocês foram falsamente acusados ou são bons fingidores. A única...

— Do que estamos sendo acusados? — interrompo-o.

— *Ele* está sendo acusado de crimes contra a humanidade. *Você* está sendo acusada de ser sua cúmplice.

— Crimes contra a humanidade? — Finalmente Tobias parece estar nervoso. Ele encara Jack com uma expressão de nojo. — O quê?

— Vimos vídeos do ataque. Você estava *controlando* a simulação do ataque — diz Jack.

— Como vocês conseguiram ver os vídeos? Nós pegamos os dados — diz Tobias.

— Vocês pegaram uma das cópias dos dados. Todos os vídeos do complexo da Audácia gravados durante o ataque foram enviados para outros computadores por toda a cidade — explica Jack. — Tudo o que vimos foi você controlando a simulação e *ela* quase morrendo espancada antes de desistir. Depois vocês pararam, tiveram uma reconciliação amorosa bastante abrupta e roubaram o disco rígido juntos. Talvez tenham feito isso porque a simulação havia chegado ao fim e vocês não queriam que nós colocássemos as mãos nela.

Quase caio na gargalhada. Meu único ato de heroísmo, a única coisa importante que fiz na vida, e eles acham que eu estava trabalhando para a Erudição.

— A simulação não terminou — digo. — Nós a *interrompemos*, seu...

Jack levanta a mão.

— Não estou interessado no que você tem a dizer agora. A verdade surgirá quando vocês dois forem interrogados sob efeito do soro da verdade.

Christina me falou sobre o soro da verdade certa vez. Disse que a parte mais difícil da iniciação da Franqueza é quando eles te dão soro da verdade e você é obrigado a responder perguntas pessoais na frente de todos da facção. Não preciso buscar os meus segredos mais profundos e obscuros para saber que o soro da verdade é a última coisa de que preciso agora.

— Soro da verdade? — Balanço a cabeça. — Não. De jeito nenhum.

— Você tem algo a esconder? — pergunta Jack, erguendo as sobrancelhas.

Quero falar para ele que qualquer pessoa com o mínimo de dignidade tem alguma coisa que deseja guardar para si mesma, mas não quero levantar suspeitas. Portanto, apenas balanço a cabeça.

— Sem problemas, então. — Ele olha para o relógio. — Agora é meio-dia. O interrogatório será às sete. Não adianta se preparar. Não há como esconder nada sob o efeito do soro da verdade.

Ele se vira e sai da sala.

— Que homem agradável – diz Tobias.

+ + +

Um grupo de membros armados da Audácia me acompanha até o banheiro no começo da noite. Eu me demoro lá, deixando as minhas mãos sob a água quente da torneira até que elas fiquem vermelhas e olhando o meu reflexo no espelho. Quando eu era da Abnegação e não podia me olhar no espelho, achava que a aparência de uma pessoa podia mudar muito em três meses. Mas, desta vez, eu pude ver o quanto mudei em poucos dias.

Pareço mais velha. Talvez seja o cabelo curto, ou talvez eu esteja vestindo tudo o que me aconteceu, como uma máscara. De qualquer maneira, sempre acreditei que seria feliz quando deixasse de parecer uma criança. Mas tudo o que sinto é um nó na garganta. Não sou mais a filha que meus pais conheceram. Eles nunca vão conhecer a pessoa que me tornei.

Desvio o olhar do espelho e abro a porta para o corredor com as costas das mãos.

Quando os membros da Audácia me deixam na sala de detenção, fico parada na porta um instante. Tobias está com a mesma aparência que tinha quando o conheci: camiseta preta, cabelo curto e expressão séria. Vê-lo costumava me encher de emoção e nervosismo. Lembro-me de quando segurei a sua mão do lado de fora da sala de treinamento por alguns poucos segundos e de quando nos sentamos juntos nas pedras ao lado do abismo e sinto uma pontada de saudade de como as coisas costumavam ser.

— Está com fome? — pergunta Tobias. Ele me oferece um sanduíche do prato ao seu lado.

Aceito o sanduíche e me sento, apoiando a cabeça em seu ombro. Tudo o que nos resta é esperar, então é isso que fazemos. Comemos até a comida acabar. Continuamos sentados, até que isso se torna desconfortável. Depois, deitamos um ao lado do outro no chão, com os ombros encostados, encarando o mesmo pedaço de teto branco.

— O que você está com medo de falar? — pergunta ele.

— Qualquer coisa. Tudo. Não quero ter que reviver nada daquilo.

Ele acena com a cabeça. Fecho os olhos e finjo dormir. Não há relógio na sala, então não posso contar os minutos até o interrogatório. Parece que o tempo nem existe aqui, exceto pelo fato de que eu o sinto pressionando-me à medida que a hora se aproxima das sete, apertando-me contra os ladrilhos do chão.

Talvez o tempo não parecesse tão pesado se eu não sentisse essa culpa. A culpa de conhecer a verdade e escondê-la em um lugar onde ninguém consegue vê-la, nem mesmo Tobias. Talvez eu não devesse sentir medo de falar nada, porque a honestidade vai fazer eu me sentir mais leve.

Acho que acabo caindo no sono, porque acordo assustada quando ouço a porta se abrir. Alguns membros da Audácia entram enquanto nos levantamos, e um deles fala o meu nome. Christina abre caminho entre os outros e me abraça com força. Seus dedos cravam na ferida do meu ombro, e eu solto um grito.

— Levei um tiro. Ombro. Ai.

— Meu Deus! — Ela me solta. — Desculpe, Tris.

Ela não parece a Christina da qual me lembro. O cabelo dela está mais curto, como o de um menino, e sua pele está acinzentada, sem o tom moreno vivo de antes. Ela sorri para mim, mas seu sorriso não se reflete em seus olhos, que apenas mantêm a aparência cansada. Tento sorrir de volta, mas estou nervosa demais. Christina estará presente no meu interrogatório. Ela ouvirá o que fiz a Will. Nunca me perdoará.

A não ser que eu lute contra o soro e engula a verdade, se conseguir.

Mas será que é realmente isso o que eu quero? Deixar que a verdade apodreça dentro de mim para sempre?

— Você está bem? Fiquei sabendo que estava aqui, então pedi para acompanhá-la — diz ela, enquanto deixamos a sala. — Sei que você não fez nada. Você não é nenhuma traidora.

— Estou bem. E obrigada. Como você está?

— Bem, eu... — Sua voz some, e ela morde o lábio. — Não sei se alguém já te contou... Bem, talvez agora não seja a melhor hora, mas...

— O quê? O que houve?

— É... O Will morreu durante o ataque.

Ela me encara com preocupação e com expectativa. O que ela está esperando de mim?

Ah. Eu não deveria saber que Will está morto. Poderia fingir estar abalada, mas provavelmente não convenceria. É melhor admitir que eu já sabia. Mas não sei como explicar isso sem revelar tudo.

De repente, sinto-me enjoada. Estou realmente pensando na melhor maneira de enganar a minha amiga?

— Eu sei. Vi-o no monitor quando estava na sala de controle. Sinto muito, Christina.

— Ah. — Ela assente. — Bem, eu... fico feliz que você já sabia. Realmente não queria te dar a notícia em um corredor.

Uma pequena risada. Um esboço de sorriso. Nenhum dos dois iguais ao que costumavam ser.

Entramos em fila no elevador. Sinto o olhar de Tobias em mim. Ele sabe que não vi Will nos monitores e não sabia que Will estava morto. Olho para a frente e finjo que ele não está me queimando com o olhar.

— Não se preocupe com o soro da verdade — diz ela. — É fácil. Você mal sabe o que está acontecendo quando está sob o efeito dele. Você só sabe o que falou quando o efeito passa. Eles me colocaram sob o efeito do soro quando eu era criança. É algo bastante comum na Franqueza.

Os outros membros da Audácia dentro do elevador trocam olhares. Em uma situação normal, alguém provavelmente a repreenderia por discutir fatos da sua antiga facção, mas não estamos em uma situação normal. Não haverá nenhum outro momento da vida de Christina no qual ela se encontrará acompanhando a sua melhor amiga, acusada de traição, a um interrogatório público.

— O restante das pessoas está bem? — pergunto. — Uriah, Lynn, Marlene?

— Estão todos aqui. Menos Zeke, irmão de Uriah, que ficou com os outros membros da Audácia.

— O quê? — Zeke, que prendeu as minhas cintas à linha da tirolesa, um traidor?

O elevador para no último andar, e todos os outros saem.

— Eu sei. Ninguém imaginava que isso pudesse acontecer.

Ela segura o meu braço e me puxa em direção à porta. Caminhamos por um corredor com piso de mármore preto. Deve ser fácil se perder na sede da Audácia, porque tudo é igual. Descemos por outro corredor e atravessamos duas portas duplas.

Visto do lado de fora, o Merciless Mart é um bloco achatado com uma seção estreita erguida no centro. Do lado de dentro, a seção elevada é uma sala vazada de três andares com espaços ocos na parede onde estariam as janelas. Vejo o céu escurecendo acima de mim, sem estrelas.

O piso da sala é de mármore branco, com um símbolo preto da Franqueza no centro, e as paredes são iluminadas por fileiras de lâmpadas turvas, fazendo com que a sala inteira brilhe. Todas as vozes causam ecos.

A maioria dos membros da Franqueza e o que restou dos da Audácia já estão reunidos ali. Alguns estão sentados nos bancos enfileirados ao redor dos cantos da sala, mas não há espaço o bastante para todos, portanto os outros estão amontoados ao redor do símbolo da Franqueza. No centro do símbolo, sobre a balança desequilibrada, encontram-se duas cadeiras vazias.

Tobias segura a minha mão. Entrelaço meus dedos nos dele.

Os guardas da Audácia nos guiam até o centro da sala, onde somos recebidos com murmúrios e, em alguns casos, deboches. Vejo Jack Kang no banco da frente.

Um homem velho e de pele escura dá um passo à frente, segurando uma caixa preta.

– Meu nome é Niles. Serei o seu interrogador. Você... – Ele aponta para Tobias. – Você será o primeiro. Portanto, dê um passo à frente, por favor.

Tobias aperta minha mão, depois a solta, e eu fico com Christina na beira do símbolo da Franqueza. O ar na sala está quente. Um ar úmido de verão e de pôr do sol. Mesmo assim, sinto frio.

Niles abre a caixa preta. Dentro dela há duas seringas, uma pra Tobias e outra para mim. Ele também tira um lenço antisséptico do bolso e o oferece a Tobias. Nós não nos preocupávamos com esse tipo de coisa na Audácia.

– Vou injetar o soro no seu pescoço – diz Niles.

Tudo o que consigo ouvir enquanto Tobias passa o lenço no pescoço é o som do vento. Niles dá um passo à frente e enfia a agulha no pescoço de Tobias, injetando o líquido turvo e azulado para dentro de suas veias. A última vez que vi alguém injetando alguma coisa em Tobias foi quando Jeanine o colocou sob o efeito de uma nova simulação, capaz de controlar até um Divergente. Ou, pelo menos, era nisso que ela acreditava. Naquela circunstância, pensei que o tivesse perdido para sempre.

Sinto um calafrio.

CAPÍTULO DOZE

— Vou fazer uma série de perguntas simples, para que você se acostume com o soro enquanto ele começa a fazer efeito — diz Niles. — Agora. Qual é o seu nome?

Tobias está sentado com os ombros caídos e a cabeça abaixada, como se o seu corpo fosse pesado demais para ele. Ele faz uma careta, se contorce na cadeira e, através de dentes cerrados, responde:

— Quatro.

Talvez não seja possível mentir sob o efeito do soro da verdade, mas sim escolher qual versão da verdade queremos contar: Quatro é o seu nome, mas ao mesmo tempo não é.

— Esse é o seu apelido — diz Niles. — Qual é o seu nome verdadeiro?

— Tobias.

Christina me cutuca com o cotovelo.

— Você sabia disso?

Respondo que sim com um aceno de cabeça.

— Como se chamam seus pais, Tobias?

Tobias abre a boca para responder, depois cerra o maxilar, como se tentasse evitar que as palavras derramassem de sua boca.

— Que relevância tem isso? — pergunta Tobias.

Os membros da Franqueza ao meu redor sussurram uns com os outros. Alguns fazem caretas. Levanto uma sobrancelha e olho para Christina.

— É muito difícil não responder às perguntas imediatamente quando se está sob o efeito do soro da verdade — explica ela. — Isso significa que a força de vontade dele é extremamente forte. E que ele está escondendo alguma coisa.

— Talvez não tivesse relevância antes, Tobias — diz Niles —, mas, agora que você resistiu a responder a pergunta, ela se tornou relevante. Diga-me os nomes dos seus pais, por favor.

Tobias fecha os olhos.

— Evelyn e Marcus Eaton.

Nossos sobrenomes são apenas uma forma adicional de identificação, e servem apenas para evitar confusões nos registros oficiais. Quando casamos, um dos cônjuges deve assumir o sobrenome do outro, ou os dois devem escolher um sobrenome novo. No entanto, embora carreguemos nossos nomes de família para as facções, raramente os mencionamos.

Mas todos reconhecem o sobrenome de Marcus. Percebo isso pelo clamor que surge na sala depois das palavras de Tobias. Todos da Franqueza sabem que Marcus é o membro do governo mais influente, e alguns deles provavelmente leram o artigo publicado por Jeanine a respeito da maneira cruel como ele tratava seu filho. Foi uma das poucas coisas verdadeiras que ela escreveu. E agora todos sabem que o tal filho é Tobias.

Tobias Eaton é um nome poderoso.

Niles espera a plateia ficar em silêncio, depois continua:

— Então, você se transferiu de facção, certo?

— Sim.

— Você se transferiu da Abnegação para a Audácia?

— *Sim* – responde Tobias, rispidamente. – Não é óbvio?

Mordo o lábio. Ele deveria se acalmar; está se entregando demais. Quanto mais ele relutar em responder uma pergunta, mais determinado Niles ficará para ouvir a resposta.

— Um dos propósitos deste interrogatório é determinar a quem você é leal – diz Niles. – Portanto, preciso perguntar: por que você se transferiu?

Tobias encara Niles e mantém a boca fechada. Passam-se segundos de completo silêncio. Quanto mais ele tenta resistir ao soro, mais difícil isso parece se tornar: suas bochechas coram e sua respiração torna-se rápida e pesada. Meu peito dói por ele. Os detalhes da sua infância deveriam permanecer dentro dele se deseja que fiquem lá. É crueldade da Franqueza forçá-lo a expô-los, roubando-lhe a sua liberdade.

— Isso é terrível – digo a Christina, com raiva. – É errado.

— Qual é o problema? É uma pergunta simples.

Balanço a cabeça.

— Você não entende.

Christina me oferece um pequeno sorriso.

— Você realmente gosta dele.

Estou ocupada demais assistindo Tobias para responder.

— Vou perguntar mais uma vez – diz Niles. — É importante que compreendamos o seu nível de lealdade à facção que escolheu. Então, por que você se transferiu para a Audácia, Tobias?

— Para proteger a mim mesmo – diz Tobias. — Eu me transferi para proteger a mim mesmo.

— Proteger-se do quê?

— Do meu pai.

Todas as conversas na sala cessam, e o silêncio que resta é pior do que os murmúrios. Imagino que Niles insistirá na questão, mas não é o que faz.

— Obrigado por sua honestidade – diz Niles. Os membros da Franqueza repetem a frase, baixinho. Por toda a minha volta, ouço as palavras "Obrigado por sua honestidade" em volumes e tons diferentes, e minha raiva começa a se dissipar. As palavras sussurradas parecem aceitar Tobias, receber e depois descartar seu segredo mais obscuro.

Talvez não seja crueldade, afinal, mas apenas o desejo de compreender que os motiva. Mas isso não faz com que eu sinta menos medo de ficar sob o efeito do soro.

— Sua aliança pertence à sua atual facção, Tobias?

— Minha aliança pertence a qualquer um que não concorde com o ataque à Abnegação — responde ele.

— Por falar nisso — diz Niles —, acho que devemos nos concentrar no que ocorreu aquele dia. Quais são as suas recordações do período em que esteve sob o efeito da simulação?

— A princípio, eu não estava sob o efeito da simulação — explica Tobias. — Ela não funcionou.

Niles solta uma pequena risada.

— Como assim? Ela não *funcionou*?

— Uma das características que definem os Divergentes é que suas mentes são resistentes a simulações — diz Tobias. — E eu sou Divergente. Portanto, não, ela não funcionou.

Mais sussurros. Christina me cutuca com o cotovelo.

— Você também é? — pergunta ela, perto do meu ouvido, para não fazer barulho. — É por isso que ficou consciente?

Eu a encaro. Passei os últimos meses com medo da palavra "Divergente", apavorada com a possibilidade de alguém descobrir o que eu sou. Mas não serei mais capaz de esconder isso. Aceno afirmativamente com a cabeça.

Os olhos de Christina ficam tão grandes que parecem querer saltar do rosto. Não consigo identificar sua expressão. Será que ela está chocada? Será que está com medo?

Será que está maravilhada?

— Você sabe o que isso significa? — pergunto.

— Ouvi falar disso quando era criança — diz ela, com um sussurro de admiração.

Com certeza, ela está maravilhada.

— Como se fosse uma história de fantasia. "Existem pessoas com poderes especiais entre nós!" Coisas desse tipo.

— Bem, não é nenhuma fantasia, e não é nada de mais. É como a simulação da paisagem do medo. Você tinha consciência de que estava sob o efeito dela e podia manipulá-la. Mas, para mim, é assim em todas as simulações.

— Mas, Tris — diz ela, apoiando a mão no meu cotovelo. — Isso é *impossível*.

No centro da sala, Niles está com a mão erguida, tentando silenciar a multidão, mas há sussurros demais, alguns hostis, outros de pavor e outros maravilhados, como os de Christina. Finalmente, Niles se levanta e grita:

— Se vocês não fizerem silêncio, serão convidados a se retirar!

Finalmente, todos fazem silêncio. Niles se senta.

— Quando você fala que é resistente a simulações, o que quer dizer exatamente?

— Normalmente, isso significa que permanecemos conscientes durante as simulações — diz Tobias. Ele parece se dar melhor com o soro da verdade quando responde perguntas factuais, e não emocionais. Agora, nem parece estar sob o efeito do soro da verdade, embora a postura caída e os olhos perdidos indiquem que está. — Com a simulação do ataque foi diferente, porque ela usava um tipo de soro de simulação singular, que respondia a transmissores de longa distância. Os transmissores não funcionaram nos Divergentes, porque acordei no meu estado normal aquela manhã.

— Você disse que não estava sob o efeito da simulação *a princípio*. Pode explicar o que quer dizer com isso?

— Quero dizer que fui descoberto e levado até Jeanine, e ela me injetou uma versão do soro de simulação especialmente desenvolvida para os Divergentes. Durante *essa* simulação eu estava consciente, mas isso não adiantou muita coisa.

— Os vídeos de segurança do complexo da Audácia mostram que você estava *controlando* a simulação — diz Niles, em um tom sombrio. — Como exatamente você explica isso?

— Quando eu estava sob o efeito da simulação, meus olhos ainda eram capazes de ver e processar o mundo ao meu redor, mas meu cérebro não conseguia compreendê-lo. Mas, de alguma maneira, ele ainda era capaz de saber o que eu estava vendo e onde estava. Uma das características dessa nova simulação é a capacidade de registrar minhas respostas emocionais a estímulos externos — explica Tobias, fechando os olhos por alguns segundos — e responder a eles alterando a aparência desses estímulos. A simulação transformava meus inimigos em amigos, e meus amigos em inimigos. Pensei que estava desligando a simulação. Na realidade, eu estava recebendo instruções sobre como mantê-la funcionando.

Christina concorda com a cabeça ao ouvi-lo falar. Fico mais calma quando percebo que a maior parte da multidão ao meu redor está fazendo o mesmo. Me dou conta de que esse é o benefício do soro da verdade. Dessa maneira, o depoimento de Tobias torna-se irrefutável.

— Vimos vídeos do que acabou acontecendo com você na sala de controle, mas eles são confusos — diz Niles. — Por favor, descreva a situação para nós.

— Alguém entrou na sala, e eu pensei que fosse uma soldada da Audácia tentando impedir que eu destruísse a simulação. E estava lutando contra ela e... — Tobias faz uma careta, esforçando-se para prosseguir. — Mas, de repente, ela parou, e eu fiquei confuso. Mesmo se eu estivesse acordado, teria ficado confuso. Por que ela se renderia? Por que simplesmente não me matou?

Seus olhos vasculham a multidão até encontrarem meu rosto. Meu coração pulsa na minha garganta, nas minhas bochechas.

— Até hoje não entendo — diz ele suavemente — como ela sabia que ia funcionar.

Pulsa nas pontas dos meus dedos.

— Acho que o meu conflito de emoções confundiu a simulação. E então, ouvi a voz dela. De alguma maneira, isso me deu forças para lutar contra a simulação.

Meus olhos ardem. Já tentei não pensar sobre esse momento, quando achei que o havia perdido e que logo estaria morta, quando tudo o que eu queria era sentir o bater do coração dele. Tento não pensar nisso agora; pisco para afastar as lágrimas.

— Finalmente, a reconheci. Voltamos para a sala de controle e paramos a simulação.

— Qual é o nome dessa pessoa?

— Tris. Quer dizer, Beatrice Prior.

— Você já a conhecia antes disso acontecer?

—Sim.
—Como você a conhecia?
—Fui instrutor dela. Agora, estamos juntos.
—Tenho uma última pergunta a fazer — diz Niles. — Na Franqueza, antes de aceitarmos uma pessoa na nossa comunidade, ela precisa expor-se completamente para nós. Considerando a situação grave na qual nos encontramos, exigimos a mesma coisa de você. Portanto, Tobias Eaton, do que você mais se arrepende?

Eu o olho dos pés à cabeça, dos seus tênis surrados aos seus dedos longos e suas sobrancelhas retas.

—Me arrependo... — Tobias inclina a cabeça para o lado e solta um suspiro. — Me arrependo da minha escolha.

—Qual escolha?

—A Audácia. Nasci para a Abnegação. Estava planejando deixar a Audácia e tornar-me um sem-facção. Mas aí eu a conheci e... Pensei que talvez pudesse dar um novo significado à minha decisão.

A conheci.

Por um instante, é como se eu estivesse vendo uma pessoa diferente dentro da pele de Tobias, que não leva uma vida tão simples quanto eu imaginava. Ele queria deixar a Audácia, mas ficou por minha causa. Ele nunca me disse isso.

—Escolher a Audácia para escapar do meu pai foi um ato covarde. Me arrependo dessa covardia. Ela significa que não sou digno da minha facção. Me arrependerei disso para sempre.

Espero que os membros da Audácia gritem, indignados, ou que pulem na cadeira e o espanquem. Eles são capazes de atos muito mais instáveis do que isso. Mas não fazem nada. Apenas ficam parados, silenciosos como estátuas, com rostos inexpressivos como estátuas, encarando o jovem que não os traiu, mas que também nunca sentiu que realmente pertencia ao mundo deles.

Por alguns instantes, todos nós permanecemos calados. Não sei quem começa a sussurrar; parece que o som parte de uma coisa, e não de uma pessoa. Mas alguém sussurra:

— Obrigado por sua honestidade.

— Obrigado por sua honestidade — repete o restante da sala.

Não me junto a eles.

Sou a única coisa que o manteve na facção que ele queria abandonar. Não sou digna disso.

Talvez ele mereça saber.

+ + +

Niles está em pé no meio da sala, com uma seringa na mão. As luzes sobre ele fazem a seringa brilhar. Ao redor de mim, os membros da Audácia e da Franqueza esperam que eu dê um passo à frente e exponha a minha vida inteira.

O pensamento me ocorre novamente: *Talvez eu consiga lutar contra o soro.* Mas não sei se devo tentar. Talvez seja melhor para as pessoas que amo se eu simplesmente revelar a verdade.

Caminho, tensa, até o centro da sala, enquanto Tobias se retira. Ao passarmos um pelo outro, ele segura a minha mão e aperta meus dedos. Depois, ele se vai, e ficamos apenas eu, Niles e a seringa. Passo o lenço antisséptico no pescoço, mas, quando ele aproxima a seringa de mim, me afasto.

— Prefiro fazer isso eu mesma — digo, estendendo a mão. Nunca mais deixarei que alguém me injete algo com uma seringa novamente. Não depois que deixei Eric me injetar com o soro da simulação de ataque, depois do meu teste final. Não posso mudar o conteúdo da seringa injetando-a eu mesma, mas, pelo menos dessa maneira, serei o instrumento da minha própria destruição.

— Você sabe como fazer isso? — pergunta ele, levantando suas sobrancelhas espessas.

— Sei.

Niles me oferece a seringa. Eu a posiciono sobre a veia do meu pescoço, enfio a agulha e aperto o êmbolo. Quase não sinto a picada. Estou sob o efeito da adrenalina.

Alguém se aproxima com uma lata de lixo, e eu descarto a seringa. Sinto os efeitos do soro imediatamente. Ele faz o sangue nas minhas veias parecer chumbo. Quase desabo ao caminhar até a cadeira. Niles precisa segurar meu braço para me guiar até lá.

Alguns segundos depois, o silêncio domina minha mente. *Sobre o que eu estava pensando mesmo?* Isso não parece importar. Nada importa, exceto pela cadeira sob mim e o homem sentado à minha frente.

— Qual é o seu nome?

Assim que ele faz a pergunta, a resposta salta da minha boca:
— Beatrice Prior.
— Mas você responde por Tris?
— Sim, respondo.
— Como se chamam os seus pais, Tris?
— Andrew e Natalie Prior.
— Você também se transferiu de facção, certo?
— Sim — respondo, mas um novo pensamento surge, baixinho, no fundo da minha mente: *Também?* Ele está se referindo a outra pessoa, e essa pessoa é Tobias. Franzo a testa ao tentar me lembrar do rosto de Tobias, mas é difícil fazer com que a imagem dele surja na minha mente. Mas acabo conseguindo. Eu o vejo, depois vejo uma imagem dele sentado na mesma cadeira onde estou.
— Você veio da Abnegação? E escolheu a Audácia?
— Sim — confirmo novamente, mas, dessa vez, a resposta sai tensa. Não sei bem por quê.
— Por que você se transferiu?
Essa pergunta é mais complicada, mas, mesmo assim, sei a resposta. A frase "Eu não era boa o bastante para a Abnegação" está na ponta da minha língua, mas outra a substitui: "Eu queria ser livre." Ambas são verdadeiras. Quero responder as duas coisas. Aperto os braços da cadeira enquanto tento lembrar-me de onde estou, do que estou fazendo. Vejo pessoas ao meu redor, mas não sei por que elas estão aqui.

Eu me esforço, da mesma maneira que costumava me esforçar quando quase conseguia me lembrar da resposta para a questão de uma prova, mas ela me escapava. Eu costumava fechar os olhos e imaginar a página do livro didático onde a resposta se encontrava. Tento me esforçar por alguns segundos, mas não consigo; não consigo me lembrar.

— Eu não era boa o bastante para a Abnegação — respondo — e queria ser livre. Por isso, escolhi a Audácia.

— Por que você acha que não era boa o bastante?

— Porque eu era egoísta

— Você *era* egoísta? Não é mais?

— Claro que sou. Minha mãe costumava dizer que todo mundo é egoísta, mas me tornei menos egoísta na Audácia. Descobri que havia pessoas por quem eu lutaria. Por quem eu morreria, até.

Fico surpresa com minha resposta. Mas por quê? Contraio os lábios por um instante. Porque é a verdade. Se estou falando isso aqui, deve ser verdade.

Essa ideia me oferece a peça que faltava na linha de pensamento que eu estava tentando encontrar. Estou aqui para me submeter a um teste de detecção de mentiras. Tudo o que eu disser é verdade. Sinto uma gota de suor escorrendo sobre a minha nuca.

Um teste de detecção de mentiras. Soro da verdade. Preciso me lembrar disso. É fácil demais me perder na honestidade.

— Tris, você poderia nos dizer o que aconteceu no dia do ataque?

— Acordei, e todos estavam sob o efeito da simulação. Portanto, fingi que também estava até encontrar Tobias.

— O que aconteceu depois que você e Tobias se separaram?

— Jeanine tentou me matar, mas minha mãe me salvou. Ela já tinha sido da Audácia, então sabia usar uma arma. — Meu corpo está ainda mais pesado agora, mas não está mais frio. Sinto algo mexendo dentro do meu peito, que é pior do que tristeza, pior do que arrependimento.

Sei o que está por acontecer. Minha mãe morreu, e eu matei Will em seguida; atirei nele; eu o matei.

— Ela distraiu os soldados da Audácia para que eu pudesse fugir, e eles a mataram — conto.

Alguns deles correram atrás de mim, e eu os matei. Mas há membros da Audácia ao meu redor, da Audácia, e eu matei algumas pessoas da Audácia e não devo falar sobre isso aqui.

— Continuei correndo. E... — *E Will me perseguiu. E eu o matei.* Não, não. Sinto o suor se acumulando no topo da minha testa.

— E eu encontrei meu irmão e meu pai — termino, com a voz tensa. — Bolamos um plano para destruir a simulação.

A ponta do braço da cadeira machuca a palma da minha mão. Eu omiti parte da verdade. Certamente isso conta como uma mentira.

Lutei contra o soro. E, por um breve momento, venci.

Deveria me sentir vitoriosa. Mas sinto apenas o peso do que fiz me esmagando novamente.

— Nós nos infiltramos no complexo da Audácia, e eu e meu pai seguimos para a sala de controle. Ele lutou contra soldados da Audácia, o que lhe custou sua vida. Cheguei à sala de controle, e Tobias estava lá.

— Tobias disse que você lutou contra ele, mas depois parou. Por que você fez isso?

— Porque me dei conta de que um de nós teria que matar o outro, e eu não queria matá-lo.

— Você desistiu?

— Não! — respondo, rispidamente. Balanço a cabeça. — Não, não exatamente. Lembrei algo que havia feito na minha paisagem do medo, na iniciação da Audácia... em uma simulação, uma mulher exigiu que eu matasse minha família, mas eu deixei que ela atirasse em mim. Pensei que, já que isso havia funcionado na simulação... — Belisco o dorso do meu nariz. Minha cabeça está começando a doer, estou perdendo o controle, e meus pensamentos estão escorrendo como palavras. — Eu estava tão frenética, mas só conseguia pensar que havia alguma coisa por trás daquilo; alguma força naquilo. E eu não conseguiria matá-lo, então precisava tentar.

Pisco, afastando as lágrimas dos meus olhos.

— Então você nunca esteve sob o efeito da simulação?

— Não. — Esfrego os pulsos nos olhos, afastando as lágrimas antes que elas escorram sobre as bochechas, onde todos conseguiriam vê-las.

— Não — digo mais uma vez. — Não, eu sou Divergente.

— Só para deixar claro: — diz Niles — você está nos dizendo que foi quase assassinada pela Erudição... depois invadiu, lutando, o complexo da Audácia... e depois destruiu a simulação?

— Sim.

— Acho que falo por todos quando afirmo que você fez por merecer o título de membro da Audácia.

Ouço gritos surgindo do lado esquerdo da sala, e borrões em forma de punhos socando o ar escuro. A minha facção, gritando o meu nome.

Mas não, eles estão errados. Não sou corajosa, não sou corajosa, atirei em Will e não consigo nem admitir isso, não consigo nem admitir isso...

— Beatrice Prior — diz Niles —, do que você mais se arrepende?

Do que me arrependo? Não me arrependo de escolher a Audácia ou de deixar a Abnegação. Nem me arrependo de atirar nos guardas do lado de fora da sala de controle, porque era muito importante que eu passasse por eles.

— Me arrependo...

Meu olhar se afasta do rosto de Niles e vagueia pela sala, parando em Tobias. Ele está inexpressivo, com a boca em uma linha firme e o olhar vazio. Suas mãos, cruzadas sobre seu peito, estão agarradas aos seus braços com tanta força que os ossos dos punhos estão brancos. A seu lado, encontra-se Christina. Meu peito aperta e não consigo respirar. Preciso contar a eles. Preciso contar a verdade.

— Will. — Parece um arquejo, como se viesse direto do meu estômago. Não há mais como voltar atrás. — Atirei em Will enquanto ele estava sob o efeito da simulação. Eu o matei. Ele ia me matar, mas eu o matei. Meu amigo.

Will, com a ruga entre as sobrancelhas, com os olhos verdes como aipo e a capacidade de citar o manifesto da Audácia de cor. Sinto uma dor tão intensa no estômago que quase solto um gemido. Lembrar-me dele dói. Todas as partes do meu corpo doem.

E há outra coisa ainda pior, que eu não havia percebido antes. Eu estava mais disposta a morrer do que a matar Tobias, mas nem pensei nisso quando estava diante de Will. Decidi matar Will em uma fração de segundo.

Sinto-me nua. Não havia percebido que vestia meus segredos como uma armadura, até que eles se foram, e agora todos conseguem me ver como realmente sou.

— Obrigado por sua honestidade — dizem eles.

Mas Tobias e Christina ficam calados.

CAPÍTULO TREZE

LEVANTO-ME DA CADEIRA. Não me sinto tão tonta quanto há alguns minutos; o efeito do soro já está passando. O mundo gira e eu procuro a porta. Não costumo fugir das coisas, mas quero fugir disso.

Todos começam a sair da sala, exceto Christina. Ela continua parada no mesmo lugar de antes, e começa a abrir os punhos cerrados. Seus olhos encontram os meus, mas parece que não os enxergam. Há lágrimas em seus olhos, mas ela não está chorando.

— Christina — digo, mas a única palavra na qual consigo pensar, *perdão*, parece mais um insulto do que um pedido de desculpa. Perdão é o que você pede quando esbarra em alguém ou interrompe uma pessoa falando. O que sinto merece mais do que perdão. — Ele estava armado. Ia atirar em mim. Estava sob o efeito da simulação.

— Você o matou — diz ela. Suas palavras soam maiores do que as palavras costumam soar, como se houvessem crescido dentro de sua boca antes que ela as dissesse. Durante alguns segundos, ela me encara como se não me reconhecesse, depois desvia o olhar.

Uma menina mais jovem com a mesma cor de pele e a mesma altura de Christina segura a mão dela. É sua irmã mais nova. Eu a vi no Dia da Visita, há mil anos. O soro da verdade faz a imagem delas dançar diante dos meus olhos, ou talvez sejam as lágrimas que se acumulam dentro deles.

— Você está bem? — pergunta Uriah, surgindo do meio da multidão e tocando meu ombro. Não o vejo desde antes do ataque da simulação, mas não tenho energia o bastante para cumprimentá-lo.

— Estou.

— Ei. — Ele aperta meu ombro. — Você fez o que precisava, certo? Para evitar que virássemos escravos da Erudição. Ela vai acabar enxergando isso. Quando a tristeza passar.

Não consigo nem assentir com a cabeça. Uriah sorri para mim e vai embora. Alguns membros da Audácia passam por mim e murmuram o que parecem ser palavras de gratidão, de conforto ou elogios. Outros passam longe, encarando-me com olhos desconfiados.

Os corpos vestidos de preto se misturam diante de mim. Estou vazia. Tudo derramou de mim.

Tobias fica parado ao meu lado. Preparo-me para sua reação.

— Peguei nossas armas de volta — informa ele, oferecendo-me a faca.

Enfio-a no bolso de trás sem olhá-lo.

— Podemos falar sobre isso amanhã — diz ele. Calmamente. Com Tobias, calma significa perigo.

— Tudo bem.

Ele desliza o braço sobre meus ombros. Minha mão encontra o quadril dele, e eu o puxo para perto de mim.

Agarro-me a ele com força enquanto caminhamos juntos até os elevadores.

+ + +

Ele encontra duas camas dobráveis para nós no final de um corredor. Deitamos com as cabeças a poucos centímetros de distância uma da outra, sem conversar.

Quando sei que ele caiu no sono, escapo das cobertas e desço o corredor, passando por várias pessoas adormecidas da Audácia. Encontro a porta que leva à escada.

Enquanto subo, degrau por degrau, com os músculos começando a arder e os pulmões clamando por ar, sinto-me aliviada pela primeira vez em dias.

Posso até ter resistência para correr em solo plano, mas subir escadas é algo completamente diferente. Massageio um espasmo na parte de trás da coxa ao passar pelo décimo segundo andar e tento recobrar um pouco do fôlego. Sorrio, com as pernas e o peito queimando. Estou usando a dor para aliviar a dor. Não faz muito sentido.

Quando alcanço o décimo oitavo andar, minhas pernas parecem ter liquefeito. Arrasto-me até a sala onde fui interrogada. Ela está vazia, mas os bancos de anfiteatro ainda estão lá, assim como a cadeira na qual me sentei. A lua brilha por trás de uma nuvem rala.

Apoio a mão no encosto da cadeira. Ela é simples: é feita de madeira e range um pouco. É estranho que algo tão simples tenha sido o instrumento da minha decisão de arruinar um dos meus relacionamentos mais importantes e prejudicar outro.

Como se não bastasse eu ter matado Will, não ter pensado rápido o bastante para encontrar outra solução, agora preciso viver com o julgamento de todos, além do meu, e com o fato de que nada, nem mesmo eu, jamais será igual novamente.

Os membros da Franqueza adoram se vangloriar da verdade, mas nunca revelam o quanto ela custa.

A beirada da cadeira machuca as palmas das minhas mãos. Eu a estava apertando mais forte do que imaginava. Encaro a cadeira por alguns segundos, depois a levanto, equilibrando-a, com as pernas para cima, sobre meu ombro saudável. Vasculho os cantos da sala atrás de uma escada que possa me ajudar a subir. Tudo o que consigo ver são os bancos do anfiteatro, altos, sobre o chão.

Caminho até o banco mais alto e levanto a cadeira acima da minha cabeça. O banco quase encosta no peitoril sob um dos espaços das antigas janelas. Pulo, empurrando a cadeira para a frente, e ela desliza para cima do peitoril. Meu ombro dói. Não deveria estar usando o braço. Mas estou pensando em outras coisas.

Dou um salto, agarro o peitoril e me puxo para cima, com os braços tremendo. Jogo a perna para cima do peitoril e arrasto o resto do corpo em seguida. Fico deitada sobre o peitoril por alguns segundos, respirando com dificuldade.

Levanto-me e fico em pé diante da beirada, sob o arco do que costumava ser uma janela, e encaro a cidade. O rio morto faz uma curva ao redor do edifício e desaparece. A ponte, com a tinta vermelha descascando, se estende sobre a lama. Do outro lado do rio, há prédios, a maioria deles vazia. É difícil imaginar que já houve gente o bastante nesta cidade para preencher todos eles.

Durante alguns segundos, permito-me retornar à memória do interrogatório. A inexpressividade de Tobias; sua raiva depois, reprimida pelo bem da minha sanidade. O olhar vazio de Christina. Os sussurros "Obrigado por sua honestidade." É fácil falar isso quando o que fiz não os afeta.

Agarro a cadeira e lanço-a para fora do edifício. Solto um grito surdo. Ele cresce, tornando-se um berro, depois um urro, e, de repente, estou sobre a beirada do Merciless Mart, gritando com toda a força enquanto a cadeira desaba em direção ao chão, urrando até que a minha garganta arde. Então, a cadeira se choca contra o chão, despedaçando-se como um esqueleto frágil. Sento-me na beirada, encostando o corpo contra a armação da janela e fechando os olhos.

De repente, penso em Al.

Quanto tempo será que Al ficou na beirada, antes de se lançar para dentro do Fosso da Audácia?

Ele deve ter ficado muito tempo, fazendo uma lista de todas as coisas terríveis que havia feito, entre elas quase me matar, e outra lista de todas as coisas boas, heroicas e corajosas que não havia feito, depois deve ter decidido que estava cansado. Cansado não apenas de viver, mas de existir. Cansado de ser quem era.

Abro os olhos e encaro os pedaços de cadeira que mal consigo ver na calçada abaixo. Pela primeira vez, sinto que o entendo. Estou cansada de ser Tris. Fiz coisas ruins. Não posso desfazê-las, e elas se tornaram parte de quem sou. Na maior parte do tempo, parecem ser a única coisa que sou.

Inclino o corpo para a frente, para o ar, segurando a armação da janela com uma das mãos. Se me mover mais alguns centímetros, o peso do meu corpo me puxará para o chão abaixo. Não seria capaz de impedi-lo.

Mas não consigo fazer isso. Meus pais perderam suas vidas pelo amor que sentiam por mim. Perder a minha vida sem um bom motivo seria uma maneira terrível de pagar pelo sacrifício deles, independente do que eu tenha feito.

"Deixe que a culpa lhe ensine como agir da próxima vez", diria meu pai.

"Eu te amo. Independente de qualquer coisa", diria minha mãe.

Parte de mim gostaria de apagá-los da minha mente, para que eu nunca precisasse sofrer por eles. Mas outra parte teme o que eu me tornaria sem eles.

Com a visão turva pelas lágrimas, desço novamente para a sala de interrogatório.

+ + +

Volto para a cama dobrável no início da manhã e Tobias já está acordado. Ele se vira e caminha em direção aos elevadores, e eu o sigo, porque sei que é isso o que ele quer que eu faça. Ficamos parados no elevador, um ao lado do outro. Há um zumbido em meus ouvidos.

O elevador desce até o segundo andar, e eu começo a tremer. Primeiro são minhas mãos, mas depois o tremor sobe até os braços e o peito, até que pequenos arrepios atravessam todo o meu corpo, sem que eu consiga detê-los. Paramos entre os elevadores, sobre outro símbolo da Franqueza, a balança desequilibrada. O símbolo que também está desenhado no meio da espinha dele.

Durante um longo tempo, ele não olha para mim. Ele fica parado com os braços cruzados e a cabeça abaixada até que eu não aguento mais e sinto vontade de gritar. Eu deveria falar alguma coisa, mas não sei o que dizer. Não posso pedir perdão, porque eu apenas disse a verdade e não posso transformar a verdade em mentira. Não posso inventar desculpas.

— Você não me contou. Por que não?

— Porque eu não... — Balanço a cabeça. — Eu não sabia como.

Ele faz uma careta.

— É bem *fácil*, Tris...

— Ah, é — digo, acenando com a cabeça. — É *muito* fácil. Só preciso chegar para você e dizer: "Aliás, eu matei o Will, e agora a culpa está me destruindo por dentro, mas o que há para o café da manhã?" Não é? *Não é?*

De repente, não aguento mais e não consigo mais me conter. Lágrimas enchem os meus olhos e eu grito:

— Por que *você* não mata um dos seus melhores amigos e depois tenta lidar com a culpa?

Cubro o rosto com as mãos. Não quero que ele me veja soluçando outra vez. Ele toca meu ombro.

— Tris — diz ele, gentilmente dessa vez. — Desculpe-me. Eu não deveria fingir que entendo. Eu só queria dizer que... — Ele se esforça por um instante: — Eu gostaria que você confiasse em mim o bastante para me contar coisas assim.

Mas eu confio em você, é o que quero dizer. Mas isso não é verdade. Não acreditei que ele fosse continuar me amando, apesar das coisas terríveis que fiz. Não acredito que ninguém seja capaz disso, mas isso não é problema dele, é meu.

— Quer dizer — continua ele —, fiquei sabendo pelo *Caleb* que você quase se afogou em um tanque de água. Isso não é estranho?

Logo quando eu estava prestes a pedir desculpa.

Enxugo as bochechas com as pontas dos dedos e o encaro.

— Tem coisas bem mais estranhas — digo, tentando suavizar a voz. — Como descobrir que a mãe do seu namorado, que deveria estar morta, ainda está viva ao *vê-la em pessoa*. Ou entreouvir os seus planos para se juntar aos sem-facção, sem que ele fale qualquer coisa a respeito. Isso me parece um pouco estranho.

Ele tira a mão do meu ombro.

— Não finja que esse problema é só meu — digo. — Se eu não confio em você, você também não confia em mim.

— Pensei que ainda não estava na hora de falarmos sobre essas coisas. Preciso falar tudo na hora?

Sinto-me tão frustrada que fico sem palavras por alguns segundos. Minhas bochechas esquentam.

— Meu Deus, *Quatro*! — exclamo, irritada. — Você não quer me contar tudo na hora, mas eu preciso contar tudo imediatamente? Você não vê o quanto isso é idiota?

— Em primeiro lugar, não use esse nome como uma arma contra mim — retruca ele, apontando para mim. — Em segundo lugar, eu não estava planejando me aliar aos sem-facção; estava apenas considerando isso. Se eu tivesse tomado uma decisão, teria falado alguma coisa. E, em terceiro lugar, seria diferente se você pelo menos tivesse a intenção de me falar sobre Will em algum momento, mas está claro que não tinha.

— Eu *falei* para você sobre Will! Aquilo não foi o soro da verdade, fui eu. Falei aquilo por escolha própria.

— Do que você está falando?

— Eu estava consciente. Sob o efeito do soro. Eu poderia ter mentido; poderia ter escondido isso de você. Mas não menti, porque pensei que você merecia saber a verdade.

— Que maneira de me contar! — exclama ele, franzindo a testa. — Na frente de mais de cem pessoas! Quanta intimidade!

— Ah, então não é o bastante eu ter contado; precisa ser na situação ideal? — Levanto as sobrancelhas. — Da próxima vez, quer que eu traga uma xícara de chá e escolha a iluminação ideal para o aposento?

Tobias solta um grunhido de frustração e vira as costas para mim, depois anda alguns passos. Quando ele se vira novamente, suas bochechas estão coradas. Acho que nunca tinha visto seu rosto ficar de outra cor.

— Às vezes não é fácil estar com você, Tris.

Ele desvia o olhar.

Quero dizer que sei que não é fácil, mas que eu não teria sobrevivido à última semana sem ele. Mas apenas o encaro, com o coração pulsando nos ouvidos.

Não posso falar que preciso dele. O fato é que não posso precisar dele. Na realidade, não podemos precisar um do outro, porque quem sabe quanto tempo vamos durar nesta guerra?

De repente, toda a minha raiva desaparece.

— Desculpe. Eu devia ter sido honesta com você.

— É só isso? É só isso o que você tem a dizer? — Ele franze a testa.

— O que mais você quer que eu diga?

Ele apenas balança a cabeça.

— Nada, Tris. Nada.

Olho para Tobias enquanto ele vai embora. Sinto que um vão se abriu dentro de mim, um vazio que cresce tão rapidamente que vai me despedaçar.

CAPÍTULO QUATORZE

— O QUE DIABO você está fazendo aqui? — pergunta uma voz.

Estou sentada em um colchão em um dos corredores. Vim aqui fazer alguma coisa, mas esqueci o que era assim que cheguei, então apenas me sentei. Olho para cima. Lynn, que conheci quando ela pisou no meu pé no elevador do edifício Hancock, está em pé diante de mim, com as sobrancelhas arqueadas. Seu cabelo está crescendo. Ainda está curto, mas ela não está mais careca.

— Estou sentada. Por quê?

— Você está sendo ridícula, isso sim. — Ela solta um suspiro. — Recomponha-se. Você é da Audácia, e está na hora de agir como tal. Você está destruindo a nossa reputação com a Franqueza.

— Como estou fazendo isso, exatamente?

— Fingindo que não nos conhece.

— Só estou fazendo um favor a Christina.

— Christina. — Lynn faz um som de reprovação. — Ela está toda apaixonadinha. As pessoas morrem. É isso o que acontece em uma guerra. Um dia ela vai acabar entendendo.

— É, as pessoas morrem, mas nem sempre é sua melhor amiga que as mata.

— Que seja. — Lynn solta um suspiro, impaciente. — Vamos logo.

Não encontro nenhuma razão para recusar. Levanto-me e a sigo por uma série de corredores. Ela caminha rapidamente, e é difícil acompanhá-la.

— Cadê o seu namorado assustador?

Faço um bico, como se tivesse acabado de experimentar algo amargo.

— Ele não é assustador.

— Claro que não. — Ela solta uma risada debochada.

— Não sei onde ele está.

Ela dá de ombros.

— Bem, você pode reservar uma cama de beliche para ele também. Estamos tentando esquecer aqueles filhos bastardos da Audácia com a Erudição e nos reestruturar.

Solto uma risada.

— Filhos bastardos da Audácia com a Erudição, é? — digo.

Ela abre a porta com um empurrão e entramos em uma sala grande e espaçosa que me lembra o saguão do edifício. Como era de esperar, o piso é preto, com um enorme símbolo branco no centro, mas a maior parte dele está tomada por beliches. Homens, mulheres e crianças da

Audácia estão por toda a parte, e não há um único membro da Franqueza.

Lynn me guia até o lado esquerdo da sala, passando por fileiras de beliches. Olha para um menino sentado em uma das camas de baixo. Ele é alguns anos mais novo que nós e está tentando desamarrar os cadarços.

— Hec, você vai ter que encontrar outro beliche.

— O quê? De jeito nenhum — responde o menino, sem olhar para cima. — Não vou mudar de lugar *outra vez* só porque você quer ficar fofocando à noite com uma das suas amigas idiotas.

— Ela não é minha amiga — responde ela, rispidamente. Quase caio na gargalhada. — Hec, esta é a Tris. Tris, este é meu irmão mais novo, Hector.

Ao ouvir meu nome, ele levanta a cabeça rapidamente e me encara, boquiaberto.

— É um prazer conhecê-lo — digo.

— Você é *Divergente*. Minha mãe me disse para ficar longe de vocês, porque vocês podem ser perigosos.

— É. Ela é uma Divergente, grande e assustadora, e vai explodir a sua cabeça usando apenas a força do pensamento — diz Lynn, fincando o dedo indicador entre os olhos dele. — Não vai me dizer que você realmente *acredita* nessas historinhas de criança sobre os Divergentes?

Ele fica completamente vermelho e agarra algumas das suas coisas que estão empilhadas sobre a cama. Sinto-me mal por obrigá-lo a se mudar, até que o vejo jogar suas coisas em um beliche a poucos metros de distância. Ele não precisou ir muito longe.

— Eu poderia ter feito isso — digo. — Quer dizer, dormido ali.

— É, eu sei. — Lynn dá um sorriso. — Mas ele merece. Ele chamou Zeke de traidor bem na frente de Uriah. Não que isso não seja verdade, mas ele não precisava agir como um idiota. Acho que está se deixando contagiar pela Franqueza. Ele acha que pode falar o que quiser. Ei, Mar!

Marlene coloca a cabeça para fora de um dos beliches e abre um grande sorriso para mim.

— Ei, Tris! — diz Marlene. — Seja bem-vinda. O que está pegando, Lynn?

— Você consegue convencer algumas das garotas mais novas a abrir mão de algumas peças de roupa? — pergunta Lynn. — Mas não apenas camisetas. Calças jeans, calcinhas e quem sabe um par de tênis.

— É claro — diz Marlene.

Coloco minha faca ao lado do beliche de baixo.

— O que você quis dizer com "historinha de criança"? — pergunto.

— *Os Divergentes*. Pessoas com poderes mentais especiais? Fala sério. — Ela dá de ombros. — Sei que você acredita nisso, mas eu não.

— Então, como você explica o fato de que fiquei acordada durante as simulações? — pergunto. — Ou o fato de que consegui resistir completamente a uma delas?

— Acredito que os líderes escolhem pessoas aleatoriamente e mudam suas simulações.

— Por que eles fariam isso?

Ela balança a mão na frente do meu rosto.

— Distração. Como a minha mãe, você está tão ocupada se preocupando com os Divergentes que se esquece de se preocupar com o que os líderes estão realmente fazendo. É apenas uma forma diferente de controle mental.

Seus olhos encontram os meus por um segundo, e chuta o chão de mármore com a ponta do tênis. Será que está lembrando da última vez que esteve sob controle mental, durante a simulação de ataque?

Estive tão centrada no que aconteceu com a Abnegação que quase me esqueci do que houve com a Audácia. Centenas de membros da Audácia acordaram e descobriram a mácula escura do assassinato sobre eles e nem escolheram isso.

Decido não discutir com ela. Se ela quer acreditar em uma conspiração governamental, não acho que conseguirei dissuadi-la. Ela teria que passar pelo que passei para entender.

— Trago roupas — diz Marlene, parando em frente ao beliche. Ela segura uma pilha de roupas pretas do tamanho do seu tórax, que me oferece com um ar de orgulho. — Eu até fiz uma chantagem emocional para que sua irmã cedesse alguns vestidos, Lynn. Ela doou três.

— Você tem uma irmã? — pergunto a Lynn.

— Sim. Ela tem dezoito anos. Foi da turma de iniciação do Quatro.

— Qual é o nome dela?

— Shauna. — Ela olha para Marlene. — Eu *disse* a ela que nenhuma de nós vai precisar usar um vestido tão cedo, mas ela não ouviu, como sempre.

Lembro-me de Shauna. Ela foi uma das pessoas que me segurou quando desci de tirolesa.

— Acho que deve ser mais fácil lutar de vestido — diz Marlene, batendo com o dedo no queixo. — As pernas têm mais liberdade de movimento. E o que importa se alguém conseguir ver sua calcinha, se você estiver dando uma surra na pessoa?

Lynn fica em silêncio, como se reconhecesse alguma genialidade na teoria de Marlene, mas não quisesse admitir.

— Que papo é esse de mostrar a calcinha? — pergunta Uriah, esquivando-se de um dos beliches. — Seja lá o que for, estou dentro.

Marlene soca o braço dele.

— Alguns de nós vamos ao edifício Hancock esta noite — avisa Uriah. — Vocês deveriam vir também. Sairemos às dez.

— Vão andar de tirolesa? — pergunta Lynn.

— Não. Fazer vigilância. Ouvimos dizer que a Erudição mantém as luzes acesas a noite inteira, e isso nos ajudará a espionar as janelas e ver o que eles andam tramando.

— Eu vou — digo.

— Eu também — fala Lynn.

— O quê? Ah. Eu também — diz Marlene, sorrindo para Uriah. — Vou pegar comida. Quer vir comigo?

— Claro.

Marlene se despede com um aceno e vai embora. Ela costumava levantar um pouco as pernas enquanto caminhava, como se estivesse saltitando. Agora, caminha de maneira mais suave, talvez até mais elegante, mas sem a alegria infantil que eu costumava ver nela. O que será que ela fez quando estava sob a influência da simulação?

Lynn faz um bico com a boca.

— O que foi? — pergunto.

— Nada — responde ela, irritada. Ela balança a cabeça. — Ultimamente, eles têm passado o tempo todo juntos, sozinhos.

— Ele deve estar precisando muito dos amigos. Com toda aquela história do Zeke.

— É verdade. Que pesadelo. Ele estava aqui um dia, e no dia seguinte... — Ela suspira. — Não importa o quanto você treine uma pessoa para ser corajosa, nunca saberá se ela realmente o é até que algo real aconteça.

Ela me encara. Nunca havia notado o quão estranhos são os seus olhos, com uma coloração marrom-dourada. E, agora que seu cabelo cresceu um pouco e que sua careca não é a característica que chama mais atenção, também reparo no seu nariz delicado e nos lábios cheios. Ela é linda, sem nem se esforçar para isso. Sinto inveja dela por um instante, depois penso que deve detestar ser linda e por isso raspou a cabeça.

— *Você* é corajosa — diz ela. — Não preciso lembrá-la disso, porque você já sabe. Mas quero que você saiba que eu sei.

Ela está me elogiando, mas sinto como se tivesse me dado um tapa.

De repente, ela completa:

— Não estrague tudo.

+ + +

Algumas horas mais tarde, depois de almoçar e tirar uma soneca, sento-me na beirada da cama para trocar as ataduras do meu ombro. Tiro a camiseta e fico de top. Há muitos membros da Audácia ao redor, reunidos entre os beliches, rindo e contando piadas. Quando acabo de passar a pomada na ferida, ouço uma gargalhada. Uriah passa correndo entre os beliches carregando Marlene no ombro. Ela acena quando passa por mim, com o rosto vermelho.

Lynn, que está sentada no beliche ao lado, emite um som de reprovação.

— Não consigo entender como ele consegue *dar mole* para alguém com tudo o que está acontecendo.

— Você acha que ele deveria andar por aí cabisbaixo o tempo todo? — pergunto, levando a mão até o ombro para pressionar as ataduras contra minha pele. — Você até que poderia aprender alguma coisa com ele.

— Olha quem fala! Você está sempre sofrendo pelos cantos. A gente devia passar a lhe chamar de Beatrice Prior, a Rainha da Tragédia.

Levanto-me e soco o braço dela, mais forte do que se estivesse brincando e mais fraco do que se fosse a sério.

— Cala a boca.

Sem olhar para mim, ela empurra o meu ombro contra o beliche.

— Não recebo ordens de Caretas.

Percebo que seus lábios estão levemente curvados e reprimo um sorriso.

— Está pronta para ir? — pergunta ela.

— Aonde vocês estão indo? — quer saber Tobias, passando entre o seu beliche e o meu e parando no corredor conosco. Sinto a boca seca. Não falei com ele o dia inteiro e não sei o que esperar. Será que isso vai ser estranho, ou será que voltaremos ao normal?

— Vamos para o topo do edifício Hancock espionar a Erudição — informa Lynn. — Quer vir?

Tobias olha para mim.

— Não. Preciso resolver algumas coisas aqui. Mas tomem cuidado.

Aceno afirmativamente com a cabeça. Sei por que ele não quer vir. Tobias evita alturas sempre que possível. Ele toca meu braço, detendo-me por um instante. Fico tensa. Ele não me toca desde antes da nossa discussão. Mas, então, ele me solta.

— Nós nos vemos mais tarde — murmura ele. — Não faça nenhuma besteira.

— Obrigada pelo voto de confiança — digo com uma careta.

— Não é isso o que eu quis dizer. O que quero dizer é: não deixe que ninguém faça besteira. Eles vão ouvir você.

Ele se inclina em minha direção como se fosse me beijar, mas depois parece pensar duas vezes e endireita o corpo, mordendo o lábio. É um ato insignificante, mas ainda me sinto rejeitada. Evito fazer contato visual e corro atrás de Lynn.

Lynn e eu atravessamos o corredor e seguimos em direção ao hall de elevadores. Alguns dos membros da Audácia começaram a marcar as paredes com quadrados coloridos. Para eles, a sede da Franqueza parece um labirinto, e eles querem aprender a circular por aqui. Só sei chegar nos lugares mais básicos: o dormitório, o refeitório, o saguão e a sala de interrogatório.

— Por que todos deixaram a sede da Audácia? — pergunto. — Os traidores não estão lá, estão?

— Não, eles estão na sede da Erudição. Saímos de lá porque a sede da Audácia é o local da cidade com o maior número de câmeras de vigilância — diz Lynn. — Sabíamos que a Erudição provavelmente conseguiria ter acesso aos vídeos, e que demoraria muito tempo para conseguirmos encontrar todas as câmeras. Por isso, decidimos que seria mais fácil sair de lá.

— Foi uma decisão esperta.

— Até que não nos saímos mal, de vez em quando.

Lynn aperta o botão do primeiro andar. Encaro os nossos reflexos nas portas. Ela é alguns centímetros mais alta do que eu e, embora sua camisa e calça largas escondam seu corpo, dá para ver que ele é curvilíneo.

— Que foi? — pergunta, fazendo cara feia.

— Por que você raspou a cabeça?

— Para a iniciação. Amo a Audácia, mas os caras de lá não consideravam as meninas uma ameaça durante a iniciação. Cansei daquilo. Então, decidi que, se não me parecesse tanto com uma menina, talvez eles passassem a me enxergar de outra maneira.

— Acho que você poderia ter tirado vantagem do fato de ser subestimada.

— É? Como? Agindo como uma fracote sempre que alguma coisa assustadora acontecesse? — Lynn revira os olhos. — Você por acaso acha que eu não tenho nenhuma dignidade?

— Acho que um dos erros dos membros da Audácia é que eles se recusam a ser astutos. Não é preciso jogar a sua força na cara das pessoas.

— Talvez você devesse passar a se vestir de azul, já que vai dar uma de Erudição. Aliás, você faz a mesma coisa, mas sem raspar a cabeça.

Saio do elevador antes de dizer algo do qual possa me arrepender depois. Lynn sabe perdoar, mas também sabe se ofender, como a maioria dos membros da Audácia. Como eu, exceto pela parte de "saber perdoar".

Como de costume, alguns membros da Audácia caminham com armas enormes em frente às portas, atentos aos invasores. Na frente deles, encontra-se um pequeno grupo de jovens da Audácia, entre eles Uriah, Marlene, Shauna e Lauren, que foi instrutora dos iniciandos nascidos na Audácia, assim como Quatro foi instrutor daqueles que se transferiram de facção. Sua orelha reluz quando ela mexe a cabeça, porque é completamente coberta de piercings.

Lynn para de repente, e eu piso em seu calcanhar. Ela me xinga.

— Que gracinha você é — diz Shauna, sorrindo para Lynn. Elas não se parecem muito uma com a outra, exceto pela cor dos cabelos, um tom médio de marrom. Mas o cabelo de Shauna vai até o queixo, como o meu.

— Sim, este é o meu objetivo de vida: ser uma gracinha — responde Lynn.

Shauna apoia o braço nos ombros de Lynn. É estranho ver Lynn com sua irmã. Na verdade, é estranho saber que ela tem qualquer tipo de conexão com outra pessoa. Shauna me encara, e seu sorriso desaparece. Ela parece preocupada.

— Oi — digo, porque não sei mais o que dizer.

— Olá.

— Meu Deus! Você também acredita nas histórias da mamãe, não é? — Lynn cobre o rosto com a mão. — Shauna...

— Lynn. Cale a boca, pelo menos uma vez na vida — diz Shauna, ainda me encarando. Ela parece tensa, como se achasse que eu pudesse atacá-la a qualquer momento. Com meus superpoderes mentais.

— Ah! — diz Uriah, me resgatando. — Tris, você conhece a Lauren?

— Sim — confirma Lauren, antes que eu consiga responder. Sua voz é dura e nítida, como se ela estivesse brigando com ele, mas parece que sempre fala assim. — Ela usou minha paisagem do medo para praticar durante a iniciação. Então provavelmente me conhece melhor do que deveria.

— É mesmo? Pensei que os transferidos passassem pela paisagem do Quatro — diz Uriah.

— Até parece que ele deixaria qualquer um fazer isso.

Sinto algo morno e macio por dentro. Ele permitiu que *eu* passasse pela sua paisagem do medo.

Vejo de relance algo azul atrás de Lauren e me esforço para enxergar melhor.

De repente, armas começam a disparar.

As portas de vidro estilhaçam. Soldados da Audácia com faixas azuis nos braços estão parados do lado de fora, carregando armas de um tipo que eu nunca havia visto, com feixes de luz azul saindo de cima dos canos.

— Traidores! — grita alguém.

Todos os membros da Audácia sacam suas armas quase ao mesmo tempo. Não tenho uma arma de fogo para sacar, então me escondo atrás da barreira de membros leais da Audácia diante de mim, esmagando pedaços de vidro sob os pés e sacando a faca do bolso de trás.

Ao redor, pessoas desabam. Meus companheiros de facção. Meus amigos mais próximos. Todos desabando, provavelmente mortos, ou morrendo, enquanto o ensurdecedor ruído das armas invade meus ouvidos.

De repente, fico paralisada. Um dos feixes azuis está fixado em meu peito. Mergulho para o lado, para fugir da linha de fogo, mas não sou rápida o bastante.

A arma dispara. Eu desabo.

CAPÍTULO QUINZE

A dor diminui. Enfio a mão sob a jaqueta para procurar a ferida.

Não estou sangrando. Mas a força do tiro me derrubou, então deve ter havido algum tipo de munição. Passo os dedos no ombro e sinto um calombo duro onde a minha pele costumava ser lisa.

Ouço um ruído no chão, ao lado do meu rosto, e um cilindro de metal do tamanho da minha mão rola e para ao encostar na minha cabeça. Antes que eu consiga me mexer, uma fumaça branca começa a sair das extremidades do cilindro. Começo a tossir e jogo o objeto para longe, mais para dentro do saguão. Mas aquele não é o único cilindro. Eles estão por toda a parte, enchendo o saguão com uma fumaça que não queima nem arde. Na verdade, a fumaça apenas obscurece minha visão por alguns segundos, antes de evaporar completamente.

Qual foi o sentido disso?

Há soldados da Audácia deitados no chão, com os olhos fechados, por todo lado. Franzo a testa e examino o corpo de Uriah. Ele não parece estar sangrando. Não vejo nenhuma ferida perto dos seus órgãos vitais, o que significa que não está morto. Então, o que o apagou assim? Olho para trás, onde Lynn desabou, quase em posição fetal. Ela também está inconsciente.

Os traidores da Audácia entram no saguão com as armas erguidas. Decido fazer o que sempre faço quando não sei bem o que está acontecendo: imito as outras pessoas. Encosto a cabeça no chão e fecho os olhos. Meu coração dispara enquanto os passos dos traidores da Audácia se aproximam, cada vez mais, rangendo contra o chão de mármore. Mordo a língua para reprimir um grito de dor quando um deles pisa na minha mão.

— Não entendo por que não podemos simplesmente atirar na cabeça deles — diz um deles. — Se não tiver nenhum outro exército, nós vencemos.

— Ora, Bob, não podemos simplesmente matar *todo mundo* — retruca uma voz fria.

Minha nuca fica arrepiada. Reconheceria essa voz em qualquer lugar. É o Eric, líder da Audácia.

— Sem pessoas, não vai sobrar ninguém para criar as condições de prosperidade — continua Eric. — De qualquer maneira, não é seu papel questionar as coisas. — Ele fala mais alto: — Metade no elevador, metade nas escadas, esquerda e direita! Vamos!

Há uma arma perto de mim, à esquerda. Se eu abrisse os olhos, poderia agarrá-la e atirar contra ele antes que pudesse reagir. Mas não sei se conseguirei tocar a arma sem entrar em pânico novamente.

Espero até ouvir o último passo desaparecendo atrás de uma porta de elevador ou em uma escadaria antes de abrir os olhos. Todos no saguão parecem inconscientes. Seja lá qual for o gás que usaram contra nós, deve ser algo que induz uma simulação, já que sou a única acordada. Não faz nenhum sentido. Isso não segue nenhuma das regras de simulação que conheço. Mas não tenho tempo para pensar sobre isso agora.

Seguro minha faca e me levanto, tentando ignorar a dor no ombro. Corro até o corpo de uma mulher da Audácia, que está entre os traidores que foram mortos perto da entrada do edifício. Ela era de meia-idade. Há alguns fios brancos em sua cabeça. Tento não olhar para a ferida de tiro em sua testa, mas a luz fraca se reflete em algo que parece osso, e eu quase vomito.

Pense. Não importa quem ela era, qual era o seu nome, ou a sua idade. A única coisa que importa é a faixa azul em seu braço. Preciso me concentrar nisso. Tento encaixar o dedo ao redor do tecido, mas ele não solta. A faixa parece estar costurada em sua jaqueta preta. Vou precisar tirá-la também.

Abro o zíper da minha jaqueta e jogo-a sobre seu rosto para não precisar mais vê-lo. Depois, abro a jaqueta dela e a puxo, primeiro do seu braço esquerdo, depois do direito, cerrando os dentes enquanto a solto de debaixo do corpo pesado da mulher.

— Tris! — chama alguém. Eu me viro, com a jaqueta em uma mão e a faca na outra. Guardo a faca. Os invasores da Audácia não tinham facas, e não quero levantar suspeitas.

Uriah está atrás de mim.

— Divergente? — pergunto. Não há tempo para me surpreender.

— Sim.

— Pegue uma jaqueta.

Ele se agacha ao lado de um dos traidores da Audácia, um bem jovem, que não tem nem idade para ser membro da facção. Retraio o rosto ao ver sua face pálida e morta. Alguém tão jovem não deveria estar morto; ele não deveria nem ter vindo aqui.

Com o rosto quente de raiva, visto a jaqueta da mulher. Uriah veste a sua, com a boca comprimida.

— *Eles* são os únicos que estão mortos — comenta, baixinho. — Você não acha isso estranho?

— Eles provavelmente sabiam que atiraríamos, mas vieram mesmo assim. Vamos deixar as perguntas para depois. Precisamos ir lá para cima.

— Para cima? Por quê? Vamos dar o fora daqui.

— Você quer fugir antes de descobrirmos o que está acontecendo? — pergunto, irritada. — Antes que os outros membros da Audácia que estão lá em cima saibam o que os atingiu?

— E se alguém nos reconhecer?

Dou de ombros.

— Só posso torcer para que não reconheçam.

Corro até a escada, e ele me segue. Assim que piso no primeiro degrau, pergunto-me o que exatamente planejo fazer. Deve haver mais Divergentes no edifício, mas será que eles saberão o que são? Será que saberão que precisam se esconder? E o que espero conseguir me infiltrando em um exército de traidores da Audácia?

Nas profundezas do meu ser, sei a resposta: estou sendo imprudente. Provavelmente não conseguirei nada. Provavelmente morrerei.

E o pior de tudo é que não ligo.

— Eles vão subir aos poucos – digo, sem fôlego. — Portanto, você deveria... ir até o terceiro andar. Peça para eles... evacuarem o prédio. Silenciosamente.

— Mas *aonde você* vai?

— Para o segundo andar – respondo. Abro a porta para o segundo andar com o ombro. Sei o que vou fazer lá: procurar os outros Divergentes.

+ + +

Enquanto caminho pelo corredor, passando por cima de corpos inconscientes vestidos de preto e branco, lembro-me de um verso da canção que as crianças da Franqueza cantam quando acham que não há ninguém ouvindo:

A Audácia é a mais cruel das cinco,
Eles estraçalham-se entre si...

A canção nunca pareceu tão real quanto agora, enquanto vejo os traidores da Audácia induzirem uma simulação de sono que não é muito diferente da que foi usada para forçá-los a matar membros da Abnegação há menos de um mês.

Somos a única facção que poderia se dividir dessa maneira. A Amizade não permitiria uma cisão; ninguém da Abnegação seria tão egoísta; os membros da Franqueza discutiriam até alcançar uma solução comum; e mesmo a Erudição nunca faria algo tão ilógico. Realmente somos a facção mais cruel.

Passo por cima de um braço caído e uma mulher com a boca aberta e cantarolo o começo do verso seguinte da canção, baixinho:

A Erudição é a mais fria das cinco,
O conhecimento custa caro...

Quando será que Jeanine se deu conta de que a Erudição e a Audácia criariam uma combinação mortal? Parece que a brutalidade e a lógica fria são capazes de quase qualquer coisa, até de botar uma facção e meia para dormir.

Estudo os rostos e os corpos enquanto caminho, à procura de respirações irregulares, cílios trêmulos ou qualquer outra coisa que indique que as pessoas deitadas no chão estão apenas fingindo que estão inconscientes. Até agora, todos os que vi estão respirando regularmente e todos os cílios estão parados. Talvez não haja Divergentes na Franqueza.

— Eric! — grita alguém do fundo do corredor. Prendo a respiração enquanto ele caminha diretamente na minha direção. Tento não me mover. Se eu me mover, ele vai olhar para mim e me reconhecer, tenho certeza. Olho para o chão, e fico tão tensa que começo a tremer. *Não olhe para mim, não olhe para mim...*

Eric passa direto por mim e desce o corredor à minha esquerda. Eu deveria continuar minha busca o mais rápido possível, mas a curiosidade me leva a caminhar na direção da pessoa que chamou Eric. Pareceu ser algo urgente.

Ao levantar os olhos, vejo um soldado da Audácia em pé, diante de uma mulher ajoelhada. Ela usa blusa branca e saia preta e está com as mãos atrás da cabeça. Mesmo de perfil, o sorriso de Eric demonstra ganância.

— Divergente. Muito bem. Leve-a ao hall dos elevadores. Decidiremos depois quais vamos matar e quais vamos levar de volta.

O soldado da Audácia agarra a mulher pelo rabo de cavalo e começa a caminhar em direção ao hall dos elevadores, arrastando-a atrás de si. Ela solta um grito, depois se levanta com dificuldade, com o tórax inclinado para a frente. Tento engolir, mas parece que tenho um amontoado de bolas de algodão na garganta.

Eric continua a descer o corredor, para longe de mim, e tento não encarar a mulher da Franqueza quando ela passa por mim, com o cabelo preso no punho do soldado da Audácia. Já sei como o terror funciona: permito que ele me controle por alguns segundos, depois me obrigo a agir.

Um... dois... três...

Sigo em frente com uma determinação renovada. O processo de observar cada pessoa para descobrir quem está acordado está demorando demais. Quando alcanço o próximo corpo inconsciente, piso no seu dedo mindinho com força. Não há qualquer reação. Passo por cima do corpo e encontro o dedo da pessoa seguinte, espremendo-o com força com a ponta do sapato. Também não há resposta.

— Achei um! — grita alguém de um corredor distante, e eu começo a ficar nervosa. Pulo por cima de corpos de homens e mulheres, crianças, adolescentes e idosos, pisando dedos, estômagos ou calcanhares, à procura de sinais de dor. Depois de um tempo, quase não vejo mais seus rostos e continuo sem encontrar reações. Estou brincando de pique-esconde com os Divergentes, mas não sou a única que está procurando.

De repente, consigo alguma coisa. Piso no dedo mindinho de uma garota da Franqueza, e seu rosto se contrai. A contração é muito pequena e rápida. Ela soube esconder bem a dor. Mas é o bastante para chamar minha atenção.

Olho para trás para ver se há alguém por perto, mas todos já saíram do corredor central. Procuro a escada mais próxima. Há uma a apenas três metros de distância, em um corredor lateral, à minha direita. Agacho-me ao lado da cabeça da menina.

— Ei — sussurro, o mais baixinho que consigo. — Está tudo bem. Não sou um deles.

Seus olhos se abrem um pouco.

— Há uma escada a cerca de três metros daqui. Avisarei quando ninguém estiver olhando, e você terá que correr, está bem?

Ela acena com a cabeça.

Levanto-me e caminho lentamente em um círculo. Uma traidora da Audácia à minha esquerda está olhando em outra direção, cutucando um membro inconsciente da Audácia com o pé. Outros dois atrás de mim estão rindo de alguma coisa. Outro, à minha frente, caminha na minha direção, mas depois levanta a cabeça e desce o corredor novamente, na direção oposta.

— Agora.

A garota se levanta e corre em direção à escada. Observo-a, até que a porta se fecha, depois vejo meu reflexo em uma das janelas. Mas não estou sozinha no corredor de pessoas inconscientes, como pensava. Eric está bem atrás de mim.

+ + +

Olho para o reflexo de Eric na janela e ele me encara de volta. Se eu me mover rápido o bastante, talvez ele não esteja preparado para me segurar. Mas imediatamente me dou conta de que não conseguirei correr mais rápido do que ele. E não conseguirei atirar nele, porque não peguei uma arma.

Giro o corpo, levantando o cotovelo e lançando-o contra o rosto de Eric. Atinjo a ponta do seu queixo, mas não forte o bastante para feri-lo. Ele agarra o meu braço esquerdo com uma das mãos e encosta o cano de sua arma na minha cabeça com a outra, depois sorri para mim.

— Não entendo — diz ele — como você pôde ser burra o bastante para subir aqui sem uma arma.

— Bem, sou esperta o bastante para fazer isso. — Piso com força seu pé, que atingi com um tiro há menos de um mês. Ele solta um grito, contorcendo o rosto com a dor, e atinge o meu queixo com o punho da arma. Cerro os dentes para reprimir um grunhido. Sangue escorre pelo meu pescoço. Ele abriu uma ferida em meu rosto.

Apesar da luta, ele não solta o meu braço nem um segundo. Mas o fato de ele não ter atirado na minha cabeça agora me diz algo: ainda não tem a permissão de me matar.

— Foi uma surpresa descobrir que você ainda estava viva. Já que eu pedi para Jeanine construir aquele tanque de água especialmente para você.

Tento pensar no que posso fazer que seja doloroso o bastante para que me solte. Decido chutá-lo com força na virilha, mas ele se move para trás de mim, segurando-me pelos dois braços e apertando seu corpo contra o meu com tanta força que mal consigo mover os pés. Suas unhas se cravam na minha pele e eu cerro os dentes, tanto por causa da dor quanto por causa da náusea causada pelo seu peito encostado nas minhas costas.

— Ela achava que estudar a reação de uma Divergente à versão real de uma simulação seria fascinante — continua Eric, empurrando-me para a frente e me forçando a andar. Sinto sua respiração no meu cabelo. — E eu concordei. Sabe, a engenhosidade, uma das qualidades que mais valorizamos na Erudição, requer criatividade.

Ele torce as mãos, e seus calos arranham meus braços. Jogo o peso do corpo levemente para a esquerda enquanto ando, tentando posicionar um dos meus pés entre os seus. Percebo, com prazer selvagem, que ele está mancando.

— Às vezes, a criatividade parece ineficaz, ilógica... a não ser que seja usada para um propósito maior. Nesse caso, o acúmulo de conhecimento.

Paro de andar por um segundo, para levantar o calcanhar com força entre as pernas de Eric. Um grito agudo morre em sua garganta, interrompido mesmo antes de começar, e suas mãos fraquejam por um instante. Imediatamente, torço o corpo com o máximo de força que consigo e me solto. Não sei para onde ir, mas preciso correr, preciso...

Ele agarra meu cotovelo, puxando-me para trás e fincando o polegar na ferida em meu ombro e torcendo-o até minha visão escurecer por causa da dor e eu começar a gritar a plenos pulmões.

— Eu *bem* que lembrava, pelas imagens que vi de você naquele tanque de água, que você havia levado um tiro no ombro. Parece que eu estava certo.

Meus joelhos cedem, e ele agarra a gola da minha camisa de maneira quase descuidada, arrastando-me em direção ao elevador. O tecido aperta minha garganta, sufocando-me, e eu o sigo aos tropeções. Meu corpo lateja de dor.

Quando alcançamos o hall do elevador, ele me coloca de joelhos ao lado da mulher da Franqueza que vi antes. Ela e outras quatro pessoas estão sentadas entre duas fileiras de elevadores, vigiadas por guardas armados da Audácia.

— Quero uma arma nela o tempo todo — diz Eric. — Não apenas apontada contra ela, mas *encostada nela*.

Um homem da Audácia encosta o cano da sua arma na minha nuca. Sinto o círculo frio contra a minha pele. Levanto os olhos e encaro Eric. Seu rosto está vermelho, e seus olhos estão úmidos.

— Qual é o problema, Eric? — pergunto, com as sobrancelhas arqueadas. — Está com medo de uma garotinha?

— Não sou idiota — diz ele, passando as mãos no cabelo. — Essa encenação pode ter me enganado antes, mas não enganará novamente. Você é o melhor cão de ataque deles. — Ele se inclina mais para perto de mim. — Por isso, vou me certificar de que seja abatida o mais rápido possível.

Uma das portas do elevador se abre e um soldado da Audácia empurra Uriah, com os lábios ensanguentados, em direção à pequena fileira de Divergentes. Uriah olha para mim, mas não consigo identificar se sua expressão é de sucesso ou derrota. Se ele está aqui, é porque provavelmente falhou. Agora, eles vão encontrar todos os Divergentes neste edifício, e a maioria de nós vai morrer.

Eu deveria estar com medo. Mas, em vez disso, uma risada histérica borbulha dentro de mim, porque, de repente, lembro-me de algo.

Posso até não conseguir segurar uma arma. Mas tenho uma faca no bolso de trás.

CAPÍTULO DEZESSEIS

Levo a mão às costas, centímetro por centímetro, para que o soldado que está apontando a arma para mim não note. As portas do elevador se abrem novamente, trazendo mais Divergentes guiados por traidores da Audácia. A mulher da Franqueza que está ao meu lado choraminga. Há fios de cabelo colados em seus lábios, que estão molhados, não sei se de saliva ou lágrimas.

Minha mão alcança a ponta do meu bolso de trás. Mantenho-a estável, mas meus dedos tremem de nervosismo. Preciso esperar o momento certo, quando Eric estiver por perto.

Concentro-me na minha respiração, imaginando o ar enchendo cada parte dos meus pulmões enquanto inalo, depois lembrando, ao exalar, que todo o meu sangue, oxigenado e desoxigenado, entra e sai do mesmo coração.

É mais fácil pensar em biologia do que na fileira de Divergentes sentados entre as portas dos elevadores. Um garoto da Franqueza, que não deve ter mais do que onze anos, está sentado à minha esquerda. Ele é mais corajoso do que a mulher à minha direita. Está encarando impávido o soldado da Audácia à sua frente. Inalar, exalar. O sangue corre até minhas extremidades. O coração é um músculo poderoso, o músculo mais forte do nosso corpo em termos de longevidade. Mais soldados da Audácia chegam, anunciando buscas bem-sucedidas em andares específicos do Merciless Mart. Centenas de pessoas inconscientes no chão, atingidas por coisas que não são balas, e eu não tenho a menor ideia do motivo.

Mas continuo a pensar sobre o coração. Não sobre o meu, mas sobre o de Eric, e o quão silencioso ficará seu peito quando seu coração parar de bater. Apesar de odiá-lo, não quero matá-lo, pelo menos não com uma faca e tão de perto, onde poderei ver a vida deixando seu corpo. Mas só tenho mais uma chance de fazer algo útil. Se quiser ferir a Erudição, preciso tirar-lhe um de seus líderes.

Eu me dou conta de que ninguém trouxe a garota da Franqueza que ajudei a escapar do hall dos elevadores, o que significa que ela deve ter conseguido fugir. Que bom.

Eric junta as mãos nas costas e começa a caminhar de um lado para outro diante da fileira de Divergentes.

— Recebi ordens para levar apenas dois de vocês para a sede da Erudição, para a realização de testes — diz Eric. — Os outros serão executados. Há várias maneiras de determinar quais de vocês serão menos úteis para nós.

Seus passos tornam-se mais lentos quando ele se aproxima de mim. Tenciono os dedos, pronta para agarrar o cabo da faca, mas ele não chega perto o bastante. Continua andando e para na frente do garoto à minha esquerda.

— O cérebro para de se desenvolver aos vinte e cinco anos — diz Eric. — Portanto, a sua Divergência ainda não está completamente desenvolvida.

Ele ergue a arma e dispara.

Um grito estrangulado escapa quando o corpo do garoto desaba no chão, e eu fecho os olhos com força. Todos os meus músculos me impulsionam para ele, mas eu me detenho. *Espere, espere, espere.* Não posso pensar no garoto. *Espere.* Esforço-me para abrir os olhos e pisco para afastar as lágrimas.

Meu grito serviu para uma coisa: agora Eric está diante de mim, sorrindo. Chamei sua atenção.

— Você também é bem jovem. Ainda está longe de atingir o desenvolvimento completo.

Ele dá um passo em minha direção. Meus dedos se aproximam mais um pouco do cabo da faca.

— A maioria dos Divergentes atinge dois resultados no teste de aptidão. Alguns atingem só um. Ninguém jamais atingiu três resultados. Não por uma questão de aptidão, mas simplesmente porque, para alcançar tal resultado, você precisa se recusar a escolher alguma coisa — explica ele, aproximando-se ainda mais. Inclino a cabeça para trás para olhá-lo, a fim de ver todo o metal que brilha em seu rosto, assim como seus olhos vazios.

— Meus superiores suspeitam que você atingiu dois resultados, Tris — diz ele. — Eles não acreditam que você seja tão complexa assim, mas apenas uma mistura equilibrada de Abnegação e Audácia. Tão altruísta que chega a ser idiota. Ou será que você é tão corajosa que chega a ser idiota?

Fecho o punho ao redor do cabo da faca e a aperto. Ele se inclina mais para perto.

— Entre mim e você... *Eu* acredito que você possa ter alcançado três resultados, porque você é o tipo de cabeça-dura que se recusaria a tomar uma decisão simples só porque alguém disse que deveria tomá-la. Que tal esclarecer essa questão?

Eu me lanço para a frente, tirando a mão do bolso. Fecho os olhos e levanto a faca na direção dele. Não quero ver seu sangue.

Sinto a faca entrando, depois a puxo para fora novamente. Todo o meu corpo lateja no ritmo do meu coração. Minha nuca está grudenta, coberta de suor. Abro os olhos e vejo Eric desabar no chão, e então... caos.

Os traidores da Audácia não estão segurando armas letais, apenas armas que atiram o que quer que seja com que nos acertaram antes, então todos eles tentam sacar suas armas de verdade. Enquanto isso, Uriah pula em cima de um deles e soca seu queixo. Ele apaga e desaba no chão. Uriah agarra sua arma e começa a atirar nos soldados da Audácia mais próximos.

Tento alcançar a arma de Eric, tão apavorada que mal consigo enxergar, e, ao olhar para cima, posso jurar que a quantidade de soldados da Audácia dobrou. Disparos ecoam em meus ouvidos e me jogo no chão enquanto todos começam a correr. Meus dedos roçam o cano da arma, e sinto um arrepio. Minhas mãos estão fracas demais para segurá-la.

Um braço pesado envolve meus ombros e me empurra em direção à parede. Meu ombro direito arde, e vejo uma nuca tatuada com o símbolo da Audácia. Tobias vira-se, agachado na minha frente para proteger-me dos tiros, e começa a disparar.

— Avise-me se houver alguém atrás de mim!

Olho por cima do seu ombro, cerrando meus punhos ao agarrar sua camisa.

Realmente *há* mais membros da Audácia ao redor. Membros da Audácia sem faixas azuis nos braços; membros leais da Audácia. Minha facção. Minha facção veio nos salvar. Por que será que eles estão acordados?

Os traidores da Audácia fogem correndo do hall dos elevadores. Eles não estão preparados para um ataque, principalmente um que vem de todos os lados. Alguns contra-atacam, mas a maioria foge para as escadas. Tobias atira sem parar, até que a munição acaba e o gatilho passa a apenas estalar. Minha visão está turva demais por conta das lágrimas, e minhas mãos estão inutilizadas demais para atirar. Solto um grito entre dentes cerrados, frustrada. Não consigo ajudá-los. Sou inútil.

No chão, Eric geme. Ainda está vivo, por enquanto.

Gradualmente, os disparos cessam. Minha mão está molhada. Um vislumbre de vermelho indica que ela está coberta de sangue, o sangue de Eric. Limpo-a na minha calça e tento afastar as lágrimas. Meus ouvidos zunem.

— Tris — diz Tobias. — Você já pode soltar a faca.

CAPÍTULO DEZESSETE

Tobias me conta sua história:

Quando os membros da Erudição alcançaram a escada do saguão, uma de suas integrantes não foi até o segundo andar. Ela subiu correndo até um dos andares mais altos do edifício. Lá, evacuou um grupo de membros leais da Audácia, entre eles Tobias, até uma saída de incêndio que não havia sido trancada pelos traidores. Esses membros leais da Audácia reuniram-se no saguão e se dividiram em quatro grupos, que subiram simultaneamente as diferentes escadas, cercando os traidores, que haviam se concentrado no hall dos elevadores.

Os traidores da Audácia não estavam preparados para tanta resistência. Eles acreditavam que todos estariam inconscientes, menos os Divergentes, e, por isso, fugiram.

A mulher da Erudição era Cara. A irmã mais velha de Will.

+ + +

Com um suspiro, deixo a jaqueta cair dos meus braços e examino meu ombro. Um disco de metal mais ou menos do tamanho da unha do meu dedo mindinho está preso à minha pele. Ao redor dele há uma área com filamentos azuis, como se alguém tivesse injetado tinta azul nas pequenas veias sob minha pele. Franzindo a testa, tento arrancar o disco de metal do meu braço e sinto uma dor lacerante.

Rangendo os dentes, enfio o lado cego da minha faca sob o disco e forço-o para cima. Solto um grito com a boca cerrada, e a dor atravessa o meu corpo, fazendo minha visão falhar por um instante. Mas continuo empurrando o disco com o máximo de força possível, até que ele se solta da minha pele o bastante para que eu consiga segurá-lo com os dedos. Há uma agulha presa sob o disco.

Engasgada de dor, agarro o disco com as pontas dos dedos e puxo uma última vez. Dessa vez, a agulha solta. Ela tem o tamanho do meu dedo mindinho e está coberta de sangue. Ignoro o sangue que escorre do meu braço e seguro o disco e a agulha contra a luz, sobre a pia.

A julgar pelo líquido azul no meu braço e na agulha, eles devem ter injetado algo em nós. Mas o quê? Veneno? Um explosivo?

Balanço a cabeça. Se eles quisessem nos matar, como a maioria de nós já estava inconsciente, só precisariam atirar em nós. Seja lá o que tenham nos injetado, sua intenção não era matar.

Alguém bate à porta. Não sei por quê. Afinal, estou em um banheiro público.

— Tris, você está aí dentro? — pergunta a voz abafada de Uriah.

— Estou — respondo.

Uriah está com uma aparência melhor do que há uma hora. Ele limpou o sangue da boca e seu rosto já está mais corado. De repente, fico surpresa com sua beleza. Todos os seus traços são proporcionais, seus olhos são escuros e alertas, e sua pele é bronzeada. Ele deve ter sido bonito assim a vida inteira. Apenas meninos que foram bonitos a vida inteira carregam esse ar de arrogância no sorriso.

Diferente de Tobias, cujo sorriso é quase tímido, como se o simples fato de alguém ter se dado o trabalho de olhar para ele fosse uma surpresa.

O olhar de Uriah se desvia do meu rosto para a agulha na minha mão, depois para o sangue que escorre do meu ombro até o pulso.

— Que nojento.

— Não estava prestando atenção — respondo. Coloco a agulha sobre a pia e agarro um lenço de papel, limpando o sangue do meu braço. — Como estão os outros?

— Marlene está fazendo piadas, como sempre. — O sorriso de Uriah cresce, criando covinhas em suas bochechas. — Lynn está resmungando. Espera aí, você arrancou isso do seu braço? — Ele aponta para a agulha. — Meu Deus, Tris. Você não tem nervos, não?

— Acho que preciso de um curativo.

— Acha, é? — Uriah balança a cabeça. — Você também deveria colocar gelo no rosto. Estão todos acordando agora. Está uma loucura lá fora.

Levo a mão ao queixo. O local onde Eric me acertou com a arma está doendo. Preciso de um pouco de loção de cura.

— Eric está morto? — Não sei qual resposta estou esperando: sim ou não.

— Não. Alguns dos membros da Franqueza decidiram cuidar dele. — Uriah encara a pia com uma careta. — Eles falaram algo sobre tratamento justo de prisioneiros. Kang o está interrogando em particular agora. Ele disse que não nos quer lá, perturbando a paz ou algo assim.

Bufo.

— É. De qualquer maneira, ninguém entendeu nada — diz ele, apoiando-se na pia ao lado da minha. — Por que atacar o edifício daquele jeito, atirar essas coisas em nós e nos apagar? Por que não nos mataram de uma vez?

— Não faço ideia — respondo. — O único objetivo que consigo imaginar é que isso lhes permitiu descobrir quem é Divergente. Mas esse não pode ser o único motivo.

— Não entendo por que estão atrás de nós. Quer dizer, quando estavam tentando criar um exército, controlando nossas mentes, tudo bem, mas agora? Isso me parece inútil.

Franzo a testa enquanto pressiono uma toalha limpa de papel contra o ombro, para estancar o sangramento. Ele está certo. Jeanine já tem um exército. Por que matar os Divergentes agora?

— Jeanine não quer matar a todos — digo lentamente. — Ela sabe que isso seria ilógico. Nossa sociedade só funciona com todas as facções, porque cada uma delas treina seus integrantes para funções específicas. O que ela quer é *controle*.

Levanto o rosto e encaro meu reflexo no espelho. Meu maxilar está inchado e ainda há marcas de unhas em meus braços. Que nojo.

— Ela deve estar planejando outra simulação — sugiro. — Igual à de antes, mas, desta vez, ela quer se assegurar de que todos estarão sob sua influência ou mortos.

— Mas a simulação só dura um período determinado de tempo. Só é útil se ela estiver tentando alcançar algo específico.

— Certo. — Solto um suspiro. — Não sei. Não entendo. — Seguro a agulha. — Também não entendo o que é isso. Se for como as outras injeções indutoras de simulações, foi criada para um único uso. Então, por que atirar isso em nós só para nos apagar? Não faz nenhum sentido.

— Não sei, Tris, mas agora temos que lidar com um edifício enorme cheio de pessoas em pânico. Vamos arrumar um curativo para você.

Ele faz uma pausa e depois fala:

— Você pode me fazer um favor?

— O quê?

— Não conte a ninguém que sou Divergente. — Ele morde o lábio. — Shauna é minha amiga, e não quero que ela passe a ter medo de mim.

— Claro — digo, forçando um sorriso. — Minha boca é um túmulo.

+ + +

Passo a noite acordada, removendo agulhas dos braços das pessoas. Depois de algumas horas, paro de tentar ser gentil. Apenas puxo o mais forte possível.

Descubro que o menino da Franqueza baleado na testa por Eric chamava-se Bobby, que a condição de Eric está estável e que, das centenas de pessoas dentro do Merciless Mart, apenas oitenta não estão com os braços feridos. Dessas, setenta são da Audácia, entre elas Christina. Passo a noite inteira refletindo sobre seringas, soros e simulações, tentando pensar como meus inimigos.

Chegada a manhã, não encontro mais agulhas para remover e vou para o refeitório esfregando os olhos. Jack Kang anunciou que haverá uma reunião ao meio-dia, e talvez eu consiga tirar uma boa soneca depois de comer.

Mas, quando entro no refeitório, vejo Caleb.

Caleb corre até mim e me abraça com cuidado. Solto um suspiro de alívio. Pensei que, a esta altura, não precisaria mais do meu irmão, mas acho que nunca vou deixar de precisar. Relaxo, apoiada nele por um instante, depois vejo Tobias me olhando.

— Você está bem? — pergunta Caleb, afastando-se de mim. — Seu maxilar...

— Não é nada. Só está inchado.

— Soube que eles juntaram vários Divergentes e começaram a atirar neles. Graças a Deus que não encontraram você.

— Na verdade, eles encontraram. Mas só mataram uma pessoa — digo. Belisco o dorso do nariz para tentar aliviar um pouco a pressão na minha cabeça. — Mas estou bem. Quando você chegou?

— Há cerca de dez minutos. Vim com Marcus. Como nosso único líder político oficial, ele sentiu que era seu dever estar aqui. Só ficamos sabendo do ataque há uma hora. Um dos sem-facção viu os soldados da Audácia invadindo o edifício, e demora um pouco para as notícias correrem entre eles.

— Marcus está *vivo*? — pergunto. Não o vimos ser morto quando escapamos do complexo da Amizade, mas presumi que era isso o que havia acontecido. Não sei exatamente como me sinto agora. Talvez desapontada, porque o odeio pela maneira como ele tratou Tobias. Ou aliviada, porque o último líder da Abnegação ainda está vivo. Será possível sentir as duas coisas?

— Ele e Peter escaparam e caminharam de volta para a cidade — explica Caleb.

Não me sinto nem um pouco aliviada em descobrir que Peter ainda está vivo.

— E onde ele está?

— Onde você esperaria que ele estivesse? — responde Caleb.

— Com a Erudição — digo. Balanço a cabeça. — Ele é um...

Não consigo encontrar uma palavra forte o bastante para descrevê-lo. Acho que preciso aumentar meu vocabulário.

Caleb contorce o rosto rapidamente, depois acena com a cabeça e apoia a mão em meu ombro.

— Você está com fome? Quer que eu busque alguma coisa para comer? – pergunta ele.

— Sim, por favor – respondo. – Já volto, está bem? Preciso falar com Tobias.

— Tudo bem. — Caleb aperta meu braço e se afasta, provavelmente para entrar na enorme fila do refeitório. Eu e Tobias ficamos parados, a metros de distância um do outro, por alguns segundos.

Ele se aproxima lentamente.

— Você está bem? – pergunta.

— Se tiver que responder a isso mais uma vez, acho que vou vomitar – respondo. – Não levei um tiro na cabeça, levei? Então estou bem.

— Seu maxilar está tão inchado que parece que você está com comida na boca, e você acabou de esfaquear Eric – diz ele, franzindo a testa. – Não posso nem perguntar se você está bem?

Solto um suspiro. Eu deveria falar para ele sobre Marcus, mas não quero fazer isso aqui, no meio de tantas pessoas.

— Sim, estou bem.

Ele puxa o braço para trás, como se estivesse pensando em encostar em mim, mas decidiu não fazer isso. Depois, ele pensa outra vez e desliza o braço ao redor do meu corpo, puxando-me para junto de si.

De repente, penso em talvez deixar que outra pessoa corra todos os riscos. Talvez eu comece a agir de maneira egoísta, para que possa ficar perto de Tobias sem machucá-lo. Tudo o que quero fazer é mergulhar o rosto em seu pescoço e esquecer o mundo.

— Desculpe-me por ter demorado tanto para ir buscar você — sussurra ele, com a boca encostada em meu cabelo.

Suspiro e toco suas costas com as pontas dos dedos. Eu poderia ficar em pé aqui até desmaiar de exaustão, mas não devo; não posso.

Afasto o corpo e digo:

— Preciso falar com você. Podemos ir para um lugar mais tranquilo?

Ele concorda com a cabeça e deixamos o refeitório. Um dos membros da Audácia que passa por nós grita:

— Olha só! É o *Tobias Eaton*!

Eu havia me esquecido do interrogatório e do nome que ele revelou para toda a Audácia.

Outra pessoa grita:

— Vi seu pai aqui mais cedo, Eaton! Você está indo se esconder?

Tobias ajeita o corpo e fica duro, como se alguém estivesse apontando uma arma para o seu peito, e não caçoando dele.

— É. Vai se esconder, covarde?

Algumas pessoas ao redor riem. Agarro o braço de Tobias e o guio em direção aos elevadores antes que consiga reagir. Ele parece estar prestes a socar alguém. Ou fazer algo pior.

— Eu já ia contar... ele veio com Caleb — digo. — Peter e ele escaparam da Amizade...

— O que você estava esperando? — pergunta ele, mas sem aspereza. Parece que sua voz está distante dele, como se estivesse flutuando entre nós.

— Não é o tipo de notícia que você dá em um refeitório.

— Tem razão.

Esperamos pelo elevador em silêncio, e Tobias morde o lábio e olha para o nada. Ele faz isso até chegarmos ao décimo oitavo andar, que está vazio. Lá, o silêncio me abraça como Caleb fez, acalmando-me. Sento-me em um dos bancos na beirada da sala de interrogatório, e Tobias puxa a cadeira de Niles para se sentar na minha frente.

— Não havia duas dessas? — pergunta ele, franzindo a testa e olhando para a cadeira.

— É verdade. Eu, é... ela foi jogada pela janela.

— Estranho. — Ele se senta. — Então, sobre o que você queria falar? Era sobre Marcus?

— Não, não era isso. Você... está bem? — pergunto, cuidadosamente.

— Não levei um tiro na cabeça, levei? — responde ele, encarando as mãos. — Então estou bem. Vamos mudar de assunto.

— Quero falar sobre simulações. Mas, antes, há outra coisa. Sua mãe disse que o próximo alvo de Jeanine seria os sem-facção. É claro que ela estava errada, mas não sei por quê. Não é como se a Franqueza estivesse pronta para a guerra...

— Pense bem. Pense como alguém da Erudição.

Olho para ele, irritada.

— O que foi? Se você não conseguir fazer isso, nenhum de nós conseguirá.

— Tudo bem. É... deve ter sido porque a Audácia e a Franqueza eram os alvos mais lógicos. Porque... os sem-facção estão por toda a parte, mas nós estamos em um único lugar.

— Certo. Além disso, quando Jeanine atacou a Abnegação, ela roubou todos os dados da facção. Minha mãe me disse que a Abnegação havia documentado as populações de Divergentes sem-facção, o que significa que, depois do ataque, Jeanine deve ter descoberto que a proporção de Divergentes entre os sem-facção é mais alta do que na Franqueza. Isso os tornaria um alvo ilógico.

— Certo. Agora, fale-me sobre o soro novamente. Há partes diferentes nele, certo?

— Duas partes — diz ele, acenando com a cabeça. — O transmissor e o líquido que induz a simulação. O transmissor comunica informações do computador para o cérebro e vice-versa, e o líquido altera o cérebro, colocando-o no estado de simulação.

Aceno com a cabeça.

— Mas o transmissor só funciona para uma simulação, certo? O que acontece com ele depois disso?

— Ele se dissolve. Que eu saiba, a Erudição ainda não conseguiu desenvolver um transmissor que dure mais de uma simulação, embora a simulação de ataque tenha durado mais tempo do que qualquer outra simulação que eu já tenha visto.

Não consigo parar de pensar nas palavras "que eu saiba". Jeanine passou a maior parte da sua vida adulta desenvolvendo soros. Se ela ainda está caçando Divergentes, provavelmente continua obcecada com a criação de versões avançadas da tecnologia.

— O que está acontecendo, Tris?

— Você já viu isto? — pergunto eu, apontando para o curativo cobrindo o meu ombro.

— De perto, não. Eu e Uriah passamos a manhã inteira carregando feridos da Erudição para o quarto andar.

Descolo a ponta do curativo, revelando a ferida criada pela agulha, que, felizmente, não está mais sangrando, e a mancha de tinta azul, que não parece estar desaparecendo. Depois, enfio a mão no bolso e retiro a agulha que estava enfiada no meu braço.

— Quando eles atacaram, não estavam tentando nos matar. Usaram isto como munição.

Sua mão toca a pele pintada ao redor da ferida. Não havia percebido antes, porque aconteceu diante dos meus olhos, mas ele está diferente da época da iniciação. Deixou a barba crescer um pouco, e eu nunca tinha visto seu cabelo tão longo. Está tão comprido que percebo que é castanho, e não preto.

Ele pega a seringa da minha mão e bate com o dedo no disco de metal.

— Isto deve ser oco. Devia conter esse treco azul que está em seu braço. O que aconteceu depois que atiraram em você?

— Eles lançaram cilindros que soltavam fumaça na sala, e todos ficaram inconscientes. Quer dizer, todos menos eu, Uriah e outro Divergente.

Tobias não parece surpreso. Semicerro os olhos.

— Você já sabia que Uriah é Divergente?

Ele dá de ombros.

— É claro. Administrei as simulações dele também.

— E você nunca me contou?

— Informação privilegiada. Informação perigosa.

Sinto uma onda de raiva. Quantas coisas será que ele vai esconder de mim? Tento reprimir minha ira. É claro que ele não me avisou que Uriah é Divergente. Estava apenas respeitando a privacidade dele. Faz sentido.

Limpo a garganta.

— Você salvou nossas vidas, sabia? Eric estava tentando nos caçar.

— Acho que já passamos do ponto de ficar lembrando quem salvou a vida de quem. — Ele me encara por longos segundos.

— De qualquer maneira — digo para romper o silêncio —, depois que descobrimos que todos estavam dormindo, Uriah correu para o alto do prédio, a fim de alertar as pessoas que estavam lá em cima, e eu fui até o segundo andar, para descobrir o que estava acontecendo. Eric estava reunindo todos os Divergentes ao lado dos elevadores e tentando decidir quais ia levar. Ele disse que só podia levar dois. Mas nem sei por que queria fazer isso.

— Estranho.

— Tem alguma ideia?

— Acho que a seringa injetou transmissores em vocês, e o gás era uma versão em aerossol do líquido que altera o cérebro. Mas por que... — Uma ruga surge entre suas sobrancelhas. — Ah. Ela apagou todos para descobrir quem eram os Divergentes.

— Você acha que esse é o único motivo para ela ter nos injetado transmissores?

Ele balança a cabeça, fixando os olhos nos meus. O azul deles é tão escuro e familiar que sinto que ele poderia me engolir inteira. Por um instante, desejo que isso fosse possível, para que eu pudesse escapar desse lugar e de tudo o que aconteceu.

— Acho que você já decifrou tudo, mas quer que eu a contradiga. E eu não vou contradizer.

— Eles desenvolveram um transmissor de longa duração.

Ele assente com a cabeça.

— Então, agora estamos todos programados para simulações múltiplas. Talvez tantas quanto Jeanine desejar.

Ele assente novamente.

O ar tremula ao escapar da minha boca.

— Isso é muito ruim, Tobias.

+ + +

No corredor, do lado de fora da sala de interrogatório, ele para, apoiando-se contra a parede.

— Então, você atacou Eric. Isso foi durante a invasão? Ou foi quando vocês estavam ao lado dos elevadores?

— Ao lado dos elevadores.

— Há algo que não entendo. Você estava no térreo. Poderia ter fugido. Mas decidiu se meter sozinha no meio de um monte de soldados armados da Audácia. E aposto que você não estava armada.

Aperto os lábios um contra o outro.

— Estou certo?

— Por que você acha que eu estava desarmada? — pergunto, de cara feia.

— Você não consegue tocar em uma arma desde o ataque. Até entendo, por causa do que aconteceu com Will e tudo, mas...

— Will não tem nada a ver com isso.

— Não? — Ele levanta uma sobrancelha.

— Fiz o que precisava ser feito.

— É. Mas agora isso já deveria ter acabado. — Ele se afasta da parede e me encara. Os corredores da Franqueza são largos. Largos o bastante para que eu consiga manter a distância que quero dele. — Você deveria ter ficado com a Amizade. Você deveria ter ficado longe disso tudo.

— Não, não deveria. Você acha que sabe o que é melhor para mim? Você não tem a menor ideia. Eu estava enlouquecendo na Amizade. Aqui, sinto-me... sã novamente.

— Isso é estranho, se considerarmos o fato de que você está agindo como uma psicopata. Não é nada corajoso escolher a posição que escolheu ontem. É mais do que idiota, é suicida. Você não tem o menor respeito por sua própria vida?

— Claro que tenho! Eu estava tentando fazer algo de útil!

Durante alguns segundos, ele apenas me encara.

— Você é mais do que Audácia — diz ele, baixinho. — Mas, se quiser simplesmente ser como eles, se colocando em situações ridículas sem razão e se vingando de seus inimigos sem se preocupar com a ética, fique à vontade. Pensei que você fosse mais do que isso, mas talvez eu estivesse errado!

Cerro os punhos e os dentes.

— Você não deveria insultar a Audácia. Eles o acolheram quando você não tinha mais para onde ir. Deram-lhe um bom emprego. Eles o apresentaram a todos os seus amigos.

Encosto-me na parede, encarando o chão. Os ladrilhos do Merciless Mart são sempre brancos e pretos e, aqui, são organizados em um padrão quadriculado. Se eu desfocar os olhos, consigo ver exatamente aquilo em que os membros da Franqueza não acreditam: o cinza. Talvez Tobias e eu também não acreditemos. Não de verdade.

Meu corpo está muito pesado, muito mais do que consigo suportar. Tão pesado que eu poderia atravessar o chão.

— Tris.

Continuo a encarar o chão.

— *Tris.*

Finalmente, olho para ele.

— Só não quero perder você.

Ficamos parados por alguns minutos. Não falo o que estou pensando, que ele talvez esteja certo. Há uma parte de mim que quer se perder, que se esforça para se juntar aos meus pais e a Will, para que eu não sofra mais por eles. Uma parte de mim que quer descobrir o que há além.

+ + +

— Então, você é irmão dela? — pergunta Lynn. — Acho que já sabemos quem herdou a beleza.

Rio ao ver a expressão de Caleb, que contrai os lábios e arregala os olhos.

— Quando você precisa voltar? — pergunto, cutucando-o com o cotovelo.

Mordo o sanduíche que Caleb pegou para mim na fila do refeitório. Estou nervosa por ele estar aqui, misturando os restos tristes da minha vida de família aos restos tristes da minha vida na Audácia. O que ele pensará dos meus amigos, da minha facção? O que a minha facção pensará dele?

— Em breve. Não quero que ninguém fique preocupado.

— Não sabia que Susan havia mudado seu nome para "Ninguém" — digo, erguendo uma sobrancelha.

— Rá, rá! — responde ele, com uma careta.

Provocações entre irmãos deveriam parecer naturais para nós, mas não são. A Abnegação desencorajava qualquer coisa que pudesse fazer alguém se sentir desconfortável, incluindo provocações.

Dá para sentir a cautela que temos um com o outro agora que descobrimos uma maneira diferente de nos relacionar diante das nossas novas facções e da morte dos nossos pais. Sempre que olho para ele, percebo que é a única família que me sobrou, e fico desesperada, desesperada para mantê-lo por perto, desesperada para diminuir a distância entre nós.

— Susan é outra desertora da Erudição? — pergunta Lynn, fincando o garfo em uma vagem. Uriah e Tobias continuam na fila do refeitório, esperando atrás de uns vinte membros da Franqueza que estão ocupados demais, discutindo para pegar a comida.

— Não, ela era nossa vizinha de infância. Ela é da Abnegação — explico.

— E você tem uma relação com ela? — pergunta ela para Caleb. — Não acha isso um pouco idiota? Quer dizer, quando tudo isso acabar, vocês estarão em facções diferentes, vivendo em lugares completamente diferentes...

— Lynn — diz Marlene, tocando o ombro dela —, que tal calar a boca?

Do outro lado do salão, algo azul chama minha atenção. Cara acabou de entrar no refeitório. Abaixo o sanduíche, sem apetite, e olho para ela com a cabeça baixa. Ela caminha até o canto do refeitório, onde alguns refugiados da Erudição estão sentados. A maioria deles abandonou o azul e veste roupas pretas e brancas, mas continua a usar óculos. Tento concentrar-me em Caleb, mas ele também está olhando para os membros da Erudição.

— Não posso voltar para a Erudição, nem eles — diz Caleb. — Quando isso passar, não terei uma facção.

Pela primeira vez, percebo sua tristeza ao falar da Erudição. Não havia percebido o quão difícil deve ter sido para ele a decisão de deixá-los.

— Você poderia ir se sentar com eles — digo, acenando em direção aos refugiados da Erudição.

— Não os conheço. — Ele dá de ombros. — Só passei um mês lá, lembra?

Uriah joga sua bandeja na mesa, irritado.

— Ouvi uma pessoa da fila falando sobre o interrogatório de Eric. Parece que ele não sabia praticamente *nada* sobre o plano de Jeanine.

— O quê? — Lynn bate com o garfo na mesa. — Como isso é possível?

Uriah dá de ombros e se senta.

— Isso não me surpreende — diz Caleb.

Todos o encaram.

— O que foi? — Seu rosto fica corado. — Seria burrice revelar todo o plano para uma única pessoa. Certamente, é mais inteligente revelar apenas pequenas partes dele para cada pessoa que trabalha para ela. Assim, se alguém a trair, a perda não será tão grande.

— Ah — diz Uriah.

Lynn pega o garfo e volta a comer.

— Fiquei sabendo que a Franqueza fez sorvete — diz Marlene, virando o rosto para olhar para a fila do refeitório. — Sabe, algo tipo "que droga termos sido atacados, mas pelo menos temos sobremesa".

— Já estou me sentindo bem melhor — diz Lynn, secamente.

— Provavelmente, não será tão gostoso quanto o bolo da Audácia — diz Marlene, lugubremente. Ela suspira, e uma mecha de cabelo castanho-claro cai sobre seus olhos.

— Nosso bolo realmente era gostoso — conto para Caleb.

— Nós tínhamos refrigerantes — diz ele.

— Ah, mas vocês tinham um rio subterrâneo? — pergunta Marlene, agitando as sobrancelhas. — Ou uma sala onde era possível encarar todos os seus pesadelos ao mesmo tempo?

— Não — diz Caleb. — E, para falar a verdade, fico feliz por isso.

— *Ma-ri-cas* — cantarola Marlene.

— *Todos* os seus pesadelos? — pergunta Caleb, com os olhos brilhando. — Como isso funciona? Quer dizer, os pesadelos são produzidos pelo computador ou pelo cérebro?

— Meu Deus. — Lynn apoia a cabeça nas mãos. — Lá vamos nós.

Marlene começa a descrever as simulações, e deixo sua voz e a voz de Caleb me embalarem enquanto termino o sanduíche. Depois, mesmo com todo o barulho de talheres e o ronco criado pelas centenas de conversas ao meu redor, encosto a cabeça na mesa e caio no sono.

CAPÍTULO DEZOITO

— SILÊNCIO, POR favor!

Jack Kang ergue as mãos, e a multidão se cala. Um talento e tanto.

Estou entre o grupo de membros da Audácia que chegou tarde na reunião, quando todos os assentos já estavam tomados. Vejo de relance um lampejo de luz: um relâmpago. Não é a melhor hora para uma reunião em um salão onde há buracos no lugar das janelas, mas este é o maior espaço do prédio.

— Sei que muitos de vocês estão confusos e abalados pelo que ocorreu ontem — diz Jack. — Ouvi muitos relatórios, diferentes perspectivas, e já tenho uma ideia do que está evidente e do que precisamos investigar um pouco mais.

Prendo meu cabelo molhado atrás das orelhas. Acordei dez minutos antes da hora marcada para a reunião e corri até o chuveiro. Embora ainda esteja exausta, sinto-me mais alerta.

— O que acho que precisamos investigar um pouco mais são os Divergentes — diz Jack.

Ele parece cansado. Está com olheiras, e seu cabelo curto está espetado e bagunçado, como se tivesse passado a noite puxando-o. Apesar do enorme calor dentro da sala, ele está usando uma camisa de mangas compridas, e elas estão abotoadas. Provavelmente estava distraído quando se vestiu de manhã.

— Se você é Divergente, por favor dê um passo à frente para que possamos ouvir o que tem a dizer.

Olho de soslaio para Uriah. Isso parece perigoso. Minha Divergência é algo que devo esconder. Admitir que sou Divergente supostamente significa minha morte. Mas não há motivos para me esconder agora. Eles já sabem de tudo.

Tobias é o primeiro a se mover. Ele caminha entre a multidão, virando o corpo, a princípio, para se espremer entre as pessoas, e depois, quando eles abrem passagem para ele, movendo-se em linha reta até Jack Kang, com os ombros para trás.

Eu me movo também, pedindo licença para as pessoas na minha frente. Elas se afastam imediatamente, como se eu houvesse ameaçado cuspir veneno nelas. Algumas outras pessoas se dirigem ao centro do salão, vestidas com o preto e o branco da Franqueza, mas não muitas. Uma delas é a garota que ajudei.

Apesar da fama recente de Tobias entre a Audácia e do meu novo título de Garota que Esfaqueou o Eric, não somos o verdadeiro foco de atenção. Marcus é que é.

— Você, Marcus? — pergunta Jack, quando Marcus alcança o centro do salão e para sobre o lado mais baixo da balança que está no chão.

— Sim — diz Marcus. — Entendo sua preocupação; a preocupação de todos vocês. Há uma semana, vocês nunca tinham ouvido falar dos Divergentes e, agora, tudo o que sabem é que eles são imunes a algo ao qual vocês são suscetíveis, e isso é assustador. Mas posso garantir que, da nossa parte, não há nada a temer.

Enquanto ele fala, inclina a cabeça e ergue as sobrancelhas de maneira solidária, e eu compreendo imediatamente por que algumas pessoas gostam dele. Passa a sensação de que, se você colocasse todos os seus problemas nas mãos dele, ele cuidaria de tudo.

— A mim parece claro — continua Jack — que fomos atacados para que a Erudição pudesse encontrar os Divergentes. Vocês sabem por quê?

— Não, não sei — diz Marcus. — Talvez o único motivo deles fosse nos identificar. Parece ser uma informação útil, caso eles planejem usar suas simulações novamente.

— Essa não era a intenção deles. — As palavras escapam da minha boca antes que eu decida falá-las. Minha voz soa aguda e fraca em comparação com as de Marcus e Jack, mas não há mais como parar agora. — Eles queriam nos matar. Eles têm nos matado desde antes de tudo isso acontecer.

Jack franze as sobrancelhas. Ouço centenas de pequenos ruídos de gotas batendo no teto. O salão escurece, como que sob a sombra do que acabei de dizer.

— Isso soa bastante como uma teoria de conspiração — diz Jack. — Que razões a Erudição teria para querer matar vocês?

Minha mãe me disse que as pessoas temem os Divergentes porque não podemos ser controlados. Isso pode até ser verdade, mas o medo do incontrolável não é um motivo concreto o bastante para oferecer a Jack Kang. Meu coração dispara quando percebo que não sou capaz de responder a sua pergunta.

— Eu... — Começo a dizer.

Tobias me interrompe:

— Obviamente, não sabemos, mas nos últimos seis anos ocorreram mais de dez mortes misteriosas entre os membros da Audácia, e existe uma correlação entre as vítimas e resultados de testes de aptidão ou simulações de iniciação irregulares.

Um relâmpago brilha no céu, e um clarão se espalha pelo salão. Jack balança a cabeça.

— Embora isso seja intrigante, correlação não constitui evidência.

— Um líder da Audácia atirou contra a *cabeça* de uma criança da Franqueza — digo, irritada. — Você recebeu algum relatório sobre *isso*? Você acha que isso "merece uma investigação"?

— De fato, recebi. Atirar em uma criança a sangue-frio é um crime terrível que não ficará impune. Felizmente, o criminoso está sob a nossa custódia, e poderemos julgá-lo. *No entanto*, precisamos lembrar que os soldados da Audácia não demonstraram qualquer indicação de que queriam ferir a maioria de nós, ou eles teriam nos matado quando estávamos inconscientes.

Ouço murmúrios de irritação ao redor de mim.

— A invasão pacífica sugere que talvez seja possível negociarmos um tratado de paz com a Erudição e o restante da Audácia — continua ele. — Portanto, vou marcar uma reunião com Jeanine Matthews assim que possível para discutirmos essa possibilidade.

— A invasão deles não foi *pacífica* — digo. Consigo ver o canto da boca de Tobias de onde estou, e ele está sorrindo. — O fato de eles não terem atirado na cabeça de todos vocês não significa que as intenções deles eram honráveis. Por que você acha que vieram até aqui? Para correr pelos seus corredores, apagar todos vocês e depois ir embora?

— Imagino que eles tenham vindo aqui à procura de pessoas como você — diz Jack. — E, embora me preocupe com sua segurança, não acho que podemos atacá-los só porque queriam matar uma fração da nossa população.

— Matar vocês não é a pior coisa que eles podem fazer — digo. — Controlar vocês pode ser bem pior.

Os lábios de Jack dobram-se em um sorriso, como se ele estivesse se divertindo. *Divertindo*.

— É mesmo? E como você acha que eles conseguirão fazer isso?

— Eles atiraram seringas em vocês — diz Tobias. — Seringas cheias de transmissores de simulação. As simulações são capazes de controlar vocês. É assim que eles conseguirão fazer isso.

— Sabemos como as simulações funcionam – diz Jack. – Os transmissores não são implantes permanentes. Se eles quisessem nos controlar, teriam feito isso imediatamente.

— Mas... – começo a falar.

Ele me interrompe:

— Sei que você esteve sob muito estresse ultimamente, Tris – diz ele, calmamente –, e que você prestou um grande serviço para sua facção e para a Abnegação. Mas acredito que sua experiência traumática pode ter comprometido sua capacidade de ser completamente objetiva. Não posso realizar um ataque baseado nas especulações de uma menininha.

Fico completamente imóvel, incapaz de acreditar que ele possa ser tão idiota. Meu rosto está ardendo. Ele me chamou de *menininha*. Uma menininha que está tão estressada que ficou paranoica. Essa não sou eu, mas é quem a Franqueza acredita que sou.

— *Você* não toma as decisões por nós, Kang – diz Tobias.

Por todos os lados, os membros da Audácia gritam em acordo.

— Você não é o líder da nossa facção! – grita alguém.

Jack espera por silêncio, depois diz:

— É verdade. Se desejarem, estão livres para atacar o complexo da Erudição sozinhos. Mas farão isso sem nosso apoio. E é bom lembrarem que estão em desvantagem numérica e despreparados.

Ele tem razão. Não podemos atacar os traidores da Audácia e a Erudição sem a ajuda da Franqueza. Se tentássemos, seria um banho de sangue. Jack tem todo o poder. E agora todos sabemos disso.

— Foi o que imaginei — diz ele presunçosamente.

— Muito bem. Vou entrar em contato com Jeanine Matthews e descobrir se podemos negociar a paz. Alguém tem alguma objeção?

Não podemos atacar sem a Franqueza, penso, *a não ser que tenhamos o apoio dos sem-facção.*

CAPÍTULO DEZENOVE

Naquela tarde, junto-me ao grupo de membros da Franqueza e da Audácia que está limpando as janelas quebradas no saguão. Concentro-me no trajeto da vassoura, mantendo os olhos grudados na poeira que se acumula ao redor dos cacos de vidro. Meus músculos lembram-se do movimento antes da minha mente, mas, quando olho para baixo, em vez do mármore branco, vejo ladrilhos brancos e a parte de baixo de uma parede cinza-clara; vejo mechas loiras do cabelo que minha mãe cortou e o espelho escondido seguramente atrás do painel da parede.

Meu corpo fraqueja, e me apoio no cabo da vassoura.

Alguém toca meu ombro com a mão, e eu me afasto instintivamente dela. Mas é apenas uma menina da Franqueza, uma criança. Ela me encara com olhos arregalados.

— Você está bem? — pergunta ela, com a voz aguda e indistinta.

— Estou — respondo. Ríspida demais. Tento consertar meu tom rapidamente. — Só estou cansada. Perdão.

— Acho que você está mentindo.

Noto um curativo saindo de debaixo da manga da sua camiseta, provavelmente cobrindo o furo da agulha. A ideia desta garotinha sob o efeito de uma simulação me dá náuseas. Não consigo nem olhar para ela. Viro o rosto.

De repente, vejo algo: do lado de fora, um traidor da Audácia sustentando uma mulher, que está com a perna sangrando. Vejo as mechas cinzentas no cabelo da mulher, a ponta do nariz curvado do homem e as braçadeiras azuis usadas pelos traidores da Audácia logo abaixo de seus ombros e reconheço os dois. Tori e Zeke.

Tori está tentando andar, mas arrasta uma das pernas inutilmente. Uma mancha molhada e escura cobre a maior parte da sua coxa.

Os membros da Franqueza param de varrer para encará-los. Os guardas da Audácia posicionados ao lado dos elevadores correm até a entrada com suas armas apontadas. As outras pessoas que estavam fazendo a faxina afastam-se para fugir da confusão, mas eu fico parada onde estou, com o calor correndo pelo meu corpo, enquanto Zeke e Tori se aproximam.

— Eles não estão armados? — pergunta alguém.

Tori e Zeke alcançam o que costumavam ser as portas, e ele levanta uma das mãos quando vê a fileira de soldados armados da Audácia. Mantém a outra mão ao redor da cintura de Tori.

— Ela precisa de assistência médica — avisa Zeke. — Agora.

— Por que deveríamos oferecer assistência médica a uma traidora? — pergunta um homem da Audácia com cabelo loiro e ralo e dois piercings no lábio, enquanto aponta a arma para eles. Há uma mancha azul em seu braço.

Tori solta um gemido e me espremo entre dois membros da Audácia para ajudá-la. Ela apoia a mão, coberta de sangue, na minha. Zeke a coloca no chão, soltando um grunhido.

— Tris — diz ela, com uma voz confusa.

— É melhor afastar-se, garota — adverte o homem loiro da Audácia.

— Não — digo. — Abaixe a arma.

— Eu disse que os Divergentes são loucos — murmura outro membro armado da Audácia para a mulher ao seu lado.

— Não importa que vocês a levem e a amarrem em uma cama para evitar que ela saia atirando em todo mundo! — diz Zeke, irritado. — Mas não deixem que ela sangre até a morte em um saguão da sede da Franqueza!

Finalmente, alguns membros da Franqueza aproximam-se de nós e levantam Tori.

— Para onde devemos... levá-la? — pergunta um deles.

— Encontre Helena — diz Zeke. — É uma enfermeira da Audácia.

Os homens acenam com a cabeça e a carregam até os elevadores. Zeke e eu nos encaramos.

— O que houve? — pergunto.

— Os traidores da Audácia descobriram que estávamos coletando informações sobre eles. Tori tentou fugir, mas eles a atingiram enquanto corria. Eu a ajudei a chegar aqui.

— É uma linda história — diz o homem loiro da Audácia. — Que tal contá-la novamente sob o efeito do soro da verdade?

Zeke dá de ombros.

— Sem problemas. — Ele levanta os punhos à frente do corpo dramaticamente. — Se está tão desesperado assim para me prender, pode me levar.

Depois, ele vê algo atrás de mim e começa a caminhar. Viro e vejo Uriah vindo correndo do hall dos elevadores. Ele está sorrindo.

— Ouvi dizer que você é um traidor imundo — diz Uriah.

— É, fala sério — diz Zeke.

Eles se chocam em um abraço que me parece quase doloroso, batendo nas costas um do outro e rindo ao apertarem as mãos.

+ + +

— Não acredito que você não nos contou — exclama Lynn, balançando a cabeça. Ela está sentada à minha frente, com os braços cruzados e uma das pernas apoiada sobre a mesa.

— Ah, não precisa ficar chateada — diz Zeke. — Eu não deveria nem ter contado a Shauna e Uriah. Qual o sentido de trabalhar como espião se todo mundo sabe disso?

Estamos sentados em uma sala da sede da Franqueza, que eles chamam de Espaço de Reunião, um nome que os membros da Audácia passaram a repetir de forma debochada sempre que possível. A sala é ampla e aberta, com cortinas brancas e pretas em todas as paredes, e um círculo de pódios no centro. Lynn me contou que eles organizam debates mensais aqui, por diversão, além de celebrações religiosas semanais. Mas, mesmo quando não há nenhum evento em andamento, a sala costuma ficar cheia.

Zeke foi liberado pela Franqueza há uma hora, depois de um rápido interrogatório no décimo oitavo andar. O interrogatório não foi tão lúgubre quanto o meu e o de Tobias, porque não havia nenhum vídeo implicando Zeke, e também porque Zeke é engraçado mesmo quando está sob o efeito do soro da verdade. Provavelmente mais por esse último motivo. De qualquer maneira, viemos para o Espaço de Reunião para uma celebração do tipo "Ei, você não é um traidor imundo!", como disse Uriah.

— Sim, mas a gente tem insultado você desde o ataque de simulação — diz Lynn. — Agora, estou me sentindo uma idiota por ter feito isso.

Zeke coloca o braço ao redor de Shauna.

— Você *é* uma idiota, Lynn. Faz parte do seu charme.

Lynn joga um copo de plástico nele, que se defende. A água do copo voa sobre a mesa, atingindo-o no olho.

— De qualquer maneira, como eu estava dizendo — diz Zeke, esfregando o olho —, meu trabalho, em geral, consistia em tirar os desertores da Erudição em segurança lá de dentro. É por isso que há um grupo grande deles aqui, e um grupo pequeno na sede da Amizade. Mas, Tori... não tenho a menor ideia do que ela estava fazendo. Ela escapava e passava horas fora, e, sempre que ficava por perto, parecia estar prestes a explodir. Não é à toa que eles nos descobriram por causa dela.

— Mas como *você* acabou nesse cargo? — pergunta Lynn. — Você não é tão especial assim.

— Na verdade, foi mais pelo local que eu estava depois do ataque da simulação, bem no meio de um bando de traidores da Audácia. Então, decidi seguir com a farsa. Mas não sei como Tori foi parar lá.

— Ela se transferiu da Erudição — digo.

O que eu não revelo, porque sei que ela não gostaria que todo mundo soubesse, é que ela provavelmente estava nervosa dentro da sede da Erudição porque eles assassinaram seu irmão por ele ser Divergente.

Ela me disse, certa vez, que estava esperando uma oportunidade para se vingar.

— É mesmo? — pergunta Zeke. — Como você sabe disso?

— Bem, todos os transferidos de facção fazem parte de um clube secreto — digo, inclinando-me para trás em minha cadeira. — Nos reunimos toda terceira quinta-feira do mês.

Zeke bufa.

— Onde está Quatro? — pergunta Uriah, olhando para o relógio em seu pulso. — Será que começamos sem ele?

— Não podemos — diz Zeke. — Ele está trazendo A Informação.

Uriah acena com a cabeça, como se isso significasse alguma coisa. Depois, ele para e pergunta:

— Que informação mesmo?

— A informação sobre a reuniãozinha de Kang para fazer as pazes com Jeanine, é claro — diz Zeke.

Do outro lado da sala, vejo Christina sentada a uma mesa com sua irmã. As duas estão lendo alguma coisa.

Meu corpo inteiro fica tenso. Cara, a irmã mais velha de Will, está atravessando a sala em direção à mesa de Christina. Abaixo a cabeça.

— O que foi? — pergunta Uriah, olhando para trás de mim. Quero socá-lo.

— Cala a boca! — digo. — Dá para ser um pouco mais óbvio? — Inclino o corpo para a frente, apoiando os braços dobrados sobre a mesa. — A irmã do Will está ali.

— É, eu falei com ela sobre deixar a Erudição uma vez, enquanto estava lá — diz Zeke. — Ela disse que viu uma mulher da Abnegação ser assassinada enquanto estava em uma missão para Jeanine e que não aguentava mais.

— Como podemos saber que ela não é uma espiã da Erudição? — pergunta Lynn.

— Lynn, ela salvou metade da nossa facção *disto* — diz Marlene, apontando para o curativo em seu braço, onde os traidores da Audácia atiraram nela. — Bem, metade da metade da nossa facção.

— Há quem chame isso de um quarto, Mar — diz Lynn.

— De qualquer maneira, e daí se ela for uma traidora? — pergunta Zeke. — Não estamos planejando nada sobre o qual ela possa informá-los. E, mesmo se estivéssemos, certamente não a incluiríamos em nossos planos.

— Há bastante informação para ela descobrir aqui — diz Lynn. — Quantos somos, por exemplo. Ou quantos de nós não estão sujeitos às simulações.

— Você não a viu explicando por que deixou a Erudição — diz Zeke. — Eu acredito nela.

Cara e Christina se levantaram e estavam deixando a sala.

— Já volto — digo. — Preciso ir ao banheiro.

Espero até que Cara e Christina tenham atravessado a porta, depois as sigo apressadamente. Abro uma das portas do corredor devagar, para não fazer barulho, depois fecho-a atrás de mim. Estou em um corredor escuro, com cheiro de lixo. Deve ser onde a canaleta de lixo da Franqueza vai dar.

Ouço duas vozes femininas vindo da dobra do corredor e me aproximo lentamente para ouvir melhor.

— ... simplesmente não consigo suportar a presença dela aqui — diz uma das vozes, soluçando. Christina. — Não consigo parar de imaginar a cena... o que ela fez... Não consigo entender como ela foi capaz de fazer aquilo!

Os soluços de Christina fazem com que eu me sinta como se estivesse prestes a me despedaçar.

Cara demora a responder.

— Bem, eu entendo.

— O quê? — exclama Christina, em meio a um soluço.

— Você precisa entender; somos treinados para ver as coisas da maneira mais lógica possível — diz Cara. — Portanto, não pense que sou insensível. Mas a garota devia estar morrendo de medo e certamente não estava em condição de avaliar situações de maneira inteligente, se é que ela um dia foi capaz de fazer isso.

Arregalo os olhos. *Mas que...* Penso em uma lista de insultos antes de continuar a ouvir o que ela está dizendo.

— E a simulação tornou impossível que ela conversasse com ele. Portanto, quando ele ameaçou a vida dela, ela reagiu de acordo com o treinamento que recebeu da Audácia: atirar para matar.

— O que você quer dizer? — pergunta Christina amargamente. — Que devemos simplesmente esquecer o que aconteceu, só porque faz sentido?

— É claro que não — diz Cara. A voz dela estremece ligeiramente, e ela repete o que disse, mais baixinho: — É *claro* que não.

Ela limpa a garganta.

— É só que você será obrigada a ficar perto dela, e eu quero facilitar as coisas para você. Não precisa perdoá-la. Na realidade, nem sei por que você era amiga dela para começar. Ela sempre me pareceu meio desequilibrada.

Fico tensa, enquanto espero que Christina concorde com ela, mas, para a minha surpresa e alívio, ela não fala nada.

Cara continua a falar:

— Como eu ia dizendo, você não precisa perdoá-la, mas tente entender que ela não fez o que fez por malícia, mas por pânico. Assim, você conseguirá olhar para a cara dela sem querer socar aquele nariz excepcionalmente comprido.

Levo a mão automaticamente ao nariz. Christina ri um pouco, e sua risada parece uma pontada forte no meu estômago. Atravesso a porta novamente e volto para o Espaço de Reunião.

Embora Cara tenha sido desrespeitosa, e seu comentário sobre o meu nariz tenha sido um golpe baixo, fico grata pelo que disse.

+ + +

Tobias chega por uma porta escondida atrás de uma das cortinas brancas. Afasta a cortina do caminho, irritado, antes de se aproximar de nós e se sentar do meu lado à mesa, no Espaço de Reunião.

— Kang vai se encontrar com um representante de Jeanine Matthews às sete da manhã.

— Um representante? — pergunta Zeke. — Ela não vem em pessoa?

— Até parece que ela iria se expor assim, em um lugar onde um monte de gente irritada e armada poderia mirar nela. — Uriah solta uma pequena risada debochada. — Adoraria ver ela tentar fazer isso. Adoraria mesmo.

— Kang, o Gênio, pretende pelo menos levar alguns guardas da Audácia com ele? — pergunta Lynn.

— Sim — diz Tobias. — Alguns dos membros mais velhos se ofereceram. Mas disseram que vão manter os ouvidos abertos e depois informar o que ouviram.

Franzo a testa ao olhar para ele. Como será que ele sabe todas essas coisas? E por quê, depois de dois anos evitando a todo custo se tornar um líder da Audácia, ele está agindo como um, do nada?

— Então, acredito que a verdadeira questão é: se você fosse da Erudição, o que diria nessa reunião? – pergunta Zeke, colocando as mãos sobre a mesa.

Todos eles olham para mim, esperando uma resposta.

— O que foi? – pergunto.

— Você é Divergente – responde Zeke.

— Tobias também.

— Sim, mas ele não demonstrou aptidão para a Erudição.

— E como você sabe que eu demonstrei?

Zeke ergue os ombros.

— Parece bastante provável, não?

Uriah e Lynn acenam afirmativamente com a cabeça. A boca de Tobias treme, como se fosse sorrir, mas, se era de fato um sorriso, ele o reprimiu. Sinto como se uma pedra tivesse caído sobre meu estômago.

— Que eu saiba, todos vocês têm cérebros funcionais – digo. – Vocês também são capazes de pensar como um membro da Erudição.

— Mas não temos cérebros especiais e *Divergentes*! – diz Marlene. Ela toca a minha cabeça com as pontas dos dedos e aperta levemente o meu crânio. – Vamos lá, faça sua mágica.

— Essa coisa de mágica Divergente não existe, Mar – retruca Lynn.

— E, mesmo se existisse, não deveríamos consultá-la – diz Shauna. É a primeira coisa que ela disse desde que nos sentamos. Ela nem olha para mim ao falar; apenas encara a sua irmã, irritada.

— Shauna... – começa a dizer Zeke.

— Não me venha com essa de "Shauna"! — continua ela, voltando seu olhar irritado para ele. — Vocês não acham que alguém com aptidão para diversas facções pode acabar tendo problemas de lealdade? Se ela apresenta aptidão para a Erudição, como podemos saber que não está *trabalhando* para eles?

— Não seja ridícula — diz Tobias, baixinho.

— Não estou sendo ridícula. — Ela dá um tapa na mesa. — Sei que pertenço à Audácia porque tudo o que fiz no teste de aptidão me indicou isso. Por isso, sou leal à minha facção. Porque não poderia pertencer a nenhum outro lugar. Mas e ela? E você? — Ela balança a cabeça. — Não tenho ideia de a quem vocês são leais. E não vou fingir que está tudo bem.

Shauna se levanta e, quando Zeke tenta segurá-la, ela afasta sua mão, marchando em direção a uma das portas. Encaro-a, até que a porta se fecha atrás dela e a cortina preta que a cobre volta ao lugar.

Sinto-me ofendida, com vontade de gritar, mas Shauna já foi embora, e não posso mais gritar com ela.

— Não é *mágica* — digo, com a cabeça quente. — Vocês só precisam se perguntar qual é a resposta mais lógica para determinada situação.

Eles me encaram de maneira inexpressiva.

— É sério. Se eu estivesse nessa situação, encarando um grupo de guardas da Audácia e Jack Kang, provavelmente não apelaria para a violência, certo?

— Bem, talvez sim, se você também estivesse acompanhada de um grupo de guardas da Audácia. E só seria necessário um tiro. *Bang!* E ele morreria. E a Erudição se daria bem – diz Zeke.

— Eles não vão mandar um moleque qualquer da Erudição para conversar com Jack Kang, vão mandar alguém importante. Seria burrice atirar em Jack Kang e arriscar a vida de quem quer que seja o representante de Jeanine.

— Viu? É por isso que precisamos que você analise a situação — fala Zeke. — Por mim, você o mataria. Valeria a pena, apesar dos riscos.

Belisco o alto do meu nariz. Já estou com dor de cabeça.

— Tudo bem.

Tento colocar-me no lugar de Jeanine Matthews. Já sei que ela não pretende negociar com Jack Kang. Por que precisaria fazer isso? Ele não tem nada a oferecer a ela. Ela tentará tirar vantagem da situação.

— Eu acho que Jeanine Matthews vai manipulá-lo. E que ele fará qualquer coisa para proteger sua facção, mesmo que isso signifique sacrificar os Divergentes. — Paro por um momento, lembrando-me da maneira como ele usou a influência de sua facção para nos intimidar na reunião. — Ou sacrificar a Audácia. Portanto, *precisamos* ouvir o que eles vão discutir nesse encontro.

Uriah e Zeke trocam um olhar. Lynn sorri, mas não é seu sorriso de costume. Ele não se reflete em seus olhos, que parecem mais dourados do que nunca e têm uma aparência fria.

— Então, vamos arrumar um jeito de escutar — diz ela.

CAPÍTULO VINTE

Confiro meu relógio. São sete da noite. Faltam apenas doze horas até que possamos ouvir o que Jeanine tem a dizer a Jack Kang. Conferi meu relógio no mínimo dez vezes na última hora, como se isso fosse fazer o tempo passar mais rápido. Estou ansiosa para fazer alguma coisa. *Qualquer coisa* que não seja ficar sentada no refeitório com Lynn, Tobias e Lauren, brincando com minha comida e olhando de soslaio para Christina, que está sentada com sua família da Franqueza a uma das outras mesas.

— Será que conseguiremos voltar ao nosso antigo estilo de vida depois que tudo isso passar? — indaga Lauren. Tobias e ela passaram os últimos cinco minutos conversando sobre os métodos de iniciação da Audácia. Deve ser a única coisa que eles têm em comum.

— Isso *se* sobrar alguma facção quando tudo passar — diz Lynn, colocando seu purê de batata dentro de um pão.

— Não acredito que você vai comer um sanduíche de purê de batata — digo, chocada.

— Vou sim, e daí?

Um grupo de membros da Audácia passa entre a nossa mesa e a mesa ao lado. Eles são mais velhos que Tobias, mas não muito. O cabelo de uma das meninas é de cinco cores diferentes, e seu braço tem tantas tatuagens que não consigo ver um centímetro de pele vazia. Um dos meninos inclina-se para perto de Tobias, que está de costas para eles, e sussurra:

— Covarde.

Alguns dos outros o imitam, sussurrando "covarde" perto da orelha de Tobias enquanto passam. Ele fica parado, com sua faca encostada no pão e um pedaço de manteiga pronto para ser espalhado, e encara a mesa.

Espero, tensa, pela sua explosão.

— Que idiotas — diz Lauren. — A Franqueza também, por fazer você expor sua história de vida na frente de todo mundo... eles também são idiotas.

Tobias não responde. Ele abaixa a faca e o pedaço de pão e se afasta da mesa. Ergue os olhos e se concentra em algo que está do outro lado do refeitório.

— Isso precisa parar — diz ele, com uma voz distante, depois começa a caminhar em direção à coisa que está encarando, antes que eu consiga perceber o que é. Isso não é um bom sinal.

Ele desliza por entre as mesas e as pessoas como se fosse mais líquido do que sólido, e eu corro atrás dele, pedindo desculpas ao empurrar as pessoas do caminho.

De repente, vejo exatamente para onde Tobias está indo. Marcus. Ele está sentado com alguns dos membros mais velhos da Franqueza.

Tobias o alcança e o agarra pela nuca, arrastando-o para fora do banco. Marcus abre a boca para falar algo, mas isso é um erro, porque Tobias acerta um soco forte em seus dentes. Alguém grita, mas ninguém corre para ajudar Marcus. Afinal de contas, estamos em um salão repleto de membros da Audácia.

Tobias empurra Marcus para o centro do refeitório, onde há um espaço entre as mesas com um símbolo da Franqueza. Marcus tropeça e cai sobre uma das balanças da Franqueza, cobrindo o rosto com a mão, o que me impede de ver o estrago causado por Tobias.

Tobias empurra Marcus no chão e apoia a sola do sapato em sua garganta. Marcus bate na perna de Tobias, com sangue escorrendo dos lábios, mas, mesmo que estivesse em sua melhor forma, não seria tão forte quanto o filho. Tobias abre a fivela de seu cinto e o solta da calça.

Ele retira o pé da garganta de Marcus e levanta o cinto.

— Isso é para o seu próprio bem — diz ele.

Lembro-me de que foi isso que Marcus e suas muitas manifestações disseram para Tobias em sua paisagem do medo.

Depois, o cinto zune no ar e acerta o braço de Marcus. Seu rosto está completamente vermelho, e ele cobre a cabeça no golpe seguinte, que acerta suas costas. Ao redor de mim, ouço risadas vindas das mesas da Audácia. Mas eu não estou rindo. Não consigo rir de algo assim.

Finalmente, recupero os sentidos. Corro e agarro o ombro de Tobias.

— Pare! Tobias, pare com isso *agora*!

Espero ver um olhar de selvageria em seu rosto, mas, quando ele olha para mim, não é isso o que vejo. Seu rosto não está ruborizado e sua respiração está normal. O ataque não foi realizado no calor do momento.

Foi um ato calculado.

Ele solta o cinto e enfia a mão no bolso, de onde tira um cordão prateado com um anel pendurado. Marcus está ao seu lado lutando para respirar. Tobias joga o anel no chão, ao lado do rosto do seu pai. O anel é feito de um metal manchado e embotado; uma aliança da Abnegação.

— Minha mãe manda lembranças — diz Tobias.

Tobias se afasta, e demoro alguns segundos para voltar a respirar. Quando finalmente recupero o fôlego, deixo Marcus se contorcendo no chão e corro atrás de Tobias. Só consigo alcançá-lo no corredor.

— O que foi *aquilo*?

Tobias aperta o botão DESCER do elevador sem olhar para mim.

— Foi necessário.

— Necessário para quê?

— Que foi? Está com pena *dele* agora? — pergunta Tobias, voltando-se para mim com uma expressão carrancuda. — Sabe quantas vezes ele fez isso comigo? Como você acha que eu aprendi a fazer aquilo?

Sinto-me frágil, como se estivesse prestes a desabar. Realmente, o ataque pareceu algo ensaiado, como se

Tobias tivesse seguido uma lista de ações programadas e ensaiado as palavras na frente do espelho. Ele as sabia de cor, mas estava fazendo o outro papel dessa vez.

— Não — digo, baixinho. — Não, não sinto pena dele, nem um pouco.

— Então, qual é o *problema*, Tris? — Sua voz é dura, e talvez seja ela que me faça desabar. — Há uma semana que você não dá a mínima para o que eu faço ou digo; o que há de diferente dessa vez?

Estou quase com medo dele. Não sei o que dizer quando vejo seu lado desequilibrado, e ele está presente agora, borbulhando sob a superfície das suas ações, como às vezes acontece com meu lado cruel. Ambos travamos uma guerra dentro de nós. Às vezes, isso nos mantém vivos. Outras vezes, ameaça nos destruir.

— Nada — respondo.

O elevador apita ao chegar. Ele entra e aperta o botão FECHAR, e a porta se fecha entre nós. Encaro o metal polido e tento repassar os últimos dez minutos na minha cabeça.

— Isso precisa parar — disse ele. "Isso" era a zombaria, resultante do interrogatório em que admitiu ter se juntado à Audácia apenas para escapar do pai. Por isso ele espancou Marcus. Espancou-o publicamente, onde todos da Audácia puderam ver.

Por quê? Para recuperar o seu orgulho? Não pode ser. Seu ato foi intencional demais para isso.

+ + +

No caminho de volta para o refeitório, vejo um homem da Franqueza levando Marcus para o banheiro. Ele caminha devagar, mas não está com o corpo inclinado, o que indica que Tobias não causou nenhum estrago mais sério. Vejo a porta do banheiro bater atrás deles.

Havia quase me esquecido do que ouvi no complexo da Amizade, sobre a informação pela qual meu pai arriscou sua vida. *Ou supostamente arriscou sua vida*, penso. Talvez não seja sensato confiar nas palavras de Marcus. E eu prometi a mim mesma que não perguntaria mais nada sobre isso a ele.

Espero do lado de fora do banheiro até que o homem da Franqueza sai, e entro antes de a porta se fechar completamente. Marcus está sentado no chão, do lado da pia, segurando um bolo de toalhas de papel na boca. Ele não parece feliz em me ver.

— Que foi? Veio se vangloriar? — pergunta ele. — Vá embora.

— Não.

Por que estou aqui, exatamente?

Ele me encara, esperando uma reação.

— E aí?

— Decidi refrescar a sua memória. Seja lá o que você quer pegar da Jeanine, não conseguirá fazer isso sozinho, nem só com a ajuda da Abnegação.

— Achei que tivesse deixado isso bem claro. — Sua voz é abafada pelas toalhas de papel. — A ideia de que *você* pudesse ajudar...

— Não sei de onde você tira essa loucura de que sou inútil, mas não passa disto: uma loucura. Só vim dizer que, quando você deixar essa loucura de lado e começar a se desesperar porque é incapaz de resolver isso sozinho, já sabe a quem recorrer.

Deixo o banheiro no exato momento em que o homem da Franqueza volta com um saco de gelo.

CAPÍTULO
VINTE E UM

Fico parada diante da pia do banheiro feminino, no andar recentemente tomado pela Audácia, com uma arma sobre a palma da mão. Lynn colocou a arma na minha mão há alguns minutos. Ela pareceu confusa pelo fato de eu não ter segurado a arma e a guardado em algum lugar, em um coldre ou na cintura da minha calça jeans. Apenas a deixei pousada sobre a palma da mão e caminhei até o banheiro antes de entrar em pânico.

Não seja idiota. Não posso ir fazer o que farei sem uma arma. Seria loucura. Portanto, preciso resolver meu problema nos próximos cinco minutos.

Fecho o dedo mindinho sobre o punho da arma primeiro, depois o dedo anelar e os outros. O peso da arma me parece familiar. Meu indicador desliza sobre o gatilho. Solto a respiração.

Começo a erguer a arma, levando a mão esquerda à direita, para estabilizá-la. Aponto a arma para a frente, com os braços tesos, como Quatro me ensinou quando este ainda era seu único nome. Usei uma arma como essa para defender meu pai e meu irmão de soldados da Audácia sob o efeito da simulação. Usei-a para evitar que Eric atirasse na cabeça de Tobias. A arma não é inerentemente má. Ela é apenas uma ferramenta.

Vejo um pequeno movimento no espelho e, antes que eu consiga me conter, encaro meu reflexo. *É assim que ele me viu*, penso. *É assim que ele me viu quando atirei nele.*

Solto um gemido, como um animal ferido, largo a arma e aperto o estômago. Quero soluçar, porque sei que isso fará com que eu me sinta melhor, mas não posso me forçar a chorar. Apenas me encolho no banheiro, encarando os ladrilhos brancos. Não consigo. Não consigo levar a arma.

Eu nem deveria ir; mas vou mesmo assim.

— Tris? — Alguém bate à porta. Levanto-me e descruzo os braços enquanto a porta se abre alguns centímetros. Tobias entra no banheiro.

— Zeke e Uriah me disseram que você vai ouvir a conversa de Jack escondida.

— É mesmo?

— Você vai?

— Por que eu deveria contar a você? Você não me conta todos os *seus* planos.

Ele franze as sobrancelhas retas.

— Sobre o que você está falando?

— Estou falando sobre você espancar Marcus na frente de todos da Audácia sem motivo aparente. — Dou um passo em sua direção. — Mas existe um motivo, não é? Porque não é do seu feitio perder o controle. Ele não fez nada para provocá-lo, então deve haver um motivo!

— Eu precisava provar para a Audácia que não sou um covarde. Só isso. Foi só isso o que aconteceu.

— Por que você precisaria... — Começo a dizer.

Por que Tobias precisaria provar algo para a Audácia? Só se for porque ele quer que o respeitem. Só se for porque quer se tornar um líder da Audácia. Lembro-me da voz da Evelyn, no escuro do esconderijo dos sem-facção: *O que estou sugerindo é que você se torne importante.*

Tobias quer que a Audácia alie-se aos sem-facção e sabe que a única maneira de garantir que isso aconteça é se ele mesmo fizer com que aconteça.

Mas não entendo por que ele não compartilhou seu plano comigo. Antes que eu consiga perguntar, ele diz:

— E aí? Você vai ouvir a reunião ou não?

— O que importa?

— Você está se expondo ao perigo sem razão outra vez. Como você fez quando subiu para enfrentar a Erudição com nada mais do que... um *canivete* para se proteger.

— Há um motivo. Um bom motivo. Não saberemos o que está acontecendo, a não ser que escutemos a reunião deles, e precisamos realmente descobrir o que está acontecendo.

Ele cruza os braços. Não é parrudo como outros garotos da Audácia. Algumas garotas podem achar que suas orelhas são de abano, ou que o nariz se curva de um jeito estranho, mas para mim...

Engulo o pensamento. Ele veio aqui me dar uma bronca. Tem escondido coisas de mim. Seja lá qual for a nossa relação agora, não posso ficar pensando sobre o quanto o acho atraente. Isso só me atrapalhará a fazer o que precisa ser feito. E agora isso significa ouvir o que Jack Kang tem a dizer à Erudição.

— Você não está mais cortando o cabelo como um membro da Abnegação — digo. — É porque você quer se parecer mais com um membro da Audácia?

— Não mude de assunto. Já há quatro pessoas indo ouvir a reunião. Você não precisa ir.

— Por que você está insistindo tanto para que eu fique? — Aumento o volume da minha voz. — Não sou o tipo de pessoa que fica parada e deixa que os outros se arrisquem!

— Enquanto você for o tipo de pessoa que não parece valorizar a própria vida... o tipo de pessoa que não consegue nem erguer e disparar uma *arma*... — Ele se inclina em minha direção. — Você deveria ficar parada e deixar que outras pessoas se arrisquem.

Sua voz tranquila pulsa ao meu redor como um segundo batimento cardíaco. Ouço as palavras "não parece valorizar a própria vida" se repetindo na minha cabeça.

— O que você vai fazer? — pergunto. — Vai me trancar no banheiro? Porque só assim você vai conseguir me impedir.

Ele encosta a mão na testa, depois a deixa deslizar pelo lado do rosto. É a primeira vez que vejo seu rosto murchar assim.

– Não quero parar você. Quero que pare a si mesma. Mas, se você quer ser imprudente, não pode impedir que eu vá junto.

+ + +

Ainda está escuro, mas não muito, quando alcançamos a ponte, que conta com dois andares e colunas de pedra em cada um dos lados. Descemos a escada ao lado de uma das colunas de pedra e nos esgueiramos silenciosamente ao alcançarmos o nível do rio. Grandes poças de água parada brilham, refletindo a luz do dia. O sol está nascendo; precisamos assumir nossas posições.

Uriah e Zeke estão em prédios dos dois lados da ponte, para terem uma visão melhor e poderem nos cobrir a distância. A mira deles é melhor do que a de Lynn e Shauna, que veio porque Lynn pediu que viesse, apesar do seu escândalo no Espaço de Reunião.

Lynn move-se primeiro, com as costas encostadas na pedra, enquanto se esgueira pela parte inferior dos apoios da ponte. Eu a sigo, acompanhada por Shauna e Tobias. A ponte é apoiada por quatro estruturas curvas de metal, que a prendem ao muro de pedra, e por um emaranhado de vigas estreitas sob o andar inferior. Lynn se aperta sob uma das estruturas de metal e escala rapidamente, mantendo as vigas estreitas sob seu corpo enquanto segue até o meio da ponte.

Deixo que Shauna vá na minha frente, porque não sei escalar muito bem. Meu braço esquerdo treme quando tento me equilibrar sobre a estrutura de metal. Sinto a mão fria de Tobias na minha cintura, equilibrando-me.

Agacho-me para entrar no espaço entre o fundo da ponte e as vigas sob meu corpo. Não vou muito longe antes de precisar parar, com um pé em uma viga e o braço esquerdo em outra. E eu precisarei ficar naquela posição por muito tempo.

Tobias segue por uma das vigas e coloca a perna esquerda sob meu corpo. Ela é longa o bastante para se esticar sob mim, até outra viga. Solto a respiração e sorrio para ele, agradecida. É a primeira vez que trocamos olhares desde que deixamos o Merciless Mart.

Ele sorri de volta, mas com um ar sombrio.

Esperamos em silêncio. Respiro pela boca, tentando controlar os tremores dos meus braços e pernas. Shauna e Lynn parecem se comunicar sem palavras. Elas trocam expressões faciais que eu não consigo decifrar, acenando com a cabeça e sorrindo quando chegam a um entendimento. Nunca pensei sobre como seria ter uma irmã. Será que eu seria mais próxima de Caleb se ele fosse uma menina?

A cidade está tão quieta esta manhã que os passos ecoam ao se aproximarem da ponte. O som vem de trás de mim, o que deve significar que são de Jack e seus guardas da Audácia, e não dos membros da Erudição. Os guardas da Audácia sabem que estamos aqui, mas Jack Kang, não. Se ele olhar para baixo por alguns segundos, talvez consiga nos ver por entre a malha de metal sob seus pés. Tento respirar o mais baixo possível.

Tobias confere seu relógio, depois levanta o braço para me mostrar o visor. São exatamente sete horas.

Levanto a cabeça para ver entre a teia de aço acima de mim. Pés passam sobre a minha cabeça. De repente, ouço sua voz.

– Olá, Jack.

É Max, que indicou Eric para o posto de líder da Audácia a pedido de Jeanine e que implementou políticas de crueldade e brutalidade na iniciação da Audácia. Nunca falei diretamente com ele, mas o som da sua voz me faz estremecer.

– Max – diz Jack. – Onde está Jeanine? Pensei que ela ao menos teria a cortesia de vir em pessoa.

– Eu e Jeanine compartilhamos responsabilidades, de acordo com nossas especialidades. Isso significa que tomo todas as decisões militares. Acho que isso inclui o que estamos fazendo hoje.

Franzo a testa. Não ouvi Max falando em muitas ocasiões, mas há algo nas palavras que ele está usando, em seu ritmo, que soa... *estranho*.

– Tudo bem – diz Jack. – Vim para...

– Devo informar-lhe que isso não será uma negociação – diz Max. – Para que pudéssemos negociar, teríamos que estar no mesmo patamar, e você, Jack, não está.

– O que quer dizer com isso?

– Quero dizer que vocês são a única facção descartável. A Franqueza não nos oferece proteção, sustento ou inovação tecnológica. Portanto, para nós, vocês são dispensáveis. Além disso, vocês não se esforçaram muito para agradar seus hóspedes da Audácia – diz Max. – Por isso, vocês são completamente vulneráveis e inúteis. Portanto, sugiro que você faça exatamente o que eu digo.

– Seu desgraçado – diz Jack, entre dentes cerrados. – Como *ousa*...

– Não precisa ficar nervosinho – diz Max.

Mordo o lábio. Devo confiar em meus instintos, e meus instintos me dizem que há algo errado aqui. Nenhum homem respeitável da Audácia usaria a palavra "nervosinho". Nem reagiria com tanta tranquilidade a um insulto. Ele está falando como outra pessoa. Está falando como Jeanine.

Sinto um arrepio na nuca. Faz total sentido. Jeanine não confiaria em ninguém para representá-la, especialmente um membro instável da Audácia. A melhor solução para esse problema seria colocar um fone de ouvido em Max. E o sinal de um fone de ouvido só alcança cerca de quarenta metros.

Chamo a atenção de Tobias e lentamente ergo a mão e aponto para a minha orelha. Depois, aponto para cima, tentando ao máximo indicar o lugar onde Max está.

Tobias franze a testa por um instante, depois acena com a cabeça, mas não tenho certeza de que entendeu.

– Tenho três exigências – diz Max. – Primeiro, que você devolva o líder da Audácia que tem mantido preso. Segundo, que permita que seu complexo seja revistado por nossos soldados, para que possamos extrair os

Divergentes de lá. E terceiro, que você nos forneça os nomes daqueles que não foram injetados com o soro de simulação.

— Por quê? — pergunta Jack, amargamente. — O que estão procurando? E por que precisam desses nomes? O que pretendem fazer com eles?

— O propósito da nossa revista seria a localização e a remoção de todos os Divergentes do complexo. Quanto aos nomes, não é da sua conta.

— Não é da minha conta?! — Ouço passos rangendo acima de mim e olho para cima, através do emaranhado de metal. Pelo que posso ver, Jack agarrou a gola da camisa de Max.

— Solte-me! — diz Max. — Ou ordenarei que meus guardas atirem!

Franzo a testa. Se Jeanine está falando por Max, ela teria que conseguir vê-lo para saber que ele foi agarrado. Inclino-me para a frente a fim de conseguir ver os prédios do outro lado da ponte. À minha esquerda, há uma curva no rio, com um pequeno prédio de vidro na margem. Ela deve estar lá.

Começo a escalar para trás, em direção à estrutura de metal que sustenta a ponte e à escada de metal que leva à Wacker Drive. Tobias segue-me imediatamente, e Shauna cutuca o ombro de Lynn. Mas Lynn está fazendo outra coisa.

Eu estava tão preocupada com Jeanine que não notei que Lynn havia sacado sua arma e começado a escalar em direção à beirada da ponte. Shauna abre a boca e arregala os olhos quando Lynn lança o corpo para a frente, agarrada à beirada da ponte, e joga o braço por cima dela. Seu dedo aperta o gatilho.

Max arfa, agarrando o peito, e tropeça para trás. Quando ele afasta a mão, ela está escura, manchada de sangue.

Não me preocupo mais em escalar. Salto até a lama, e Tobias, Lynn e Shauna me seguem. Minhas pernas afundam no brejo, e meus pés fazem ruídos de sucção quando os solto. Perco meus sapatos, mas continuo correndo até alcançar o concreto. Armas disparam e balas atingem a lama perto de onde estou. Jogo-me contra o muro sob a ponte para que eles não consigam mirar em mim.

Tobias se aperta contra a parede atrás de mim, tão perto que seu queixo flutua sobre a minha cabeça e consigo sentir seu peito encostado em meu ombro. Ele está me protegendo.

Posso correr até a sede da Franqueza, até uma segurança temporária. Ou posso encontrar Jeanine no que provavelmente será o estado mais vulnerável no qual ela jamais estará.

Nem há o que escolher.

— Vamos! — digo. Começo a subir a escada correndo, com os outros me seguindo. No andar inferior da ponte, nossos guardas da Audácia atiram contra os traidores. Jack está seguro, encolhido, com um guarda da Audácia protegendo suas costas. Corro mais rápido. Atravesso a ponte correndo sem olhar para trás. Já consigo ouvir os passos de Tobias. Ele é o único que consegue me acompanhar.

Localizo o prédio de vidro. Depois, ouço mais passos e mais tiros. Corro em ziguezague, para evitar que os traidores da Audácia me acertem.

Estou perto do prédio de vidro, a apenas alguns metros de distância. Cerro os dentes e me esforço para correr mais rápido. Minhas pernas estão dormentes; quase não sinto o chão sob meus pés. Mas, antes que eu consiga alcançar a porta, vejo um movimento no beco à minha direita. Viro o corpo e sigo o movimento.

Três figuras estão correndo no beco. Uma é loira. A outra é alta. E a última é Peter.

Tropeço e quase caio.

— Peter! — grito. Ele ergue a arma e, atrás de mim, Tobias ergue a sua. Estamos a poucos metros uns dos outros, paralisados. Atrás de Peter, a mulher loira, que provavelmente é Jeanine, e o traidor alto da Audácia viram a esquina. Embora eu não tenha uma arma, nem um plano, quero correr atrás deles, e talvez fizesse isso se Tobias não tivesse agarrado o meu ombro e me mantido no lugar.

— Seu traidor — digo para Peter. — Eu sabia. Eu *sabia*.

Um grito corta o espaço. É um grito feminino angustiado.

— Parece que seus amigos precisam de vocês — diz Peter, esboçando um sorriso ou apenas exibindo os dentes cerrados, não sei ao certo. Ele mantém sua arma firme.

— Então, vocês têm uma escolha. Podem nos deixar ir embora e ir ajudá-los ou podem morrer tentando nos seguir.

Quase solto um grito. Nós dois sabemos o que eu vou fazer.

— Espero que você morra — digo.

Ando para trás, até esbarrar em Tobias. Depois, continuamos a recuar, até atingirmos a entrada do beco, onde viramos e corremos.

CAPÍTULO VINTE E DOIS

Shauna está deitada no chão, com o rosto para baixo e uma mancha de sangue crescendo em sua camisa. Lynn ajoelha-se ao seu lado. Ela a encara, mas não faz mais nada.

— A culpa é minha — murmura ela. — Não deveria ter atirado nele. Não deveria...

Encaro a mancha de sangue. Ela foi alvejada nas costas. Não consigo ver se está respirando ou não. Tobias encosta dois dedos no lado do pescoço dela e acena com a cabeça.

— Precisamos sair daqui. Lynn. Olhe para mim. Vou carregar Shauna, e ela vai sentir muita dor, mas é nossa única escolha.

Lynn assente com a cabeça. Tobias agacha-se ao lado de Shauna e coloca as mãos sob seus braços. Ele a levanta, e ela solta um gemido. Corro para ajudá-lo a colocar o corpo mole dela sob seu ombro. Minha garganta aperta, e eu tusso para aliviar a pressão.

Tobias levanta-se soltando um grunhido e caminhamos juntos em direção ao Merciless Mart. Lynn vai na frente com sua arma, e eu sigo atrás. Caminho de costas para ver se há alguém nos seguindo, mas não vejo ninguém. Acho que os traidores da Audácia bateram em retirada. Mas preciso ter certeza.

— Ei! — grita alguém. É Uriah, correndo em nossa direção. — Zeke precisou ajudá-los a pegar Jack... ah, não. — Ele para de correr. — Ah, não. Shauna?

— Não é hora para isso — diz Tobias, severamente. — Corra até o Merciless Mart e traga um médico.

Mas Uriah fica parado, olhando para Shauna.

— Uriah! Vá, *agora*! — O grito ressoa, já que não há nada na rua para abafá-lo. Uriah finalmente se vira e corre na direção do Merciless Mart.

Estamos a menos de um quilômetro de lá, mas os grunhidos de Tobias, a respiração irregular de Lynn e o fato de que Shauna está sangrando até a morte fazem com que o caminho pareça infinito. Vejo os músculos das costas de Tobias expandindo e contraindo a cada respiração pesada e não ouço nossos passos; ouço apenas meus batimentos cardíacos. Quando finalmente alcançamos a porta do prédio, sinto como se fosse vomitar, desmaiar ou gritar a plenos pulmões.

Uriah, um homem calvo da Erudição e Cara nos encontram assim que entramos. Eles colocam um lençol no chão para Shauna. Tobias deita-a sobre o lençol, e o médico começa a trabalhar imediatamente, cortando as costas da sua camisa. Viro o rosto. Não quero ver a ferida.

Tobias fica parado na minha frente, com o rosto vermelho de exaustão. Quero que me envolva em seus braços novamente, como fez depois do último ataque, mas ele não faz isso, e sei que não devo tomar a iniciativa.

— Não vou fingir que entendo o que está acontecendo com você — diz ele. — Mas se você arriscar sua vida à toa mais uma vez...

— Não estou arriscando a minha vida à toa. Estou tentando fazer *sacrifícios*, como meus pais teriam feito, como...

— Você *não* é como seus pais. Você é uma menina de dezesseis anos...

Ranjo os dentes.

— Como *ousa*...

— ... que não entende que o valor do sacrifício está na *necessidade*, e não em jogar sua vida fora! E, se você fizer isso outra vez, estará tudo acabado entre nós.

Não esperava que dissesse isso.

— Você está me dando um ultimato? — Tento controlar o volume da minha voz para que as outras pessoas não ouçam.

Ele balança a cabeça.

— Não, estou relatando um fato. — Seus lábios parecem uma linha reta. — Se você se colocar em risco à toa novamente, terá se tornado nada mais do que uma viciada em adrenalina da Audácia, à procura de uma nova dose de emoção, e eu não a ajudarei a fazer isso. — Ele cospe as palavras, amargamente. — Amo Tris, a Divergente, que toma decisões independente de lealdades a facções, que não é o estereótipo de uma facção. Mas a Tris que está fazendo de tudo para destruir a si mesma... não consigo amá-la.

Quero gritar. Não porque estou nervosa, mas porque temo que ele esteja certo. Minhas mãos tremem, e eu agarro a bainha da minha camisa para estabilizá-las.

Ele encosta a testa na minha e fecha os olhos.

— Acredito que você ainda está aí dentro — diz ele, com a boca perto da minha. — Volte para mim.

Ele me beija de leve, e estou chocada demais para detê-lo.

Tobias volta para o lado de Shauna, deixando-me parada sobre um dos lados da balança da Franqueza, sem saber o que fazer.

+ + +

— Quanto tempo.

Deito-me na cama em frente a Tori. Ela está sentada com a perna apoiada em uma pilha de travesseiros.

— É verdade — digo. — Como você se sente?

— Como alguém que levou um tiro. — Ela esboça um sorriso. — Ouvi dizer que você conhece a sensação.

— É verdade. É ótimo, não é? — Não consigo esquecer a bala nas costas de Shauna. Pelo menos Tori e eu nos recuperaremos das nossas feridas.

— Descobriu algo interessante na reunião de Jack?

— Algumas coisas. Você tem ideia de como podemos marcar uma reunião da Audácia?

— Posso resolver isso. Uma das vantagens de ser tatuadora na Audácia é que... bem, você acaba conhecendo todo mundo.

— É verdade. Você também conta com a vantagem de ser uma ex-espiã.

Tori contorce a boca.

— Havia quase me esquecido disso.

— E *você*? Descobriu algo de interessante? Quer dizer, como espiã.

— Minha missão envolvia principalmente Jeanine Matthews. — Ela encara as próprias mãos. — Como ela passa os dias. E, principalmente, *onde* ela passa os dias.

— Então, não é no escritório dela?

A princípio, Tori não responde.

— Acho que posso confiar em você, Divergente. — Ela me olha de soslaio. — Ela tem um laboratório particular no andar superior. Extremamente bem protegido. Estava tentando chegar lá quando nos descobriram.

— Você estava tentando chegar lá. — Ela desvia o olhar rapidamente. — Mas imagino que não para espionar.

— Imaginei que seria mais... *conveniente* se Jeanine Matthews não vivesse por mais muito tempo.

Vejo um tipo de sede em sua expressão, como quando ela me falou sobre seu irmão nos fundos do seu estúdio de tatuagem. Antes da simulação de ataque, poderia ter enxergado isso como uma sede por justiça, ou até por vingança, mas agora vejo que é uma sede por sangue. E, mesmo que isso me assuste, consigo compreendê-la.

Isso provavelmente deveria me assustar ainda mais.

— Vou dar um jeito de organizar a reunião que você pediu.

+ + +

Os membros da Audácia estão reunidos em um espaço entre as fileiras de beliches e as portas, mantidas fechadas por um lençol bem amarrado, que é a melhor tranca que conseguimos improvisar. Não tenho a menor dúvida de que Jack Kang aceitará as condições de Jeanine. Não estamos mais seguros aqui.

— Quais foram os termos? — pergunta Tori. Ela está sentada em uma cadeira entre alguns dos beliches. Sua pergunta é direcionada a Tobias, mas ele não parece estar prestando atenção. Está apoiado em um dos beliches, com os braços cruzados, encarando o chão.

Limpo a garganta.

— Ele apresentou três termos. Devolver Eric para a Erudição. Revelar os nomes de todas as pessoas que não receberam o soro no último ataque. E entregar os Divergentes.

Olho para Marlene. Ela sorri de volta para mim, com ar triste. Deve estar preocupada com Shauna, que ainda está sendo atendida pelo médico da Erudição. Lynn, Hector, os pais deles e Zeke estão com ela.

— Se Jack Kang está fazendo acordos com a Erudição, não podemos continuar aqui — diz Tori. — Então, para onde podemos ir?

Lembro-me do sangue na camisa de Shauna e sinto saudades dos pomares da Amizade, do som do vento nas folhas, da sensação da casca de árvore sob a minha mão. Nunca pensei que sentiria vontade de estar naquele lugar novamente. Não achei que fosse o meu tipo.

Fecho os olhos por um segundo e, quando os abro novamente, estou de volta à realidade, e a Amizade é apenas um sonho.

— Para casa — diz Tobias, levantando a cabeça finalmente. Todos param para escutar o que ele tem a dizer. — Devemos tomar de volta o que é nosso. Podemos quebrar as câmeras de segurança na sede da Audácia para que a Erudição não consiga nos ver. Precisamos ir para casa.

Alguém solta um grito de concordância, e outra pessoa faz o mesmo. É assim que as coisas são decididas na Audácia: com acenos de cabeça e gritos. Nesses momentos, não parecemos mais indivíduos. Somos todos parte de uma única mente.

— Mas, antes de fazermos isso — fala Bud, que costumava trabalhar no estúdio de tatuagem com Tori e que agora está em pé, com a mão apoiada no encosto da cadeira dela —, precisamos decidir o que fazer com Eric. Será que o deixamos aqui com a Erudição ou o executamos?

— Eric é da Audácia — diz Lauren, girando a argola em seu lábio com as pontas dos dedos. — Isso significa que somos *nós* que devemos decidir o que acontece com ele, e não a Franqueza.

Dessa vez um grito escapa do meu corpo por conta própria, unindo-se aos dos outros, em assentimento.

— De acordo com as leis da Audácia, apenas líderes da facção podem realizar uma execução. Mas todos os cinco antigos líderes da nossa facção nos traíram — diz Tori. — Portanto, acho que está na hora de escolhermos novos líderes. De acordo com a lei, precisamos de mais de um líder, e o número deles precisa ser ímpar. Caso tenham sugestões, é melhor gritar agora, e faremos uma votação se preciso.

— Você! — grita alguém.

— Tudo bem — concorda Tori. — Mais alguém?

Marlene faz uma concha com as mãos sobre a boca e grita:

— Tris!

Meu coração dispara. Mas, para minha surpresa, ninguém murmura em desacordo ou ri. Em vez disso, algumas pessoas acenam com a cabeça, como fizeram quando Tori foi sugerida. Passo os olhos pela multidão e encontro Christina. Ela está parada, de braços cruzados, e parece não apresentar nenhuma reação à minha nomeação.

Tento imaginar o que as outras pessoas pensam de mim. Eles devem ver alguém que não vejo. Alguém competente e forte. Alguém que não posso ser; alguém que posso ser.

Tori aceita a indicação de Marlene com um aceno de cabeça e depois passa os olhos pela multidão, esperando outra recomendação.

— Harrison — diz alguém. Não sei quem é Harrison, até que alguém bate no ombro de um homem de meia-idade com um rabo de cavalo loiro, e ele sorri. Eu o reconheço. É o homem da Audácia que me chamou de "garota" quando Zeke e Tori retornaram da sede da Erudição.

Os membros da Audácia ficam calados por um instante.

— Eu vou nomear Quatro — diz Tori.

Fora alguns murmúrios de irritação nos fundos da sala, ninguém protesta. Ninguém mais o está chamando de covarde depois que ele espancou Marcus no refeitório. Pergunto a mim mesma como eles reagiriam se soubessem o quanto sua ação foi calculada.

Agora, talvez ele consiga exatamente o que queria. A não ser que eu o impeça.

— Só precisamos de três líderes — diz Tori. — Precisaremos votar.

Eles nunca teriam escolhido o meu nome se eu não tivesse interrompido a simulação de ataque. E talvez eles também não tivessem escolhido o meu nome se eu não tivesse esfaqueado Eric ao lado daqueles elevadores ou ido para debaixo da ponte. Quanto mais ajo de maneira imprudente, mais popularidade ganho dentro da Audácia.

Tobias me encara. Não posso ser popular dentro da Audácia, porque Tobias está certo. Não sou da Audácia; sou Divergente. Sou o que eu quiser ser. E não posso escolher ser *isso*. Preciso manter-me distante deles.

— Não — digo. Limpo a garganta e falo mais alto: — Não, vocês não precisam votar. Eu recuso minha nomeação.

Tori ergue a sobrancelha e olha para mim.

— Tem certeza, Tris?

— Sim — respondo. — Não quero. Tenho certeza.

Depois, sem discussões ou cerimônias, Tobias é escolhido como líder da Audácia. E eu não.

CAPÍTULO
VINTE E TRÊS

Menos de dez minutos depois de escolhermos nossos novos líderes, um sinal soa em um pulso longo, seguido de outros dois mais curtos. Caminho em direção ao som, com a orelha voltada para a parede, e encontro um alto-falante suspenso do teto. Há outro do outro lado da sala.

De repente, a voz de Jack Kang ressoa por toda a sala:

— Atenção todos os ocupantes da sede da Franqueza. Há algumas horas, encontrei-me com um representante de Jeanine Matthews. Ele me lembrou de que a Franqueza está em uma posição frágil e que dependemos da Erudição para a nossa sobrevivência, e disse que, se eu quiser manter a nossa facção livre, terei que cumprir algumas exigências.

Encaro o alto-falante, chocada. O fato de o líder da Franqueza estar sendo tão direto não deveria me chocar, mas não esperava um anúncio público.

— Para que possamos cumprir essas exigências, peço que todos se direcionem ao Espaço de Reunião, para dizer se foram injetados com um implante ou não — diz ele. — A Erudição também ordenou que todos os Divergentes se entreguem a eles. Não sei por que motivo.

Ele soa apático. Derrotado. *Bem, ele realmente foi derrotado*, penso. *Porque estava fraco demais para resistir.*

Uma coisa que a Audácia sabe fazer, e a Franqueza não, é lutar, mesmo quando isso parece inútil.

Às vezes, sinto que estou colecionando as lições que cada facção tem a me ensinar e guardando-as em minha mente, como um guia para me virar no mundo. Há sempre algo a aprender, sempre algo que é importante entender.

O anúncio de Jack Kang termina com os mesmos três sinos com os quais começou. Os membros da Audácia se espalham rapidamente pela sala, jogando suas coisas dentro de malas. Alguns jovens cortam o lençol que está prendendo a porta, gritando algo sobre Eric. Alguém me pressiona contra a parede e fico parada, assistindo, enquanto o pandemônio se intensifica.

Por outro lado, uma coisa que a Franqueza sabe, e a Audácia não, é como não perder o controle.

+ + +

Os membros da Audácia estão em pé em um semicírculo ao redor de uma cadeira de interrogatório na qual Eric está sentado. Ele parece estar mais morto do que vivo. Seu tórax está inclinado para a frente, com gotas de suor brilhando na testa. Ele encara Tobias com a cabeça caída, fazendo com que seus cílios se misturem às suas sobrancelhas. Tento manter meus olhos concentrados nele, mas seu sorriso – a maneira como seus piercings se afastam quando seus lábios se esticam – é quase terrível demais para suportar.

– Você quer que eu liste os seus crimes? – indaga Tori. – Ou prefere listá-los você mesmo?

A chuva bate do lado de fora do prédio e escorre pelas paredes internas. Estamos na sala de interrogatório, no andar superior do Merciless Mart. O som da tempestade da tarde é mais alto aqui em cima. Cada ronco de trovão e lampejo de relâmpago arrepia minha nuca, como se houvesse eletricidade dançando sobre minha pele.

Gosto do cheiro de concreto molhado. O cheiro quase não chega aqui em cima, mas, quando tivermos terminado com isso, todos da Audácia vão descer correndo as escadas e deixar o Merciless Mart para trás, e o único cheiro que sentirei será o do concreto molhado.

Já estamos com nossas bagagens. A minha é um saco feito com um lençol e algumas cordas. Dentro dele levo minhas roupas e um par de sapatos extra. Estou usando a jaqueta que roubei da traidora da Audácia. Quero que Eric a veja, caso olhe para mim.

Eric olha para a multidão por alguns segundos, e seus olhos param em mim. Ele entrelaça os dedos e os pousa delicadamente sobre o estômago.

– Gostaria que *ela* os listasse. Já que foi ela quem me esfaqueou, tenho certeza de que os conhece muito bem.

Não sei aonde ele quer chegar com isso ou qual é o objetivo de me provocar, especialmente agora, logo antes da sua execução. Ele demonstra um ar de arrogância, mas percebo que seus dedos tremem ao se mexer. Até Eric tem medo da morte.

— Deixe-a fora disso — diz Tobias.

— Por quê? Porque você está transando com ela? — Ele solta um risinho debochado. — Ah, é. Esqueci. Caretas não fazem esse tipo de coisa. Eles apenas amarram os cadarços e cortam os cabelos uns dos outros.

A expressão de Tobias não muda. Acho que compreendo: Eric não liga para mim. Mas ele sabe exatamente como atingir Tobias e com que força fazê-lo. E uma das maneiras de atingir Tobias com o máximo de força é me atingir.

É isso o que eu queria evitar: que meus altos e baixos se tornassem os altos e baixos de Tobias. É por isso que não posso permitir que ele me defenda agora.

— Quero que ela os liste — repete Eric.

Falo no tom mais uniforme que consigo:

— Você conspirou com a Erudição. Você é responsável pela morte de centenas de membros da Abnegação. — Enquanto sigo com a lista, não consigo mais manter a voz firme. Começo a cuspir as palavras, como veneno: — Você traiu a Audácia. Você atirou na cabeça de uma criança. Você é um joguete ridículo de Jeanine Matthews.

Seu sorriso se desfaz.

— Mereço morrer?

Tobias abre a boca para interromper, mas eu respondo antes:

— Sim.

— Tem razão. — Seus olhos estão vazios, como fossos, como noites sem estrelas. — Mas será que você tem o direito de decidir isso, Beatrice Prior? Como você decidiu o destino daquele outro garoto? Qual era o nome dele mesmo? Will?

Não respondo. Ouço meu pai falando, enquanto lutávamos para entrar na sala de controle da sede da Audácia:

— O que a faz pensar que você tem o direito de atirar em alguém?

Ele me disse que havia uma maneira certa de fazer as coisas e que eu precisava descobrir qual era. Sinto algo na minha garganta, como uma bola de cera, tão grossa que mal consigo engolir, mal consigo respirar.

— Você cometeu todos os crimes puníveis por execução dentro da nossa facção — diz Tobias. — *Nós* temos o direito de executá-lo, pelas leis da Audácia.

Ele se agacha ao lado das três armas que estão no chão, ao lado dos pés de Eric. Um por um, ele esvazia os carregadores de munição. As balas quase retinem ao atingir o chão, depois rolam e param contra a ponta do sapato de Tobias. Ele pega a arma do meio e coloca uma bala no primeiro espaço do carregador.

Depois, move as três armas no chão, de um lado para outro, até que meus olhos já não conseguem mais seguir a arma do meio. Não sei mais qual delas está carregada. Ele pega as armas e oferece uma a Tori e outra a Harrison.

Tento pensar na simulação de ataque e no que ela causou à Abnegação. Todos os inocentes, vestidos de cinza, mortos nas ruas. Nem sobraram membros o suficiente da Abnegação para cuidar dos corpos, que ainda devem estar jogados lá. E tudo isso não teria sido possível sem Eric.

Penso no garoto da Franqueza, que Eric matou sem hesitar, e como seu corpo estava rígido quando atingiu o chão ao meu lado.

Talvez não sejamos nós que estamos decidindo se Eric vive ou morre. Talvez tenha sido ele mesmo quem decidiu, quando fez todas essas coisas terríveis.

Mesmo assim, é difícil respirar.

Olho para ele sem malícia, sem ódio e sem medo. As argolas em seu rosto brilham, e uma mecha de cabelo sujo cai sobre seus olhos.

— Esperem. Tenho um pedido a fazer.

— Não aceitamos pedidos de criminosos — diz Tori. Ela está em pé sobre uma perna só há alguns minutos. Sua voz soa cansada. Ela provavelmente quer acabar logo com isso, para poder sentar-se novamente. Para ela, a execução é apenas uma inconveniência.

— Sou um líder da Audácia. E tudo o que peço é que Quatro seja a pessoa a atirar.

— *Por quê?* — pergunta Tobias.

— Para que você seja obrigado a viver com a culpa — responde Eric. — De saber que você usurpou o meu posto e depois atirou na minha cabeça.

Acho que entendo o que ele quer. Quer ver as pessoas ruindo. É o que sempre quis, desde que colocou uma câmera na sala onde tentaram me executar, e eu quase me afoguei, e provavelmente muito antes disso. E ele acredita que, se Tobias for obrigado a matá-lo, conseguirá ver isso antes de morrer.

É doentio.

— Não sentirei culpa alguma — diz Tobias.

— Então você não terá problema em fazê-lo. — Eric sorri novamente.

Tobias pega uma das balas.

— Diga-me — diz Eric baixinho —, porque eu sempre quis saber. É o seu papai que aparece em todas as paisagens do medo pelas quais você já passou?

Tobias coloca a bala no carregador vazio sem levantar a cabeça.

— Não gostou da minha pergunta? — diz Eric. — O que foi? Está com medo de que os membros da Audácia mudem de ideia a respeito de você? Que eles percebam que, mesmo com apenas quatro medos, você ainda não passa de um covarde?

Ele se ajeita na cadeira e apoia as mãos nos descansos.

Tobias ergue a arma com a mão esquerda.

— Eric — diz ele —, seja corajoso.

E aperta o gatilho.

Eu fecho os olhos.

CAPÍTULO
VINTE E QUATRO

Sangue tem uma cor estranha. É mais escuro do que imaginamos.

Olho para a mão de Marlene, que está agarrada ao meu braço. As unhas dela são curtas. E roídas. Ela me empurra para a frente, e eu devo estar andando, porque consigo sentir meu corpo se movendo, mas, dentro da minha cabeça, continuo diante de Eric, e ele ainda está vivo.

Ele morreu da mesma maneira que Will. Com o corpo caído para a frente, igual ao do Will.

Pensei que a sensação de inchaço na minha garganta passaria depois que ele morresse, mas isso não aconteceu. Preciso respirar fundo para conseguir ar suficiente. Ainda bem que a multidão ao meu redor é tão barulhenta que ninguém consegue me ouvir. Marchamos em direção à porta. A multidão é liderada por Harrison, que carrega

Tori nas costas como se ela fosse uma criança. Ela ri, com os braços em volta do pescoço dele.

Tobias apoia a mão nas minhas costas. Sei disso porque vejo-o chegando atrás de mim, e não porque realmente sinto sua mão. Não sinto absolutamente nada.

As portas são abertas de fora para dentro, e quase atropelamos Jack Kang e o grupo de membros da Franqueza que o seguiu até aqui.

— O que vocês fizeram? Acabo de ser informado de que Eric não está em sua cela.

— Ele estava sob a nossa jurisdição — diz Tori. — Nós o julgamos e o executamos. Você deveria nos agradecer.

— Por que... — O rosto de Jack Kang fica vermelho. Sangue é mais vermelho que um rosto ruborizado, mesmo que um consista do outro. — Por que eu deveria agradecer a vocês?

— Porque você também queria que ele fosse executado, não queria? Já que ele matou uma de suas crianças? — Tori inclina a cabeça, seus olhos grandes e inocentes. — Bem, resolvemos isso para você. E agora, se nos der licença, estamos indo embora.

— O que... *Indo embora?* — balbucia Jack.

Se partirmos, ele será incapaz de atender a duas das três exigências que Max apresentou. Isso o aterroriza, e seu rosto mostra isso com clareza.

— Não posso deixar que vocês façam isso.

— Você não precisa nos *deixar* fazer nada — retruca Tobias. — Se não sair do caminho, seremos obrigados a passar por cima de você.

— Vocês não vieram aqui atrás de aliados? — pergunta Jack, irritado. — Se fizerem isso, juro que nos aliaremos à Erudição, e vocês nunca mais nos terão como aliados, seus...

— Não precisamos de vocês como aliados — diz Tori. — Somos da Audácia.

Todos gritam, e, de alguma maneira, os gritos cortam o atordoamento em minha mente. A multidão inteira segue adiante ao mesmo tempo. Os membros da Franqueza gritam e pulam para fora do caminho, enquanto enchemos o corredor, como se um cano se rompesse e a água da Audácia se espalhasse para encher o espaço vazio.

Marlene solta meu braço. Desço a escada correndo, seguindo os membros da Audácia que estão à minha frente e ignorando a confusão de cotovelos e os gritos ao meu redor. Sinto-me como uma iniciada novamente, correndo pelas escadas do Eixo depois da Cerimônia de Escolha. Minhas pernas ardem, mas não tem problema.

Alcançamos o saguão. Um grupo de membros da Franqueza e da Erudição nos espera lá, incluindo a mulher loira e Divergente que foi arrastada pelos cabelos até os elevadores, a menina que ajudei a escapar e Cara. Eles veem os membros da Audácia passarem correndo com olhares de impotência.

Cara me vê e agarra meu braço, puxando-me para trás.

— Para onde vocês estão indo?

— Para a sede da Audácia — respondo. Tento soltar o braço, mas ela não quer largar. Não olho para o seu rosto. Não consigo olhar para ela agora. — Fujam para a sede da

Amizade. Eles prometeram abrigo para qualquer pessoa que quiser. Vocês não estarão seguros aqui.

Ela me solta, quase me empurrando para longe.

Do lado de fora, o chão parece escorregadio sob meus pés, e a bolsa de roupas quica nas minhas costas quando passo a correr menos rápido. A chuva bate na minha cabeça e nas minhas costas. Meus pés espalham a água das poças, molhando minhas calças.

Sinto o cheiro do concreto molhado e finjo que isso é tudo o que existe no mundo.

+ + +

Fico parada diante do corrimão, olhando para o abismo. A água atinge o paredão sob mim, mas não chega alto o bastante para cobrir meus pés.

A cerca de cem metros de onde estou, Bud distribui armas de paintball. Outra pessoa distribui a munição. Em breve os cantos escondidos da sede da Audácia estarão cobertos de tinta multicolorida, que bloqueará as lentes das câmeras de segurança.

— Ei, Tris – diz Zeke, juntando-se a mim perto do corrimão. Seus olhos estão vermelhos e inchados, mas sua boca está curvada em um pequeno sorriso.

— Ei. Vocês conseguiram.

— Sim. Esperamos até que Shauna estivesse estável o bastante e depois a trouxemos até aqui. – Ele esfrega os olhos com o polegar. – Não queria movê-la, mas... Ficar na Franqueza já não era mais seguro. Obviamente.

— Como ela está?

— Não sei. Ela vai sobreviver, mas a enfermeira disse que talvez fique paralisada da cintura para baixo. Isso não me preocuparia tanto, mas... — Ele ergue um ombro. — Como ela vai poder continuar na Audácia se não conseguir andar?

Olho para o outro lado do Fosso, onde as crianças da Audácia perseguem umas às outras pelo caminho no muro, jogando bolinhas de paintball nas paredes. Uma das bolinhas estoura e suja a pedra de amarelo.

Penso no que Tobias disse quando passamos a noite entre os sem-facção, sobre os membros da Audácia mais velhos deixando a facção porque não eram mais fisicamente capazes de ficar. Penso na canção da Franqueza, afirmando que somos a facção mais cruel.

— Ela vai poder — digo.

— Tris. Ela nem conseguirá se locomover.

— Claro que vai. — Eu o encaro. — Ela pode arrumar uma cadeira de rodas, e alguém pode empurrá-la pelos caminhos do Fosso, e há um elevador no edifício *lá de cima*. — Aponto para a construção acima das nossas cabeças. — Ela não precisa andar para descer de tirolesa ou usar uma arma.

— Ela não vai querer que eu a empurre. — Sua voz treme um pouco. — Ela não vai querer que eu a levante ou carregue.

— Ela terá que superar isso, então. Você vai permitir que ela abandone a Audácia por um motivo idiota como não poder andar?

Zeke fica calado por alguns segundos. Ele me encara, entrecerrando os olhos, como se estivesse me analisando e medindo.

Então, ele se vira, inclina o corpo para a frente e me envolve em seus braços. Faz tanto tempo que não recebo um abraço que meu corpo fica tenso. Depois relaxo e permito que seu gesto esquente o meu corpo, que está gelado por causa das minhas roupas úmidas.

— Vou atirar por aí — diz ele, se afastando. — Quer vir comigo?

Dou de ombros e sigo-o pelo térreo do Fosso. Bud entrega uma arma de paintball para cada um de nós, e eu carrego a minha. Seu peso, formato e material são tão diferentes de um revólver de verdade que não tenho dificuldade em segurá-la.

— Já cuidamos do Fosso e da seção subterrânea — diz Bud. — Mas vocês podem ir para a Pira.

— A Pira?

Bud aponta para o edifício de vidro acima de nós. A visão da construção me atinge como uma pontada de agulha. Na última vez que estive aqui, olhando para o teto, estava em uma missão com o propósito de destruir a simulação. Eu estava com meu pai.

Zeke já começou a subir. Obrigo-me a segui-lo, dando um passo de cada vez. Sinto dificuldade em andar porque mal sou capaz de respirar, mas acabo conseguindo, de alguma maneira. Quando alcanço a escada, a pressão no meu peito praticamente se foi.

Ao entrarmos na Pira, Zeke ergue sua arma e a aponta para uma das câmeras localizadas no teto. Ele atira, e a tinta verde se espalha por uma das janelas. Ele errou o alvo.

— Ai — digo, com uma careta. — Essa foi feia.

— Ah, é? Quero ver se você consegue acertar de primeira.

— Quer, é? — Ergo minha arma, apoiando-a no meu ombro esquerdo, e não no direito. É estranho empunhar a arma com a mão esquerda, mas ainda não consigo aguentar seu peso com a direita. Uso a mira para encontrar a câmera, depois entrecerro os olhos para me focar na lente. Uma voz sussurra na minha cabeça: *Inale. Mire. Exale. Dispare.* Demoro alguns segundos para perceber que é a voz de Tobias, porque foi ele quem me ensinou a atirar. Aperto o gatilho, e a bolinha de paintball atinge a câmera, espalhando a tinta azul sobre a lente. — Pronto. Agora você já viu. E com a mão errada.

Zeke murmura algo baixinho que não soa nada agradável.

— Ei! — grita uma voz animada. A cabeça de Marlene surge do espaço aberto no chão de vidro. Há uma mancha de tinta na sua testa, e isso faz com que ela pareça ter uma sobrancelha roxa. Com um sorriso malicioso, ela mira em Zeke e atinge sua perna, depois aponta a arma para mim. A bolinha de tinta atinge meu braço e sinto uma pontada de dor.

Marlene ri e se esconde sob o vidro. Eu e Zeke trocamos olhares, depois corremos atrás dela. Ela ri, descendo correndo o caminho do Fosso e atravessando um grupo de crianças. Atiro contra ela, mas acerto a parede. Marlene atira em um menino perto do corrimão. É Hector, o irmão mais novo de Lynn. A princípio, ele parece ficar chocado, mas depois atira de volta, atingindo a pessoa ao lado de Marlene.

Sons de estalos enchem o ar à medida que todos no Fosso, jovens e velhos, começam a atirar uns nos outros, esquecendo momentaneamente as câmeras. Desço correndo o caminho do Fosso, rodeada de risos e gritos. Nós nos reunimos em times, depois nos voltamos uns contra os outros.

Quando a batalha finalmente termina, minhas roupas estão mais coloridas de tinta do que pretas. Decido guardar a camisa, para me lembrar do motivo original que me levou a escolher a Audácia: não foi por eles serem perfeitos, mas porque estão vivos. Porque são livres.

CAPÍTULO
VINTE E CINCO

Alguém faz uma incursão à cozinha da Audácia e esquenta os alimentos não perecíveis que estavam guardados lá para podermos comer algo quente de noite. Sento-me à mesma mesa a que costumava me sentar com Christina, Al e Will. Logo que me sento, sinto um nó na garganta. Como é possível que tenha sobrado apenas metade de nós?

Sinto-me responsável por isso. Meu perdão poderia ter salvado Al, mas eu não o dei. Meu raciocínio poderia ter poupado Will, mas não consegui usá-lo.

Antes que eu me afunde demais na culpa, Uriah coloca sua bandeja ao meu lado na mesa. Ela está cheia de ensopado de carne e bolo de chocolate. Olho fixamente para a pilha de bolo de chocolate.

— Tinha bolo? — pergunto, encarando minha bandeja, muito mais vazia que a de Uriah.

— Sim, alguém acabou de trazer. Eles acharam algumas caixas de massa nos fundos e decidiram prepará-las. Pode comer um pouco do meu.

— Um *pouco*? Quer dizer que você planeja comer esta montanha de bolo toda sozinho?

— Sim. — Ele parece confuso. — Por quê?

— Deixa pra lá.

Christina senta-se do outro lado da mesa, o mais distante de mim possível. Zeke coloca sua bandeja na mesa ao lado dela. Logo, Lynn, Hector e Marlene juntam-se a nós. Vejo algo se movimentando sob a mesa e percebo que Marlene segura a mão de Uriah sobre o joelho dele. Eles entrelaçam os dedos. Os dois estão claramente tentando aparentar naturalidade, mas trocam olhares mesmo assim.

À esquerda de Marlene, Lynn está com cara de quem comeu algo amargo. Ela enfia a comida na boca.

— Qual é o problema? — pergunta Uriah para ela. — Você vai vomitar se continuar comendo rápido assim.

Lynn olha para ele com uma careta.

— Vou vomitar de qualquer maneira se vocês dois continuarem trocando olhares dessa maneira.

As orelhas de Uriah ficam vermelhas.

— Não sei do que você está falando.

— Não sou idiota, nem as outras pessoas aqui. Então, por que vocês dois não ficam juntos de uma vez e acabam logo com isso?

Uriah parece chocado. Mas Marlene apenas olha feio para Lynn, depois se inclina para a frente e dá um beijo firme na boca de Uriah, deslizando os dedos pelo pescoço dele, sob a gola da sua camisa. Percebo que deixei cair todas as ervilhas do garfo que estava a caminho da minha boca.

Lynn agarra sua bandeja e sai correndo da mesa.

— O que foi isso? — pergunta Zeke.

— Eu é que não sei — diz Hector. — Ela está sempre irritada com alguma coisa. Já desisti de tentar entender.

Uriah ainda está com o rosto próximo ao de Marlene, e os dois estão sorrindo.

Esforço-me para encarar minha bandeja. É estranho ver duas pessoas que você conheceu separadas se juntando, embora já tenha visto isso acontecer antes. Ouço um guincho vindo da bandeja de Christina, que ela arranha distraidamente com o garfo.

— Quatro! — grita Zeke, chamando-o. Ele parece aliviado. — Vem aqui! Tem espaço!

Tobias apoia a mão em meu ombro saudável. Algumas das juntas da sua mão estão feridas, e o sangue nelas parece fresco.

— Desculpa, não posso ficar — diz ele.

Ele se inclina para a frente e diz:

— Você pode vir comigo, rapidinho?

Eu me levanto, despedindo-me de todos à mesa que estão prestando atenção. Ou seja, apenas de Zeke, porque Christina e Hector estão encarando suas bandejas, e Uriah e Marlene estão conversando baixinho. Eu e Tobias saímos do refeitório.

— Para onde estamos indo?

— Para o trem. Tenho uma reunião, e quero que você me ajude a avaliar a situação.

Subimos um dos caminhos que cruzam os paredões do Fosso, em direção à escada que leva à Pira.

— Por que você precisa de *mim* para...

— Porque você é melhor nisso do que eu.

Não sei como responder. Subimos a escada e cruzamos o chão de vidro. No caminho para fora, atravessamos a sala úmida onde enfrentei minha paisagem do medo. A julgar pela seringa jogada no chão, alguém esteve aqui recentemente.

— Você passou pela paisagem do medo hoje? — pergunto.

— Por que você acha isso? — Seus olhos escuros evitam os meus. Ele abre a porta da frente do edifício, e o ar de verão dança ao meu redor. Não está ventando.

— As juntas das suas mãos estão cortadas, e alguém esteve usando aquela sala.

— É exatamente isso o que quero dizer. Você é muito mais perceptiva do que a maioria das pessoas. — Ele confere seu relógio. — Eles disseram para eu pegar o trem das 20h05. Vamos.

Sinto uma ponta de esperança. Talvez não discutamos dessa vez. Talvez as coisas finalmente melhorem entre nós.

Caminhamos até os trilhos. A última vez que fizemos isso, ele queria me mostrar que as luzes estavam acesas no complexo da Erudição e me dizer que estavam planejando um ataque contra a Abnegação. Agora, tenho a impressão de que vamos nos encontrar com os sem-facção.

— Sou perceptiva o bastante para perceber que você está fugindo da minha pergunta.

Ele suspira.

— Sim, passei pela minha paisagem do medo. Queria saber se ela havia mudado.

— E ela mudou, não mudou?

Tobias afasta um fio de cabelo que caiu sobre seu rosto e evita encarar meus olhos. Não sabia que seu cabelo era tão espesso. Não dava para ver tão bem quando ele tinha a cabeça raspada, ao estilo da Abnegação. Mas agora seu cabelo tem cinco centímetros de comprimento e quase cai sobre a testa. Isso o faz parecer menos ameaçador, e mais como a pessoa que conheci intimamente.

— Mudou. Mas o número continua o mesmo.

Ouço o trem apitando à minha esquerda, mas o farol do primeiro vagão está apagado, fazendo com que ele deslize sobre os trilhos como algo secreto e sinistro.

— O quinto vagão! — grita ele.

Nós dois começamos a correr. Alcanço o quinto vagão e seguro a barra lateral com a mão esquerda, puxando-a com toda a força. Tento jogar minhas pernas para dentro, mas elas não entram completamente; estão perigosamente perto das rodas. Solto um grito e ralo o joelho no chão ao me arrastar para dentro.

Tobias entra depois de mim e agacha-se ao meu lado. Agarro o joelho e ranjo os dentes.

— Deixe eu ver seu joelho — diz ele. Ele levanta a perna da calça jeans acima do meu joelho. Seus dedos deixam rastros gelados e invisíveis na minha pele, e sinto vontade de agarrar sua camisa, puxá-lo para perto de mim e beijá-lo; penso em colar meu corpo ao dele, mas não posso, porque todos os nossos segredos criariam um espaço entre nós.

Meu joelho está vermelho, sangrando.

— É uma ferida superficial. Vai sarar rápido — diz ele.

Aceno afirmativamente com a cabeça. A dor já está passando. Ele enrola a calça para que permaneça acima do meu joelho. Deito no chão, olhando para o teto.

— E aí? *Ele* continua na sua paisagem do medo? — pergunto.

Parece que alguém acendeu um fósforo atrás dos seus olhos.

— Sim. Mas não da mesma maneira.

Ele me disse, certa vez, que sua paisagem do medo não havia mudado desde que passou por ela pela primeira vez, durante sua iniciação. Portanto, se ela mudou agora, mesmo que só um pouco, isso é algo importante.

— Agora você está nela. — Ele franze a testa e encara as próprias mãos. — Em vez de ter que atirar naquela mulher, como eu costumava fazer, preciso assistir a você morrendo. E não há nada que eu possa fazer para evitar.

Suas mãos tremem. Tento pensar em algo útil para dizer, como "Eu não vou morrer", mas não tenho como garantir isso. Vivemos em um mundo perigoso, e não valorizo tanto a vida a ponto de fazer qualquer coisa para sobreviver. Não há como confortá-lo.

Ele confere o relógio novamente.

— Eles chegarão a qualquer instante.

Levanto-me e vejo Evelyn e Edward parados ao lado dos trilhos. Começam a correr antes que o trem passe por eles e pulam para dentro com quase a mesma facilidade que Tobias. Devem ter andado praticando.

Edward solta um riso de deboche ao me ver. Hoje em seu tapa-olho está costurado um grande "X" azul.

— Olá — cumprimenta Evelyn, olhando apenas para Tobias, como se eu nem estivesse aqui.

— Que ótimo local de encontro — diz Tobias. Está quase escuro agora, portanto vejo apenas o contorno negro dos prédios contra o céu azul-escuro e algumas luzes brilhando perto do lago, que devem ser da sede da Erudição.

O trem vira em uma direção que não costuma virar, para a esquerda, para longe das luzes da Erudição, em direção à parte abandonada da cidade. Pela redução dos ruídos dentro do vagão, percebo que o trem está desacelerando.

— Pareceu mais seguro — diz Evelyn. — Então, você queria se encontrar conosco.

— Sim. Gostaria de negociar uma aliança.

— Uma aliança — repete Edward. — E quem lhe deu a autoridade para fazer isso?

— Ele é um dos líderes da Audácia — digo. — Tem a autoridade para isso.

Edward ergue as sobrancelhas, impressionado. Evelyn finalmente olha para mim, mas apenas por alguns segundos, antes de sorrir para Tobias novamente.

— Interessante — diz ela. — *Ela* também é líder da Audácia?

— Não. Ela está aqui para me ajudar a decidir se devo ou não confiar em vocês.

Evelyn contrai os lábios. Parte de mim quer se aproximar do rosto dela e dizer: "Rá!" Mas me contento em dar um pequeno sorriso.

— Nós, é claro, concordamos com uma aliança... com algumas condições — diz Evelyn. — Um lugar garantido e igual dentro do governo que se formará depois que a Erudição for destruída e o controle total dos dados da Erudição depois do ataque. É claro...

— O que você fará com os dados da Erudição? — interrompo-a.

— Vamos destruí-los, é claro. A única maneira de tirar o poder da Erudição é tirando seu conhecimento.

Minha primeira reação é dizer o quão tola ela é. Mas algo me detém. Sem a tecnologia das simulações, sem os dados que eles têm a respeito das outras facções, sem seu foco no avanço tecnológico, o ataque contra a Abnegação não teria ocorrido. Meus pais estariam vivos.

Mesmo se conseguirmos matar Jeanine, será que poderíamos confiar que a Erudição não tentaria nos atacar e controlar novamente? Não tenho certeza.

— O que receberíamos em troca, sob esses termos? — pergunta Tobias.

— Nosso efetivo, que vocês precisam tanto para tomar a sede da Erudição, e um lugar igual no governo, ao nosso lado.

— Tenho certeza de que Tori também vai exigir o direito de livrar o mundo de Jeanine Matthews — diz ele, baixinho.

Ergo as sobrancelhas. Não sabia que o ódio de Tori por Jeanine era algo de conhecimento geral. Ou talvez não seja. Ele deve saber coisas sobre ela que as outras pessoas não sabem, agora que os dois se tornaram líderes.

— Tenho certeza de que podemos arranjar isso — responde Evelyn. — Não me importa quem vai matá-la; quero apenas que ela morra.

Tobias olha para mim. Gostaria de poder contar para ele por que estou em conflito... explicar por que justamente eu tenho dúvidas sobre esmagar a Erudição, por assim dizer. Mas não saberia como explicar isso, mesmo que estivéssemos com tempo. Ele se volta para Evelyn.

— Então, estamos de acordo.

Ele lhe oferece a mão, e ela a aperta.

— Seria bom nos reunirmos em uma semana — diz ela.

— Em um território neutro. A maior parte da Abnegação graciosamente permitiu que nós ficássemos no setor deles da cidade, para elaborar nosso plano, enquanto eles limpam os escombros do ataque.

— A maior parte?

O rosto de Evelyn endurece.

— Infelizmente, seu pai ainda comanda muitos deles, e ele os aconselhou a nos evitar quando veio visitar o lugar há alguns dias. — Ela abre um sorriso amargo. — E eles concordaram, como fizeram quando ele os convenceu a me exilarem.

— Eles exilaram você? — pergunta Tobias. — Pensei que você tivesse *nos deixado*.

— Não, os membros da Abnegação estavam inclinados a perdoar e buscar uma reconciliação, como você deve imaginar. Mas seu pai é muito influente dentro da Abnegação, como sempre foi. Decidi ir embora para não ser obrigada a enfrentar a humilhação de um exílio público.

Tobias parece chocado.

Edward, que está pendurado do lado de fora do vagão há alguns segundos, diz:

— Está na hora!

— Nós nos vemos em uma semana – diz Evelyn.

Quando o trem desce para o nível da rua, Edward salta. Alguns segundos depois, Evelyn o segue. Eu e Tobias permanecemos no trem, ouvindo o chiado das rodas nos trilhos, em silêncio.

— Por que você me trouxe, se ia fazer uma aliança de qualquer maneira? — pergunto finalmente, com a voz inexpressiva.

— Você não me deteve.

— O que eu poderia ter feito? Balançado as mãos para o alto? — Eu o encaro, irritada. — Mas não estou gostando nada disso.

— É uma aliança necessária.

— Não acho que seja. Deve haver outra maneira...

— Que outra maneira? — pergunta ele, cruzando os braços. — A questão é que você não gosta dela. Você não gosta dela desde que a conheceu.

— É claro que não gosto dela! Ela abandonou você!

— Eles a *exilaram*. E, se eu decidir perdoá-la, é melhor você também tentar fazer isso! Eu é que fui abandonado, não você.

— A questão é maior do que essa. Não confio nela. Acho que ela está tentando usar você.

— Mas não é você quem deve decidir isso.

— Por que você me trouxe, então? — digo, copiando seus braços cruzados. — Ah, lembrei. Para poder avaliar a situação. Bem, eu a avaliei e, só porque você não gosta do que eu decidi, não significa que...

— Eu tinha esquecido como sua parcialidade é capaz de obscurecer seu juízo. Se tivesse lembrado, não teria trazido você.

— A *minha* parcialidade? E quanto à *sua* parcialidade? E quanto a você achar que todos que odeiam seu pai tanto quanto você são seus aliados?

— Isso não tem nada a ver com ele!

— É claro que tem! Ele sabe de muitas coisas, Tobias. E nós deveríamos estar tentando descobrir que coisas são essas.

— Lá vem você de novo com essa história! Pensei que já tivéssemos resolvido isso. Ele é um *mentiroso*, Tris.

— Ah, é? — Ergo as sobrancelhas. — Bem, sua mãe também é. Você realmente acredita que a Abnegação exilaria alguém? Eu não acredito.

— Não fale assim da minha mãe.

Vejo uma luz na frente do trem. É a Pira.

— Está bem. — Caminho até a porta do vagão. — Não falarei mais.

Salto para fora, correndo um pouco ao alcançar o chão para manter o equilíbrio. Tobias salta depois de mim, mas não permito que ele me alcance. Caminho diretamente para o edifício, desço a escada e volto para o Fosso, a fim de encontrar um lugar para dormir.

CAPÍTULO VINTE E SEIS

Algo me sacode, e eu acordo.

— Tris! Levante-se!

Um grito. Não o questiono. Jogo as pernas para fora da cama e permito que uma mão me puxe em direção à porta. Estou descalça, e o chão é acidentado. Ele arranha meus dedos e as pontas dos meus calcanhares. Entrecerro os olhos para tentar enxergar quem está me puxando. Christina. Ela está quase arrancando o meu braço esquerdo.

— O que aconteceu? — pergunto. — O que houve?

— Cala a boca e corre.

Corremos até o Fosso, e o ronco do rio me segue pelos caminhos que sobem o paredão. A última vez que Christina me tirou correndo da cama foi para ver o corpo de Al sendo erguido para fora do abismo. Cerro os dentes e tento não pensar sobre isso. Isso não pode ter acontecido outra vez. Não pode.

Ela corre mais rápido do que eu, e arquejo enquanto avançamos rapidamente pelo chão de vidro da Pira. Christina dá um tapa forte no botão do elevador e entra nele antes que as portas se abram completamente, arrastando-me atrás de si. Ela aperta o botão FECHAR PORTA e depois o botão do último andar.

— Simulação — diz ela. — Está ocorrendo uma simulação. Nem todos estão sob o efeito, apenas... apenas algumas pessoas.

Ela apoia as mãos nos joelhos e respira fundo.

— Um deles disse alguma coisa sobre os Divergentes.

— Disse? — pergunto. — Sob o efeito da simulação?

Ela acena com a cabeça.

— A Marlene. Mas não soava como ela. Sua voz estava muito... inexpressiva.

As portas se abrem, e eu sigo Christina pelo corredor, até uma porta onde está escrito ACESSO AO TELHADO.

— Christina, por que estamos indo para o telhado? — pergunto.

Ela não me responde. A escada que leva ao telhado cheira a tinta velha. Há pichações da Audácia em tinta escura nas paredes de cimento. O símbolo da Audácia. Iniciais ligadas por sinais de mais: RG + NT, BR + FH. Casais que provavelmente estão velhos agora e talvez já tenham até se separado. Levo a mão ao peito para sentir o bater do meu coração. Ele está rápido demais. Nem sei como ainda estou respirando.

O ar noturno está gelado e faz os pelos dos meus braços se arrepiarem. Meus olhos já se ajustaram à escuridão, e, do outro lado do telhado, vejo três figuras em pé sobre a mureta da beirada, encarando-me. Uma delas é Marlene. A segunda é Hector. A outra é uma pessoa que não conheço, uma criança da Audácia, que não deve ter nem oito anos, com uma mecha verde no cabelo.

Eles estão parados sobre a mureta, embora o vento esteja soprando forte, jogando seus cabelos sobre suas testas e para dentro dos seus olhos e boca. Suas roupas estalam com o vento, mas, mesmo assim, eles continuam imóveis.

— Apenas desçam da mureta — diz Christina. — Não façam nada idiota. Vamos...

— Eles não conseguem ouvir você — falo baixinho, enquanto caminho em direção a eles. — Ou ver você.

— Deveríamos agarrar todos eles ao mesmo tempo. Eu pego Hec, e você...

— Arriscaremos jogá-los para fora do telhado se fizermos isso. Fique ao lado da garota, por via das dúvidas.

Ela é jovem demais para isso, penso. Mas não digo nada, porque isso significaria que Marlene, por sua vez, é velha o bastante.

Encaro Marlene, cujos olhos estão inexpressivos como pedras pintadas ou esferas de vidro. Sinto como se aquelas pedras estivessem descendo pela minha garganta e parando no meu estômago, puxando-me em direção ao chão. Não há como tirá-la daquela mureta.

Finalmente, ela abre a boca e fala:

— Tenho uma mensagem para os Divergentes. — Sua voz soa monótona. A simulação está usando suas cordas vocais, mas a privando das flutuações naturais da emoção humana.

Desvio o olhar de Marlene para Hector. Hector, que tinha tanto medo do que eu sou, porque sua mãe disse que deveria ter. Lynn provavelmente continua ao lado do leito de Shauna, esperando que ela consiga mover suas pernas quando acordar. Lynn não pode perder Hector.

Dou um passo à frente para receber a mensagem.

— Isso não é uma negociação. É um aviso — diz a simulação através de Marlene, movendo seus lábios e vibrando suas cordas vocais. — A cada dois dias, até que um de vocês se entregue na sede da Erudição, isso vai se repetir.

Isso.

Marlene dá um passo para trás e eu salto para a frente, mas não em direção a ela. Não em direção a Marlene, que um dia deixou que Uriah atirasse em um bolinho sobre sua cabeça, depois que ele a desafiou. Que juntou uma pilha de roupas para eu usar. Que sempre, sempre me recebeu com um sorriso. Não, não em direção a Marlene.

Enquanto Marlene e a outra garota da Audácia pisam para fora da beirada do prédio, salto em direção a Hector.

Agarro tudo o que consigo. Um braço. Um pedaço de camisa. O chão áspero do telhado rala meus joelhos quando seu peso me puxa para a frente. Não sou forte o bastante para erguê-lo.

— Socorro — sussurro, porque não consigo falar mais alto.

Christina já está ao meu lado. Ela me ajuda a puxar o corpo mole de Hector até o telhado. Seus braços caem para o lado, inanimados. A alguns metros de distância, a menininha está deitada de costas sobre o telhado.

De repente, a simulação termina. Hector abre os olhos, e eles não parecem mais vazios.

— Ai — diz ele. — O que está acontecendo?

A menininha choraminga, e Christina vai até ela, murmurando algo em um tom reconfortante.

Eu me levanto, com o corpo inteiro tremendo. Caminho lentamente até a beirada do telhado e olho para baixo. A rua não está muito bem iluminada, mas consigo ver o contorno vago de Marlene na calçada.

Respirar. O que importa se eu consigo respirar ou não?

Desvio o rosto, ouvindo meu coração bater em meus ouvidos. Christina mexe a boca. Eu a ignoro e caminho até a porta, descendo a escada e depois o corredor, até o elevador.

A porta se fecha e, enquanto desabo no chão, assim como Marlene fez quando decidi não a salvar, solto um grito, unhando minhas próprias roupas. Minha garganta arde depois de alguns segundos, e há arranhões em meus braços, onde minhas unhas feriram a pele, mas continuo gritando.

O elevador para e toca um sinal. A porta se abre.

Ajeito minha camisa, depois meu cabelo, e saio.

+ + +

Tenho uma mensagem para os Divergentes.

Eu sou Divergente.

Isso não é uma negociação.
Não, não é.
É um aviso.
Entendido.
A cada dois dias, até que um de vocês se entregue na sede da Erudição...
Eu me entregarei.
... isso vai se repetir.
Isso nunca mais vai se repetir.

CAPÍTULO
VINTE E SETE

Atravesso a multidão ao lado do abismo. O Fosso está barulhento, e não apenas por causa do ronco do rio. Quero encontrar um pouco de silêncio, então escapo para o corredor que leva aos dormitórios. Não quero ouvir o discurso que Tori fará em homenagem a Marlene, nem estar por perto dos brindes e dos gritos quando os membros da Audácia celebrarem sua vida e sua coragem.

Esta manhã, Lauren disse que havíamos esquecido algumas das câmeras nos dormitórios dos iniciandos, onde Christina, Zeke, Lauren, Marlene, Hector e Kee, a menina da mecha verde, estavam dormindo. É assim que Jeanine descobriu quem estava sendo controlado pela simulação. Não tenho a menor dúvida de que Jeanine escolheu membros jovens da Audácia porque sabia que suas mortes nos afetariam mais.

Paro em um corredor que não reconheço e encosto a testa na parede. A pedra é fria e áspera. Consigo ouvir os gritos dos membros da Audácia atrás de mim, abafados pelas camadas de pedra.

Ouço alguém se aproximando e olho para o lado. Christina, ainda vestida com as mesmas roupas de ontem à noite, está a alguns metros de mim.

— Oi — diz ela.

— Não estou em condições de me sentir ainda mais culpada agora. Então, por favor, vá embora.

— Só quero dizer uma coisa, depois eu saio.

Seus olhos estão inchados e sua voz, sonolenta não sei se pela exaustão, por ela ter bebido um pouco, ou por causa dos dois. Mas seu olhar é tão direto que eu imagino que ela deve saber o que está dizendo. Afasto-me da parede.

— Nunca tinha visto uma simulação como aquela. Sabe, de fora. Mas ontem... — Ela balança a cabeça. — Você tinha razão. Eles não conseguiam ouvir você, não conseguiam ver você. Assim como Will...

Christina engasga ao falar o nome dele. Ela para, respira fundo, engole em seco e pisca algumas vezes. Depois, volta a olhar para mim.

— Você disse que precisou fazer aquilo, ou ele teria atirado em você, e eu não acreditei. Agora acredito, e... Vou tentar perdoar você. É... é só isso o que eu queria dizer.

Uma parte de mim fica aliviada. Ela acredita em mim e está tentando me perdoar, mesmo que não seja fácil.

Mas uma parte maior de mim sente raiva. O que ela pensava antes de agora? Que eu *queria* atirar em Will, um dos meus melhores amigos? Ela deveria ter confiado em mim desde o princípio, deveria *saber* que eu não teria feito aquilo se tivesse conseguido enxergar outra opção na hora.

— Que sorte a minha você finalmente ter conseguido uma *prova* de que não sou uma assassina de sangue-frio. Quer dizer, além da minha palavra. Por que você acreditaria em mim, não é mesmo? — Forço uma risada, tentando permanccer indiferente. Ela abre a boca, mas eu continuo falando, sem conseguir me conter: — É melhor você se apressar com essa história de me perdoar, porque não temos muito tempo...

Minha voz falha, e eu não consigo mais me controlar. Começo a soluçar. Apoio-me na parede e sinto meu corpo deslizando para o chão, à medida que minhas pernas enfraquecem.

Minha visão está tão borrada que não consigo vê-la, mas sinto quando ela me envolve em seus braços e me aperta até doer. Ela cheira a óleo de coco e é forte, exatamente como era durante a iniciação da Audácia, quando ficou pendurada sobre o abismo pelas pontas dos dedos. Naquela época, que não faz tanto tempo assim, ela fazia com que eu me sentisse fraca, mas agora sua força faz com que eu sinta que posso ser mais forte também.

Nós nos ajoelhamos juntas no chão de pedra, e eu a agarro com a mesma força com que ela está me agarrando.

— Já foi — diz ela. — É isso o que eu queria dizer. Que eu já perdoei você.

+ + +

Todos os membros da Audácia se calam quando entro no refeitório aquela noite. Eu não os culpo. Como uma Divergente, tenho o poder de permitir que Jeanine mate um deles. A maioria deles provavelmente quer que eu me sacrifique por eles. Ou estão morrendo de medo de que eu não faça isso.

Se estivéssemos na Abnegação, não haveria um único Divergente sentado aqui agora.

Por um instante, não sei para onde ir, nem como chegar lá. Mas Zeke acena para mim, convidando-me para sua mesa com uma aparência triste, e eu guio meus passos em sua direção. Mas, antes que consiga chegar lá, sou abordada por Lynn.

É uma Lynn diferente da que conheço. O brilho de ferocidade em seu olhar se foi. Agora ela está pálida e morde o lábio para fingir que ele não está tremendo.

– É... – diz ela. Ela olha para a esquerda, para a direita, para qualquer direção que não a minha cara. – Eu realmente... Sinto falta de Marlene. Eu a conhecia há muito tempo, e eu... – Ela balança a cabeça. – A questão é: não pense que o fato de eu falar isso tenha *qualquer* coisa a ver com Marlene – continua ela, como se estivesse me dando uma bronca. – Mas... obrigada por salvar Hec.

Lynn desloca seu peso de um pé para o outro, movendo rapidamente os olhos por todo o refeitório. Depois, ela me abraça com um braço, agarrando minha camisa. Sinto uma pontada de dor no ombro, mas não falo nada.

Ela me solta, funga, depois começa a caminhar em direção à sua mesa, como se nada tivesse acontecido. Olho para ela por alguns segundos enquanto ela volta para a mesa e se senta.

Zeke e Uriah estão sentados um ao lado do outro, e o restante dos assentos da mesa estão vazios. O rosto de Uriah está abatido, e ele nem parece estar completamente acordado. Há uma garrafa marrom-escura na frente dele, e ele dá um gole de vez em quando.

Sinto-me cautelosa perto dele. Salvei Hec, e isso significa que deixei de salvar Marlene. Mas Uriah não olha para mim. Puxo a cadeira na frente dele e me sento na ponta.

— Onde está Shauna? — pergunto. — Ela ainda está no hospital?

— Não, ela está ali — diz Zeke, acenando com a cabeça em direção à mesa onde Lynn foi se sentar. Vejo-a lá, tão pálida que parece translúcida, sentada em uma cadeira de rodas. — Shauna não deveria ter saído da cama, mas Lynn está muito mal, e ela resolveu lhe fazer companhia.

— Mas, caso você esteja se perguntando por que elas estão tão longe de nós... é porque Shauna descobriu que sou Divergente — explica Uriah, com a voz arrastada. — E não quer que eu a contagie.

— Ah.

— Ela também está esquisita comigo — diz Zeke, suspirando. — Ela me perguntou como posso saber que meu irmão não está trabalhando contra nós e se eu o tenho observado. Eu daria tudo para poder socar a pessoa que envenenou a mente dela.

— Você não precisa dar nada a ninguém — diz Uriah. — A mãe dela está sentada logo ali. Vá lá e bata nela.

Sigo seu olhar até uma mulher de meia-idade com mechas azuis no cabelo e orelhas cobertas de brincos até os lóbulos. Ela é bonita, assim como Lynn.

Tobias entra no refeitório um pouco depois, seguido por Tori e Harrison. Tenho evitado-o. Não conversamos desde a nossa discussão, antes do incidente com Marlene...

— Olá, Tris — diz Tobias, quando está perto o bastante para que eu consiga ouvi-lo. Sua voz é grave e áspera. Ela me transporta para lugares tranquilos.

— Olá — respondo, com uma voz travada que não me pertence.

Ele se senta ao meu lado e apoia o braço no encosto da minha cadeira, inclinando-se para perto de mim. Não olho para ele. Eu me *recuso* a olhar para ele.

Olho para ele.

Seus olhos são escuros, com um tom peculiar de azul, capazes de fazer sumir todo o restante do refeitório, de me confortar, mas também de me lembrar de que estamos mais distantes um do outro do que eu gostaria que estivéssemos.

— Você não vai me perguntar se estou bem?

— Não. Tenho certeza de que você não está. — Ele balança a cabeça. — Vou apenas pedir que você não tome nenhuma decisão até que tenhamos conversado a respeito disso.

Tarde demais, penso. *A decisão já foi tomada.*

— Você quer dizer até que tenhamos todos conversado a respeito disso, porque isso envolve todos nós — acrescenta Uriah. — Acho que ninguém deve se entregar.

— Ninguém? — pergunto.

— Não! — diz Uriah, irritado. — Acho que devemos contra-atacar.

— Boa ideia — digo, secamente. — Vamos provocar a mulher capaz de forçar metade deste complexo a se suicidar. É uma ótima ideia.

Fui dura demais. Uriah vira o conteúdo de sua garrafa na boca. Ele bate com a garrafa na mesa com tanta força que acho que ela vai quebrar.

— Não fale sobre isso dessa maneira — diz ele, rugindo.

— Desculpe, mas você sabe que tenho razão. A melhor maneira de evitar a morte de metade da nossa facção é sacrificando uma única vida.

Não sei o que esperar. Talvez que Uriah, que sabe muito bem o que acontecerá se um de nós não se entregar, se voluntarie. Mas ele abaixa a cabeça. Não quer fazer isso.

— Eu, Tori e Harrison decidimos aumentar a segurança. Esperamos que, se todos estiverem mais cientes desses ataques, conseguiremos evitá-los — diz Tobias. — Se isso não funcionar, pensaremos em outra solução. Fim de papo. Mas ninguém fará nada por enquanto. Certo?

Ele olha para mim ao falar isso, erguendo as sobrancelhas.

— Está bem — concordo, sem encará-lo de volta.

+ + +

Depois do jantar, tento voltar para o dormitório onde tenho dormido, mas não consigo passar pela porta. Então ando pelos corredores, roçando os dedos pelas paredes de pedra, ouvindo os ecos dos meus passos.

Sem querer, passo pelo bebedouro onde Peter, Drew e Al me atacaram. Descobri que era o Al por causa do seu perfume. Até hoje me lembro do cheiro de erva-cidreira. Hoje, não o associo mais ao meu amigo, mas à impotência que senti quando eles me arrastaram até o abismo.

Caminho mais rápido, mantendo os olhos bem abertos, para tentar evitar que a cena do ataque volte à minha mente. Preciso sair daqui, me afastar dos lugares onde meu amigo me atacou, onde Peter esfaqueou Edward, onde um exército inconsciente de amigos meus começou sua marcha em direção ao setor da Abnegação, dando início a toda essa loucura.

Vou direto ao último lugar onde me senti segura: o pequeno apartamento de Tobias. Assim que alcanço a porta, sinto-me mais calma.

A porta não está completamente fechada. Empurro-a com o pé. Ele não está lá, mas não vou embora. Sento-me na cama dele e seguro a colcha, mergulhando o rosto no tecido e respirando fundo. O antigo cheiro da colcha quase não existe mais; faz muito tempo que ele não dorme aqui.

A porta se abre e Tobias entra. Meu braço amolece e a colcha cai no meu colo. Como explicarei minha presença aqui? Eu deveria estar irritada com ele.

Ele não está carrancudo, mas sua boca está tão tensa que dá para ver que está com raiva de *mim*.

— Não seja idiota — diz ele.

— Idiota?

— Você mentiu. Você disse que não iria para a Erudição, mas mentiu, e ir para a Erudição faria de você uma idiota. Portanto, não vá.

Coloco a colcha na cama e me levanto.

— Não tente simplificar a situação — digo. — Ela não é simples. Você sabe muito bem que essa é a coisa certa a se fazer.

— Você escolheu *esse momento* para agir como alguém da Abnegação? — Sua voz preenche o quarto e faz meu peito formigar de medo. Sua raiva parece repentina demais. Estranha demais. — Você passou aquele tempo todo insistindo que era egoísta demais para eles, e agora que sua *vida* está em jogo, você resolve agir como uma heroína? Qual é o seu problema?

— Qual é o *seu* problema? Uma pessoa morreu. Ela se jogou do telhado! E eu posso impedir que isso ocorra novamente!

— Você é importante demais para simplesmente... morrer. — Ele balança a cabeça. Não consegue nem olhar para mim. Seus olhos ficam se desviando do meu rosto para a parede atrás de mim, ou para o teto, para tudo que não seja eu. Estou atordoada demais para sentir raiva.

— Não sou importante. Todos vão se sair bem sem mim.

— Quem se importa com os outros? E quanto a *mim*?

Ele abaixa a cabeça e a apoia em sua mão, cobrindo os olhos. Seus dedos estão tremendo.

Depois, atravessa o quarto a passos largos e encosta os lábios nos meus. A pressão delicada dos seus lábios apaga os últimos meses da minha vida, e eu me torno a menina sentada sobre as pedras do abismo, com gotículas da água do rio nas canelas, quando o beijei pela primeira vez. Sou a menina que segurou a mão dele no corredor só porque sentiu vontade de fazê-lo.

Afasto-me, com a mão apoiada em seu peito para mantê-lo distante. O problema é que também sou a menina que atirou em Will, depois mentiu a respeito disso, que escolheu entre Hector e Marlene e que fez tantas outras coisas. E não posso apagar tudo isso.

— Você ficaria bem. — Não olho para ele. Encaro sua camiseta por entre meus dedos e a tinta preta na curva de seu pescoço, mas não olho para seu rosto. — A princípio, não. Mas você seguiria em frente e faria o que precisa ser feito.

Ele envolve a minha cintura com um dos braços e me puxa para perto.

— Isso é uma *mentira* — diz ele, antes de me beijar novamente.

Isso é errado. É errado esquecer a pessoa que me tornei e deixar que ele me beije quando sei muito bem o que estou prestes a fazer.

Mas eu quero isso. Ah, eu quero.

Fico na ponta dos pés e o envolvo em meus braços. Apoio a mão entre as suas omoplatas e coloco a outra ao redor do seu pescoço. Consigo sentir sua respiração na palma da mão, enquanto seu corpo se expande e contrai, e sei que ele é forte, estável, irrefreável. Todas as coisas que preciso ser, mas não sou. Não sou.

Ele caminha para trás, puxando-me consigo, e eu tropeço. Tropeço e meus pés escapam dos sapatos. Quatro se senta na beirada da cama, e fico em pé diante dele, finalmente nos encarando olho no olho.

Ele toca meu rosto, cobrindo minhas bochechas com as mãos, deslizando as pontas dos dedos pelo meu pescoço, encaixando-os na curva tênue dos meus quadris.

Não consigo impedi-lo.

Encaixo minha boca na dele. Ele tem gosto de água e cheira a ar fresco. Deslizo a mão do seu pescoço até a parte inferior das suas costas, e a enfio sob sua camisa. Ele me beija com mais força.

Sabia que ele era forte, mas não sabia o quanto até sentir os músculos das suas costas contraindo-se entre meus dedos.

Pare, digo a mim mesma.

De repente é como se estivéssemos com pressa, seus dedos acariciando a lateral do meu corpo sob minha camisa, minhas mãos agarrando-o, enquanto nos esforçamos para chegar mais perto um do outro, embora seja impossível.

Ele se afasta apenas o suficiente para me olhar nos olhos, com as pálpebras semicerradas.

— Prometa-me que você não vai — sussurra ele. — Por mim. Faça apenas isso por mim.

Será que eu conseguiria fazer isso? Será que conseguiria ficar aqui, resolver as coisas com ele, deixar alguém morrer em meu lugar? Olhando para ele, acredito por um instante que eu conseguiria. De repente, vejo Will. A ruga entre suas sobrancelhas. Seus olhos vazios, dominados pela simulação. Seu corpo caído.

Faça apenas isso por mim. Os olhos escuros de Tobias imploram.

Mas, se eu não for à Erudição, quem irá? Tobias? É o tipo de coisa que ele faria.

Sinto uma pontada no peito ao mentir para ele.

— Está bem.

— Você promete? — pergunta ele, franzindo a testa.

A pontada vira uma dor, espalhando-se por todo o meu corpo, em uma mistura de culpa, medo e anseio.

— Prometo — respondo.

CAPÍTULO VINTE E OITO

Ao começar a cair no sono, ele mantém os braços em volta de mim, impetuosamente, como uma prisão para preservar minha vida. Mas eu espero, mantida acordada pelo pensamento de corpos se chocando contra a calçada, até que seu abraço se afrouxa e a respiração torna-se estável.

Não permitirei que Tobias vá para a Erudição quando isso acontecer novamente, quando outra pessoa morrer. Não permitirei.

Escapo dos seus braços. Visto um dos seus pulôveres para poder carregar seu cheiro comigo. Calço os sapatos. Não levo nenhuma arma ou lembrança.

Paro na porta e olho para ele, meio enterrado sob a colcha, pacífico e forte.

— Eu te amo — digo baixinho, experimentando a sensação de falar essas palavras. Deixo que a porta se feche atrás de mim.

Está na hora de colocar tudo em ordem.

Caminho até o dormitório onde os iniciandos nascidos na Audácia costumavam dormir. O quarto é exatamente igual àquele em que eu costumava dormir quando era uma iniciante; é comprido e estreito, com beliches nos dois lados e um quadro-negro em uma das paredes. Vejo, com a ajuda de uma luz azul em um dos cantos, que ninguém se preocupou em apagar o ranking escrito no quadro. O nome de Uriah continua no topo da lista.

Christina está dormindo na cama de baixo de um dos beliches, sob a cama de Lynn. Não quero assustá-la, mas não há outra maneira de acordá-la, portanto cubro a sua boca com a mão. Ela acorda sobressaltada, com os olhos arregalados, até me ver. Encosto o dedo nos lábios e peço para ela me seguir.

Caminho até o final do corredor, depois sigo por outro. Ele é iluminado por uma lâmpada de emergência salpicada de tinta, localizada sobre uma das portas de saída. Christina está descalça; ela contrai os dedos do pé, tentando protegê-los do frio.

— O que houve? Você está indo para algum lugar?

— Sim, eu... — Tenho que mentir, ou ela tentará me impedir. — Vou visitar meu irmão. Ele está com a Abnegação, lembra?

Ela semicerra os olhos.

— Desculpe acordar você. Mas preciso que você faça uma coisa. É muito importante.

— Tudo bem. Tris, você está muito estranha. Tem certeza de que não está...

— Não estou. Ouça bem. O momento do ataque de simulação não foi aleatório. Ele ocorreu naquele momento porque a Abnegação estava prestes a fazer alguma coisa. Não sei o que era, mas tinha a ver com alguma informação importante, e agora a Jeanine *tem* essa informação...

— O quê? — Ela franze a testa. — Você não sabe o que eles estavam prestes a fazer? Mas você sabe que informação era essa?

— Não. — Devo estar parecendo uma louca. — O problema é que não consegui descobrir muito a respeito disso, porque Marcus Eaton é a única pessoa que sabe de tudo e ele não quer me contar. Eu apenas... esse é o motivo do ataque. Esse é o *motivo*. E precisamos descobrir o que é.

Não sei mais o que dizer. Mas Christina já está acenando com a cabeça.

— É o motivo que levou Jeanine a nos forçar a atacar pessoas inocentes — diz ela, em um tom amargo. — Sim. Precisamos descobrir o que é.

Eu tinha quase me esquecido disso. *Ela* também esteve sob o efeito da simulação. Quantos membros da Abnegação será que ela matou? Como será que se sentiu quando acordou da simulação como uma assassina? Nunca perguntei isso a ela e nunca perguntarei.

— Preciso da sua ajuda, e logo. Preciso que alguém convença Marcus a cooperar e acho que você conseguirá fazer isso.

Ela inclina a cabeça para o lado e me encara por alguns segundos.

— Tris. Não faça nada idiota.

Forço um sorriso.

— Por que as pessoas não param de me pedir isso?

Ela agarra o meu braço.

— Não estou brincando.

— Já disse, estou indo visitar Caleb. Voltarei dentro de alguns dias e poderemos montar uma estratégia. Só pensei que seria bom se alguém soubesse de tudo isso antes de eu partir. Só por via das dúvidas. Está bem?

Ela segura o meu braço por alguns segundos, depois solta.

— Está bem.

Caminho em direção à saída. Eu me controlo até atravessar a porta, mas depois as lágrimas começam a escorrer.

É a última conversa que jamais terei com ela e foi repleta de mentiras.

+ + +

Quando saio do edifício, visto o capuz do pulôver de Tobias. Ao alcançar o final da rua, olho ao redor, procurando algum sinal de vida. Não há ninguém.

O ar gelado faz o meu pulmão formigar ao entrar, e, ao sair, forma uma nuvem de vapor. O inverno logo chegará. Será que a Erudição e a Audácia ainda estarão nesse estado suspenso, esperando que um grupo destrua o outro? Ainda bem que não estarei aqui para ver isso.

Antes de escolher a Audácia, eu nunca pensava em coisas assim. Pelo menos eu estava segura de que viveria muito tempo. Agora, não há segurança alguma, exceto de que, seja para onde eu for, vou porque escolhi.

Caminho entre as sombras dos edifícios, esperando que meus passos não atraiam atenção. Nenhuma das luzes da cidade está acesa nessa região, mas a luz da lua é forte o suficiente para que eu consiga ver para onde estou indo sem muita dificuldade.

Caminho sob os trilhos elevados. Eles tremem com o movimento de um trem que se aproxima. Preciso caminhar mais rápido se eu quiser chegar lá antes que alguém perceba que saí. Desvio de uma grande rachadura no asfalto, depois salto sobre um poste caído.

Não pensei na distância que teria que andar antes de partir. Não demora muito para o meu corpo esquentar com o exercício de andar, olhar para trás o tempo todo e desviar dos perigos que há na rua. Acelero o passo, meio caminhando e meio correndo.

Logo, alcanço uma parte da cidade que reconheço. As ruas aqui são mais bem cuidadas, limpas e com poucos buracos. Ao longe, vejo as luzes da sede da Erudição, violando as nossas leis de conservação de energia. Não sei o que farei quando chegar lá. Exigir que me levem até Jeanine? Ou apenas ficar parada até que alguém me note?

Roço os dedos em uma das janelas do edifício ao meu lado. Falta pouco. Agora que estou perto, começo a tremer, o que torna a caminhada mais difícil. Respirar também não é fácil; paro de tentar fazer silêncio e deixo que o ar entre e saia ruidosamente dos meus pulmões. O que será que eles farão comigo quando eu chegar lá? Quais serão os planos deles para mim depois que eu deixar de ser útil, e eles resolverem me matar? Tenho certeza de que vão acabar me matando. Concentro-me em seguir em frente, em mover as pernas, mesmo que elas pareçam incapazes de sustentar meu peso.

De repente, encontro-me diante da sede da Erudição.

Do lado de dentro, grupos de pessoas vestindo camisas azuis sentam-se ao redor de mesas, escrevendo em computadores, inclinados sobre livros ou passando folhas de papel umas para as outras. Algumas delas são pessoas decentes, que não compreendem o que sua facção fez, mas se, neste momento, todo este edifício desabasse sobre elas, eu provavelmente não ligaria.

Esta é a minha última chance de desistir. O ar gelado pinica minhas bochechas e minhas mãos enquanto hesito. Posso ir embora. Refugiar-me no complexo da Audácia. Esperar e rezar e desejar que ninguém morra por causa do meu egoísmo.

Mas a verdade é que não posso ir embora, ou a culpa, o peso da morte de Will, dos meus pais e agora de Marlene, vai quebrar os meus ossos e impedir que eu respire.

Caminho lentamente em direção ao edifício e abro a porta.

É a única maneira de evitar que eu morra sufocada.

+ + +

Depois que meus pés tocam o chão de madeira e me encontro diante do enorme retrato de Jeanine Matthews pendurado na parede diante de mim, por um segundo ninguém me nota, nem mesmo os dois soldados traidores da Audácia rodeando a entrada. Caminho até a recepção, onde um homem calvo de meia-idade está sentado, examinando uma pilha de papéis. Coloco as mãos na mesa.

— Com licença — digo.

— Só um instante — diz ele, sem levantar a cabeça.

— Não.

Neste momento ele levanta a cabeça, com óculos tortos e uma expressão irritada, como se estivesse prestes a me dar uma bronca. Mas as palavras ficam travadas em sua garganta. Ele me encara, boquiaberto, com os olhos pulando do meu rosto para o pulôver preto que estou vestindo.

Apesar do meu medo, acho sua expressão engraçada. Abro um pequeno sorriso e escondo as mãos, que estão tremendo.

— Acho que Jeanine Matthews quer falar comigo — digo. — Portanto, peço que entre em contato com ela, por favor.

Ele faz um sinal para os traidores da Audácia que estão perto da porta, mas nem precisava. Os guardas finalmente perceberam o que está acontecendo. Soldados da Audácia que estavam em outros cantos do salão também já estão vindo em minha direção, cercando-me, mas sem tocar em mim ou falar comigo. Olho para seus rostos tentando manter-me o mais plácida possível.

— Divergente? — pergunta um deles finalmente, enquanto o homem atrás da mesa pega o receptor do sistema de comunicações do edifício.

Ao cerrar os punhos, consigo evitar que minhas mãos tremam. Aceno com a cabeça.

Meus olhos voltam-se para os traidores da Audácia que estão saindo do elevador no lado esquerdo do salão, e os músculos do meu rosto murcham. Peter está vindo em minha direção.

Mil possíveis reações, desde me lançar contra a garganta de Peter a começar a chorar ou fazer uma piada atravessam minha mente ao mesmo tempo. Não consigo me decidir por uma delas. Portanto, apenas fico parada, observando-o. Jeanine deveria saber que eu vinha. Ela deve ter escolhido Peter de propósito para vir me buscar. Com certeza.

— Recebemos ordens para levá-la lá para cima — diz Peter.

Quero dar uma resposta ríspida ou indiferente, mas o único som que escapa de mim é um ruído de consentimento, sufocado pelo nó em minha garganta. Peter caminha em direção ao elevador, e eu o sigo.

Passamos por uma série de corredores elegantes. Apesar de subirmos algumas escadas, ainda sinto que estou descendo para as profundezas da terra.

Espero que eles me levem até Jeanine, mas não é isso o que fazem. Eles param de andar em um corredor curto, com uma série de portas de metal nos dois lados. Peter digita um código para abrir uma das portas, e os traidores da Audácia me cercam, de ombro a ombro, formando um túnel estreito para eu passar até o quarto.

O quarto é pequeno, com mais ou menos um metro e oitenta por um metro e oitenta. O chão, as paredes e o teto são todos feitos dos mesmos painéis de luz que havia na sala do teste de aptidão, mas os daqui estão à meia-luz. Em cada um dos cantos há uma minúscula câmera preta.

Finalmente, permito-me entrar em pânico.

Olho para cada um dos cantos, para as câmeras, e tento conter o grito que cresce dentro do meu estômago, do meu peito, da minha garganta, o grito que preenche cada parte de mim. Mais uma vez, sinto a culpa e a tristeza me arranhando por dentro, lutando uma contra a outra pela dominância, mas o medo é mais forte do que as duas. Respiro, mas não consigo soltar o ar. Meu pai me disse certa vez que isso era bom para curar soluços. Eu perguntei a ele se era possível morrer prendendo a respiração.

— Não — disse ele. — Seus instintos a forçarão a respirar.

É uma pena. Uma saída agora até que seria uma boa. Esse pensamento me faz querer rir. Depois gritar.

Agacho-me até conseguir tocar o rosto nos joelhos. Preciso bolar um plano. Se eu conseguir fazer isso, não sentirei tanto medo.

Mas não há plano algum. Não há como escapar das profundezas da sede da Erudição, não há como escapar de Jeanine e não há mais como escapar do que eu fiz.

CAPÍTULO
VINTE E NOVE

Esqueci de trazer meu relógio.

Minutos ou horas depois, quando o pânico diminui, é disso que mais me arrependo. Não de vir aqui, já que essa me pareceu a escolha óbvia, mas de vir sem o relógio, o que me impossibilita de saber há quanto tempo estou neste quarto. Minhas costas doem, e isso já indica alguma coisa, mas não o bastante.

Depois de um tempo, começo a caminhar pelo quarto, levantando os braços. Hesito em fazer qualquer coisa com as câmeras me observando, mas eles não conseguirão aprender nada apenas me observando tocar os dedos dos pés.

Esse pensamento faz minhas mãos tremerem, mas não tento afastá-lo da minha mente. Em vez disso, digo a mim mesma que sou da Audácia, e que o medo não é nada de novo para mim. Morrerei neste lugar. Talvez isso ocorra em breve. Esses são os fatos.

Mas há outras maneiras de encarar os fatos. Em breve, honrarei meus pais, morrendo da mesma maneira que eles morreram. E, se tudo no qual acreditavam é verdade, logo me juntarei a eles no além, seja lá onde isso for.

Balanço as mãos enquanto caminho. Elas ainda estão tremendo. Quero saber que horas são. Cheguei aqui pouco depois da meia-noite. Já deve ser de manhã, talvez umas quatro ou cinco horas. Ou talvez não tenha passado tanto tempo assim, e só pareça que passou, porque não estou fazendo nada.

A porta se abre, e finalmente fico diante da minha inimiga e dos seus guardas da Audácia.

— Olá, Beatrice — diz Jeanine. Ela está usando roupas azuis da Erudição, óculos da Erudição e um olhar de superioridade que meu pai me ensinou a odiar. — Imaginei que seria você a vir.

Mas não sinto ódio ao olhar para ela. Não sinto nada, apesar de saber que ela é responsável por incontáveis mortes, incluindo a de Marlene. As mortes existem na minha mente como uma série de equações sem sentido, e eu fico paralisada, incapaz de solucioná-las.

— Olá, Jeanine — digo, porque é a única coisa que me vem à mente.

Desvio os olhos dos olhos úmidos e cinzentos de Jeanine e encaro os traidores da Audácia que a acompanham. Peter está parado atrás do ombro direito dela, e uma mulher com marcas de idade nos dois lados da boca está à sua esquerda. Atrás dela, há um homem careca com uma tatuagem de aviões na cabeça. Franzo a testa.

Por que será que Peter está em uma posição de prestígio como essa, como guarda-costas da Jeanine? Qual é a lógica disso?

— Gostaria de saber que horas são — digo.

— É mesmo? — pergunta ela. — Que interessante.

Já deveria saber que ela não me contaria. Cada informação que recebe influencia sua estratégia, e ela não me dirá que horas são, a não ser que decida que revelar a hora é mais útil do que escondê-la.

— Tenho certeza de que nossos companheiros da Audácia estão desapontados pelo fato de que você ainda não tentou arrancar meus olhos — comenta ela.

— Seria idiotice minha fazer isso.

— É verdade. Mas faria sentido, considerando o seu histórico de agir primeiro e pensar depois.

— Tenho dezesseis anos. — Contraio os lábios. — As pessoas mudam.

— Que boa notícia. — Ela consegue conter a emoção até das frases que normalmente contariam com alguma inflexão. — Que tal fazermos um pequeno tour?

Ela dá um passo para trás e gesticula em direção à porta. A última coisa que quero fazer é sair daqui e ir para um lugar desconhecido, mas não hesito. Saio do quarto, com a mulher da Audácia de olhar severo andando na minha frente. Peter caminha logo atrás de mim.

O corredor é comprido e pálido. Viramos e caminhamos por um segundo corredor, exatamente igual ao primeiro.

Depois disso, passamos por outros dois corredores. Estou tão desorientada que não conseguiria lembrar o caminho de volta. De repente, o ambiente ao meu redor muda. O túnel branco leva a uma sala enorme, onde homens e mulheres da Erudição, vestindo longas jaquetas azuis, encontram-se atrás de mesas. Alguns seguram ferramentas, outros misturam líquidos multicoloridos, outros encaram monitores de computadores. Se eu tivesse que adivinhar o que eles estão fazendo, diria que estão misturando soros de simulação, mas tento não reduzir o trabalho da Erudição simplesmente às simulações.

A maioria deles interrompe o que está fazendo para nos assistir ao atravessarmos o corredor central da sala. Na verdade, eles assistem *a mim*. Alguns sussurram, mas a maioria fica quieta. A sala está muito silenciosa.

Sigo a traidora da Audácia por uma porta e paro tão de repente que Peter esbarra em mim.

A sala seguinte é tão grande quanto a anterior, mas há apenas uma coisa dentro dela: uma grande mesa de metal, com uma máquina do lado. Reconheço vagamente a máquina como um monitor cardíaco. E, acima dele, há uma câmera. Começo a tremer incontrolavelmente. Porque sei o que é isso.

— Fico muito feliz por *você*, especificamente, estar aqui — diz Jeanine. Ela passa na minha frente e apoia-se na mesa, segurando a beirada. — O que me deixa tão feliz, é claro, são os resultados do seu teste de aptidão. — Seu cabelo loiro, amarrado rente à cabeça, reflete a luz e chama a minha atenção. Ela continua: — Mesmo entre os Divergentes, você é uma espécie de exceção, porque apresenta aptidão para três facções. Abnegação, Audácia e Erudição.

+ + +

— Como... — Minha voz fica rouca. Esforço-me para terminar a pergunta: — Como sabe disso?

— Uma coisa de cada vez. A partir dos seus resultados, concluí que você é um dos Divergentes mais poderosos. Não digo isso como um elogio, mas apenas para explicar meu objetivo. Se meu objetivo é desenvolver uma simulação à qual a mente Divergente não consiga resistir, preciso estudar a mais forte entre as mentes Divergentes para consertar todas as fraquezas na tecnologia. Entendeu?

Não respondo. Continuo encarando o monitor cardíaco ao lado da mesa.

— Por isso eu e meus colegas cientistas estudaremos você pelo máximo de tempo possível. — Ela abre um pequeno sorriso. — Depois, quando meus estudos estiverem concluídos, você será executada.

Eu já sabia disso. Se eu já sabia, por que meus joelhos estão tão fracos, por que meu estômago está apertado, por quê?

— A execução ocorrerá aqui. — Ela roça as pontas dos dedos na mesa. — Nesta mesa. Achei que seria interessante mostrá-la a você.

Ela quer estudar minha reação. Quase não consigo respirar. Eu costumava acreditar que é preciso ter malícia para ser cruel, mas isso não é verdade. Jeanine não tem o menor motivo para agir de maneira maliciosa. Mas ela é cruel porque não se importa com o que faz, desde que isso a fascine. Eu poderia ser um quebra-cabeça ou uma máquina quebrada que ela quer consertar. Ela abriria o meu crânio só para estudar o funcionamento do meu cérebro. Morrerei aqui, e isso será o tiro de misericórdia.

— Eu já sabia o que aconteceria quando vim para cá — digo. — Isso é apenas uma mesa. E eu gostaria de voltar para o meu quarto agora.

+ + +

Não consigo realmente sentir o tempo passando, pelo menos não da maneira como costumava sentir, quando o tempo estava disponível para mim. Portanto, quando a porta se abre novamente e Peter entra na minha cela, não sei quanto tempo transcorreu. Só sei que estou exausta.

— Venha comigo, Careta.

— Não sou da Abnegação. — Estico os braços para cima da minha cabeça e eles encostam na parede. — E, agora que você virou um lacaio da Erudição, não pode mais me chamar de "Careta". É uma informação imprecisa.

— Eu disse para você vir comigo.

— Como assim? Você não vai fazer nenhum comentário cínico? — Olho para ele, fingindo surpresa. — Não vai falar algo como "Você foi idiota em vir aqui; seu cérebro deve ser tão deficiente quanto Divergente"?

— Isso já é evidente, não é mesmo? Ou você se levanta ou serei obrigado a arrastá-la pelo corredor. A escolha é sua.

Sinto-me mais calma. Peter é sempre cruel comigo; isso me parece mais familiar.

Levanto-me e saio do quarto. Percebo, enquanto caminho, que o braço de Peter, no qual atirei, não está mais em uma tipoia.

— Eles curaram a ferida em seu braço?

— Curaram. Agora você terá que encontrar outra fraqueza para explorar. Pena que eu não tenho mais nenhuma. — Ele agarra o meu braço sadio e caminha mais rápido, puxando-me. — Estamos atrasados.

Apesar da extensão e do vazio do corredor, nossos passos não ecoam muito. Parece que alguém cobriu os meus ouvidos com as mãos e eu só percebi agora. Tento memorizar os corredores pelos quais passamos, mas perco a conta depois de um tempo. Alcançamos o final de um deles e viramos à esquerda, entrando em uma sala escura que me lembra um aquário. Uma das paredes é coberta por um espelho unidirecional. Ele reflete o meu lado, mas tenho certeza de que é transparente do outro.

Há uma grande máquina no outro lado da sala, com uma bandeja do tamanho de uma pessoa saindo dela. Eu a reconheço do meu livro didático sobre história das facções, da unidade sobre Erudição e medicina. É uma máquina de ressonância magnética. Ela tirará fotos do meu cérebro.

Algo acende dentro de mim. Faz tanto tempo que não sinto isso que quase não reconheço o sentimento. É curiosidade.

Uma voz, a voz de Jeanine, fala no sistema de intercomunicação:

— Deite-se, Beatrice.

Olho para a bandeja que vai me levar para dentro da máquina.

— Não.

Ela suspira.

— Se não se deitar por conta própria, temos maneiras de obrigá-la.

Peter está em pé atrás de mim. Mesmo com um braço machucado, ele era mais forte do que eu. Imagino suas mãos me agarrando, empurrando-me em direção à bandeja, pressionando-me contra o metal, prendendo-me com as faixas presas à bandeja, apertadas demais.

— Vamos fazer um acordo. Se eu cooperar, você me deixa ver o exame.

— Você vai cooperar, querendo ou não.

Levanto um dedo.

— Isso não é verdade.

Olho para o espelho. Não é muito difícil fingir que estou conversando com Jeanine quando falo com meu próprio reflexo. Meu cabelo é loiro como o dela; ambas somos pálidas, com aparência severa. Pensar nisso me perturba tanto que perco o fio da meada por alguns segundos e fico em pé com o dedo em riste, em silêncio.

Minha pele é pálida, meu cabelo é pálido, e eu sou fria. Estou curiosa para ver as imagens do meu cérebro. Sou como Jeanine. Posso odiar isso, atacar isso, erradicar isso... ou usar isso.

— Isso não é verdade — repito. — Não importa o quanto você me amarre, não conseguirá me manter imóvel o bastante para que as imagens fiquem claras. – Limpo a garganta. – Quero ver as imagens do exame. Você vai me matar de qualquer jeito, então o que importa o que eu ficar sabendo ou não sobre o meu cérebro antes disso?

Silêncio.

– Por que você quer tanto ver as imagens?

– Pensei que você entenderia, sendo quem é. Afinal de contas, apresento o mesmo nível de aptidão para a Erudição quanto para a Audácia e a Abnegação.

– Tudo bem. Você pode vê-las. Deite-se.

Caminho até a bandeja e me deito. O metal está frio como gelo. A bandeja desliza, e eu estou dentro da máquina. Encaro a brancura. Quando eu era mais nova, achava que o paraíso era assim, apenas uma luz branca e mais nada. Hoje, sei que isso não é verdade, porque luzes brancas são perigosas.

Ouço um som surdo de batidas e fecho os olhos, lembrando de um dos obstáculos da minha paisagem do medo, no qual punhos batiam contra as janelas do meu quarto e homens cegos tentavam me raptar. Finjo que as batidas são de um coração ou de um tambor. Do rio batendo contra as paredes do abismo no complexo da Audácia. De pés batendo contra o chão na cerimônia de encerramento da iniciação. De pés correndo na escada depois da Cerimônia de Escolha.

Não sei quanto tempo passa até as batidas pararem e a bandeja deslizar para fora da máquina. Levanto o tórax e esfrego as pontas dos dedos no pescoço.

A porta se abre, e vejo que Peter está no corredor. Ele faz um sinal para que eu o siga.

— Venha. Você pode ver as imagens do exame agora.

Salto para fora da bandeja e caminho em sua direção. Quando chego ao corredor, Peter balança a cabeça, olhando para mim.

— O que foi?

— Não sei como você sempre consegue o que quer.

— É, eu realmente queria ficar presa em uma cela na sede da Erudição. E realmente quero ser executada.

Soo indiferente, como se estivesse acostumada a lidar com execuções todos os dias. Mas falar a palavra "executada" me causa calafrios. Finjo que estou com frio, apertando os braços com as mãos.

— E você não queria? Você veio até aqui por livre e espontânea vontade, não foi? Não chamaria isso de um bom instinto de sobrevivência.

Ele digita uma série de números em um teclado do lado de fora da porta ao lado, e ela se abre. Entro na sala que fica do outro lado do espelho. Há vários monitores e uma luz dentro da sala, refletindo no vidro dos óculos dos membros da Erudição. Do outro lado da sala, outra porta se fecha. Há uma cadeira vazia atrás de um dos monitores, ainda girando. Alguém acabou de deixar a sala.

Peter está atrás de mim, bem perto, pronto para me agarrar caso eu decida atacar alguém. Mas não vou atacar ninguém. Para onde iria se fizesse isso? Talvez a um ou dois corredores de distância daqui. Depois disso, me perderia. Eu não conseguiria sair daqui mesmo que não houvesse guarda algum para me impedir.

— Projete-a ali — diz Jeanine, apontando para a grande tela na parede da esquerda. Um dos cientistas da Erudição bate com o dedo no monitor do seu computador e uma imagem aparece na parede. Uma imagem do meu cérebro.

Não sei exatamente o que estou vendo. Sei qual é a aparência de um cérebro e o que cada região dele faz, mais ou menos, mas não sei como o meu se compara a outros. Jeanine bate com o dedo no queixo e encara a imagem por um período que parece muito longo.

Finalmente, ela diz:

— Alguém poderia explicar para a srta. Prior a função do córtex pré-frontal?

— É a região do cérebro que fica atrás da testa — diz uma das cientistas. Ela não parece ser muito mais velha do que eu e usa óculos grandes e redondos que fazem com que seus olhos pareçam maiores. — Ela é responsável pela organização dos nossos pensamentos e ações em busca dos nossos objetivos.

— Exatamente — diz Jeanine. — Agora, alguém pode dizer o que notou a respeito do córtex pré-frontal da srta. Prior?

— Ele é grande — diz outro cientista, calvo.

— Poderia ser mais específico? — diz Jeanine, como se o estivesse repreendendo.

Eu me dou conta de que estou em uma sala de aula, porque toda sala com mais de um membro da Erudição é uma sala de aula. E, entre eles, Jeanine é a professora mais respeitada. Todos a encaram com olhos arregalados e a boca aberta e ávida, esperando impressioná-la.

— Ele é muito maior do que o normal — corrige-se o homem calvo.

— Melhor. — Jeanine inclina a cabeça para o lado. — De fato, é um dos maiores córtices pré-frontais que já vi. No entanto, o córtex orbitofrontal é notavelmente pequeno. O que indicam esses dois fatos?

— O córtex orbitofrontal é o centro de recompensas do cérebro. Pessoas que se envolvem em comportamentos que buscam recompensas apresentam grandes córtices orbitofrontais — diz alguém. — Isso significa que a srta. Prior não se envolve em muitos comportamentos que busquem recompensas.

— Não é só isso. — Jeanine abre um pequeno sorriso. A luz azul dos monitores se reflete nas maçãs do seu rosto e em sua testa, mas deixa as órbitas dos seus olhos mais escuras. — Isso não indica algo apenas sobre o seu comportamento, mas também sobre os seus desejos. Ela não é motivada por recompensas. No entanto, é muito boa em direcionar seus pensamentos e ações para a conquista dos seus objetivos. Isso explica tanto sua tendência a comportamentos perigosos, mas altruístas, quanto, talvez, sua capacidade de se livrar das simulações. Como isso muda a nossa abordagem do novo soro de simulação?

— Ele precisa reprimir uma parte da atividade do córtex pré-frontal, mas não toda ela — diz a cientista com óculos redondos.

— Exatamente — diz Jeanine. Ela finalmente olha para mim, seus olhos brilhando com deleite. — Então, é isso que vamos fazer. Isso satisfez a minha parte do acordo, srta. Prior?

Minha boca está seca e é difícil engolir.

O que acontecerá se eles suprimirem as atividades do meu córtex pré-frontal? Se eles prejudicarem minha capacidade de tomar decisões? E se o soro funcionar e eu me tornar uma escrava das simulações, como os outros? E se eu me esquecer completamente da verdade?

Não tinha ideia de que toda a minha personalidade, todo o meu ser, poderiam ser descartados como um subproduto da minha anatomia. E se eu realmente for apenas uma pessoa com um grande córtex pré-frontal... e nada mais?

— Sim — respondo. — Satisfez.

+ + +

Em silêncio, Peter e eu começamos o caminho de volta para a cela. Viramos à esquerda e há um grupo de pessoas em pé no outro lado do corredor. É o corredor mais longo pelo qual passaremos, mas a distância encolhe quando o vejo.

Um traidor da Audácia agarra cada um dos seus braços, e há uma arma apontada para a sua cabeça.

Tobias, com sangue escorrendo da lateral do rosto e manchando sua camisa branca de vermelho; Tobias, outro Divergente, prestes a cair nessa fogueira onde serei queimada.

Peter segura meus ombros, mantendo-me no lugar.

— Tobias — digo, em um tom parecido com o de um arquejo.

O traidor da Audácia que está com a arma empurra Tobias em minha direção. Peter também tenta me empurrar para a frente, mas meus pés não se movem. Vim aqui para que ninguém mais precisasse morrer. Vim aqui para proteger o máximo de gente possível. E me importo mais com a segurança de Tobias do que a de qualquer outra pessoa. Então, por que estou aqui, se ele também está? Qual é o sentido disso?

— O que você fez? — murmuro. Ele está bem perto de mim agora, mas não o bastante para me ouvir. Ao passar por mim, ele estica a mão em minha direção. Segura a palma da minha mão e a aperta. Aperta e depois solta. Seus olhos estão vermelhos e ele está pálido. — O que você fez? — Dessa vez a pergunta escapa da minha garganta como um rosnado.

Jogo-me em sua direção, tentando escapar das mãos de Peter, mesmo que elas me machuquem.

— O que você fez? — grito.

— Se você morrer, eu morro junto. — Tobias olha para trás e me encara. — Pedi para você não fazer isso. Você tomou sua decisão. Essas são as consequências.

Ele vira o corredor e desaparece. Minha última visão dele e dos traidores da Audácia que o estão guiando é o brilho do cano da pistola e o sangue na parte de trás do lóbulo da sua orelha, de uma ferida que eu ainda não havia percebido.

Desfaleço completamente depois que ele se vai. Paro de tentar lutar e deixo que as mãos de Peter me empurrem em direção à cela. Desabo no chão assim que entro no quarto e espero que a porta bata, significando que Peter foi embora, mas ela não bate.

— Por que ele veio até aqui? — pergunta Peter.

Olho para ele.

— Porque ele é um idiota.

— Claro que é.

Encosto a cabeça na parede.

— Será que ele achou que poderia salvar você? — Peter ri com desdém. — É bem o tipo de coisa que alguém nascido Careta faria.

— Eu acho que não — digo. Se Tobias quisesse me salvar, ele teria planejado isso melhor; teria trazido outras pessoas. Não teria invadido a sede da Erudição sozinho.

As lágrimas acumulam-se em meus olhos e não tento afastá-las. Em vez disso, olho para o ambiente ao meu redor através delas, e ele fica borrado. Há alguns dias, nunca teria chorado na frente de Peter, mas não ligo mais. Ele é o menor entre os meus inimigos.

— Acho que ele veio aqui morrer junto comigo — digo. Cubro a boca com a mão para abafar meu soluço. Se eu conseguir continuar respirando, conseguirei parar de chorar. Não precisava, nem queria, que ele morresse comigo. Queria mantê-lo seguro. *Que idiota*, penso, sem convicção.

— Isso é ridículo. Não faz o menor sentido. Ele tem dezoito anos. Encontrará outra namorada depois que você morrer. E ele é um idiota se não consegue entender isso.

Lágrimas escorrem sobre meu rosto, primeiro quentes, depois frias. Fecho os olhos.

— Se você acha que é assim... — Engulo outro soluço. — ... então, você que é o idiota aqui.

— É. Sei lá.

Seus tênis fazem um ruído no chão quando ele se vira. Ele está indo embora.

— Espere! — Levanto o rosto e olho para sua silhueta embaçada, sem conseguir enxergar seu rosto. — O que eles farão com ele? A mesma coisa que estão fazendo comigo?

— Sei lá.

— Você poderia tentar descobrir? — Enxugo as bochechas com as costas das mãos, frustrada. — Você poderia pelo menos tentar descobrir se ele está bem?

— Por que eu faria isso? Por que faria qualquer coisa por você?

Um segundo depois, ouço a porta se fechando.

CAPÍTULO TRINTA

Li em algum lugar, não sei quando, que não há explicação científica para o choro. O único propósito das lágrimas é lubrificar os olhos. Não há um motivo real para as glândulas lacrimais produzirem um excesso de lágrimas por causa de emoções.

Acho que choramos para liberar nosso lado animal, sem perder a humanidade. Porque, dentro de mim, há uma fera que rosna, ruge e luta por liberdade, por Tobias e, acima de tudo, pela vida. Por mais que eu tente, não consigo matar essa fera.

Por isso, apenas soluço, chorando e cobrindo o rosto com as mãos.

+ + +

Esquerda, direita, direita. Esquerda, direita, esquerda. Direita, direita. São as direções que tomamos nos corredores, em ordem, do nosso ponto de origem, a minha cela, até nosso destino, uma sala onde nunca estive.

Dentro dela, há uma cadeira parcialmente reclinada, como a de um dentista. Em um dos cantos, há um monitor e uma mesa. Jeanine está sentada à mesa.

— Onde está ele? — pergunto.

Esperei horas para fazer essa pergunta. Caí no sono e sonhei que estava perseguindo Tobias dentro da sede da Audácia. Não importa o quão rápido eu corresse, ele estava sempre distante o bastante de mim para que eu conseguisse vê-lo dobrar o corredor à minha frente e vislumbrar uma manga da sua camisa ou um calço do seu sapato.

Jeanine me encara como se estivesse confusa. Mas não está. Está apenas brincando com minha mente.

— Tobias — explico, mesmo assim. Minhas mãos estão tremendo; desta vez não é de medo, mas de raiva. — Onde está ele? O que vocês estão fazendo com ele?

— Não vejo qualquer motivo para fornecer essa informação — diz Jeanine. — E, já que você está em total desvantagem, não sei qual motivo você poderia me dar, a não ser que queira mudar os termos do nosso acordo.

Quero gritar para ela que é claro, *é claro* que eu prefiro saber o que está acontecendo com Tobias a saber mais informações sobre a minha Divergência, mas não grito. Não posso tomar decisões precipitadas. Ela fará o que quiser com Tobias, quer eu saiba a respeito ou não. É mais importante que eu compreenda bem o que está acontecendo comigo.

Puxo o ar pelo nariz e solto pela boca. Balanço as mãos. Sento-me na cadeira.

— Interessante.

— Você não deveria estar comandando uma facção e planejando uma guerra? — pergunto. — Por que está aqui, realizando testes em uma garota de dezesseis anos?

— Você escolhe maneiras diferentes de se referir a si mesma, dependendo do que é mais conveniente — diz ela, inclinando-se em sua cadeira. — Às vezes, você insiste que não é uma garotinha e, às vezes, insiste que é. Mas estou curiosa para saber o seguinte: como você realmente vê a si mesma? Como uma coisa ou a outra? Ou como ambas? Ou como nenhuma delas?

Tento soar tão monótona e factual quanto ela:

— Não vejo qualquer motivo para fornecer essa informação.

Ouço uma pequena risada. Peter está cobrindo a boca. Jeanine olha para ele, e sua risada rapidamente se transforma em tosse.

— Zombaria é coisa de criança, Beatrice. Não combina com você.

— *Zombaria é coisa de criança, Beatrice* — repito, imitando sua voz da melhor maneira que consigo. — *Não combina com você.*

— O soro — diz Jeanine, olhando para Peter. Ele dá um passo à frente e mexe em uma caixa preta na mesa, pegando uma seringa com uma agulha já conectada.

Peter começa a vir em minha direção, e eu levanto a mão.

— Permita-me — digo.

Ele olha para Jeanine, pedindo permissão, e ela diz:

— Tudo bem.

Ele me entrega a seringa e eu enfio a agulha na lateral do meu pescoço, injetando o líquido. Jeanine aperta um dos botões do computador e tudo fica escuro.

+ + +

Minha mãe está parada no corredor com os braços estendidos acima da cabeça para conseguir segurar a barra de metal. Seu rosto está virado, não para as pessoas sentadas ao meu redor, mas para a cidade pela qual passamos à medida que o ônibus segue seu caminho. Vejo rugas em sua testa e ao redor de sua boca quando ela as franze.

— O que foi? — pergunto.

— Há tanto a se fazer — diz ela, apontando para as janelas do ônibus com um pequeno gesto. — Mas restam tão poucos de nós para fazer o que precisa ser feito.

Sei exatamente a que ela se refere. Do lado de fora, vejo ruínas até o horizonte. Do outro lado da rua, há um prédio destruído. Há cacos de vidro espalhados nos becos. O que será que causou tanta destruição?

— Para onde estamos indo? — pergunto.

Ela sorri para mim, e vejo rugas diferentes dessa vez, ao redor dos seus olhos.

— Vamos para a sede da Erudição.

Franzo a testa. Passei a maior parte da vida evitando a sede da Erudição. Meu pai costumava dizer que não gostava nem de respirar o ar lá de dentro.

— Por que estamos indo para lá?

— Eles vão nos ajudar.

Por que sinto uma pontada no estômago quando penso no meu pai? Lembro-me do seu rosto, desgastado por uma vida de frustrações em relação ao mundo ao seu redor, e do seu cabelo curto, seguindo a tradição da Abnegação, e sinto o mesmo tipo de dor no estômago que tenho quando passo muito tempo sem comer. Uma dor vazia.

— Aconteceu alguma coisa com o papai?

Ela balança a cabeça.

— Por que você pergunta isso?

— Não sei.

Não sinto dor quando estou olhando para minha mãe. Mas sinto que devo imprimir cada segundo que passamos a tão poucos centímetros de distância em minha mente, até que toda a minha memória aceite sua forma. Mas, se ela não é algo permanente, o que será que é?

O ônibus para, e as portas se abrem ruidosamente. Minha mãe começa a descer o corredor, e eu a acompanho. Ela é mais alta do que eu, portanto encaro o ponto entre seus ombros, no topo da sua espinha. Ela parece frágil, mas não é.

Piso na calçada. Cacos de vidro quebram sob meus pés. Eles são azuis e, considerando os buracos no prédio à minha direita, vejo que costumavam pertencer a janelas.

— O que aconteceu?

— Uma guerra — diz minha mãe. — É isso o que estávamos tentando tanto evitar.

— E a Erudição vai nos ajudar... fazendo o quê?

— Temo que toda a reprovação do seu pai a respeito da Erudição tenha sido prejudicial a você — diz ela, gentilmente. — É claro que eles cometeram equívocos, mas, como todo mundo, são uma mistura do bem e do mal e não são inteiramente nem uma coisa nem outra. O que faríamos sem os nossos médicos, cientistas e professores?

Ela alisa meu cabelo.

— Não se esqueça disso, Beatrice.

— Está bem — prometo.

Continuamos a andar. Mas algo a respeito do que ela disse me incomoda. Será que é o que ela disse a respeito do meu pai? Não, meu pai realmente reclama o tempo todo da Erudição. Será que é o que ela disse a respeito da Erudição? Salto sobre um grande caco de vidro. Não, não pode ser isso. Ela estava certa a respeito da Erudição. Todos os meus professores pertenciam à Erudição, assim como o médico que curou o braço dela, quando ela o quebrou, há alguns anos.

O que me incomoda é a última coisa que ela disse. *Não se esqueça disso*. Como se ela não fosse mais ter a oportunidade de me lembrar mais tarde.

Sinto uma mudança em minha mente, como se algo que estivesse fechado acabasse de ser aberto.

— Mãe?

Ela olha para mim. Uma mecha de cabelo loiro cai do nó sobre sua cabeça e encosta em sua bochecha.

— Eu te amo.

Aponto para uma janela à minha esquerda, e ela explode. Uma chuva de partículas de vidro cai sobre nossas cabeças.

Não quero acordar em uma sala na sede da Erudição, então não abro os olhos imediatamente, nem mesmo quando a simulação se desfaz. Tento preservar a imagem da minha mãe e do cabelo colado à maçã do seu rosto pelo máximo de tempo possível. Mas, quando tudo o que consigo ver é o vermelho das minhas próprias pálpebras, eu as abro.

— Você terá que se esforçar um pouco mais — digo para Jeanine.

— Isso foi só o começo.

CAPÍTULO TRINTA E UM

Naquela noite, sonho não com Tobias ou com Will, mas com minha mãe. Estamos nos pomares da Amizade, as maçãs estão maduras e penduradas a poucos centímetros das nossas cabeças. As sombras das folhas formam um padrão no rosto dela, e ela está vestida de preto, embora nunca a tenha visto de preto enquanto estava viva. Ela está me ensinando a fazer uma trança, demonstrando em uma mecha do seu próprio cabelo, e rindo dos meus dedos desajeitados.

Acordo, perguntando-me como eu nunca havia notado, a cada dia que me sentei na frente dela na mesa de café da manhã, que a energia da Audácia quase transbordava do seu ser. Será que ela escondia bem? Ou será que fui eu que não a observei direito?

Mergulho o rosto no colchão fino sobre o qual dormi. Nunca a conhecerei de verdade. Mas, pelo menos, ela também nunca saberá o que fiz a Will. A essa altura não sei se eu aguentaria se ela soubesse.

Ainda estou tentando afastar a névoa do sono dos meus olhos quando sigo Peter pelo corredor, segundos ou minutos depois. Não sei exatamente quanto tempo passou.

— Peter. — Minha garganta dói; devo ter gritado enquanto dormia. – Que horas são?

Ele está usando um relógio, mas a tela está coberta e não consigo enxergar as horas. Ele nem se dá o trabalho de olhar o pulso.

— Por que você sempre me leva para os lugares? – pergunto. – Você não deveria estar envolvido em alguma atividade depravada, como chutar cachorrinhos, espionar garotas trocando de roupa ou algo assim?

— Eu sei o que você fez com Will, sabia? Não finja ser melhor do que eu, porque somos exatamente iguais.

A única coisa que distingue um corredor do outro é o comprimento deles. Decido nomeá-los de acordo com a quantidade de passos necessária para percorrê-los. Dez. Quarenta e sete. Vinte e nove.

— Você está errado. Talvez nós dois sejamos maus, mas há uma diferença enorme entre nós. Eu não me contento em ser assim.

Peter solta uma pequena risada de desdém, e passamos entre as mesas do laboratório da Erudição. É aí que me dou conta de onde estou e para onde estou indo: de volta para a sala que Jeanine me mostrou. A sala onde serei executada. Tremo tanto que meus dentes rangem e tenho dificuldade em continuar andando e pensando direito.

É apenas uma sala, digo a mim mesma. *Apenas uma sala como qualquer outra.*

Sou uma grande mentirosa.

Dessa vez a câmara de execução não está vazia. Quatro traidores da Audácia estão reunidos em um dos cantos com dois membros da Erudição. Um deles é uma mulher de pele escura, e o outro é um homem mais velho, e ambos vestem jalecos e estão ao lado de Jeanine, perto da mesa de metal no meio da sala. Há várias máquinas montadas ao redor da mesa e fios por toda a parte.

Não sei o que a maioria das máquinas faz, mas uma delas é um monitor cardíaco. O que será que Jeanine pretende fazer para precisar de um monitor cardíaco?

— Ponha ela na mesa — diz Jeanine, em um tom entediado. Encaro por um segundo a placa de aço que me aguarda. Será que ela desistiu de esperar para me executar? Será que é agora que vou morrer? Peter agarra meus braços, e eu me contorço, usando toda a minha força para lutar contra ele.

Mas ele apenas me levanta, desviando-se dos meus chutes, e me joga com força na mesa de metal, deixando-me sem fôlego. Arquejo e lanço um soco no ar, tentando atingir qualquer coisa. Acabo atingindo seu pulso. Ele faz uma careta de dor, mas os outros traidores da Audácia já se apresentaram para ajudá-lo.

Um deles segura meus tornozelos, e os outros, os meus ombros, enquanto Peter prende tiras pretas por todo o meu corpo para me manter imóvel. Contraio o rosto ao sentir uma pontada de dor no meu ombro ferido e desisto de lutar.

— O que diabos está acontecendo? — pergunto, erguendo o pescoço para olhar para Jeanine. — Nós concordamos que iríamos cooperar para alcançar os resultados! Nós *concordamos*...

— Isso não tem nada a ver com nosso acordo — diz Jeanine, olhando para o relógio em seu pulso. — Isso não tem nada a ver com você, Beatrice.

A porta se abre novamente.

Tobias entra, *mancando*, rodeado de traidores da Audácia. Seu rosto está machucado, e há um corte sobre sua sobrancelha. Ele não se move com o cuidado de sempre; está perfeitamente ereto. Deve estar machucado. Tento não pensar em como ele ficou assim.

— O que é isto? — pergunta ele, com a voz rouca e falha.

Deve estar assim de tanto gritar.

Minha garganta parece estar inchada.

— Tris — diz ele, lançando-se em minha direção. Mas os traidores da Audácia são muito rápidos. Agarram-no antes que ele consiga dar mais do que alguns poucos passos. — Tris, você está bem?

— Estou — respondo. — E você?

Ele acena com a cabeça. Não acredito nele.

— Em vez de gastarmos mais tempo, sr. Eaton, achei melhor assumir a abordagem mais lógica. É claro que seria melhor usar o soro da verdade, mas perderíamos dias tentando convencer Jack Kang a nos dar um pouco, já que a Franqueza guarda o soro com muito afinco, e não quero gastar mais tempo.

Ela dá um passo à frente com uma seringa na mão. O soro dentro da seringa é cinza. Talvez seja uma nova versão do soro de simulação, mas eu duvido.

O que será que esse soro faz? Pelo olhar de satisfação dela, não deve ser nada bom.

— Dentro de alguns segundos, injetarei este líquido em Tris. Nesse momento, acredito que seus instintos altruístas farão você nos contar exatamente o que precisamos saber.

— O que é que ela precisa saber? — pergunto a Tobias, interrompendo-a.

— Informações a respeito dos esconderijos dos sem-facção — responde ele, sem olhar para mim.

Arregalo os olhos. Os sem-facção são nossa última esperança, agora que metade dos membros leais da Audácia e toda a Franqueza estão prontas para ser controladas pela simulação e metade da Abnegação está morta.

— Não fale nada. Vou morrer de qualquer maneira. Não diga nada a ela.

— Refresque minha memória, sr. Eaton — diz Jeanine. — O que fazem as simulações da Audácia?

— Isto não é uma sala de aula — responde ele, com dentes cerrados. — Diga-me o que você vai fazer.

— Direi, desde que você responda minha simples pergunta.

— Tudo bem. — Os olhos de Tobias voltam-se para mim. — As simulações estimulam as amígdalas, que são responsáveis pelo processamento do medo, induzem alucinações baseadas nesse medo e transmitem os dados para um computador, para que possam ser processados e observados.

Parece que ele memorizou isso há muito tempo. Talvez realmente tenha memorizado. Afinal, ele passou um bocado de tempo administrando simulações.

— Muito bem — diz ela. — Quando desenvolvi as simulações da Audácia, há muitos anos, descobrimos que certos níveis de potência do soro sobrepujavam o cérebro e que o terror resultante tornava-o sensível demais para inventar novos ambientes. Por isso diluímos a solução, para que as simulações se tornassem mais instrutivas. Mas ainda sei preparar a solução original.

Ela bate com a unha na seringa.

— Medo — diz ela — é mais poderoso do que dor. Portanto, há algo que você queira dizer antes que eu injete isto na srta. Prior?

Tobias contrai os lábios.

E Jeanine enfia a agulha.

+ + +

Começa silenciosamente, com o batimento de um coração. A princípio, não sei ao certo de quem é o coração que estou ouvindo, porque o som é alto demais para ser o meu. Depois, percebo que realmente vem do meu coração e está ficando cada vez mais rápido.

As palmas das minhas mãos e a parte de trás dos meus joelhos começam a acumular suor.

Depois, preciso arquejar para conseguir respirar.

É aí que começam os gritos.

E eu
Não consigo
Pensar.

+ + +

Tobias está lutando contra os traidores da Audácia que estão perto da porta.

Ouço algo que soa como o grito de uma criança ao meu lado e viro a cabeça para descobrir de onde está vindo, mas só vejo um monitor cardíaco. Acima de mim, as linhas entre os ladrilhos do teto se contorcem e dobram, transformando-se em criaturas monstruosas. Um cheiro de carne pútrida enche o ar, e eu engasgo. As criaturas monstruosas ganham formas mais definitivas, de pássaros, corvos, com bicos do tamanho do meu antebraço e asas tão escuras que parecem engolir toda a luz do ambiente.

— Tris — diz Tobias. Desvio o olhar dos corvos.

Ele está parado diante da porta, onde estava antes de eu receber o soro injetado, mas agora está segurando uma faca. Ele a afasta do seu corpo e depois a vira, fazendo com que a lâmina aponte para dentro, para sua barriga. Depois, ele a aproxima de si, encostando a ponta da lâmina na barriga.

— O que você está fazendo? Pare!

Ele abre um pequeno sorriso e diz:

— Estou fazendo isso por você.

Ele empurra ainda mais a faca, devagar, e o sangue mancha a barra da sua camisa. Eu engasgo e forço o corpo contra as amarras que me mantêm colada à mesa.

— Não, pare!

Eu me debato. Em uma simulação, eu já teria conseguido me soltar, então isso deve ser real, é real. Ele desaba no chão, e seu sangue escorre rapidamente, cercando seu corpo. Os pássaros feitos de sombras viram seus olhos cintilantes em sua direção e avançam em um tornado de asas e garras, bicando sua pele. Vejo seus olhos em meio à confusão de penas, e ele ainda está acordado.

Um dos pássaros pousa sobre os dedos que seguram a faca. Ele puxa a faca para fora e ela cai ruidosamente no chão. Eu deveria esperar que ele estivesse morto, mas sou egoísta e não consigo. Minhas costas erguem-se da mesa, todos os meus músculos se contraem e minha garganta dói com o grito que deixa de formar palavras e não consegue mais cessar.

+ + +

— Sedativo — comanda uma voz rígida.

Sinto outra agulha em meu pescoço e meu coração começa a desacelerar. Soluço, aliviada. Durante alguns segundos, tudo o que consigo fazer é soluçar, aliviada.

Aquilo não foi medo. Foi algo diferente; uma emoção que não deveria existir.

— Soltem-me — diz Tobias, e sua voz está mais rouca do que antes. Pisco rápido, para conseguir enxergá-lo por entre minhas lágrimas. Há marcas vermelhas nos seus braços, onde os traidores da Audácia o seguraram, mas ele não está morrendo; está bem. — Só vou contar se me soltarem.

Jeanine assente com a cabeça, e Tobias corre até mim. Ele segura minha mão e acaricia meu cabelo. Seus dedos ficam molhados com minhas lágrimas. Ele não as seca. Inclina-se para a frente e encosta a testa na minha.

— Os esconderijos dos sem-facção — diz ele, em uma voz inexpressiva, bem ao lado da minha bochecha. — Tragam um mapa, e eu os marcarei para vocês.

A sensação da sua testa contra a minha é gelada e seca. Meus músculos doem, provavelmente por terem ficado contraídos durante o tempo em que Jeanine deixou aquele soro pulsando dentro de mim.

Tobias mantém os dedos entrelaçados nos meus, até que os traidores da Audácia o arrastam para longe de mim, para outro lugar. Minha mão desaba, pesada, sobre a mesa. Não quero mais lutar contra as amarras. Só quero dormir.

— Já que você está aqui... — diz Jeanine, quando Tobias e os guardas que o acompanham se vão. Ela levanta o rosto e concentra seus olhos úmidos em um dos membros da Erudição. — Pegue-o e traga-o aqui. Está na hora.

Ela volta o olhar para mim novamente.

— Enquanto você dorme, faremos um pequeno procedimento para observar algumas coisas a respeito do seu cérebro. Não será nada invasivo. Mas, antes disso... Prometi a você que seria completamente transparente a respeito desses procedimentos. Portanto, acho justo que você saiba exatamente quem vem me ajudando em minhas experiências. — Ela abre um pequeno sorriso. — Foi ele quem me disse para quais três facções você tinha aptidão, qual seria a melhor estratégia para trazê-la até aqui e que deveríamos colocar sua mãe na última simulação para torná-la mais eficiente.

Ela olha para a porta enquanto o sedativo começa a fazer efeito, fazendo com que as beiradas da minha visão embacem. Olho para trás e, em meio ao torpor causado pela droga, eu o vejo.

Caleb.

CAPÍTULO TRINTA E DOIS

Acordo com dor de cabeça. Tento voltar a dormir. Pelo menos, quando estou dormindo, fico calma. Mas a imagem de Caleb em frente à porta passa pela minha mente continuamente, acompanhada do som de corvos grasnando.

Por que será que nunca questionei o motivo de Eric e Jeanine saberem que eu tinha aptidão para três facções?

Por que nunca me dei conta de que apenas três pessoas no mundo sabiam disso: Tori, Caleb e Tobias?

Minha cabeça lateja. Não consigo entender. Não entendo por que Caleb me trairia. Quando isso começou? Será que foi depois da simulação de ataque? Ou depois da fuga da Amizade? Ou será que foi antes disso, quando meu pai ainda estava vivo? Caleb disse que havia deixado a Erudição quando descobriu o que eles estavam planejando. Será que estava mentindo?

Provavelmente. Aperto o punho contra a testa. Meu irmão escolheu a facção, acima do sangue. Deve haver uma razão. Ela deve tê-lo ameaçado. Ou coagido de alguma maneira.

A porta se abre. Não levanto a cabeça ou abro os olhos.

— Careta. — É o Peter, é claro.

— Sim. — Quando deixo que minha mão caia do rosto, uma mecha de cabelo cai junto. Olho para ela com o canto dos olhos. Meu cabelo nunca esteve tão oleoso.

Peter coloca uma garrafa de água ao lado da cama, junto com um sanduíche. Só de pensar em comer aquilo fico enjoada.

— Você teve morte cerebral? — pergunta ele.

— Acho que não.

— Não tenha tanta certeza disso.

— Rá, rá — respondo. — Há quanto tempo estou dormindo?

— Há cerca de um dia. Recebi ordens para levar você até o chuveiro.

— Se você disser que estou precisando de um banho — digo, cansada —, *fincarei* meu dedo em seu olho.

O quarto gira quando levanto a cabeça, mas consigo jogar as pernas para fora da cama e me levantar. Peter e eu começamos a descer o corredor. Mas, quando viramos em direção ao banheiro, há pessoas no final do corredor.

Uma delas é Tobias. Vejo o ponto onde vamos cruzar um com o outro. Encaro não ele, mas o local onde ele estará quando segurar minha mão, como fez quando nos cruzamos pela última vez. Minha pele se arrepia com a expectativa. Eu o tocarei novamente, mesmo que apenas por um segundo.

Seis passos até cruzarmos um com o outro. Cinco passos.

A quatro passos, no entanto, Tobias para. Seu corpo todo amolece, surpreendendo o guarda traidor da Audácia que o acompanha. O guarda o solta por apenas um segundo, e Tobias desaba no chão.

Depois, ele gira o corpo, lança-o para a frente e agarra a arma do coldre do soldado da Audácia mais baixo.

A arma dispara. Peter mergulha para a direita, arrastando-me junto. A minha cabeça raspa a parede. A boca do guarda da Audácia está aberta. Ele deve estar gritando, mas não consigo ouvi-lo.

Tobias chuta sua barriga com força. A parte de mim que pertence à Audácia admira sua forma perfeita e sua velocidade incrível. Depois, ele vira, apontando a arma para Peter. Mas ele já me soltou.

Tobias agarra o meu braço esquerdo e me ajuda a levantar, depois começa a correr. Corro atrás dele, desajeitada. Cada vez que meu pé encosta no chão, sinto uma pontada de dor subindo até a cabeça, mas não posso parar. Afasto as lágrimas dos olhos. *Corra*, digo a mim mesma, como se isso fosse facilitar as coisas. A mão de Tobias é áspera e forte. Permito que ela me guie enquanto viramos um corredor.

— Tobias — digo, ofegante.

Ele para e olha para trás, para mim.

— Ah, não — diz ele, roçando os dedos em minha bochecha. — Vamos. Nas minhas costas.

Ele dobra o corpo, e eu jogo meus braços ao redor do seu pescoço, enfiando o rosto entre as suas omoplatas. Ele me levanta sem dificuldade e segura minha perna com a mão esquerda. Sua mão direita continua agarrada à arma.

Ele corre rapidamente, mesmo com meu peso. *É incrível que ele um dia tenha pertencido à Abnegação*, penso, preguiçosamente. Ele parece ser projetado para ser veloz e mortalmente preciso. Mas não para ser particularmente forte. Ele é esperto, mas não é forte. Só o bastante para me carregar.

Agora, os corredores estão vazios. Mas isso não vai durar muito tempo. Daqui a pouco, todos os membros da Audácia que estiverem dentro do edifício vão nos atacar de todos os lados, e ficaremos presos neste labirinto pálido. Como será que Tobias planeja passar por eles?

Levanto a cabeça por tempo suficiente para ver que ele acabou de passar direto por uma saída.

— Tobias, nós passamos direto.

— Passamos direto... pelo quê? — pergunta ele, ofegante.

— Por uma saída.

— Não estou tentando escapar. Eles atirariam em nós se tentássemos. Estou tentando... encontrar algo.

Eu suspeitaria de que estou sonhando se a dor na minha cabeça não fosse tão intensa. Geralmente, apenas os meus sonhos fazem tão pouco sentido. Se ele não está tentando escapar, por que me trouxe junto? E o que está fazendo, se não escapando?

Ele para de repente, quase me derrubando, ao chegar a um corredor largo com painéis de vidro nos dois lados, revelando escritórios. Os membros da Erudição ficam paralisados atrás de suas mesas, encarando-nos. Tobias não dá a menor atenção a eles. Seus olhos, pelo que posso ver, estão fixos na porta no fim do corredor. Uma placa do lado de fora da porta diz CONTROLE: A.

Tobias procura em cada canto da sala, depois atira em uma câmera pendurada no teto, à nossa direita. A câmera desaba. Ele atira em outra câmera pendurada à nossa esquerda. A lente estilhaça.

— Você precisa andar agora. Juro que não vamos mais correr.

Desço das costas dele e seguro sua mão. Caminhamos em direção a uma porta fechada e entramos em um depósito. Ele fecha a porta e prende uma cadeira quebrada sob a maçaneta. Olho para ele, com uma prateleira cheia de papéis atrás de mim. Acima de nós, a luz azul cintila. Seus olhos passeiam sobre meu rosto, quase vorazes.

— Não tenho muito tempo, então vou direto ao ponto.

Aceno com a cabeça.

— Não vim aqui em uma missão suicida. Vim aqui por duas razões. A primeira era encontrar as duas salas centrais de controle da Erudição, para, quando invadirmos, sabermos o que precisamos destruir primeiro, e então nos livrarmos dos dados da simulação, para que ela não consiga ativar os transmissores da Audácia.

Isso explica a correria sem fuga. E nós realmente encontramos uma sala de controle, no final do corredor.

— A segunda é me assegurar de que você está aguentando firme, porque nós temos um plano.

— Que plano?

— De acordo com um dos nossos informantes, sua execução está marcada, provisoriamente, para daqui a duas semanas. Pelo menos é quando Jeanine planeja conseguir sua nova simulação à prova de Divergentes. Portanto, daqui a quatorze dias, os sem-facção, os membros fiéis da Audácia e os membros da Abnegação que estiverem dispostos a lutar vão invadir o complexo da Erudição e roubar sua arma mais poderosa: seu sistema de computadores.

— Mas você revelou para Jeanine a localização dos esconderijos dos sem-facção.

— É verdade. — Ele franze um pouco a testa. — Isso será um problema. Mas, como você e eu sabemos, muitos dos sem-facção são Divergentes, e muitos deles já estavam se mudando para perto do setor da Abnegação quando eu saí. Portanto, apenas alguns dos esconderijos estarão ativos. Eles ainda terão uma grande população para contribuir com a invasão.

Duas semanas. Será que aguentarei duas semanas disso? Já estou tão cansada que mal consigo ficar em pé sozinha. Até o resgate que Tobias está propondo quase não me atrai. Não quero a liberdade. Quero dormir. Quero que isso acabe.

— Eu não... — Engasgo com as palavras e começo a chorar. — Eu não... vou aguentar... tanto tempo.

— Tris — diz ele, de maneira severa. Ele nunca me mima. Queria que apenas dessa vez ele me mimasse. — Você precisa. Você precisa sobreviver.

— Por quê? — A pergunta se forma em meu estômago e escapa da minha garganta como um gemido. Sinto vontade de bater com os punhos contra seu peito, como uma criança fazendo birra. Lágrimas cobrem minhas bochechas e sei que estou sendo ridícula, mas não consigo parar. — Por que tenho que fazer isso? Por que outra pessoa não pode fazer alguma coisa para variar? E se eu não quiser mais?

Eu me dou conta de que estou me referindo à vida. Não quero mais viver. Quero os meus pais; e tenho querido isso há semanas. Tenho tentado me arrastar de volta para eles e agora estou tão perto, mas ele está dizendo que não devo fazer isso.

— Eu sei. — Nunca havia ouvido sua voz soar tão suave. — Sei que é difícil. É a coisa mais difícil que você já teve que fazer.

Balanço a cabeça.

— Não posso forçá-la a fazer isso. Não posso obrigá-la a querer sobreviver a isso. — Ele me puxa para perto de si e passa a mão pelo meu cabelo, prendendo-o atrás da minha orelha. Seus dedos descem pelo meu pescoço, até os meus ombros, e ele diz:

— Mas você fará isso. Não importa se acha que é capaz ou não. Você fará isso, porque você é assim.

Afasto-me e levo minha boca à dele, não delicada ou hesitantemente. Beijo-o como costumava beijá-lo, quando eu tinha certeza sobre nós, e passo as mãos nas suas costas e pelos seus braços, como costumava fazer.

Não quero falar a verdade: que ele está errado, e eu não quero sobreviver.

As portas se abrem. Traidores da Audácia enchem o depósito. Tobias dá um passo para trás, vira a arma em sua mão e a oferece para o traidor da Audácia mais próximo.

CAPÍTULO TRINTA E TRÊS

– Beatrice.

Acordo assustada. A sala onde estou agora, para uma experiência qualquer que eles querem fazer comigo, é grande, com monitores na parede dos fundos, luzes azuis brilhando logo acima do chão e fileiras de bancos acolchoados no meio. Estou sentada no banco mais ao fundo da sala, com Peter à minha esquerda. Continuo não conseguindo dormir o suficiente.

Agora, não queria nem ter acordado. Caleb está em pé a poucos metros de distância, apoiado em um dos pés, em uma postura de insegurança.

– Você *chegou* a deixar a Erudição em algum momento? – pergunto.

– Não é tão simples assim. – Começa ele. – Eu...

– É simples assim, sim. – Quero gritar, mas minha voz soa inexpressiva. – Quando foi exatamente que você traiu nossa família? Antes de nossos pais morrerem ou depois?

— Fiz o que precisava fazer. Você acha que compreende a situação, Beatrice, mas não compreende. Toda essa situação... ela é muito maior do que você imagina. — Seus olhos imploram para que eu compreenda, mas reconheço o tom de sua voz. É o tom que ele usava quando éramos mais jovens, para me censurar. É um tom condescendente.

A arrogância é uma das falhas do coração daqueles que pertencem à Erudição. Sei disso. Ela muitas vezes está presente no meu.

Mas a ganância é outra. E eu não tenho essa falha. Portanto, estou na metade do caminho, como sempre.

Eu me levanto.

— Você ainda não respondeu a minha pergunta.

Caleb dá um passo para trás.

— A questão aqui não é a Erudição, mas todo o mundo. Todas as facções e a cidade. E o que se encontra do lado de fora da cerca.

— Não importa — digo, mas isso não é verdade. A frase "do lado de fora da cerca" atiça a minha curiosidade. Do lado de fora? Como isso pode ter a ver com o que se encontra do lado de fora?

Um pensamento se forma no fundo da minha mente. Marcus disse que o ataque de Jeanine contra a Abnegação foi motivado por uma informação que a Abnegação possuía. Será que essa informação tem algo a ver com o que está lá fora também?

Afasto momentaneamente esse pensamento.

— Pensei que sua maior preocupação fossem os fatos. E a liberdade de informação. E quanto a *esse* fato, Caleb? Quando... — Minha voz treme. — *Quando* foi que você traiu nossos pais?

— Sempre fui da Erudição — diz ele suavemente. — Mesmo quando eu deveria pertencer à Abnegação.

— Se você está com a Erudição, eu o odeio. Assim como nosso pai o odiaria.

— Nosso pai. — Caleb dá uma pequena risada debochada. — Nosso pai *era* da Erudição, Beatrice. Jeanine me contou. Ele era da turma dela na escola.

— Ele não era da Erudição — digo, depois de alguns segundos. — Ele escolheu deixá-los. Escolheu outra identidade, assim como você, e se transformou em outra coisa. Só que você escolheu esse... esse *mal*.

— Você soa exatamente como alguém da Audácia — diz Caleb, irritado. — É sempre uma coisa ou outra, não é? Não há nuança alguma. O mundo não *funciona* assim, Beatrice. O mal depende do ponto de vista de quem o vê.

— Não importa o que acontecer, sempre considerarei que controlar mentalmente uma cidade inteira é um ato de maldade. — Sinto o meu lábio tremendo. — Continuarei achando que entregar a própria irmã para que ela seja estudada e executada é um ato de maldade!

Ele é meu irmão, mas quero despedaçá-lo.

No entanto, em vez de tentar fazer isso, acabo me sentando novamente. Nunca conseguiria feri-lo o suficiente para fazer com que sua traição parasse de doer em mim. E ela *dói* em todas as partes do meu corpo. Aperto os dedos contra o peito, para massageá-lo e tentar afastar um pouco a tensão acumulada.

Jeanine e seu exército de cientistas da Erudição e traidores da Audácia entram na sala, enquanto enxugo lágrimas das minhas bochechas. Pisco rapidamente para que ela não consiga ver meu choro. Ela quase nem olha para mim.

— Que tal vermos os resultados? — anuncia ela. Caleb, que agora está ao lado dos monitores, aperta um botão, e eles são ligados. Palavras e números que eu não entendo surgem nas telas.

— Descobrimos algo extremamente interessante, srta. Prior. — Nunca a havia visto tão animada. Ela está quase sorrindo, mas nem tanto. — Você tem uma abundância de um tipo de neurônio, chamado, simplesmente, de neurônio-espelho. Alguém gostaria de explicar para a srta. Prior exatamente o que os neurônios-espelho fazem?

Todos os cientistas da Erudição levantam a mão ao mesmo tempo. Ela aponta para uma mulher mais velha, que está na frente.

— Neurônios-espelho disparam tanto quando alguém realiza um determinado ato quanto quando observa outra pessoa realizando o mesmo ato. Eles nos permitem imitar comportamentos.

— Pelo que mais eles são responsáveis? — Jeanine passa os olhos pela sua "turma", da mesma maneira que meus professores faziam nos níveis superiores. Outro cientista da Erudição levanta a mão.

— Pelo aprendizado da linguagem, a compreensão da intenção de terceiros baseada em seus comportamentos e... — Ele franze a testa. — E pela empatia.

— Para sermos mais específicos — diz Jeanine, sorrindo para mim dessa vez, um sorriso largo que enruga as suas bochechas —, alguém com muitos neurônios-espelho fortes pode ter uma personalidade flexível, capaz de imitar terceiros de acordo com a situação, em vez de permanecer constante.

Entendo por que ela está sorrindo. Sinto como se minha mente estivesse rachada, e seus segredos estivessem derramando sobre o chão, para que eu pudesse finalmente vê-los.

— Uma personalidade flexível — diz ela — provavelmente significaria aptidão para mais de uma facção, não acha, srta. Prior?

— Provavelmente — respondo. — Então, se você conseguir fazer com que uma simulação suprima essa habilidade em particular, poderíamos acabar logo com isso.

— Uma coisa de cada vez. — Ela faz uma pausa. — Devo admitir que acho estranho você estar tão ansiosa para ser executada.

— Não, não acha. — Fecho os olhos. — Você não acha isso nem um pouco estranho. — Suspiro. — Agora, posso voltar para minha cela?

Devo parecer indiferente, mas não estou. Quero voltar para o meu quarto para poder chorar em paz. Mas não quero que ela saiba disso.

— Está bem, mas não se acomode muito — diz ela. — Teremos um soro de simulação para testar em breve.

— É — digo. — Tanto faz.

+ + +

Alguém sacode meu ombro. Acordo assustada, com os olhos arregalados, vasculhando o ambiente, e vejo Tobias ajoelhado sobre mim. Ele está vestindo uma jaqueta de traidor da Audácia, e um dos lados da sua cabeça está coberto de sangue. O sangue escorre de uma ferida em sua orelha. Ele perdeu a parte de cima dela. Faço uma careta.

— O que aconteceu?

— Levante-se. Temos que correr.

— Ainda não está na hora. Ainda não se passaram duas semanas.

— Não temos tempo para explicações. Vamos.

— Meu Deus. Tobias.

Sento-me na cama a jogo os braços ao redor dele, encostando o rosto em seu pescoço. Seus braços me envolvem e me apertam. Uma sensação de calor e conforto atravessa meu corpo. Se ele está aqui, estou segura. Minhas lágrimas tornam sua pele escorregadia.

Ele se levanta e me puxa para cima, e isso faz meu ombro ferido pulsar de dor.

— Reforços chegarão em breve. Vamos.

Deixo que ele me leve para fora do quarto. Conseguimos descer o primeiro corredor sem dificuldade, mas, no segundo, encontramos dois guardas da Audácia, um homem jovem e uma mulher de meia-idade. Tobias dispara duas vezes em poucos segundos e acerta os dois tiros, um na cabeça e outro no peito. A mulher, que recebeu o tiro no peito, desaba contra a parede, mas não morre.

Seguimos em frente. Por um corredor, depois por outro, todos iguais. A mão de Tobias, agarrada à minha, nunca fraqueja. Sei que, se ele é capaz de lançar uma faca e fazer com que ela atinja a ponta da minha orelha, ele também é capaz de atirar com precisão contra os soldados da Audácia que estiverem esperando por nós. Passamos por cima de corpos caídos, provavelmente as pessoas que Tobias matou quando foi me buscar, e finalmente alcançamos a saída de incêndio.

Tobias larga a minha mão para poder abrir a porta, e o alarme de incêndio zune em meus ouvidos, mas continuamos correndo. Estou arfando, sem ar, mas não me importo, porque estou quase escapando, e este inferno está quase acabando. Minha visão começa a escurecer nas extremidades, então agarro o braço de Tobias com força, confiando nele para guiar-me com segurança até o final da escada.

Os degraus acabam sob meus pés e abro os olhos. Tobias está prestes a abrir a porta de saída, mas eu o seguro.

— Preciso... recuperar o fôlego...

Ele para, e eu apoio as mãos nos joelhos, inclinando o corpo para a frente. Meu ombro ainda está latejando. Franzo a testa e olho para ele.

—Vem, vamos sair daqui logo — diz ele, insistentemente.

Meu estômago afunda. Encaro seus olhos. Eles são azul-escuros, com uma mancha azul-clara na íris direita.

Seguro seu queixo e puxo seus lábios para os meus, beijando-o lentamente e suspirando ao me afastar.

— Não podemos sair daqui — digo —, porque isto é uma simulação.

Ele me levantou com a mão direita. O Tobias de verdade teria se lembrado da ferida em meu ombro.

— O quê? — pergunta ele, irritado. — Você não acha que eu saberia se estivesse sob o efeito de uma simulação?

— Você não está sob o efeito de uma simulação. Você *é* a simulação.

Olho para cima e falo, em voz alta:

— Você terá que se esforçar mais do que isso, Jeanine.

Tudo o que preciso fazer agora é acordar e sei como fazer isso. Já fiz isso antes, na minha paisagem do medo, quando quebrei o tanque de vidro simplesmente encostando a palma da mão nele ou quando fiz uma arma aparecer na grama para atirar nos pássaros que desciam sobre mim. Tiro uma faca do bolso, uma faca que não estava lá antes, e desejo que minha perna seja tão dura quanto diamante.

Tento cravar a faca em minha coxa, mas a lâmina dobra.

+ + +

Acordo com lágrimas nos olhos. Acordo com o grito de frustração de Jeanine.

— O que é? — Ela agarra a arma da mão de Peter e cruza a sala rapidamente, encostando o cano na minha cabeça. Meu corpo enrijece e fica frio. Ela não atirará em mim.

Sou um problema que ela não consegue resolver. Ela não atirará em mim.

— O que é que revela para você que se trata de uma simulação? Fale. Fale ou eu mato você.

Levanto-me vagarosamente da cadeira e fico em pé, pressionando a minha pele ainda mais contra o cano da arma.

— Você realmente acha que vou contar? Acha que eu acredito que você realmente vai me matar sem descobrir a resposta para essa pergunta?

— Sua garota idiota. Você acha que a questão aqui é você e seu cérebro anormal? A questão aqui não é você, nem eu. A questão é manter esta cidade segura de pessoas que a mergulhariam no inferno!

Junto o que resta das minhas forças e me lanço contra ela, arranhando qualquer pele que minhas unhas conseguem encontrar e cravando-as o máximo possível. Ela berra muito alto, e o som do seu grito faz meu sangue ferver. Soco o seu rosto com força.

Dois braços me envolvem e me puxam para longe dela, e um punho atinge a lateral do meu corpo. Solto um gemido e me lanço contra ela novamente, mas Peter me segura.

— A dor não me fará revelar nada. O soro da verdade não me fará revelar nada. As simulações não me farão revelar nada. Sou imune aos três.

O nariz dela está sangrando, e há arranhões em suas bochechas e na lateral do seu pescoço, que começam a ficar vermelhos com o sangue que brota. Ela me encara, tapando o nariz com os dedos, com o cabelo bagunçado e a mão livre tremendo.

— Você *falhou*. Você não é capaz de me controlar! — grito, tão alto que minha garganta dói. Paro de tentar me soltar e me encolho contra o peito de Peter. — Você *nunca* será capaz de me controlar.

Solto uma risada sem alegria, uma risada louca. Saboreio sua expressão irada e o ódio em seus olhos. Ela era como uma máquina, fria e sem emoção, movida unicamente pela lógica. E eu a quebrei.

Eu a quebrei.

CAPÍTULO
TRINTA E QUATRO

Quando alcançamos o corredor, paro de tentar me soltar para atacar Jeanine. Minhas costelas doem no local onde Peter me socou, mas a dor não é nada se comparada ao pulso de triunfo em minhas bochechas.

Peter me leva até minha cela sem dizer uma única palavra. Fico parada no centro do quarto por um longo período, encarando a câmera localizada no canto esquerdo de trás. Quem será que está me observando toda hora? Serão os traidores da Audácia, para que eu não fuja, ou os membros da Erudição, para me estudar?

Quando meu rosto esfria e minhas costelas param de doer, eu me deito.

Uma imagem dos meus pais flutua em minha mente assim que fecho os olhos. Uma vez, quando eu tinha 11 anos, parei na porta do quarto deles para observá-los arrumando a cama juntos. Meu pai sorria para minha mãe, e eles esticavam e alisavam os lençóis em perfeita harmonia. Percebi, pela maneira como ele olhava para ela, que a respeitava ainda mais do que respeitava a si mesmo.

Nenhum egoísmo ou insegurança o impedia de perceber toda a bondade que havia dentro dela, como muitas vezes ocorre com as outras pessoas. Talvez esse tipo de amor só seja possível dentro da Abnegação. Eu não sei.

Meu pai: nascido na Erudição, criado na Abnegação. Ele costumava ter dificuldade em atender as exigências da facção que escolheu, assim como eu. Mas tentava e sabia reconhecer o verdadeiro altruísmo.

Agarro o travesseiro junto ao peito e mergulho o rosto nele. Não choro. Apenas sofro.

A tristeza não é tão pesada quanto a culpa, mas rouba mais de nós.

+ + +

— Careta.

Acordo assustada, ainda agarrada ao travesseiro. Há uma mancha molhada no colchão sob meu rosto. Sento-me na cama, esfregando os olhos com as pontas dos dedos.

As sobrancelhas de Peter, que costumam curvar-se para cima no meio da testa, estão franzidas.

— O que houve? — Seja lá o que for, não pode ser nada bom.

— Sua execução foi marcada para amanhã de manhã, às oito horas.

— Minha execução? Mas ela... ainda não desenvolveu o soro certo; ela certamente *não ia...*

— Ela disse que continuará as experiências com Tobias, não com você.

— Ah. — É tudo o que consigo dizer.

Agarro o colchão e balanço o corpo para a frente e para trás, para a frente e para trás. Amanhã, minha vida acabará. Talvez Tobias sobreviva tempo o bastante para escapar durante a invasão dos sem-facção. A Audácia elegerá um novo líder. Todas as questões abertas que deixarei para trás serão facilmente resolvidas.

Aceno com a cabeça. Não tenho mais família, não tenho nenhuma questão mal resolvida, não terei nada a perder.

— Eu poderia ter perdoado você, sabia? — digo. — Por tentar me matar durante a iniciação. Eu provavelmente teria perdoado você.

Nós dois ficamos em silêncio por alguns segundos. Não sei por que disse isso. Talvez seja só porque é a verdade, e, se há uma noite para ser honesto, a noite é esta. Esta noite serei honesta, altruísta e corajosa. Serei Divergente.

— Eu nunca pedi que você me perdoasse — diz ele, e se vira para ir embora.

Mas, antes de sair, ele para na porta e fala:

— São 9h24.

Dizer para mim as horas é um pequeno ato de traição, e, portanto, um ato comum de coragem. Talvez seja a primeira vez que vejo Peter agir verdadeiramente como um membro da Audácia.

+ + +

Morrerei amanhã. Faz muito que não tenho a certeza de nada e, portanto, isso me parece uma dádiva. Esta noite, nada. Amanhã, o que quer que venha depois da vida. E Jeanine ainda não sabe como controlar os Divergentes.

Quando começo a chorar, agarro o travesseiro junto ao peito e deixo as lágrimas caírem. Choro muito, como uma criança, até que meu rosto esquenta, e sinto que estou quase passando mal. Posso fingir ser corajosa, mas não sou.

Acho que agora seria a hora de pedir perdão por todas as coisas que fiz, mas sei que minha lista nunca estaria completa. Também não acredito que o que quer que aconteça depois da vida dependa de uma listagem correta das minhas transgressões. Isso soa demais como um conceito da Erudição para mim, que tem mais a ver com precisão do que com sentimento. Na verdade, não acredito que o que vem depois dependa de maneira alguma dos meus atos.

É melhor eu fazer o que a Abnegação me ensinou: voltar-me para longe de mim mesma, projetar-me sempre para fora, esperando que, no que quer que venha depois, eu seja melhor do que sou agora.

Abro um pequeno sorriso. Gostaria de poder dizer aos meus pais que vou morrer como alguém da Abnegação. Acho que eles se orgulhariam de mim.

CAPÍTULO TRINTA E CINCO

Esta manhã, coloco as roupas limpas que eles me oferecem: uma camisa preta de mangas compridas e calça preta. A calça está larga demais, mas e daí? Não ganho sapatos.

Ainda não está na hora. Entrelaço os dedos uns nos outros e abaixo a cabeça. Às vezes, meu pai fazia isso antes de sentar-se para tomar o café da manhã, mas nunca perguntei o que ele estava fazendo. Mesmo assim, gostaria de sentir que pertenço ao meu pai mais uma vez, antes de... bem, antes que tudo acabe.

Alguns minutos silenciosos depois, Peter me diz que está na hora de ir. Ele quase não olha para mim, apenas encara a parede dos fundos, carrancudo. Acho que realmente seria pedir demais ver um rosto amigável esta manhã. Levanto-me, e descemos o corredor juntos.

Meus dedos do pé estão gelados. Meus pés grudam nos ladrilhos. Viramos o corredor, e ouço gritos abafados.

A princípio, não consigo entender o que a voz está dizendo, mas, ao nos aproximarmos, seus gritos ganham forma:

— Eu quero... ela! — Tobias. — Eu... *ver* ela!

Olho para Peter.

— Não posso falar com ele uma última vez, não é?

Peter balança a cabeça.

— Mas há uma janela. Talvez, se ele vir você, finalmente cale a boca.

Ele me guia por um corredor sem saída, com apenas cerca de dois metros de comprimento. No final, há uma porta, e Peter tem razão: há uma pequena janela perto do topo, cerca de trinta centímetros acima da minha cabeça.

— Tris! — A voz de Tobias está ainda mais clara aqui. — Quero vê-la!

Levanto o braço e encosto a palma da mão no vidro. Os gritos cessam, e seu rosto aparece atrás do vidro. Seus olhos estão vermelhos; seu rosto, manchado. Ele é bonito. Ele me encara por alguns segundos, depois encosta a mão no vidro, alinhando-a com a minha. Finjo sentir o calor dela através do vidro.

Tobias encosta a testa na porta e fecha os olhos com força.

Abaixo a mão e me viro antes que ele volte a abrir os olhos. Sinto uma dor em meu peito, pior do que a que senti quando levei um tiro no ombro. Agarro a parte da frente da minha camisa, afasto as lágrimas e me junto novamente a Peter no corredor principal.

— Obrigada — digo baixinho. Queria ter dito isso mais alto.

— Que seja. — Peter fica carrancudo novamente. — Vamos logo.

Ouço uma confusão em algum lugar adiante. O som de uma multidão. O corredor seguinte está abarrotado de traidores da Audácia, altos e baixos, jovens e velhos, armados e desarmados. Todos estão usando a faixa azul da traição nos braços.

— Ei! — grita Peter. — Abram caminho!

Os traidores da Audácia mais próximos o ouvem e se apertam contra as paredes para dar passagem. Os outros logo fazem o mesmo, e todos ficam calados. Peter dá um passo para trás, a fim de permitir que eu vá na frente. Sei o caminho a partir daqui.

Não sei quando os sons de batidas começam, mas alguém bate com os punhos contra a parede, e outra pessoa o imita, e eu desço o corredor em meio a traidores solenes, mas barulhentos, com as mãos movendo-se ao lado de seus corpos. As batidas são tão rápidas que meu coração acelera para tentar acompanhá-las.

Alguns dos traidores inclinam a cabeça quando passo. Não sei exatamente por que fazem isso, mas não importa.

Alcanço o final do corredor e abro a porta da minha câmara de execução.

Eu a abro.

Se os traidores da Audácia abarrotavam o corredor, os membros da Erudição abarrotam a sala de execução. Mas, aqui, já deixaram um caminho aberto para mim. Eles me estudam silenciosamente, enquanto caminho até a mesa de metal no centro da sala. Jeanine está a poucos passos de distância. Consigo ver os arranhões em seu rosto por trás da maquiagem, que parece ter sido aplicada às pressas. Ela não olha para mim.

Há quatro câmeras penduradas no teto, uma sobre cada canto da mesa. Sento-me, enxugo as mãos na calça, depois me deito.

A mesa é fria. Gelada. E o frio atravessa minha pele, alcançando meus ossos. Talvez isso seja apropriado, já que é o que ocorrerá com meu corpo depois que a vida o tiver abandonado por completo; ele se tornará frio e pesado, mais pesado do que jamais fui. Quanto ao resto de mim, não sei. Algumas pessoas acreditam que não há nada depois, e talvez tenham razão, mas talvez não. Tais especulações não me servem mais de nada, de qualquer maneira.

Peter enfia um eletrodo sob a gola da minha camisa e o aperta contra o meu peito, bem acima do coração. Em seguida, conecta um fio ao eletrodo e liga o monitor cardíaco. Ouço meu batimento cardíaco, rápido e forte. Logo, onde havia esse ritmo constante, não haverá mais nada.

De repente, de dentro de mim, brota um único pensamento:

Não quero morrer.

Nunca levei a sério todas aquelas vezes que Tobias brigou comigo porque eu estava arriscando minha vida. Acreditei que quisesse estar com meus pais e que desejasse o fim de tudo isso. Tinha certeza de que queria imitar o autossacrifício deles. Mas não. Não, não.

Ardendo e borbulhando dentro de mim, há o desejo de viver.

Não quero morrer não quero morrer não quero!

Jeanine dá um passo para a frente, segurando uma seringa cheia de soro roxo. Seus óculos refletem a luz fluorescente acima de nós, e mal consigo ver seus olhos.

Cada parte do meu corpo entoa em uníssono. *Viver, viver, viver.* Pensei que, para dar minha vida em troca da vida de Will, em troca da vida dos meus pais, eu precisava morrer, mas estava errada; preciso viver minha vida à luz das suas mortes. Preciso viver.

Jeanine segura a minha cabeça com uma mão e insere a agulha no meu pescoço com a outra.

Eu ainda não terminei!, grito dentro da minha cabeça, mas não para Jeanine. *Eu ainda não terminei aqui!*

Ela injeta o soro. Peter inclina-se para a frente e olha nos meus olhos.

— O soro fará efeito em um minuto. Seja corajosa, Tris.

Suas palavras me surpreendem, porque são exatamente o que Tobias disse quando me colocou sob minha primeira simulação.

Meu coração começa a disparar.

Por que Peter pediria para eu ser corajosa? Por que ele me ofereceria qualquer palavra gentil?

Todos os músculos do meu corpo relaxam ao mesmo tempo. Meus membros ficam pesados. Se isso é a morte, não é tão ruim assim. Meus olhos permanecem abertos, mas minha cabeça desaba para o lado. Tento fechar os olhos, mas não consigo. Não consigo me mover.

De repente, o monitor cardíaco para de apitar.

CAPÍTULO
TRINTA E SEIS

Mas ainda respiro. Não profundamente; não o bastante para me satisfazer, mas *respiro*. Peter fecha as minhas pálpebras. Será que ele sabe que não estou morta? Será que Jeanine sabe? Será que ela consegue ver que estou respirando?

— Leve o corpo para o laboratório — diz Jeanine. — A autópsia será esta tarde.

— Tudo bem — responde Peter.

Peter empurra a mesa. Ouço murmúrios por todos os lados, enquanto passamos por um grupo de membros da Erudição. Minha mão desliza para fora da beirada da mesa ao virarmos o corredor e esbarra na parede. Sinto uma pontada de dor nas pontas dos dedos, mas não consigo mover a mão, por mais que eu tente.

Dessa vez, ao descermos o corredor cheio de traidores da Audácia, ele está silencioso. Peter caminha devagar a princípio, depois vira mais uma vez o corredor e acelera o passo. Ele quase corre no corredor seguinte, e, de repente, para. Onde estou? Não posso já estar no laboratório. Por que ele parou?

Os braços de Peter deslizam sob meus joelhos e ombros, e ele me levanta. Minha cabeça desaba sobre seu ombro.

— Para alguém tão pequena, você é *pesada*, Careta — murmura ele.

Ele sabe que estou acordada. Ele *sabe*.

Ouço uma série de bipes, depois algo deslizando. Uma porta sendo destrancada.

— O que... — A voz é de Tobias. *Tobias!* — Meu Deus! Oh...

— Poupe-me do seu chororô, está bem? — diz Peter. — Ela não está morta; só está paralisada. O efeito vai passar em cerca de um minuto. Agora, prepare-se para correr.

Não entendo.

Como será que Peter sabe?

— Deixa que eu a carrego — diz Tobias.

— Não. Você atira melhor do que eu. Pegue minha arma. Eu a carregarei.

Ouço o som da arma sendo retirada do coldre. Tobias acaricia minha testa. Os dois começam a correr.

A princípio, só consigo ouvir o som dos seus pés no chão, e minha cabeça quica dolorosamente. Sinto um formigamento nas minhas mãos e pés.

— Esquerda! — grita Peter para Tobias.

De repente, ouço um grito vindo do fundo do corredor:

— Ei, o que...?!

Um disparo. Depois, nada.

Mais correria.

— Direita! — grita Peter. Ouço outro disparo, depois mais outro.

— Nossa — murmura ele. — Espere, pare aqui!

Sinto um formigamento descendo pela minha espinha. Abro os olhos enquanto Peter abre outra porta. Ele a atravessa correndo e, logo antes de a minha cabeça bater no batente, levanto o braço e o agarro.

— Cuidado! — digo, com a voz engasgada. Minha garganta ainda continua tão apertada quanto quando ele injetou o líquido em mim e tive dificuldade em respirar. Peter vira de lado para me ajudar a atravessar a porta, depois a fecha com o calcanhar e me deixa cair no chão.

A sala na qual entramos está quase vazia, exceto por uma fileira de latas de lixo vazias encostadas em uma das paredes e uma porta quadrada de metal em outra, grande o bastante para caber uma das latas.

— Tris — diz Tobias, agachando-se ao meu lado. Seu rosto está pálido, quase amarelo.

Há tanto que eu quero dizer. A primeira coisa que escapa da minha garganta é:

— Beatrice.

Ele solta uma risada fraca.

— Beatrice — conserta ele, encostando os lábios nos meus. Enrosco os dedos em sua camisa.

— A não ser que queiram que eu vomite em cima de vocês, é melhor deixar isso para depois.

— Onde estamos? — pergunto.

— Este é o incinerador de lixo — diz Peter, batendo na porta quadrada. — Eu o desliguei. Ele nos levará até um beco. Depois, é melhor sua mira estar perfeita, Quatro, se você pretende sair vivo do setor da Erudição.

— Não se preocupe com minha mira — responde Tobias. Como eu, ele está descalço.

Peter abre a porta do incinerador.

— Você primeiro, Tris — diz ele.

A canaleta de lixo tem cerca de noventa centímetros de largura e um metro e vinte de altura. Enfio uma perna dentro dela e, com a ajuda de Tobias, ergo a outra também. Meu estômago parece afundar de nervoso enquanto escorrego pelo curto cano de metal. Depois, uma série de rolamentos bate contra as minhas costas enquanto deslizo sobre eles.

Sinto cheiro de fogo e cinzas, mas não estou queimada. Depois, desabo, e meu braço se choca contra uma parede de metal, fazendo com que eu solte um grunhido. Aterrisso em um chão de cimento, com força, e a dor do impacto atravessa minhas canelas.

— Ai.

Afasto-me, mancando, da abertura, depois grito:

— Podem vir.

Quando Peter chega, de lado, e não em pé, minhas pernas já doem menos. Ele solta um grunhido e se arrasta para longe da abertura a fim de se recuperar da queda.

Olho ao redor. Estamos dentro do incinerador, que está completamente escuro, exceto por linhas de luz brilhando no formato de uma pequena porta do outro lado.

Em alguns lugares, o chão é feito de metal sólido. Em outras, há grades de metal. O cheiro de lixo em decomposição e de queimado enche o espaço.

— Isso é para você jamais dizer que nunca a levei a um lugar legal — diz Peter.

— Eu nem sonharia em insinuar isso — respondo.

Tobias aterrissa no chão, em pé, mas depois se ajoelha com uma careta de dor. Eu o ajudo a se levantar, então me aproximo do seu corpo. Todos os cheiros, visões e sensações do mundo parecem amplificados. Eu estava quase morta, mas agora estou viva. Graças a Peter.

Logo Peter.

Ele caminha sobre a grade de metal e abre a pequena porta. A luz invade o incinerador. Tobias afasta-se, junto comigo, do cheiro de fogo do forno de metal, entrando na sala de cimento onde ele está localizado.

— Está com a arma? — pergunta Peter a Tobias.

— Não — diz Tobias. — Achei melhor atirar as balas pelo nariz, então a deixei lá em cima.

— Ah, cala a boca.

Peter estende outra arma para a frente e deixa a sala do incinerador. Entramos em um corredor úmido, com canos expostos no teto de apenas cerca de três metros de comprimento. A placa ao lado da porta no final do corredor diz SAÍDA. Estou viva e indo embora.

+ + +

O trecho entre a sede da Audácia e a sede da Erudição não parece o mesmo na direção contrária. Acho que tudo parece diferente quando você não está a caminho da sua própria morte.

Quando alcançamos o final do beco, Tobias encosta o ombro em uma das paredes e se inclina apenas o suficiente para ver o que há depois da esquina. Com o rosto inexpressivo, ele coloca um dos braços para fora do beco, apoiando-o na parede do prédio, e dispara duas vezes. Tapo os ouvidos com os dedos e tento não prestar atenção aos disparos e do que eles me lembram.

— Rápido — diz Tobias.

Nós corremos. Primeiro Peter, depois eu, e Tobias por último, descendo a avenida Wabash. Olho para trás a fim de ver contra o que Tobias atirou e vejo dois homens no chão, atrás da sede da Erudição. Um deles não está se movendo, e o outro está agarrando o braço e correndo em direção à porta de entrada. Eles enviarão reforços atrás de nós.

Estou desnorteada, provavelmente por causa da exaustão, mas a adrenalina me mantém correndo.

— Sigam o trajeto menos lógico! — grita Tobias.

— O quê? — diz Peter.

— O trajeto menos lógico! — diz Tobias. — Para que eles não nos encontrem!

Peter vira à esquerda, descendo outro beco, cheio de caixas de papelão com cobertores puídos e travesseiros manchados. Acho que essa devia ser uma moradia dos sem-facção. Ele salta sobre uma caixa e eu a atropelo, chutando-a para trás de mim.

No final do beco, ele vira à esquerda, em direção a um pântano. Voltamos para a avenida Michigan. Estamos completamente visíveis da sede da Erudição, caso alguém de lá resolva olhar para a rua.

— Péssima ideia! — grito.

Peter vira a próxima rua à direita. Pelo menos todas as ruas aqui estão liberadas. Não há placas de rua caídas para desviar ou buracos para saltar. Meus pulmões doem, como se eu tivesse inalado veneno. Minhas pernas, que antes doíam, agora estão dormentes, o que é melhor. Ouço gritos de algum lugar longe.

De repente, eu me dou conta de algo: a coisa mais ilógica a se fazer é parar de correr.

Agarro a manga da camisa de Peter e o arrasto até o prédio mais próximo. Tem seis andares de altura, com janelas largas organizadas em uma grade e divididas por pilastras de tijolos. A primeira porta que tento abrir está trancada, mas Tobias dispara contra a janela ao lado dela, que se estilhaça, e destranca a porta por dentro.

O edifício está completamente vazio. Não há uma única cadeira ou mesa. E há janelas demais. Caminhamos em direção à escada de emergência, e rastejo sob o primeiro lance, para que nos escondamos sob os degraus. Tobias senta-se ao meu lado e Peter de frente para nós, com os joelhos encostados no peito.

Tento recuperar o fôlego e me acalmar, mas não é fácil. Eu estava morta. Eu estava *morta*, e depois não estava mais, mas por quê? Por causa do Peter? *Peter?*

Eu o encaro. Ele ainda parece tão inocente, apesar de tudo o que já fez para provar que não é. Seu cabelo, brilhante e escuro, continua arrumado, como se ele não tivesse acabado de correr um quilômetro e meio a toda velocidade. Seus olhos redondos vasculham a escada, depois param em meu rosto.

— O que foi? Por que está olhando para mim desse jeito?

— Como você fez aquilo?

— Não foi tão difícil. Tingi um soro de paralisia de roxo e o troquei pelo soro mortal. Troquei o fio que deveria ler seu batimento cardíaco por um fio morto. A parte do monitor cardíaco foi mais difícil; precisei de um pouco de ajuda da Erudição e de um controle remoto. Você não entenderia, mesmo que eu tentasse explicar.

— Mas *por que* você fez aquilo? — pergunto. — Você me *quer* morta. Você estava disposto a me matar com as próprias mãos! O que o fez mudar de ideia?

Ele contrai os lábios, mas por um longo tempo não desvia o olhar. Depois, abre a boca, hesita e finalmente diz:

— Não consigo ficar endividado com ninguém. Está bem? A ideia de dever algo a você estava me deixando doente. Eu acordava no meio da noite com vontade de vomitar. Em dívida com uma Careta? É ridículo. Completamente ridículo. E eu não consegui aguentar.

— Do que você está falando? Você me devia alguma coisa?

Ele revira os olhos.

— No complexo da Amizade. Alguém atirou contra mim. A bala estava na altura da cabeça; ela teria me atingido entre os olhos. E você me empurrou para fora do caminho.

Estávamos quites antes disso. Quase matei você durante a iniciação, e você quase me matou durante a simulação de ataque; estávamos quites, certo? Mas depois daquilo...

— Você é louco — diz Tobias. — Não é assim que o mundo funciona... com todo mundo mantendo um saldo.

— Tem certeza? — Peter ergue as sobrancelhas. — Não sei em qual mundo *você* vive, mas, no meu, as pessoas só fazem coisas umas para as outras por dois motivos. Ou elas querem algo em troca, ou sentem que devem alguma coisa.

— Esses não são os únicos motivos para alguém fazer algo por você — falo. — Às vezes, as pessoas podem amar você. Bem, não *você*, mas...

Peter solta uma risada de deboche.

— É exatamente esse o tipo de baboseira que espero da boca de uma Careta delirante.

— Acho que devemos sempre nos assegurar de que você nos deva alguma coisa, então — diz Tobias. — Ou você vai correr para o lado de quem fizer a melhor oferta.

— É — concorda Peter. — É mais ou menos assim que funciona.

Balanço a cabeça. Não consigo me imaginar vivendo da maneira que ele vive, sempre me lembrando de quem me deu o que e do que preciso dar de volta, incapaz de sentir amor, lealdade ou perdão, como um homem de um olho só, procurando pelo olho de outra pessoa para furar. Isso não é viver. É uma versão mais pálida da vida. Onde será que ele aprendeu a viver assim?

— Então, quando vocês acham que podemos sair daqui? — pergunta Peter.

— Em algumas horas — diz Tobias. — É melhor irmos para o setor da Abnegação. É lá que os sem-facção e os membros da Audácia que não estão programados para a simulação estarão agora.

— Fantástico — diz Peter.

Tobias coloca o braço ao meu redor. Encosto a bochecha no seu ombro e fecho os olhos, para não precisar olhar para Peter. Sei que precisamos conversar sobre muitas coisas, embora não saiba exatamente o quê, mas não podemos conversar aqui ou agora.

+ + +

Enquanto caminhamos pelas ruas que um dia chamei de minhas, conversas nascem e morrem, e olhos encaram meu rosto e corpo. Eles acreditavam que eu havia morrido havia menos de seis horas. E tenho certeza de que a notícia da minha suposta morte chegou aqui, porque Jeanine sabe espalhar notícias. Noto que alguns dos sem-facção por quem passamos estão marcados com manchas azuis. Eles estão programados para uma simulação.

Agora que estamos aqui, seguros, percebo que há cortes na sola dos meus pés, resultantes da nossa correria sobre calçadas ásperas e cacos de vidro das janelas quebradas. Meus pés ardem a cada passo. Concentro-me na dor, para não precisar me concentrar nas pessoas que me encaram.

— Tris? — grita alguém diante de nós. Levanto a cabeça e vejo Uriah e Christina na calçada, comparando revólveres. Uriah solta sua arma sobre a grama e corre até mim. Christina o segue, mas mais devagar.

Uriah levanta os braços para me abraçar, mas Tobias apoia uma mão em seu ombro e o impede. Sinto uma onda de gratidão. Acho que não conseguiria aguentar o abraço, as perguntas ou o sentimento de surpresa de Uriah agora.

— Ela passou por maus bocados — diz Tobias. — Só precisa dormir. Ela ficará aqui na rua, no número trinta e sete. Venha visitá-la amanhã.

Uriah franze a testa e olha para mim. Pessoas da Audácia não costumam compreender restrições, e tudo o que Uriah conheceu em sua vida foi a Audácia. Mas ele parece respeitar a opinião de Tobias sobre mim, porque acena com a cabeça e diz:

— Está bem. Amanhã.

Christina estica o braço quando passo por ela e aperta meu ombro delicadamente. Tento andar mais ereta, mas meus músculos parecem uma gaiola, mantendo meus ombros curvados. Os olhos seguem-me pela rua, perfurando minha nuca. Sinto-me aliviada quando Tobias nos guia pela passagem que leva à entrada da casa cinza que costumava pertencer a Marcus Eaton.

Nem consigo imaginar a força que Tobias precisa juntar para atravessar a porta. Para ele, essa casa deve conter ecos dos gritos dos seus pais, dos estalos de cinto e das horas passadas dentro de armários apertados e escuros. No entanto, ele não parece apreensivo ao me guiar, junto com Peter, até a cozinha. Parece até andar mais ereto. Mas talvez Tobias seja assim mesmo. Quando ele deveria ser fraco, é forte.

Tori, Harrison e Evelyn estão na cozinha. Fico surpresa em vê-los. Encosto o ombro na parede e fecho os olhos com força. O contorno da mesa de execução está impresso nas minhas pálpebras. Abro os olhos. Tento respirar. Eles estão conversando, mas não consigo ouvir o que dizem. Por que Evelyn está aqui, na casa de Marcus? Onde está Marcus?

Evelyn envolve Tobias com um dos braços e encosta em seu rosto com o outro, apertando sua bochecha contra a dela. Ela lhe diz algo, e ele sorri e se afasta. Mãe e filho, reconciliados. Não sei se isso foi uma boa escolha.

Tobias me vira e, com uma das mãos no meu braço e outra na minha cintura, para não encostar na ferida em meu ombro, guia-me em direção à escada. Subimos os degraus juntos.

No segundo andar, estão os antigos quartos de Tobias e dos seus pais, separados por um banheiro e mais nada. Ele me leva para o seu quarto e fico parada por um instante, olhando o lugar onde ele passou a maior parte da sua vida.

Ele mantém a mão em meu braço. Desde que deixamos o vão da escada do prédio, ele está encostando em mim como se imaginasse que eu poderia ruir caso não me segurasse firme o bastante.

— Tenho quase certeza de que Marcus não entrou mais neste quarto depois que eu fui embora — diz Tobias. — Não tinha nada fora do lugar quando voltei.

Membros da Abnegação não fazem muitas decorações, já que elas são vistas como algo egoísta. Mas Tobias tem tudo o que nos permitiam ter. Uma pilha de jornais escolares. Uma pequena prateleira de livros. E, por incrível que pareça, uma escultura de vidro azul em sua cômoda.

— Minha mãe trouxe isso escondido para mim quando eu era criança. Ela me disse para escondê-la. No dia da cerimônia, coloquei-a sobre a cômoda ao sair de casa. Para que ele pudesse ver. Um pequeno ato de rebeldia.

Aceno com a cabeça. É estranho estar em um lugar que carrega uma única lembrança de maneira tão completa. Este quarto é o Tobias de dezesseis anos, prestes a escolher a Audácia, para fugir do seu pai.

— Vamos cuidar do seu pé. — Mas ele não se move, apenas desliza os dedos até a parte de dentro do meu cotovelo.

— Está bem.

Entramos no banheiro adjacente, e eu me sento na beirada da banheira. Ele se senta ao meu lado, com a mão em meu joelho, enquanto abre a torneira e tampa o ralo. A água derrama para dentro da banheira, cobrindo as unhas dos meus pés. Meu sangue torna a água rosa.

Ele se agacha dentro da banheira e coloca o meu pé no colo, pincelando os cortes mais profundos com uma toalha de rosto. Não sinto nada. Mesmo quando ele joga espuma de sabonete sobre os cortes, não sinto nada. A água da banheira fica cinza.

Pego o sabonete e o esfrego nas mãos, até que minha pele fica coberta de espuma branca. Estico o braço e passo os dedos nas mãos de Tobias, com cuidado, para limpar as linhas nas palmas e os espaços entre seus dedos. É bom fazer alguma coisa, limpar alguma coisa e poder tocá-lo novamente.

Molhamos todo o chão do banheiro ao jogarmos água um no outro para tirar o sabonete. A água faz com que eu sinta frio, mas tremo e nem ligo. Ele pega uma toalha e começa e enxugar minhas mãos.

— Eu não... — Minha voz soa como a de alguém que está sendo estrangulado. — Minha família está toda *morta* ou me traiu; como posso...

Minhas palavras não fazem sentido. Os soluços dominam meu corpo, minha mente, tudo. Ele me puxa para perto do seu corpo, e a água da banheira encharca as minhas pernas. Seu abraço é apertado. Ouço seu coração e, depois de um tempo, encontro uma maneira de deixar que seu ritmo me acalme.

— Serei a sua família agora.

— Eu te amo — digo.

Eu já disse isso uma vez, antes de partir para a sede da Erudição, mas ele estava dormindo. Não sei por que nunca disse quando ele podia ouvir. Talvez temesse confiar-lhe algo tão pessoal quanto minha devoção. Ou temesse não saber de verdade o que é amar alguém. Mas agora acho que a coisa mais assustadora foi eu não ter dito, antes que fosse quase tarde demais. Não ter dito antes que fosse quase tarde demais para mim.

Sou dele, e ele é meu, e sempre foi assim.

Ele me encara. Espero, agarrada aos seus braços para me equilibrar, enquanto ele pensa no que responder.

Ele franze a testa ao olhar para mim.

— Fala outra vez.

— Tobias, eu te amo.

A água torna sua pele escorregadia. Ele cheira a suor, e a minha camisa gruda em seus braços quando ele os desliza pelo meu corpo. Ele encosta o rosto no meu pescoço e me beija logo acima da clavícula, depois no pescoço, depois nos lábios.

— Eu também te amo.

CAPÍTULO TRINTA E SETE

Ele se deita ao meu lado, e caio no sono. Espero ter pesadelos, mas devo estar cansada demais, porque minha mente permanece vazia. Quando abro os olhos novamente, ele não está mais lá, mas há uma pilha de roupas ao meu lado, na cama.

Levanto-me e caminho até o banheiro, sentindo-me esfolada, como se minha pele tivesse sido completamente raspada da carne, e cada vez que respiro meu peito arde um pouco, mas estou estável. Não acendo as luzes do banheiro porque sei que elas serão brancas e fortes, como as luzes do complexo da Erudição. Tomo banho no escuro, quase sem conseguir diferenciar o xampu do condicionador, e digo a mim mesma que sairei do banho renovada e forte, que a água vai me curar.

Antes de sair do banheiro, belisco minhas bochechas com força, para trazer o sangue até a superfície da pele.

Sei que é idiotice, mas não quero parecer fraca e exausta na frente de todo mundo.

Quando volto para o quarto de Tobias, Uriah está jogado na cama, de barriga para baixo; Christina segura a escultura azul, examinando-a, e Lynn está posicionada sobre Uriah, segurando um travesseiro, com um sorriso malicioso no rosto.

Lynn dá uma pancada forte com o travesseiro atrás da cabeça de Uriah.

— Ei, Tris! — diz Christina.

— Ai! Como você consegue fazer um *travesseiro* doer tanto, Lynn? — grita Uriah.

— Com a minha força incrível — explica ela. — Você levou um tapa, Tris? Uma das suas bochechas está muito vermelha.

Não devo ter beliscado a outra com força suficiente.

— Não, é apenas... meu brilho matinal.

Faço a piada como se tentasse aprender um novo idioma. Christina ri, talvez um pouco mais do que meu comentário merecia, mas fico feliz pelo seu esforço. Uriah quica na cama algumas vezes ao se locomover até a beirada.

— Então, o assunto sobre o qual não estamos falando. — Ele gesticula para mim. — Você quase morreu, um maricote sádico a salvou, e agora estamos todos em uma guerra séria, com os sem-facção como aliados.

— Maricote? — diz Christina.

— É uma gíria da Audácia. — Lynn solta uma pequena risada. — Supostamente, é um insulto terrível, mas ninguém mais fala assim.

— Porque é ofensivo demais — diz Uriah, acenando com a cabeça.

— Não. Porque é tão idiota que ninguém da Audácia que tenha noção de ridículo diria algo assim. Maricote. Você tem o quê, doze anos?

— Doze e meio — diz ele.

Acho que eles estão caçoando um ao outro apenas para me ajudar, para que eu não precise falar nada; para que eu possa apenas rir. E é isso o que faço, rio bastante para aquecer a pedra gelada que tinha se formado no meu estômago.

— Há comida lá embaixo — diz Christina. — Tobias preparou ovos mexidos, que eu acabei de descobrir que é uma comida nojenta.

— Ei — falo. — Eu *gosto* de ovos mexidos.

— Então deve ser um típico café da manhã de Caretas. — Ela agarra o meu braço. — Vamos.

Descemos as escadas juntos, fazendo um estrondo com os pés que eu nunca poderia ter feito na casa dos meus pais. Meu pai costumava brigar comigo sempre que eu descia a escada correndo.

— Não chame atenção para você mesma — dizia ele. — Não é educado com as pessoas ao redor.

Ouço vozes na sala de estar. Na verdade, ouço várias vozes, misturadas a risadas ocasionais e uma melodia indistinta tocada em um instrumento, como um banjo ou um violão. Não é algo que eu esperaria encontrar em uma casa da Abnegação, geralmente tranquila e silenciosa, não importa a quantidade de gente reunida dentro dela.

As vozes, as risadas e a música dão vida às paredes soturnas. Sinto-me ainda mais aquecida.

Fico parada na porta da sala de estar. Há cinco pessoas apertadas no sofá de três lugares, jogando um jogo de cartas que reconheço da sede da Franqueza. Um homem está sentado em uma poltrona, e uma mulher está sentada no seu colo. Há ainda outra pessoa sentada no braço da poltrona, com uma lata de sopa na mão. Tobias está sentado no chão, com as costas apoiadas na mesa de centro. Cada parte de sua postura sugere que ele está à vontade. Uma de suas pernas está dobrada e a outra, esticada, um dos seus braços está apoiado sobre o joelho, e sua cabeça está inclinada, para conseguir escutar melhor. Nunca o vi com uma aparência tão confortável sem uma arma na mão. Não sabia que isso era possível.

Sinto a mesma sensação de vazio no estômago que tenho sempre que sei que alguém mentiu para mim, mas não sei exatamente quem mentiu dessa vez ou a respeito do quê. Não é isso o que me ensinaram a esperar dos sem-facção. Ensinaram-me que ser sem-facção era algo pior do que a morte.

Fico parada por apenas alguns segundos, até que alguém repara em mim. A conversa deles cessa. Enxugo a palma das mãos na barra da minha camisa. Há olhos demais em mim, e silêncio demais.

Evelyn limpa a garganta.

— Pessoal, esta é Tris Prior. Vocês devem ter ouvido falar bastante dela ontem.

— E Christina, Uriah e Lynn — completa Tobias. Fico grata pela tentativa dele de desviar a atenção de todos de mim, mas não funciona.

Fico grudada ao batente da porta por alguns segundos, até que um homem sem-facção, mais velho e com a pele enrugada coberta de tatuagens, fala:

— Você não deveria estar morta?

Alguns dos outros riem, e eu tento sorrir. Meu sorriso sai torto e pequeno.

— É, deveria — respondo.

— Mas não gostamos de dar a Jeanine Matthews o que ela quer — diz Tobias. Ele se levanta e me oferece uma lata de ervilhas, mas não há ervilhas dentro dela, e sim ovos mexidos. O alumínio aquece meus dedos.

Ele se senta e eu me sento ao seu lado, colocando um pouco de ovo na boca. Não estou com fome, mas sei que preciso comer, então mastigo e engulo. Já sei como os sem-facção comem, então passo os ovos para Christina e pego uma lata de pêssegos de Tobias.

— Por que estão todos morando na casa de Marcus? — pergunto para ele.

— Evelyn o expulsou daqui. Ela disse que a casa também era dela, que ele já a havia usado por muitos anos e que agora é a vez dela. — Tobias sorri. — Isso causou uma briga enorme no quintal, mas Evelyn acabou vencendo.

Olho para a mãe de Tobias. Ela está no outro canto da sala, conversando com Peter e comendo mais ovos de outra lata. Meu estômago revira. Tobias fala dela de maneira quase reverente. Mas ainda me lembro do que ela disse a respeito da minha efemeridade na vida de Tobias.

— Há pão em algum lugar. — Ele pega um cesto sobre a mesa de centro e me entrega. — Pegue duas fatias. Você está precisando.

Enquanto mastigo a casca do pão, olho para Peter e Evelyn outra vez.

— Acho que ela está tentando recrutá-lo — diz Tobias. — Ela sabe fazer com que a vida dos sem-facção pareça incrivelmente atraente.

— Tudo bem, desde que isso o tire da Audácia. Ele pode até ter salvado minha vida, mas ainda não gosto dele.

— Se tudo der certo, não precisaremos mais nos preocupar com distinções de facção quando isso acabar. Acho que será legal.

Fico calada. Não quero arrumar outra briga com ele. Nem lembrá-lo de que não será tão fácil convencer os membros da Audácia e da Franqueza a se juntar aos sem-facção em uma cruzada contra o sistema de facções. Talvez isso cause outra guerra.

A porta da frente se abre, e Edward entra. Hoje, ele está usando um tapa-olho com um olho azul pintado sobre ele, completo com uma pálpebra semicerrada. O efeito do olho grande demais em seu rosto bonito é ao mesmo tempo grotesco e engraçado.

— Eddie! — grita alguém, saudando-o. Mas o olho bom de Edward já encontrou Peter. Ele começa a atravessar a sala, quase chutando uma lata de comida da mão de uma pessoa. Peter se encolhe na sombra do batente da porta como se quisesse desaparecer.

Edward para a centímetros dos pés de Peter, depois dá um bote na direção dele, como se estivesse prestes a socá-lo. Peter salta para trás com tanta força que bate com a cabeça na parede. Edward sorri, e os sem-facção ao redor começam a rir.

— Você não é tão corajoso à luz do dia — diz Edward.

Depois, vira-se para Evelyn e diz:

— Não dê nenhum utensílio doméstico para ele. Não sabemos o que ele poderia fazer com algo assim.

Ao falar isso, ele arranca o garfo da mão de Peter.

— Devolva isso — diz Peter.

Edward envolve a garganta de Peter com sua mão livre e aperta os dentes do garfo entre os dedos, perto do seu pomo de adão. Peter fica paralisado, e seu rosto enrubesce.

— Fique calado quando estiver perto de mim — ordena ele, com a voz baixa. — Ou eu farei isso novamente, mas, da próxima vez, cravarei o garfo no seu esôfago.

— Chega — diz Evelyn. Edward solta o garfo e Peter. Depois, atravessa a sala e se senta ao lado da pessoa que o chamou de Eddie há alguns instantes.

— Não sei se você sabe — diz Tobias —, mas Edward é um pouco instável.

— Estou começando a perceber.

— Aquele cara, Drew, que ajudou Peter com a história da faca de manteiga — diz Tobias. — Parece que, quando ele foi expulso da Audácia, tentou juntar-se ao mesmo grupo sem-facção de Edward. Como você deve ter percebido, nunca mais vimos o Drew.

— Edward o matou?

— Quase — diz Tobias. — Parece que foi por isso que aquela outra transferida, acho que o nome dela era Myra, deixou Edward. Ela era delicada demais para aguentar esse tipo de coisa.

Sinto um vazio ao pensar em Drew, quase morto pelas mãos de Edward. Drew também me atacou.

Não quero falar sobre isso.

— Tudo bem. — Tobias toca meu ombro. — É difícil para você estar em uma casa da Abnegação novamente? Eu queria ter perguntado antes. Se for, podemos ir para outro lugar.

Termino de comer minha segunda fatia de pão. Todas as casas da Abnegação são iguais, portanto esta sala de estar é exatamente igual à da minha casa. E ela realmente me traz lembranças, se eu observá-la com cuidado. A luz atravessando as cortinas toda manhã, forte o bastante para que meu pai pudesse ler. O som das agulhas de crochê da minha mãe todas as noites. Mas não me sinto engasgada. Isso já é um começo.

— É sim. Mas não tanto quanto você imagina.

Ele levanta uma sobrancelha.

— É sério. As simulações na sede da Erudição... me ajudaram de alguma maneira. A aguentar, talvez. — Franzo a testa. — Ou talvez não. Talvez elas tenham me ensinado a não me agarrar tanto às coisas. — Isso soa mais correto. — Algum dia conto isso melhor.

Minha voz soa distante.

Ele encosta na minha bochecha e, apesar de estarmos em uma sala cheia de pessoas e repleta de risadas e conversas, me beija devagar.

— Pega leve, Tobias — diz o homem à minha esquerda. — Você não foi criado como um Careta? Pensei que o máximo que vocês faziam era... dar as mãos ou algo assim.

— Então, como você explicaria todas as crianças da Abnegação? — Tobias ergue as sobrancelhas.

— Elas são geradas por pura força de vontade — diz a mulher sentada no braço da poltrona. — Você não sabia disso, Tobias?

— Não, não estava ciente. — Ele sorri. — Perdão.

Todos riem. Todos *nós* rimos. A mim ocorre que eu talvez esteja conhecendo a verdadeira facção de Tobias. Eles não são caracterizados por uma única virtude. Assumem todas as cores, todas as atividades, todas as virtudes e todas as falhas.

Não sei o que os une. A única coisa em comum entre eles, que eu saiba, é o fracasso. Mas, seja lá o que for, parece o bastante.

Sinto, ao encará-lo, que estou finalmente vendo como ele é, e não como é em relação a mim. Então, o quão bem será que eu o conheço, se nunca havia visto isso antes?

+ + +

O sol começa a se pôr. O setor da Abnegação não está nem um pouco tranquilo. Há pessoas da Audácia e dos sem-facção perambulando pelas ruas. Alguns seguram garrafas, outros, garrafas e armas.

À minha frente, Zeke empurra a cadeira de rodas de Shauna, na frente da casa de Alice Brewster, que costumava ser uma das líderes da Abnegação. Eles não me veem.

— Faz de novo! — diz ela.
— Tem certeza?
— Tenho!
— Está bem... — Zeke começa a correr, empurrando a cadeira de rodas. Depois, quando já quase não consigo vê-los, ele usa os cabos da cadeira para empurrar o corpo para cima e tirar os pés do chão, e os dois voam juntos pelo meio da rua, enquanto Shauna grita e Zeke gargalha.

Viro à esquerda na esquina seguinte e começo a descer a calçada rachada, em direção ao edifício onde a Abnegação costumava sediar suas reuniões mensais de facção. Embora pareça fazer muito tempo que não vou lá, ainda me lembro de como chegar. Uma quadra ao sul, duas quadras a oeste.

O sol move-se lentamente em direção ao horizonte enquanto caminho. Por causa da noite, as cores dos prédios ao redor dão lugar ao cinza.

A fachada da sede da Abnegação é apenas um retângulo de cimento, como todos os outros edifícios do setor. Mas, quando abro a porta da frente, sou recebida por tábuas corridas e fileiras de bancos organizadas em um quadrado, que conheço bem. No centro da sala há uma claraboia que permite a entrada de um quadrado alaranjado de luz solar. Ela é a única decoração da sala.

Sento-me no antigo banco da minha família. Eu costumava sentar-me ao lado do meu pai, e Caleb, da minha mãe. Agora, sinto-me como a única restante. A última Prior.

— É bonito, não é? — Marcus entra na sala e senta-se de frente para mim, com as mãos dobradas sobre seu colo. A luz solar está entre nós.

Há um grande hematoma em seu rosto, no local onde Tobias o acertou, e seu cabelo foi raspado recentemente.

— É tranquilo — digo, ajeitando o corpo. — O que está fazendo aqui?

— Vi você entrando. — Ele examina as próprias unhas com cuidado. — E queria trocar uma palavra com você a respeito da informação que Jeanine Matthews roubou.

— E se já for tarde demais para isso? E se eu já souber o que é?

Marcus levanta o rosto, e seus olhos escuros se semicerram. Seu olhar é muito mais venenoso do que qualquer um que Tobias conseguiria esboçar, mesmo que ele tenha os olhos do pai.

— Não há como você saber.

— Não há como você saber que não sei.

— Na verdade, eu sei sim. Porque já vi o que acontece com as pessoas que ouvem a verdade. Elas parecem se esquecer do que estavam procurando e ficam perambulando por aí, perdidas, tentando se lembrar.

Um arrepio atravessa minha espinha e se espalha pelos meus braços, erguendo meus pelos.

— Sei que Jeanine decidiu assassinar metade de uma facção para roubar essa informação, então ela deve ser extremamente importante – digo. Depois paro. Também sei outra coisa, mas que só descobri agora.

Logo antes de eu atacar Jeanine, ela disse:

A questão aqui não é você, nem eu.

E a tal *questão* era o que ela estava tentando fazer comigo, ou seja, descobrir uma simulação que funcionasse em mim. Nos Divergentes.

– Sei que tem algo a ver com os Divergentes – falo sem pensar. – Sei que a informação tem a ver com o que há do lado de fora da cerca.

– Isso não significa que você saiba o que há lá fora.

– Mas e aí? Vai me contar ou vai ficar apenas me atiçando?

– Não vim aqui para discutir de forma egoísta. E não, não vou contar o que é, mas não porque eu não queira. Não vou contar porque não tenho a menor ideia de como descrevê-lo a você. Você precisaria ver com os próprios olhos.

Enquanto ele fala, percebo que a luz do sol está se tornando mais laranja do que amarela, e lança sombras mais escuras sobre seu rosto.

– Acho que Tobias deve estar certo. Você *gosta* de ser o único a saber. Você gosta do fato de eu não saber. Isso faz com que você se sinta importante. É por isso que você não quer contar, não por ser algo indescritível.

– Isso não é verdade.

– Como posso ter certeza disso?

Marcus me encara, e eu o encaro de volta.

– Uma semana antes da simulação de ataque, os líderes da Abnegação decidiram que estava na hora de revelar as informações contidas no arquivo para todos. *Todos*, de toda a cidade. O dia no qual planejávamos revelar a informação seria aproximadamente sete dias depois do dia da simulação de ataque. Como você bem sabe, isso não foi possível.

— Ela não queria revelar o que há do lado de fora da cerca? Por que não? Aliás, como é que ela sabia sobre a informação? Você não disse que apenas os líderes da Abnegação sabiam?

— Nós não *somos* daqui, Beatrice. Fomos colocados aqui para atingir um objetivo específico. Há algum tempo, a Abnegação foi forçada a pedir a ajuda da Erudição para conseguir atingir esse objetivo, mas tudo acabou dando errado por causa da Jeanine. Porque ela não quer fazer o que devemos fazer. Ela prefere apelar para assassinatos.

Colocados aqui.

Meu cérebro parece estar zunindo com tanta informação. Agarro a beirada do banco no qual estou sentada.

— O que devemos fazer? — pergunto, quase sussurrando.

— Já disse o bastante para convencê-la de que não sou um mentiroso. Quanto ao resto, realmente me considero incapaz de explicar. O que eu revelei, fiz apenas porque a situação é grave.

Grave. De repente, entendo o problema. Os sem-facção pretendem destruir não apenas todas as figuras importantes da Erudição, mas também todos os dados que eles tenham. Vão eliminar tudo.

Nunca pensei que esse plano fosse uma boa ideia, mas sabia que conseguiríamos nos recuperar dele, porque os membros da Erudição *conhecem* as informações relevantes, mesmo que deixem de possuir os dados sobre elas. Mas isso é algo que até mesmo o mais inteligente entre os membros da Erudição não conhece; algo que, se tudo for destruído, não conseguiremos replicar.

– Se eu ajudar você, trairei Tobias. Eu o perderei. – Engulo em seco. – Portanto, é bom você me dar um bom motivo.

– Fora o bem de toda a nossa sociedade? – Marcus contrai o nariz, com nojo. – Isso não é o bastante para você?

– Nossa sociedade já está despedaçada. Portanto, não, não é.

Marcus suspira.

– Seus pais morreram por você, é verdade. Mas o motivo que levou sua mãe para a sede da Abnegação na noite em que você quase foi executada não foi para salvar você. Ela nem sabia que você estava lá. Ela estava tentando resgatar o arquivo de Jeanine. E, quando ficou sabendo que você estava prestes a morrer, correu para salvá-la, deixando o arquivo nas mãos de Jeanine.

– Não foi isso o que ela me disse – digo, irritada.

– Ela mentiu. Porque foi obrigada a mentir. Mas, Beatrice, a questão é que... a questão é que sua mãe sabia que provavelmente não sairia viva da sede da Abnegação, mas precisava tentar. Ela estava disposta a morrer pelo arquivo. Compreende?

Os membros da Abnegação estão dispostos a morrer por qualquer pessoa, aliado ou inimigo, se a situação assim pedir. Talvez seja por isso que eles têm dificuldade em sobreviver em situações de vida ou morte. Mas há poucas *coisas* pelas quais eles estão dispostos a morrer. Eles não valorizam muitas coisas físicas.

Portanto, se ele estiver falando a verdade, minha mãe realmente estava disposta a morrer para que essa informação se tornasse pública... Eu faria praticamente qualquer coisa para atingir o objetivo que ela falhou em alcançar.

— Você está tentando me manipular. Não está?

— Talvez esteja — diz ele, enquanto as sombras escorrem para dentro da órbita dos seus olhos, como água escura. — Mas isso é algo que você terá que descobrir sozinha.

CAPÍTULO TRINTA E OITO

Eu me demoro na caminhada de volta à casa dos Eaton e tento me lembrar do que minha mãe me disse quando me salvou do tanque, durante a simulação de ataque. Ela disse algo sobre ter observado os trens desde o começo do ataque. *Não sabia o que faria quando a encontrasse. Mas meu objetivo sempre foi salvar você.*

Mas, quando relembro sua voz, ela soa diferente. *Não sabia o que faria quando a encontrei.* Isso significa que ela não sabia como resgatar a mim e ao arquivo ao mesmo tempo. *Mas meu objetivo sempre foi salvar você.*

Balanço a cabeça. Será que foi isso mesmo o que ouvi, ou estou apenas manipulando minha própria memória depois do que Marcus me disse? Não há como saber. A única coisa que posso fazer é decidir se confiarei ou não nele.

E, embora ele tenha feito coisas cruéis e maléficas, nossa sociedade não é dividida entre "bem" e "mal". Ser cruel não torna uma pessoa desonesta, da mesma maneira que ser corajoso não faz de ninguém gentil. Marcus não é bom ou mau; ele é as duas coisas.

Bem, talvez seja mais mau do que bom.

Mas isso não significa que ele está mentindo.

À minha frente, na rua, vejo um brilho laranja de fogo. Preocupada, começo a andar mais rápido e vejo que o fogo está saindo de grandes latões de metal, do tamanho de uma pessoa, colocadas sobre as calçadas. Os membros da Audácia e os sem-facção reuniram-se entre elas, com um pequeno espaço dividindo um grupo do outro. E, diante deles, encontram-se Evelyn, Harrison, Tori e Tobias.

Encontro Christina, Uriah, Lynn, Zeke e Shauna no lado direito do grupo da Audácia e junto-me a eles.

— Onde esteve? — pergunta Christina. — Procuramos você por toda a parte.

— Fui dar uma caminhada. O que está acontecendo?

— Eles finalmente vão revelar o plano de ataque — diz Uriah, com uma expressão ansiosa.

— Ah.

Evelyn levanta as mãos, com as palmas voltadas para a frente, e os sem-facção se calam. Eles são mais bem-treinados do que os membros da Audácia, que demoram uns trinta segundos para ficar em silêncio.

— Passamos as últimas semanas desenvolvendo um plano para enfrentar a Erudição — diz Evelyn, e sua voz grave pode ser ouvida com facilidade. — E, agora que terminamos, gostaríamos de compartilhar o plano com vocês.

Evelyn acena com a cabeça para Tori, que assume o discurso:

— Nossa estratégia não é pontual, mas abrangente. Não há como saber quem da Erudição apoia Jeanine e quem não apoia. Portanto, será mais seguro se considerarmos que todos os que não a apoiam já deixaram a sede da Erudição.

— Todos sabemos que o poder da Erudição não está nos seus integrantes, mas na sua informação — diz Evelyn. — Enquanto eles continuarem a possuir essa informação, nunca estaremos livres deles, especialmente porque um grande número de nós está programado para as simulações. Eles têm usado informações para nos controlar e subjugar há tempo demais.

Um grito, que surge em meio aos sem-facção e se espalha para os membros da Audácia, ergue-se da multidão, como se fôssemos todos um único organismo seguindo as instruções de um único cérebro. Mas não sei exatamente o que pensar ou como me sentir. Há uma parte de mim que também está gritando e clamando pela destruição de cada membro da Erudição e tudo o que eles prezam.

Olho para Tobias. Sua expressão é neutra, e ele está parado atrás do brilho da fogueira, onde é difícil enxergá-lo. O que será que ele acha disso?

— Lamento informar que aqueles que foram alvejados com os transmissores de simulação serão obrigados a permanecer aqui — afirma Tori —, porque poderiam ser ativados como armas da Erudição a qualquer momento.

Algumas pessoas protestam, mas ninguém parece muito surpreso. Talvez porque todos saibam muito bem do que Jeanine é capaz através das simulações.

Lynn geme e olha para Tobias.

— Precisamos *ficar*?

— *Você* precisa ficar.

— Você também foi alvejado. Eu vi.

— Sou Divergente, lembra? — Lynn revira os olhos, e ele continua a falar depressa, provavelmente para evitar ouvir a teoria da conspiração Divergente de Lynn mais uma vez. — De qualquer maneira, duvido que eles vão conferir isso e quais são as chances de ela ativar você, sabendo que todos os outros com transmissores de simulação ficaram para trás?

Lynn franze a testa, pensando a respeito do que ele está sugerindo. Mas ela parece mais animada, ou pelo menos tão animada quanto é capaz de ficar, quando Tori começa a falar novamente:

— O restante de nós se dividirá em grupos mistos, com membros da Audácia e dos sem-facção. Um único grupo, grande, tentará invadir a sede da Erudição e abrir caminho dentro do edifício, limpando-o da influência deles. Vários outros grupos menores seguirão diretamente para os níveis superiores do edifício, para eliminar oficiais específicos da Erudição. Vocês receberão informações sobre seus respectivos grupos ainda hoje, mais tarde.

— O ataque ocorrerá dentro de três dias — diz Evelyn. — Preparem-se. Isso será perigoso e difícil. Mas os sem-facção estão acostumados com as dificuldades...

Os sem-facção celebram essas palavras, e eu lembro, de repente, que nós, da Audácia, ainda somos os mesmos que, há apenas algumas semanas, criticavam a Abnegação por doar comida e outros produtos necessários a eles. Por que será que foi tão fácil esquecer isso?

— E a Audácia está acostumada com o perigo...

Todos ao meu redor socam o ar e gritam. Sinto suas vozes dentro da minha cabeça, e a chama de triunfo dentro do meu peito, que me leva a querer me juntar a eles.

A expressão de Evelyn está desapaixonada demais para alguém fazendo um discurso tão fervoroso. Seu rosto parece uma máscara.

— Abaixo a Erudição! — grita Tori, e todos repetem suas palavras, com as vozes em uníssono, independente da facção a qual pertencem. Temos um inimigo em comum, mas será que isso nos torna amigos?

Percebo que Tobias não se junta ao grito, nem Christina.

— Isso não parece certo — diz ela.

— Como assim? — pergunta Lynn, enquanto as vozes erguem-se ao nosso redor. — Você não se lembra do que fizeram conosco? Eles nos colocaram sob o efeito de uma simulação e nos obrigaram a matar pessoas, sem que nem soubéssemos o que estávamos fazendo. Assassinaram todos os líderes da Abnegação.

— Eu sei — responde Christina. — Mas... invadir a sede de uma facção e matar todo mundo não é exatamente o que a Erudição acabou de fazer com a Abnegação?

— Isso é diferente. *Isso* não é um ataque do nada, sem provocação — consente Lynn, irritada.

— Eu sei — diz Christina. — É, eu sei.

Ela olha para mim. Não digo nada. Ela tem razão. Isso não parece certo.

Caminho até a casa dos Eaton à procura de silêncio.

Abro a porta da frente e subo a escada. Quando chego ao antigo quarto de Tobias, sento-me na cama e olho pela janela, para os sem-facção e os membros da Audácia reunidos ao redor das fogueiras, rindo e conversando. Mas eles não estão misturados; ainda existe uma divisão inquietante entre eles, fazendo com que os sem-facção fiquem de um lado e os membros da Audácia do outro.

Vejo Lynn, Uriah e Christina perto de uma das fogueiras. Uriah passa a mão no fogo, rápido demais para se queimar. Seu sorriso parece mais uma careta, deformado pela tristeza.

Depois de alguns minutos, ouço passos na escada, e Tobias entra no quarto, tirando os sapatos ao lado da porta.

— O que você tem? — pergunta ele.

— Nada. Eu estava apenas pensando que estou surpresa com o fato de os sem-facção terem aceitado se aliar à Audácia tão facilmente. A Audácia nunca foi exatamente gentil com eles.

Ele para ao meu lado na janela, encostando na armação.

— Realmente, não é uma aliança muito natural. Mas temos o mesmo objetivo.

— Agora, sim. Mas o que acontecerá quando os objetivos mudarem? Os sem-facção querem se livrar das facções, e a Audácia, não.

Tobias contrai os lábios. De repente, lembro-me de Marcus e Johanna caminhando juntos pelo pomar. Marcus fizera a mesma expressão ao tentar esconder algo dela.

Será que Tobias herdou a expressão do seu pai? Ou será que isso significa algo diferente?

— Você vai ficar no meu grupo. Durante o ataque. Espero que você não se importe. Nossa missão é abrir caminho até a sala de controle.

O ataque. Se eu participar do ataque, não poderei ir atrás da informação que Jeanine roubou da Abnegação. Preciso escolher um dos dois.

Tobias disse que lidar com a Erudição é mais importante do que descobrir a verdade. E, se ele não tivesse prometido aos sem-facção o controle sobre os dados da Erudição, talvez tivesse razão. Mas ele não me deixou nenhuma escolha. Se houver qualquer chance de que Marcus esteja falando a verdade, preciso ajudá-lo. Preciso trabalhar contra as pessoas que mais amo.

E agora preciso mentir.

Contorço os dedos.

— O que foi?

— Ainda não consigo atirar. — Olho para ele. — E, depois do que aconteceu na sede da Erudição... — Limpo a garganta. — Não estou mais tão ansiosa para arriscar a minha vida.

— Tris. — Ele acaricia minha bochecha com as pontas dos dedos. — Você não precisa ir.

— Não quero parecer covarde.

— Ei. — Seus dedos se encaixam sob minha mandíbula. Eles estão frios. Ele me encara de maneira severa. — Você já fez mais por esta facção do que qualquer outra pessoa. Você...

Ele suspira e encosta a testa na minha.

— Você é a pessoa mais corajosa que jamais conheci. Fique aqui. E se recupere.

Tobias me beija, e eu sinto que estou ruindo por dentro. Ele pensa que ficarei aqui, mas estarei agindo contra ele, trabalhando com o pai que detesta. Essa mentira... Essa mentira é a pior que jamais contei. Não haverá volta.

Quando nos afastamos, temo que ele ouça minha respiração irregular, então viro-me para a janela.

CAPÍTULO
TRINTA E NOVE

— Agora sim. Você está parecendo uma molenga tocadora de banjo — diz Christina.
— É mesmo?
— Não. Na verdade, não. Só... deixa eu dar um jeito, está bem?

Ela vasculha sua bolsa por alguns segundos e encontra uma caixinha. Dentro dela há tubos e potes de tamanhos diferentes, que reconheço como maquiagem, mas que eu não saberia usar.

Estamos na casa dos meus pais. Foi o único lugar em que consegui pensar em vir para me aprontar. Christina não faz a menor cerimônia em bisbilhotar. Ela já descobriu dois livros didáticos escondidos entre a cômoda e a parede. Evidências da inclinação de Caleb para a Erudição.

— Eu entendi bem? Você deixou o complexo da Audácia para se preparar para a guerra... mas trouxe maquiagem?

— Isso mesmo. Imaginei que seria mais difícil alguém querer atirar em mim se visse o quão devastadoramente bonita eu sou — diz ela, erguendo uma sobrancelha. — Fique parada.

Ela tira a tampa de um tubo preto mais ou menos do tamanho de um dedo, revelando um bastão vermelho. É batom, é claro. Ela o encosta na minha boca e pincela até meus lábios ficarem cobertos de cor. Consigo ver a cor quando faço um biquinho.

— Alguém já falou para você dos milagres que uma pinça é capaz de fazer em uma sobrancelha? — pergunta ela, segurando uma.

— Mantenha isso longe de mim.

— Está bem. — Ela suspira. — Eu usaria o blush também, mas certamente não será a cor certa para você.

— Isso é chocante, já que os tons da nossa pele são tão parecidos.

— Rá, rá.

Quando deixamos a casa, estou usando batom vermelho, meus cílios estão curvados e visto um vestido vermelho. Além disso, há uma faca presa à parte interna do meu joelho. Tudo isso faz muito sentido.

— Onde é que Marcus, o Destruidor de Vidas, vai nos encontrar? — pergunta Christina. Ela está usando o amarelo da Amizade, não vermelho, e a cor brilha em contraste com sua pele.

Solto uma risada.

— Atrás da sede da Abnegação.

Descemos a calçada no escuro. Todos os outros devem estar jantando agora. Eu me certifiquei disso. Mas, caso encontremos alguém, estamos usando jaquetas pretas para esconder a maior parte das roupas da Amizade. Salto sobre uma rachadura na calçada por puro hábito.

— Aonde vocês duas estão indo? — diz a voz de Peter. Olho para trás. Ele está parado na calçada, atrás de nós. Há quanto tempo será que está ali?

— Por que você não está jantando com seu grupo de ataque? — pergunto.

— Não tenho um grupo. — Ele toca o braço no qual atirei. — Estou ferido.

— Ah, é. Até parece! — diz Christina.

— Bem, não quero lutar ao lado de um bando sem-facção — explica ele, com os olhos verdes cintilando. — Por isso, vou ficar aqui.

— Como um covarde — diz Christina, com os lábios retorcidos de repulsa. — Vai deixar que outras pessoas limpem a sujeira para você.

— Aham! — concorda ele, com certa alegria maliciosa. Ele bate palmas. — Divirtam-se morrendo.

Ele atravessa a rua assobiando e caminha na direção oposta.

— Bem, pelo menos o distraímos — diz ela. — Ele não voltou a perguntar para onde estávamos indo.

— É. Que bom. — Limpo a garganta. — Mas esse plano é meio idiota, não é?

— Não é... *idiota*.

— Claro que é. É idiotice confiar em Marcus. É idiotice tentar passar pelos soldados da Audácia na cerca. É idiotice ir contra a Audácia e os sem-facção. Tudo isso junto resulta... em um tipo de idiotice inédita na história da humanidade.

— Infelizmente, também é o melhor plano que temos agora. Se quisermos que todos saibam a verdade.

Confiei em Christina para assumir essa missão quando pensava que ia morrer, então não faria sentido não confiar nela agora. Temia que ela não quisesse vir comigo, mas havia me esquecido da sua facção de origem: a Franqueza, na qual a busca pela verdade é mais importante do que qualquer outra coisa. Ela pode ser da Audácia agora, mas, se há uma coisa que aprendi com tudo isso, é que nunca deixamos nossas antigas facções para trás.

— Então, foi aqui que você cresceu. Você gostava daqui? — Ela franze a testa. — Imagino que não, se você decidiu ir embora.

O sol movimenta-se lentamente em direção ao horizonte enquanto caminhamos. Eu costumava não gostar da luz da tardinha, porque ela tornava tudo no setor da Abnegação ainda mais monocromático, mas agora acho a onipresença do cinza reconfortante.

— Eu gostava de algumas coisas e odiava outras. E há algumas coisas que eu não sabia que tinha, até perder.

Chegamos à sede da Abnegação. Adoraria entrar na sala de reuniões e respirar o perfume de madeira antiga, mas não temos tempo. Entramos no beco ao lado do prédio e caminhamos até os fundos, onde Marcus me disse que estaria esperando.

Uma caminhonete azul-clara nos espera lá, com o motor ligado. Marcus está ao volante. Deixo que Christina entre primeiro, para que ela se sente no meio. Se possível, prefiro não sentar ao lado dele. Sinto como se odiá-lo enquanto agimos juntos de alguma forma diminuísse minha traição a Tobias.

Você não tem escolha, digo a mim mesma. *Não há opção.*

Com isso em mente, fecho a porta e procuro o cinto de segurança. Encontro apenas a ponta esfiapada de um cinto e uma fivela quebrada.

— Onde você encontrou esta lata velha? — pergunta Christina.

— Roubei-a dos sem-facção. Eles as consertam. Não foi fácil fazê-la pegar. É melhor se livrarem destas jaquetas, meninas.

Enrolo nossas jaquetas e jogo-as para fora da janela semiaberta. Marcus engata a marcha da caminhonete, e o motor range. Começo a duvidar de que sairemos do lugar quando ele pisar no acelerador, mas o automóvel funciona.

Pelo que lembro, o trajeto de automóvel entre o setor da Abnegação e a sede da Amizade dura cerca de uma hora, e a viagem exige um motorista experiente. Marcus entra em uma das vias principais e pisa mais forte no acelerador. O automóvel dá um tranco para a frente, e quase passamos por cima de um enorme buraco no asfalto. Agarro o painel para me equilibrar.

— Relaxe, Beatrice — diz Marcus. — Já dirigi antes.

— Já fiz muitas coisas na vida, mas isso não significa que sou boa nelas!

Marcus sorri e vira a caminhonete para a esquerda repentinamente, para desviar de um semáforo caído. Christina solta gritinhos ao desviarmos de outro destroço, como se estivesse se divertindo horrores.

— Um tipo de idiotice diferente, certo? — diz ela, alto o bastante para fazer ouvir sua voz em meio ao uivo do vento que atravessa a cabine.

Agarro o banco e tento não pensar no que comi no jantar.

+ + +

Quando chegamos à cerca, vemos os soldados da Audácia em pé diante dos nossos faróis, bloqueando o portão. As faixas azuis em seus braços chamam atenção. Tento manter uma expressão agradável. Não conseguirei convencê-los de que sou da Amizade com uma expressão preocupada.

Um homem de pele escura com uma arma na mão se aproxima da janela de Marcus. Ele aponta uma lanterna primeiro para Marcus, depois para Christina e por último para mim. Semicerro os olhos para me proteger da luz e forço um sorriso, como se não me importasse nem um pouco com luzes ofuscantes na minha cara e uma arma apontada para minha cabeça.

Os membros da Amizade devem ser malucos, se é assim mesmo que encaram o mundo. Ou então andam comendo demais aquele pão.

— Então, me diga — diz o homem. — O que um membro da Abnegação está fazendo em uma caminhonete com duas meninas da Amizade?

— Estas duas meninas se ofereceram para trazer provisões para a cidade, e eu me ofereci para levá-las de volta em segurança.

— Além disso, não sabemos dirigir — diz Christina, sorrindo. — Meu pai tentou me ensinar há anos, mas eu sempre confundia o acelerador e o freio; dá para imaginar que desastre! De qualquer maneira, Joshua foi muito gentil em se oferecer para nos levar, porque senão teria demorado muito, e as caixas eram *tão* pesadas...

O soldado da Audácia ergue a mão.

— Tudo bem, já entendi.

— Ah, claro. Desculpe. — Christina solta uma risadinha. — Só achei melhor explicar, porque você parecia estar confuso, o que é compreensível, afinal não é muito comum encontrar esta...

— Certo — diz o homem. — E quando você pretende voltar para a cidade?

— Não tão cedo — diz Marcus.

— Tudo bem. Siga adiante, então. — Ele acena para os outros guardas da Audácia que estão perto do portão. Um deles digita uma série de números no teclado e o portão se abre, liberando nossa passagem. Marcus acena para o guarda que permitiu nossa passagem e segue pela estrada gasta que leva à sede da Amizade. Os faróis da caminhonete revelam marcas de pneus, grama da pradaria e insetos passando de um lado para outro à nossa frente. Na escuridão à minha direita, vejo vaga-lumes acendendo em um ritmo parecido com o bater de um coração.

Depois de alguns segundos, Marcus olha para Christina.

— O que diabos foi *aquilo*?

— Não há nada que os membros da Audácia odeiem mais do que um membro animado da Amizade falando pelos cotovelos — diz Christina, erguendo um ombro. — Pensei que, se ele ficasse irritado, se distrairia e nos deixaria passar.

Abro um grande sorriso.

— Você é um *gênio*! — falo.

— Eu sei. — Ela joga a cabeça para o lado como se estivesse jogando o cabelo por cima do ombro, mas ela não tem cabelo suficiente para isso.

— O problema — diz Marcus — é que Joshua não é um nome da Abnegação.

— Ah, fala sério. Até parece que alguém repara nisso.

Vejo o brilho da sede da Amizade adiante e o aglomerado familiar de construções de madeira com uma estufa no centro. Passamos pelo pomar de macieiras. O ar cheira a terra morna.

Mais uma vez, lembro-me da minha mãe esticando o braço para catar uma maçã neste pomar, há anos, quando viemos ajudar a Amizade com a colheita. Sinto uma pontada no peito, mas a memória não me arrasa da mesma maneira que fazia há algumas semanas. Talvez seja porque estou em uma missão para honrá-la. Ou talvez seja porque estou apreensiva demais a respeito do que está por vir para sofrer direito. Mas algo mudou.

Marcus estaciona a caminhonete atrás das cabines de dormitórios. Só agora noto que não há uma chave na ignição.

— Como você conseguiu ligar a caminhonete?

— Meu pai me ensinou muitas coisas a respeito de mecânica e computação. Passei esse conhecimento para meu próprio filho. Você não achou que ele tinha aprendido aquilo tudo sozinho, não é?

— Na verdade, pensei sim. — Abro a porta e saio da caminhonete. A grama roça os dedos dos meus pés e minhas panturrilhas. Christina fica parada à minha direita, inclinando a cabeça para trás.

— É tudo tão diferente aqui — diz ela. — Quase dá para esquecer o que está acontecendo *lá dentro*.

Ela aponta para a cidade.

— As pessoas aqui realmente costumam esquecer.

— Mas elas sabem o que há além da cidade, não sabem? — pergunta ela.

— Elas sabem tanto quanto os patrulheiros da Audácia — diz Marcus. — Que o mundo lá fora é desconhecido e potencialmente perigoso.

— Como você sabe o que elas sabem? — pergunto.

— Porque é o que dissemos a elas. — Ele começa a caminhar em direção à estufa.

Troco olhares com Christina. Depois, corremos para alcançá-lo.

— O que você quer dizer com *isso*?

— Quando você recebe toda a informação, precisa decidir o quanto dela as outras pessoas devem saber — explica

Marcus. — Os líderes da Abnegação revelaram o que era preciso ser revelado. Agora, vamos esperar que Johanna mantenha seus hábitos. Geralmente, no começo da noite, ela está na estufa.

Ele abre a porta da estufa. O ar é tão denso quanto da outra vez que estive aqui, mas agora também está enevoado. A umidade esfria minhas bochechas.

— Nossa! — diz Christina.

O ambiente é iluminado pela lua e, portanto, é difícil diferenciar o que é planta, o que é árvore e o que foi construído pelo homem. Folhas roçam o meu rosto enquanto caminho pelo canto da estufa. De repente, vejo Johanna, agachada ao lado de um arbusto, com um pote na mão, catando o que parecem ser framboesas. Seu cabelo está preso, e consigo ver sua cicatriz.

— Não pensei que veria você aqui de novo, srta. Prior.

— Porque eu deveria estar morta?

— Sempre espero que as pessoas que vivem pelas armas acabem morrendo por elas. Muitas vezes fico agradavelmente surpresa. — Ela equilibra o pote no joelho e olha para mim. — Mas também não acredito que você tenha voltado porque gosta daqui.

— Não. Viemos por outro motivo.

— Tudo bem — diz ela, levantando-se. — Vamos conversar sobre isso, então.

Ela carrega o pote até o centro da sala, onde as reuniões da Amizade ocorrem. Nós a seguimos até as raízes da árvore, onde ela se senta e me oferece o pote de framboesas. Pego um pequeno punhado e passo o pote a Christina.

— Johanna, esta é Christina — diz Marcus. — Ela é da Audácia, mas nasceu na Franqueza.

— Seja bem-vinda à sede da Amizade, Christina — sorri Johanna de modo significativo. É estranho que duas pessoas nascidas na Franqueza possam parar em lugares tão diferentes: Audácia e Amizade.

— Diga-me, Marcus — diz Johanna. — A que devo esta visita?

— Acho que Beatrice deveria responder isso. Sou apenas o responsável pelo transporte.

Ela desvia o olhar para mim sem questioná-lo, mas noto, pela sua expressão preocupada, que ela preferiria conversar com Marcus. Ela negaria isso se eu perguntasse, mas tenho quase certeza de que Johanna Reyes me odeia.

— É... — Começo a dizer. Não foi a introdução mais brilhante da minha vida. Enxugo as palmas das mãos na minha camisa. — As coisas ficaram feias.

As palavras começam a jorrar, sem qualquer sutileza ou sofisticação. Explico que a Audácia se aliou aos sem-facção e que eles planejam destruir toda a Erudição, deixando-nos sem uma das duas facções essenciais. Digo a ela que há uma informação especialmente importante dentro do complexo da Erudição, além de todo o conhecimento que eles detêm, que precisa ser recuperada. Quando termino, percebo que não falei nada a respeito do que ela e sua facção têm a ver com isso, mas não sei como dizê-lo.

— Estou confusa, Beatrice. O que exatamente você deseja de nós?

— Não vim aqui pedir sua ajuda — digo. — Mas achei que você deveria saber que muitas pessoas vão morrer em breve. E sei que você não quer ficar aqui, sem fazer nada, enquanto isso acontece, mesmo que uma parte da sua facção queira.

Ela olha para baixo, contorcendo a boca de uma maneira que indica que estou certa.

— Também queria perguntar se seria possível conversar com os membros da Erudição refugiados aqui — digo. — Sei que eles estão escondidos, mas preciso ter acesso a eles.

— E o que você pretende fazer?

— Atirar neles — digo com ironia, revirando os olhos.

— Isso não tem graça.

Eu suspiro.

— Desculpe. Preciso de informações. Só isso.

— Bem, você precisará esperar até amanhã — diz Johanna. — Vocês podem dormir aqui.

+ + +

Durmo assim que encosto a cabeça no travesseiro, mas acordo mais cedo do que o planejado. Pelo brilho perto do horizonte, dá para perceber que o sol está prestes a nascer.

Do outro lado do espaço que separa nossas camas, encontra-se Christina, com a cara enfiada no colchão e o travesseiro sobre a cabeça. Há uma cômoda com uma lâmpada entre nós. As tábuas corridas do chão rangem, independente de onde piso. Na parede esquerda há um espelho preso de maneira casual. Todas as facções, menos a Abnegação, consideram espelhos coisas normais. Ainda fico um pouco chocada sempre que vejo um exposto dessa maneira.

Visto-me sem me preocupar em fazer silêncio. Nem quinhentos membros barulhentos da Audácia conseguem acordar Christina quando ela está dormindo pesado, embora talvez um sussurro de alguém da Erudição consiga. Ela tem essa particularidade.

Saio ao ar livre quando o sol começa a aparecer em meio aos galhos das árvores e vejo um pequeno grupo de membros da Amizade reunido perto do pomar. Eu me aproximo para ver o que eles estão fazendo.

Eles formam uma roda com as mãos dadas. Metade deles está no começo da adolescência, e a outra metade é de adultos. A mais velha entre eles, uma mulher de cabelo grisalho e trançado, fala:

— Acreditamos em um Deus que oferece a paz e a estima. Portanto, oferecemos paz uns aos outros, e a estimamos.

Não percebi que isso era uma deixa, mas os membros da Amizade, sim. Todos começam a se mover ao mesmo tempo, encontrando alguém do outro lado do círculo e lhe dando as mãos. Quando todos já arrumaram um par, eles ficam parados por vários segundos, encarando-se. Alguns murmuram uma frase, outros sorriem, e outros ainda ficam parados, em silêncio. Depois, eles se afastam e encontram outra pessoa, repetindo a mesma série de ações.

É a primeira vez que vejo uma cerimônia religiosa da Amizade. Só conheço a religião da facção dos meus pais, que parte de mim ainda guarda, e outra parte rejeita, considerando-a tola. As preces antes do jantar, os encontros semanais, os atos de servidão, os poemas sobre um Deus altruísta. Isso é algo diferente, algo misterioso.

— Venha. Junte-se a nós — diz a mulher de cabelo grisalho. Demoro alguns segundos para perceber que ela está falando comigo. Ela acena para mim, sorrindo.

— Ah, não — respondo. — Só estou...

— Venha — diz ela novamente, e sinto que não tenho opção senão caminhar até lá e me juntar a eles.

Ela é a primeira a se aproximar de mim, segurando minha mão. Seus dedos são secos e ásperos, e seu olhar procura o meu, insistentemente, embora eu ache estranho encará-la.

Quando finalmente a encaro, o efeito é imediato e peculiar. Fico imóvel, e cada parte de mim está imóvel, como se pesasse mais do que antes, mas o peso não é desagradável. Seus olhos são castanhos, inteiramente do mesmo tom, e não se movem.

— Que a paz de Deus esteja com você — diz ela, com a voz baixa —, mesmo em meio a dificuldades.

— Por que ela estaria? — indago baixinho, para que ninguém mais ouça. — Depois de tudo o que fiz...

— A questão não é você. É uma dádiva. Você não pode merecê-la, ou ela deixará de ser uma dádiva.

Ela solta minha mão e se direciona a outra pessoa, mas permaneço com a mão estendida, sozinha. Alguém se move para pegar minha mão, mas eu me afasto do grupo, primeiro andando, depois correndo.

Corro para o meio das árvores o mais rápido possível e só paro quando meus pulmões parecem arder em chamas.

Encosto a testa no tronco mais próximo, apesar de ele arranhar minha pele, e reprimo as lágrimas.

+ + +

Mais tarde, mas ainda de manhã, caminho debaixo de uma chuva rala até a estufa central. Johanna convocou uma reunião de emergência.

Permaneço o mais escondida possível, no canto da estufa, entre duas grandes plantas suspensas em solução mineral. Demoro alguns minutos para localizar Christina, vestida com a cor amarela da Amizade, no lado direito da estufa, mas é fácil localizar Marcus, que está em pé em meio às raízes da árvore gigante, com Johanna.

Johanna está com as mãos juntas na frente do corpo e o cabelo amarrado. A ferida que causou sua cicatriz também danificou seu olho. A pupila é tão dilatada que cobre toda a íris, e o olho esquerdo não se move junto com o direito quando ela olha para os membros da Amizade à sua frente.

Mas não há apenas membros da Amizade. Há pessoas com cabelos bem raspados e coques bem amarrados que devem ser da Abnegação e algumas fileiras de pessoas de óculos que devem pertencer à Erudição. Cara está entre eles.

— Recebi uma mensagem da cidade — diz Johanna, quando todos se calam. — E gostaria de comunicá-la a vocês.

Ela puxa a barra da camisa, depois junta as mãos novamente na frente do corpo. Parece estar nervosa.

— A Audácia aliou-se aos sem-facção. Eles pretendem atacar a Erudição dentro de dois dias. A batalha não será travada contra um exército misto da Erudição e da Audácia, mas contra inocentes da Erudição e o conhecimento que eles trabalharam tanto para acumular.

Ela olha para baixo, respira fundo e prossegue:

— Sei que não reconhecemos nenhum líder e, portanto, não tenho o direito de me direcionar a vocês como tal. Mas espero que me perdoem por, apenas desta vez, pedir para reconsiderarmos nossa decisão de não nos envolvermos.

Ouço murmúrios. Murmúrios muito diferentes dos da Audácia, mas delicados, como o som de pássaros voando de galho em galho.

— Independente da relação que temos com a Erudição, sabemos melhor do que qualquer facção o papel fundamental que ela exerce na sociedade. Eles precisam ser protegidos de uma chacina desnecessária, não apenas por serem seres humanos, mas também porque não podemos sobreviver sem eles. Proponho que entremos na cidade como mediadores pacíficos e imparciais, para evitar de qualquer maneira a violência extrema que com certeza ocorrerá. Por favor, discutam isso.

A chuva respinga sobre os painéis de vidro acima de nossas cabeças. Johanna senta-se em uma das raízes da árvore para esperar, mas os membros da Amizade não começam a conversar instantaneamente, como fizeram da última vez que estive aqui. Sussurros, quase indistinguíveis do som da chuva, transformam-se em conversas normais, e ouço algumas vozes erguendo-se acima das outras, quase gritando, mas não exatamente.

Cada voz mais alta causa um calafrio em meu corpo. Já presenciei muitas discussões na minha vida, a maioria delas nos últimos dois meses, mas nenhuma me assustou dessa maneira. As pessoas da Amizade não deveriam discutir.

Decido não esperar mais. Caminho pelo limite do espaço de reunião, espremendo-me entre os membros da Amizade que estão em pé e saltando sobre mãos e pernas esticadas. Alguns deles me encaram. Posso estar usando uma camisa vermelha, mas as tatuagens na minha clavícula estão plenamente visíveis, mesmo a distância.

Paro ao lado da fileira de membros da Erudição. Cara levanta-se quando me aproximo, com os braços cruzados.

— O que você está fazendo aqui?

— Vim avisar a Johanna o que está acontecendo. E pedir a sua ajuda.

— A minha ajuda? Por que...

— Não a *sua* ajuda — respondo. Tento esquecer o que ela disse a respeito do meu nariz, mas é difícil. — A ajuda de todos vocês. Tenho um plano para salvar parte dos dados da sua facção, mas preciso da sua ajuda.

— Na verdade — diz Christina, surgindo ao lado do meu ombro esquerdo —, *nós* temos um plano.

Cara olha para Christina, depois me encara novamente.

— *Você* quer ajudar a Erudição? Estou confusa.

— Você queria ajudar a Audácia — digo. — Você acha que é a única que não segue cegamente o que sua facção manda?

— Realmente, combina com seu padrão de comportamento — diz Cara. — Atirar em quem se mete no seu caminho é uma característica da Audácia, afinal de contas.

Sinto uma pontada no fundo da garganta. Ela parece muito com o irmão, com a ruga entre as sobrancelhas e as mechas escuras nos cabelos loiros.

— Cara — intervém Christina. — Você vai nos ajudar ou não?

Cara suspira.

— É claro que vou. E tenho certeza de que os outros também ajudarão. Encontrem-nos no dormitório da Erudição depois da reunião e contem-nos o plano.

+ + +

A reunião dura mais uma hora. Até lá a chuva já parou, embora ainda haja gotas de água nos painéis das paredes e do teto. Eu e Christina estamos sentadas, encostadas em uma das paredes, jogando um jogo no qual uma tenta prender o polegar da outra. Ela sempre vence.

Finalmente, Johanna e os outros que se apresentaram como líderes da discussão ficam parados em uma fileira em meio às raízes da árvore. Agora, o cabelo de Johanna está solto, cobrindo seu rosto abaixo. Ela deve nos informar sobre o resultado da conversa, mas fica apenas parada, com os braços cruzados e os dedos batendo nos cotovelos.

— O que está acontecendo? — pergunta Christina.

Finalmente, Johanna levanta a cabeça.

— Claramente, não foi fácil chegarmos a um consenso. Mas a maioria de vocês prefere manter nossa política de não envolvimento.

Para mim, não faz diferença se a Amizade decide entrar na cidade ou não. Mas eu havia começado a esperar que eles não fossem todos covardes, e considero essa decisão bastante covarde. Eu me encosto na janela.

— Não desejo encorajar uma divisão dentro da comunidade que já me ofereceu tantas coisas — diz Johanna. — Mas minha consciência me obriga a ir contra essa decisão. Qualquer um que também seja impulsionado pela consciência em direção à cidade está convidado a juntar-se a mim.

A princípio, como todos os outros, não entendo exatamente o que ela quer dizer. Johanna inclina a cabeça, fazendo com que sua cicatriz fique novamente visível, e diz:

— Se isso significar que não posso mais fazer parte da Amizade, eu entenderei. — Ela funga. — Mas, por favor, saibam que, se eu for obrigada a deixá-los, partirei com amor no coração, e não malícia.

Johanna faz uma reverência para os presentes, prende o cabelo atrás das orelhas e caminha em direção à saída. Alguns dos membros da Amizade levantam-se, apressadamente, depois outros, e logo todos estão de pé, e alguns deles, embora não muitos, seguem-na.

— Isso não é o que eu esperava — diz Christina.

CAPÍTULO QUARENTA

O DORMITÓRIO DA Erudição é um dos maiores da sede da Amizade. Há doze camas ao todo: uma fileira de oito, apertadas contra a parede dos fundos, e duas coladas em cada lado, deixando um espaço enorme no centro. Uma grande mesa ocupa esse espaço, coberta por ferramentas, pedaços de metal, engrenagens, peças usadas de computador e fios.

Eu e Christina acabamos de explicar o nosso plano, que pareceu muito mais idiota com doze membros da Erudição nos encarando.

— Seu plano é falho — diz Cara. Ela é a primeira a se pronunciar.

— É por isso que procuramos vocês — falo. — Para vocês nos mostrarem como consertá-lo.

— Bem, em primeiro lugar, esses dados importantes que vocês querem resgatar — diz ela. — Salvá-los em um disco é uma péssima ideia. Discos acabam quebrando ou caindo nas mãos erradas, como qualquer outro objeto físico. Sugiro que vocês usem a rede de dados.

— A... o quê?

Ela olha para os outros membros da Erudição. Um dos outros, um jovem rapaz moreno, de óculos, diz:

— Pode contar para elas. Não faz mais sentido guardarmos segredos.

Cara olha novamente para mim.

— Muitos dos computadores do complexo da Erudição são programados para receber dados dos computadores de outras facções. É por isso que foi tão fácil para Jeanine administrar a simulação de ataque de um computador da Audácia, e não de um da Erudição.

— O quê? — pergunta Christina. — Quer dizer que eles podem dar uma voltinha pelos dados das outras facções sempre que quiserem?

— Ninguém pode dar uma voltinha por dados — diz o jovem. — Isso é ilógico.

— É uma metáfora — diz Christina. Ela franze a testa. — Certo?

— Uma metáfora ou simplesmente uma figura de linguagem? — pergunta ele, também franzindo a testa. — Ou seria uma metáfora uma categoria definitiva sob o título "figura de linguagem"?

— Fernando — diz Cara. — Concentre-se.

Ele assente com a cabeça.

— A questão — continua Cara — é que a rede de dados existe e, apesar de ela ser algo eticamente questionável, pode funcionar a nosso favor. Da mesma maneira que podem acessar dados das outras facções, os computadores são capazes de *enviar* dados para outras facções. Se nós enviarmos os dados que você pretende resgatar para todas as outras facções, destruir todos eles seria impossível.

— Quando você diz "nós", está sugerindo que...

— Que nós iríamos com vocês? — pergunta ela. — É claro que nem todos iríamos, mas alguns precisam ir. Como vocês esperam se locomover dentro da sede da Erudição sozinhas?

— Espero que vocês entendam que, se forem com a gente, correm o risco de levar um tiro — diz Christina. Ela sorri. — E nada de se esconder atrás de nós para não quebrarem os óculos, ou algo assim.

Cara tira os óculos e quebra-os na metade.

— Arriscamos nossas vidas ao desertarmos da nossa facção — diz Cara. — E nós as arriscaremos novamente para salvar nossa facção de si mesma.

— Além disso — diz uma voz fina, vinda de trás de Cara. Uma menininha que não deve ter mais do que dez ou onze anos surge de trás do ombro dela. Seu cabelo preto é curto, como o meu, e um halo de fios crespos circunda sua cabeça. — Temos aparelhos úteis.

Eu e Christina trocamos olhares.

— Que tipo de aparelhos? — pergunto.

— São apenas protótipos — diz Fernando. — Portanto, não há por que analisá-los.

— Não somos muito de analisar — retruca Christina.

— Então, como vocês aprimoram as coisas? — pergunta a menininha.

— Na verdade, não aprimoramos — diz Christina. — As coisas meio que só pioram.

A menininha assente com a cabeça.

— Entropia — diz ela.

— Como?

— Entropia — repete ela, com sua voz aguda. — É a teoria que afirma que toda a matéria do universo está gradualmente alcançando a mesma temperatura. Ela também é conhecida como "morte térmica".

— Elia — diz Cara. — Você está simplificando demais algo que é muito mais complexo.

Elia mostra a língua para Cara. Não consigo segurar o riso. É a primeira vez que vejo alguém da Erudição mostrando a língua. Mas também nunca interagi muito com membros jovens de lá. Apenas com Jeanine e as pessoas que trabalham para ela. Incluindo meu irmão.

Fernando se abaixa ao lado de uma das camas e pega uma caixa. Ele a vasculha por alguns segundos, depois pega um disco pequeno e redondo. É feito do metal pálido que vi várias vezes na sede da Erudição, mas nunca em nenhum outro lugar. Fernando o carrega até mim na palma da mão. Quando estico o braço para tocá-lo, ele o afasta rapidamente.

— Cuidado! Trouxe isto da nossa sede. Não inventamos isto aqui. Você estava lá quando eles atacaram a Franqueza?

— Sim — respondo. — Estava *exatamente* lá.

— Lembra-se de quando o vidro estilhaçou?

— *Você* estava lá? — pergunto, com os olhos entrecerrados.

— Não. Mas eles gravaram tudo e me mostraram as imagens na sede da Erudição. Bem, você deve achar que o vidro estilhaçou porque atiraram contra ele, mas não foi isso o que aconteceu. Um dos soldados da Audácia lançou um *destes* perto das janelas. O aparelho emite um sinal que não conseguimos ouvir, mas que faz com que vidros quebrem.

— Entendo. Mas por que isso seria útil para nós?

— Estilhaçar todas as janelas de um lugar ao mesmo tempo é algo que pode distrair muito as pessoas ao redor — diz ele, com um pequeno sorriso. — Especialmente na sede da Erudição, onde há muitas janelas.

— Entendi.

— O que mais vocês têm? — pergunta Christina.

— O pessoal da Amizade vai gostar disso — diz Cara. — Onde está? Ah. Aqui.

Ela pega uma caixa preta feita de plástico, pequena o bastante para envolver com os dedos de uma mão. Em cima da caixa há dois pedaços de metal que parecem dentes. Ela liga um interruptor embaixo da caixa, e um feixe de luz azul se estende no espaço entre os dois dentes.

— Fernando — diz Cara. — Quer demonstrar como funciona?

— Está maluca? — pergunta ele, com os olhos arregalados. — Nunca mais farei isso. Você fica perigosa com isso.

Cara sorri para ele e explica:

— Se eu encostasse este atordoador em você agora, seria extremamente doloroso, e você ficaria incapacitada. Fernando descobriu isso na própria pele ontem. Construí isto para que os membros da Amizade possam se defender sem precisar atirar em ninguém.

— Isso... — Franzo a testa. — É muita consideração da sua parte.

— Bem, o objetivo da tecnologia é tornar a vida melhor. Independente da sua crença, há sempre uma tecnologia que se encaixa nela.

O que minha mãe disse mesmo naquela simulação? *Temo que toda a reprovação do seu pai a respeito da Erudição tenha sido prejudicial a você.* E se ela estivesse certa, mesmo sendo apenas parte de uma simulação? Meu pai me ensinou a ver a Erudição de uma maneira específica. Ele nunca me ensinou que eles não julgam as crenças das pessoas, mas que projetam coisas que se encaixam nessas crenças. Nunca me disse que eles podiam ser engraçados, ou que pudessem criticar sua própria facção.

Cara joga-se contra Fernando com o atordoador, rindo quando ele pula para fora do caminho.

Ele nunca me disse que alguém da Erudição poderia me oferecer ajuda, mesmo depois de eu ter matado seu irmão.

+ + +

O ataque começará de tarde, antes que fique escuro demais para conseguirmos enxergar as faixas azuis que marcam alguns dos traidores da Audácia. Assim que finalizamos nossos planos, atravessamos o pomar até a clareira onde as caminhonetes ficam estacionadas. Quando saio do meio das árvores, vejo que Johanna Reyes está sentada em cima do capô de uma das caminhonetes com as chaves penduradas nos dedos.

Atrás dela encontra-se um pequeno comboio de veículos cheios de membros da Amizade. Mas não apenas da Amizade, porque consigo ver alguns da Abnegação, com seus cortes sérios de cabelo e suas bocas imóveis. Robert, o irmão de Susan, está entre eles.

Johanna desce do capô com um salto. Atrás da caminhonete em que ela estava sentada há vários caixotes marcados com as palavras MAÇÃS, FARINHA e MILHO. Ainda bem que só precisamos carregar duas pessoas ali.

— Olá, Johanna — cumprimenta Marcus.

— Marcus — diz Johanna. — Espero que você não se importe se nós os acompanharmos até a cidade.

— De maneira alguma — diz Marcus. — Podem ir na frente.

Johanna entrega as chaves para Marcus e sobe na carroceria de uma das outras caminhonetes. Christina segue para a cabine da caminhonete, e eu vou para a carroceria, junto com Fernando.

— Não quer ir na frente? — pergunta Christina. — E você tem a cara de pau de dizer que é da Audácia...

— Prefiro ir em um lugar onde eu tenha menos chances de vomitar — respondo.

— Vomitar faz parte da vida.

Estou prestes a perguntar com qual frequência ela planeja vomitar no futuro quando a caminhonete dá a partida. Agarro-me à beirada da carroceria com as duas mãos para não ser lançada para fora, mas, depois de alguns minutos, quando me acostumo aos trancos e solavancos, solto-a. As outras caminhonetes seguem, sinuosamente, à nossa frente, seguindo o veículo de Johanna, que vai na frente.

Sinto-me calma até alcançarmos a cerca. Espero encontrar os mesmos guardas que tentaram impedir nossa passagem na vinda, mas o portão está abandonado, aberto. Um tremor começa no meu peito e se espalha para minhas mãos. Enquanto conhecia pessoas novas e organizava nosso plano, esqueci-me do fato de que ele consiste em entrar de cabeça numa batalha que poderia custar minha vida. E isso logo depois de me dar conta de que vale a pena viver.

O comboio desacelera ao passarmos pelo portão, como se esperássemos que alguém aparecesse do nada e nos impedisse de passar. Tudo está silencioso, exceto pelas cigarras que cantam nas árvores distantes e pelo ronco dos motores.

— Você acha que já começou? — pergunto a Fernando.

— Talvez. Mas talvez não. Jeanine conta com muitos informantes. Alguém provavelmente disse a ela que algo estava prestes a acontecer, e ela convocou todas as forças da Audácia de volta à sede da Erudição.

Aceno com a cabeça, mas a verdade é que estou pensando em Caleb. Ele era um desses informantes. Por que será que ele acreditou tanto que o mundo externo deveria permanecer escondido de nós que traiu todos com quem supostamente se importava e se aliou logo à Jeanine, que não se importa com ninguém?

— Você conhece uma pessoa chamada Caleb? — pergunto.

— Caleb — diz Fernando. — Sim, havia um Caleb na minha turma de iniciação. Ele era brilhante, mas também era... qual seria o termo coloquial para isso? Um puxa-saco. — Ele dá uma risadinha debochada. — Havia um tipo de divisão entre os iniciandos. Entre aqueles que acreditavam em tudo que Jeanine dizia e aqueles que não. É claro que eu pertencia ao grupo que não acreditava. Caleb pertencia ao outro grupo. Por que você quer saber?

— Eu o conheci quando fui mantida prisioneira — respondo, e minha voz soa distante até para mim. — Só estava curiosa.

— Mas você não deve ser muito dura com ele — diz Fernando. — Jeanine tem o poder de ser extremamente convincente para qualquer um que não seja naturalmente desconfiado. Sempre fui naturalmente desconfiado.

Olho para trás, sobre meu ombro esquerdo, para a silhueta dos prédios, que fica cada vez mais nítida à medida que nos aproximamos da cidade. Procuro as duas hastes de cima do Eixo e, ao encontrá-las, sinto-me melhor e pior ao mesmo tempo. Melhor, porque o prédio me parece tão familiar, e pior, porque o fato de eu conseguir vê-lo significa que estamos quase chegando.

— É — digo. — Eu também.

CAPÍTULO QUARENTA E UM

Ao alcançarmos a cidade, todos na caminhonete param de conversar e contraem os lábios, com o rosto pálido. Marcus desvia de buracos no asfalto do tamanho de pessoas e pedaços de ônibus quebrados. O trajeto fica mais fácil quando deixamos o território dos sem-facção e entramos na parte mais limpa da cidade.

De repente, ouço tiros. Dessa distância, eles soam como estalos.

Por um segundo, fico desorientada, e tudo o que consigo ver são os líderes da Abnegação de joelhos sobre a calçada e os membros da Audácia com o rosto inexpressivo e armas nas mãos; tudo o que consigo ver é minha mãe virando-se para receber os tiros e Will desabando no chão. Mordo meu punho para não soltar um grito, e a dor me traz de volta ao presente.

Minha mãe pediu que eu fosse corajosa. Mas, se ela soubesse que sua morte me traria tanto medo, será que teria se sacrificado daquela maneira?

Abandonando o comboio de caminhonetes, Marcus vira na avenida Madison e, quando estamos a apenas duas quadras da avenida Michigan, onde a batalha está sendo travada, ele entra em um beco e desliga o motor.

Fernando pula para fora da carroceria e me oferece a mão.

— Vamos, Insurgente — diz ele, piscando.

— O quê? — pergunto. Seguro seu braço e deslizo para fora da caminhonete.

Ele abre a bolsa sobre a qual estava sentado. Está cheia de roupas azuis. Ele as vasculha, jogando peças para mim e para Christina. Fico com uma camiseta azul brilhante e uma calça jeans.

— Insurgente. Substantivo. Uma pessoa que age em oposição à autoridade estabelecida, mas que não é necessariamente considerada agressiva.

— Você precisa dar nome a *tudo*? — pergunta Cara, passando a mão sobre seu cabelo loiro-claro para arrumar os fios soltos. — Só estamos fazendo algo, e, por acaso, estamos em grupo. Não é por isso que precisamos de um novo título.

— Acontece que eu gosto de categorizar as coisas — responde Fernando, erguendo a sobrancelha escura.

Encaro Fernando. Na última vez que invadi a sede de uma facção, eu carregava uma arma e deixei alguns corpos para trás. Quero que dessa vez seja diferente. *Preciso que seja diferente.*

— Eu gostei — digo. — Insurgente. É perfeito.

— Viu só? — diz Fernando. — Não sou o único.

— Parabéns — responde Cara ironicamente.

Encaro minhas roupas da Erudição, enquanto os outros tiram suas roupas rapidamente.

— Não temos tempo para pudores, Careta — diz Christina, olhando para mim com reprovação.

Sei que ela tem razão, então tiro a camisa vermelha que estava usando e visto a azul. Olho para Fernando e Marcus, a fim de me certificar de que eles não estão me observando, e troco a calça também. Preciso dobrar a calça quatro vezes, e, quando prendo o cinto, a cintura da calça dobra como o topo de um saco de papel amassado.

— Ela te chamou de "Careta"? — pergunta Fernando.

— Sim — respondo. — Eu me transferi da Abnegação para a Audácia.

— Ah. — Ele franze a testa. — É uma mudança e tanto. Esse tipo de salto de personalidade entre gerações é quase geneticamente impossível hoje em dia.

— Às vezes, a personalidade de uma pessoa não tem nada a ver com sua escolha de facção — digo, pensando na minha mãe. Ela não deixou a Audácia porque não se encaixava na facção, mas porque era mais seguro ser Divergente na Abnegação. E há também o caso de Tobias, que se transferiu para a Audácia para fugir do pai. — Há muitos fatores envolvidos.

Ele se transferiu para escapar do homem a quem me aliei. Sinto uma pontada de culpa.

— Se você continuar falando assim, eles nunca vão descobrir que você não pertence à Erudição — diz Fernando.

Penteio o cabelo para alisá-lo, depois o prendo atrás das orelhas.

— Deixa eu ajudar você — diz Cara. Ela afasta uma mecha de cabelo do meu rosto e prende-a com um grampo prateado, como as garotas da Erudição costumam fazer.

Christina pega as armas que trouxemos e olha para mim.

— Você quer uma? Ou prefere carregar o atordoador?

Encaro a arma em sua mão. Se eu não carregar pelo menos o atordoador, ficarei completamente vulnerável a pessoas que atirarão em mim sem pensar duas vezes. Mas, se eu escolher o atordoador, demonstrarei minha fraqueza diante de Fernando, Cara e Marcus.

— Sabe o que Will diria? — pergunta Christina.

— O quê? — digo, com a voz trêmula.

— Ele diria para você superar isso logo. Para deixar de ser tão irracional e pegar logo a droga da arma.

Will não tinha muita paciência para a irracionalidade. Christina deve estar certa; ela o conhecia melhor do que eu.

E ela, que perdeu alguém querido aquele dia, assim como eu, foi capaz de me perdoar, um ato que deve ter sido quase impossível. Teria sido impossível para mim, se fosse o inverso. Então, por que é tão difícil perdoar a mim mesma?

Fecho a mão sobre a arma que Christina me oferece. A parte do metal onde ela encostou está morna. Sinto a memória de atirar em Will cutucando o fundo da minha mente e tento reprimi-la. Mas não consigo. Solto a arma.

— O atordoador é uma ótima opção — diz Cara, tirando um fio de cabelo da manga da sua camisa. — Aliás, na minha opinião, os membros da Audácia são chegados demais a armas.

Fernando me oferece o atordoador. Gostaria de poder comunicar minha gratidão a Cara, mas ela não está olhando para mim.

— Como conseguirei esconder isso? — pergunto.

— Não precisa nem tentar — responde Fernando.

— Certo.

— É melhor irmos logo — diz Marcus, olhando para o relógio.

Meu coração bate tão forte que marca cada segundo, mas o resto do meu corpo está dormente. Quase não consigo sentir o chão. Nunca senti tanto medo, e, considerando tudo o que vi nas simulações e tudo o que fiz durante a simulação de ataque, isso não faz o menor sentido.

Ou talvez faça. O que quer que a Abnegação estivesse prestes a mostrar para o restante da cidade antes do ataque, foi o bastante para fazer Jeanine tomar medidas drásticas e terríveis para impedi-la. E agora estou prestes a concluir esse trabalho, o trabalho pelo qual minha antiga facção morreu. Há muito mais do que minha vida em jogo agora.

Eu e Christina vamos na frente. Descemos correndo as calçadas limpas e planas da avenida Madison, passando pela rua State, em direção à avenida Michigan.

A meia quadra da sede da Erudição, paro repentinamente.

Há um grupo de pessoas organizadas em quatro fileiras diante de nós, a maioria delas vestida de preto e branco, a cerca de meio metro de distância umas das outras, com as armas erguidas e preparadas. Pisco os olhos, e eles tornam-se membros da Audácia sob o controle da simulação, no setor da Abnegação, durante a simulação de ataque. *Controle-se! Controle-se controle-se controle-se...* Pisco novamente, e eles voltam a ser membros da Franqueza, embora alguns deles, vestidos todos de preto, pareçam da Audácia. Se eu não tomar cuidado, perderei a noção de onde e quando estou.

— Meu Deus — diz Christina. — Minha irmã, meus pais... e se eles...

Ela olha para mim, e eu acho que sei o que ela está pensando, porque já passei por isso antes. *Onde estão meus pais? Preciso encontrá-los.* Mas, se os pais delas estiverem na mesma situação desses membros da Franqueza, controlados pela simulação e armados, ela não poderá fazer nada por eles.

Será que Lynn se encontra em uma dessas fileiras, em algum outro lugar?

— O que faremos agora? — diz Fernando.

Dou um passo em direção aos membros da Franqueza. Talvez eles não estejam programados para disparar. Encaro os olhos enevoados de uma mulher vestindo blusa branca e calça preta. Ela parece ter acabado de chegar do trabalho. Dou mais um passo.

Bang! Salto instintivamente para o chão, cobrindo a cabeça com os braços, e me arrasto para trás, em direção aos sapatos de Fernando. Ele me ajuda a levantar.

— Que tal não fazermos mais isso? — diz ele.

Inclino-me para a frente, mas não muito, e espio para dentro do beco entre o prédio ao nosso lado e a sede da Erudição. Há membros da Franqueza dentro do beco também. Provavelmente, há muitos membros da Franqueza cercando todo o prédio da Erudição.

— Há alguma outra maneira de entrarmos na sede da Erudição? — pergunto.

— Não que eu saiba — diz Cara. — A não ser que você queira saltar de um telhado para outro.

Ela ri um pouco ao dizer isso, como se fosse uma piada. Ergo uma sobrancelha e olho para ela.

— Espera aí. Você não está pensando em...

— O telhado? Não. As janelas.

Ando para a esquerda, tomando cuidado para não avançar nem um centímetro na direção dos membros da Franqueza. O prédio à minha esquerda fica próximo da sede da Erudição. Deve haver algumas janelas voltadas umas para as outras.

Cara sussurra algo a respeito das loucuras que as pessoas da Audácia cometem, mas corre atrás de mim, seguida por Fernando, Marcus e Christina. Tento abrir a porta dos fundos do edifício, mas está trancada.

Christina dá um passo para a frente e diz:

— Afastem-se.

Ela aponta a arma para a tranca. Protejo o rosto com as mãos, e ela dispara. Ouvimos um estrondo alto, seguido por um zunido causado por um disparo tão próximo. A tranca rompeu-se.

Abro a porta e entro. Sou recebida por um longo corredor com chão de ladrilhos e portas dos dois lados, algumas abertas e outras fechadas. Quando olho para dentro das salas abertas, vejo fileiras de mesas antigas e quadros-negros nas paredes, como os da sede da Audácia. O ar cheira a mofo, como as páginas de um livro de biblioteca misturadas a algum produto de limpeza.

— Isto costumava ser um edifício comercial — diz Fernando —, mas a Erudição o transformou em uma escola para a educação pós-Escolha. Depois das grandes reformas na sede da Erudição, há cerca de dez anos, quando todos os edifícios diante do Millenium foram conectados, eles suspenderam as aulas aqui. O prédio era velho demais e difícil de renovar.

— Obrigada pela aula de história — diz Christina.

Ao alcançar o final do corredor, entro em uma das salas de aula para me localizar. Vejo os fundos da sede da Erudição, mas não há nenhuma janela do outro lado do beco que esteja no nível da rua.

Pela janela, vejo uma criança da Franqueza, uma menininha, tão perto que eu poderia tocá-la se esticasse o braço através da janela. Ela segura uma arma do tamanho do seu antebraço e está tão imóvel que nem parece respirar.

Inclino o pescoço para ver as janelas acima do nível da rua. Acima da minha cabeça, no prédio escolar, há muitas delas. Nos fundos da sede da Erudição, há apenas uma no mesmo nível. Ela fica no terceiro andar.

— Tenho boas notícias — digo. — Encontrei uma maneira de atravessarmos.

CAPÍTULO
QUARENTA E DOIS

Nós nos espalhamos pelo prédio, à procura de depósitos de material de limpeza, para tentar encontrar uma escada. Ouço o som de tênis rangendo nos ladrilhos, e alguém grita:

— Encontrei um! Ah, não! Só há baldes dentro. Deixa pra lá.

Outra pessoa grita:

— Que tamanho a escada precisa ter? Uma escada curta não adianta, não é?

Enquanto eles procuram, encontro a sala de aula do terceiro andar com vista para a janela da Erudição. Abro três janelas até encontrar a certa.

Inclino o corpo para fora, por cima do beco, e grito:

— Ei!

Depois, volto para dentro o mais rápido possível. Mas não ouço tiros. *Que bom*, penso. *Eles não reagem a sons.*

Christina entra na sala com uma escada sob o braço, seguida pelos outros.

— Achei uma! Acho que ficará comprida o bastante quando a abrirmos.

Ela se vira repentinamente, e a escada bate no braço de Fernando.

— Ah! Desculpe, Nando.

O choque entorta os óculos de Fernando. Ele sorri para Christina e tira os óculos, enfiando-os no bolso.

— Nando? — pergunto a ele. — Pensei que as pessoas da Erudição não gostassem de apelidos.

— Quando uma menina bonita chama você por um apelido, aceitá-lo é uma atitude lógica.

Christina desvia o rosto e, a princípio, penso que está acanhada, mas então vejo que seu rosto se contorce, como se ela tivesse recebido um tapa, e não um elogio. A morte de Will ainda é recente demais para que ela consiga aceitar um flerte.

Ajudo-a a deslizar a ponta da escada pela janela da sala de aula e através do espaço entre os dois edifícios. Marcus nos ajuda a estabilizá-la. Fernando solta um grito de alegria quando a escada encosta na janela da Erudição, do outro lado do beco.

— Agora, precisamos quebrar o vidro — digo.

Fernando pega o dispositivo de quebrar vidros do bolso e me oferece.

— Você provavelmente tem uma mira melhor — diz ele.

— Eu não contaria com isso. Meu braço direito está inutilizado. Eu precisaria lançar com o esquerdo.

— Deixa comigo — diz Christina.

Ela aperta o botão na lateral do aparelho e o lança até o outro lado do beco, movimentando o braço por baixo. Cerro os punhos e espero pela aterrissagem do dispositivo. Ele quica no parapeito e rola até o vidro. Há um flash de luz laranja e, de repente, todas as janelas, de cima, de baixo e do lado, se estilhaçam, formando centenas de minúsculos cacos que chovem sobre os membros da Franqueza abaixo.

Instantaneamente eles se voltam para cima e atiram. Todos se jogam no chão, mas eu permaneço em pé, maravilhada com a sincronia perfeita da situação e, ao mesmo tempo, enojada com o fato de que Jeanine Matthews transformou mais uma facção de seres humanos em peças de uma máquina. Nenhuma das balas atinge as janelas da sala de aula e muito menos o seu interior.

Quando os membros da Franqueza param de disparar, olho para baixo. Eles voltaram às suas posições originais: metade olhando para a avenida Madison, e a outra metade olhando para a rua Washington.

— Eles respondem apenas a movimentos, portanto... não caiam da escada — digo. — O primeiro a atravessar precisará segurar a ponta do outro lado.

Noto que Marcus, que deveria se oferecer de maneira altruísta para todas as tarefas, não se voluntaria.

— Não está se sentindo muito Careta hoje, Marcus? — pergunta Christina.

— Se eu fosse você, tomaria cuidado com quem insulta. Ainda sou a única pessoa aqui capaz de encontrar o que estamos procurando.

—Você está me *ameaçando*?

—Eu vou — digo, antes que Marcus consiga responder. —Também sou um pouco Careta, não é?

Prendo o atordoador sob a cintura da calça e subo em uma mesa para ficar em um ângulo melhor com a janela. Christina segura os lados da escada enquanto subo nela e começo a me deslocar para a frente.

Depois de atravessar a janela, posiciono meus pés nas estreitas barras laterais da escada e as mãos nos degraus. Ela parece tão sólida e estável quanto uma lata de alumínio, rangendo e vergando sob meu peso. Tento não olhar para os membros da Franqueza abaixo; tento não pensar em suas armas sendo erguidas e atiradas em minha direção.

Respirando rapidamente, olho para o meu destino, a janela da Erudição. Só faltam alguns poucos degraus.

Uma brisa atravessa o beco, empurrando-me para o lado, e lembro-me da vez que escalei a roda gigante com Tobias. Naquela situação, foi ele quem me ajudou a me equilibrar. Agora, não há ninguém para fazer isso.

Vejo de relance o chão, três andares abaixo, com os tijolos menores do que deveriam ser e as fileiras de pessoas da Franqueza, escravizadas por Jeanine. Meus braços doem enquanto me desloco lentamente através do vão, especialmente o braço direito.

A escada escorrega um pouco, aproximando-se mais da beirada da janela do outro lado. Christina está mantendo um lado estável, mas não pode impedir que a escada deslize do outro. Cerro os dentes e tento não balançá-la, mas não posso mover as duas pernas ao mesmo tempo.

Preciso deixar que a escada balance um pouco. Só faltam quatro degraus.

A escada gira violentamente para a esquerda, e depois, ao mover meu pé direito para a frente, não encontro a beirada do degrau.

Solto um grito, e meu corpo é lançado para o lado. Fico abraçada à escada, com uma das pernas pendurada no ar.

— Você está bem? — grita Christina, atrás de mim.

Não respondo. Levanto a perna e a enfio sob meu corpo. Meu deslizar fez com que a escada se aproximasse ainda mais da beirada da janela. Agora, ela está apoiada por apenas um milímetro de concreto.

Decido mover-me rapidamente. Lanço-me em direção ao parapeito no momento exato em que a escada desliza para fora da janela. Minhas mãos agarram o parapeito, e o concreto arranha as pontas dos meus dedos, que suportam todo o peso do meu corpo. Ouço vários gritos atrás de mim.

Cerro os dentes ao erguer o corpo, e meu braço direito lateja de dor. Chuto a parede de tijolos do edifício, esperando que isso me dê alguma tração, mas não adianta nada. Grito, entre dentes cerrados, ao erguer o corpo por cima do parapeito, e fico com a metade do corpo para dentro e a outra metade pendurada para fora. Felizmente, Christina não deixou que a escada caísse muito. Nenhum dos membros da Franqueza atira em mim.

Puxo o restante do corpo para dentro do prédio da Erudição. Estou em um banheiro. Desabo no chão, sobre o ombro esquerdo, e tento respirar, apesar da dor. Gotas de suor escorrem da minha testa.

Uma mulher da Erudição sai de uma das cabines do banheiro, e eu me levanto rapidamente, sacando o atordoador, sem pensar.

Ela fica paralisada, com os braços para cima e um pedaço de papel higiênico preso no sapato.

— Não atire! — diz ela, com os olhos esbugalhados, confundindo o atordoador com uma arma de fogo.

De repente, lembro-me de que estou vestida com roupas da Erudição. Abaixo o atordoador.

— Perdão. — Tento adotar a fala formal das pessoas da Erudição. — Estou um pouco tensa com tudo o que está ocorrendo. Estamos reentrando, para recuperar parte dos resultados dos nossos testes do... Laboratório 4-A.

— Ah — diz a mulher. — Isso não me parece muito sensato.

— São dados extremamente importantes — explico, tentando soar tão arrogante quanto alguns dos membros da Erudição com quem já conversei. — Prefiro impedir que eles acabem cravados de balas.

— Longe de mim impedi-la de tentar recuperá-los. Agora, com sua licença, vou lavar minhas mãos e depois me refugiar.

— Sem problemas — respondo. Decido não dizer a ela que há papel higiênico preso em seu sapato.

Volto-me novamente para a janela. Do outro lado do beco, Christina e Fernando estão tentando erguer a escada outra vez até o parapeito. Embora meus braços e mãos doam, inclino o corpo para fora e agarro a outra ponta da escada, levantando-a até a janela. Depois, seguro-a no lugar enquanto Christina atravessa.

Dessa vez, a escada fica mais estável, e Christina atravessa o vão sem problemas. Ela toma meu lugar, segurando a escada enquanto empurro uma lata de lixo até a frente da porta, para que ninguém mais entre. Depois, jogo água gelada nos meus dedos, para mitigar a dor.

— Isso foi bem esperto, Tris.

— Não precisa parecer tão surpresa.

— É só que... — Ela faz uma pausa. — Você apresentou aptidão para a Erudição, não foi?

— E isso importa? — digo, ríspida demais. — As facções estão destruídas e sempre foram uma ideia idiota.

Nunca havia dito algo assim. Nem havia pensado. Mas fico surpresa em perceber que acredito nisso, que concordo com Tobias.

— Não estava tentando insultar você — diz Christina. — Apresentar aptidão para a Erudição não é ruim. Principalmente agora.

— Desculpe. Estou apenas... tensa. Só isso.

Marcus atravessa a janela e desaba no chão de ladrilhos. Cara é surpreendentemente ágil. Ela atravessa os degraus da escada como se estivesse dedilhando um banjo, tocando em cada um rapidamente e movendo-se logo para o seguinte.

Fernando será o último e ficará na mesma situação que eu fiquei, com a escada segura apenas de um lado. Eu me aproximo mais da janela a fim de poder avisar a ele para parar, caso veja que a escada está deslizando.

Fernando, que eu imaginei que não teria dificuldade, move-se com menos destreza do que qualquer um de nós.

Ele deve ter passado a vida inteira atrás de um computador ou um livro. Move-se para a frente, desajeitado, com o rosto completamente vermelho, e agarra os degraus com tanta força que suas mãos ficam manchadas e roxas.

Quando ele alcança a metade do caminho, vejo algo deslizando para fora do seu bolso. São seus óculos.

— Fernan... — grito.

Mas já é tarde demais.

Os óculos caem, batem na beirada da escada e desabam na calçada.

Em uma onda, os membros da Franqueza viram seus corpos e atiram para cima. Fernando solta um grito e desaba sobre a escada. Uma bala atinge sua perna. Não sei onde as outras acertam, mas percebo, ao ver o sangue pingando entre os degraus da escada, que não foi em um lugar que não oferecesse perigo.

Fernando encara Christina com o rosto pálido. Ela lança-se para fora da janela, pronta para agarrá-lo.

— Não seja idiota! — diz ele, com a voz fraca. — Deixe-me aqui.

É a última coisa que ele diz.

CAPÍTULO
QUARENTA E TRÊS

CHRISTINA VOLTA PARA o banheiro. Todos ficamos imóveis.

— Não quero parecer insensível — diz Marcus —, mas precisamos ir, antes que a Audácia e os sem-facção consigam entrar no prédio. Se é que eles já não entraram.

Ouço algo bater contra a janela e viro o rosto rapidamente, acreditando, por um milésimo de segundo, ser Fernando tentando entrar. Mas é apenas a chuva.

Seguimos Cara para fora do banheiro. Agora, ela é a nossa líder. É quem conhece melhor a sede da Erudição. Ela é seguida por Christina, depois por Marcus e, por último, por mim. Deixamos o banheiro e nos encontramos em um corredor da Erudição, exatamente igual a qualquer outro: branco, claro, estéril.

Mas esse corredor está mais movimentado do que qualquer outro que eu já tenha visto. Pessoas vestindo o azul da Erudição correm de um lado para outro, em grupos ou sozinhas.

— Eles estão na porta da frente! Subam o mais alto possível! — grita um deles.

— Eles desativaram os elevadores! Corram até as escadas! — grita outro.

De repente, em meio ao caos, percebo que esqueci o atordoador no banheiro. Estou desarmada novamente.

Traidores da Audácia também passam correndo por nós, embora pareçam menos desesperados que as pessoas da Erudição. Eu me pergunto o que Johanna, a Amizade e a Abnegação estão fazendo em meio a esse caos. Será que estão cuidando dos feridos? Ou será que estão se posicionando entre as armas da Audácia e os inocentes da Erudição, recebendo os tiros em nome da paz?

Sinto um calafrio. Cara nos guia até uma escada, e nos juntamos a um grupo de pessoas da Erudição, aterrorizadas, subindo um, dois, três lances de escada. Depois, Cara abre uma porta com o ombro, mantendo a arma próxima ao peito.

Reconheço este andar.

É o meu andar.

Meus pensamentos ficam lentos. Quase morri aqui. Desejei a morte aqui.

Desacelero o passo e me afasto do grupo. Não consigo escapar do meu torpor, embora pessoas passem correndo por mim. Marcus grita alguma coisa, mas sua voz soa abafada. Christina volta e me agarra, arrastando-me até a Sala de Controle A.

Dentro da sala de controle, vejo fileiras de computadores, mas não consigo enxergá-los de verdade; é como se uma névoa cobrisse meus olhos. Pisco para tentar dissipá-la. Marcus se senta diante de um dos computadores, e Cara diante de outro. Eles enviarão todos os dados dos computadores da Erudição para os computadores das outras facções.

Atrás de mim, a porta se abre.

E ouço Caleb perguntar:

— O que vocês estão fazendo aqui?

+ + +

Sua voz me acorda do torpor. Viro-me e dou de cara com sua arma.

Seus olhos são idênticos aos da minha mãe, com um tom pálido de verde, quase cinzento, embora sua camisa azul faça com que a cor deles pareça mais potente.

— Caleb — digo. — O que pensa que está fazendo?

— Estou aqui para impedir o que quer que vocês estejam fazendo! — Sua voz treme, assim como a arma em sua mão.

— Estamos aqui para salvar os dados da Erudição que os sem-facção querem destruir — explico. — Não acho que você vai querer nos impedir.

— Isso não é verdade — diz ele, depois gira a cabeça na direção de Marcus. — Por que você o traria se não estivesse tentando descobrir algo a mais? Algo mais importante para ele do que todos os dados da Erudição?

– Ela contou para *você* a respeito disso? – pergunta Marcus. – *Você*, uma criança?

– Ela não me contou nada, a princípio – diz Caleb. – Mas não queria que eu escolhesse um lado sem conhecer os fatos!

– O fato – diz Marcus – é que ela morre de medo da realidade, e a Abnegação não morria. Aliás, não morre. Nem sua irmã. Pelo menos essa qualidade ela tem.

Faço uma careta. Mesmo quando ele está me elogiando, sinto vontade de bater nele.

– Minha irmã – diz Caleb, suavemente, olhando novamente para mim – não sabe no que está se metendo. Não sabe o que você quer mostrar para todo o mundo... não sabe que isso destruiria *tudo*!

– Estamos aqui por um propósito! – Marcus está quase gritando agora. – Nós completamos nossa missão, e está na hora de fazermos o que fomos enviados aqui para fazer!

Não sei a que propósito ou missão Marcus está se referindo, mas Caleb não parece confuso.

– *Nós* não fomos enviados aqui – diz Caleb. – Não temos responsabilidades sobre mais ninguém, a não ser nós mesmos.

– Esse é exatamente o tipo de pensamento interesseiro que aprendi a esperar de qualquer pessoa que tenha passado tempo demais ao lado de Jeanine Matthews. Você está tão disposto a preservar seu conforto que seu egoísmo está destruindo sua humanidade!

Não quero mais ouvir isso. Enquanto Caleb encara Marcus, giro o corpo e chuto seu pulso com força. O impacto o choca, e sua arma cai. Chuto-a com a ponta do pé, fazendo-a deslizar sobre o chão.

— Você precisa confiar em mim, Beatrice — diz ele, com o queixo tremendo.

— Depois que você a ajudou a me torturar? Depois que você a ajudou a quase me *matar*?

— Não a ajudei a tort...

— Mas você não a impediu, não é? Você estava lá, e apenas *assistiu*...

— O que eu poderia ter feito? O que...

— Você poderia ter *tentado*, seu covarde! — grito tão alto que meu rosto esquenta e lágrimas escorrem. — Tentado e fracassado, porque você me ama!

Soluço, apenas para respirar ar o bastante. Tudo o que consigo ouvir são os dedos de Cara contra o teclado, enquanto ela se dedica à tarefa que viemos fazer. Caleb não parece ter uma resposta. Seu olhar de súplica gradualmente desaparece, substituído por uma expressão vazia.

— Vocês não vão encontrar o que estão procurando aqui. Ela não armazenaria arquivos tão importantes em computadores públicos. Isso seria ilógico.

— Então, ela não destruiu os arquivos? — diz Marcus.

Caleb balança a cabeça.

— Ela não acredita na destruição de informação. Apenas na sua contenção.

— Ainda bem — diz Marcus. — Onde ela os armazenou?

— Não vou dizer.

—Acho que eu sei – digo. Caleb disse que ela não manteria a informação em um computador público. Portanto, deve estar mantendo-a em um computador privado: o computador do seu escritório ou o do laboratório sobre o qual Tori me falou.

Caleb não olha para mim.

Marcus pega o revólver de Caleb e gira-o em sua mão, fazendo com que o punho da arma se projete para fora. Depois, ele lança o braço para o lado, atingindo meu irmão sob o queixo. Os olhos de Caleb parecem revirar e ele desaba no chão.

Não quero nem saber como Marcus aprendeu essa manobra.

— Não podemos permitir que ele fuja e conte a alguém o que estamos fazendo – diz Marcus. – Vamos. Cara pode cuidar do resto, certo?

Cara acena com a cabeça, sem levantar o rosto do computador. Sentindo-me enjoada, sigo Marcus e Christina para fora da sala de controle, em direção à escada.

+ + +

O corredor agora está vazio. Há pedaços de papel e marcas de pegadas nos ladrilhos. Eu, Marcus e Christina corremos em fila até a escada. Encaro a parte de trás da cabeça dele, onde o formato do seu crânio aparece sob seu cabelo cortado rente.

Tudo o que consigo ver ao olhar para ele é o cinto voando em direção a Tobias e o punho da arma atingindo o queixo de Caleb. Não me importo com o fato de ele ter machucado Caleb. Eu teria feito o mesmo. Mas o fato de ele ser alguém que sabe machucar as pessoas, mas que sai por aí proclamando ser o líder altruísta da Abnegação, de repente me deixa tão irritada que mal consigo enxergar direito.

Especialmente porque eu o escolhi. *Ele*, e não Tobias.

— Seu irmão é um traidor — diz Marcus, ao virarmos o corredor. — Ele merecia coisa pior. Não precisa olhar para mim assim.

— Cala a boca! — grito, empurrando-o com força contra a parede. Ele fica surpreso demais para me empurrar de volta. — Eu o odeio, e você sabe disso! Eu o odeio pelo que fez a ele, e não estou falando do Caleb.

Eu me aproximo do rosto dele e sussurro:

— E, embora talvez não atire em você, eu certamente não o ajudarei se alguém tentar matar você. Portanto, é melhor rezar para que não nos encontremos nessa situação.

Ele me encara, aparentando indiferença. Eu o solto e sigo novamente em direção à escada, seguida por Christina. Ele também me segue.

— Para onde estamos indo? — pergunta ela.

— Caleb disse que o que estamos procurando não está em um computador público, portanto só pode estar em um computador privado. Que eu saiba, Jeanine só tem dois computadores privados. Um em seu escritório e outro em seu laboratório.

— Então, para qual devemos ir?

— Tori disse que o laboratório de Jeanine era extremamente bem protegido — digo. — E eu já estive em seu escritório; é uma sala comum.

— Então... o laboratório.

— É no último andar.

Alcançamos a porta da escada e, quando a abro, um grupo de membros da Erudição, incluindo algumas crianças, está descendo a toda velocidade. Agarro-me ao corrimão e abro caminho entre eles com o cotovelo, sem olhar para seus rostos, como se eles não fossem humanos, mas apenas uma massa que devo tirar do meu caminho.

Espero que o fluxo de pessoas acabe, mas elas continuam vindo do andar seguinte, em uma onda contínua de indivíduos vestidos de azul, sob a fraca luz azulada, com o branco dos olhos brilhando como lâmpadas e contrastando com tudo ao redor. Seus soluços de terror ecoam no vão de cimento centenas de vezes, como gritos de demônios com olhos brilhantes.

Quando alcançamos o sétimo andar, o fluxo de pessoas diminui, depois acaba. Passo as mãos nos braços para me livrar dos fantasmas de pelos, mangas e pele que encostaram em mim na subida. Consigo ver o topo das escadas de onde estou.

Também vejo o corpo de um guarda, com o braço inerte para fora da escada, e, em pé sobre ele, um homem sem-facção com um tapa-olho.

Edward.

+ + +

— Olha quem está aqui — diz Edward. Ele está em pé no topo de um pequeno lance de escada, com apenas sete degraus, e eu estou embaixo. O guarda traidor da Audácia encontra-se entre nós, com os olhos imóveis e uma mancha escura no peito, onde alguém, provavelmente Edward, atirou.

— Essa é uma roupa estranha para alguém que deveria odiar a Erudição. Pensei que você estivesse em casa, esperando o seu namorado voltar como um herói.

— Como você já deve ter percebido — digo, subindo um degrau —, o plano nunca foi esse.

A luz azul lança sombras sob as maçãs do seu rosto. Ele leva a mão às costas.

Se ele está aqui, isso significa que Tori também já subiu. Isso, por sua vez, significa que Jeanine talvez já esteja morta.

Sinto a presença de Christina perto das minhas costas e ouço sua respiração.

— Vamos passar por você — digo, subindo mais um degrau.

— Eu duvido — responde ele. Ele saca sua arma. Eu me jogo para a frente, sobre o guarda caído. Ele dispara, mas estou agarrando seu punho, e ele não consegue mirar direito.

Meus ouvidos zunem, e meus pés procuram se equilibrar sobre as costas do guarda morto.

Christina lança um soco sobre minha cabeça. Seu punho atinge o nariz de Edward. Não consigo me equilibrar sobre o corpo do guarda e caio de joelhos, cravando as unhas no pulso de Edward. Ele me empurra para o lado e dispara novamente, atingindo a perna de Christina.

Arquejando, Christina saca sua arma e dispara. A bala atinge a lateral do corpo de Edward, que dá um berro e solta a arma, desabando para a frente. Ele cai sobre mim, e eu bato com a cabeça em um dos degraus de cimento. O braço do guarda morto está machucando minhas costas.

Marcus pega a arma de Edward e a aponta para nós.

— Levante-se, Tris — diz ele. Depois, vira-se para Edward: — E você, não se mova.

Procuro com a mão a beirada de um degrau e puxo meu corpo para fora do espaço entre Edward e o guarda morto. Edward senta-se, com dificuldade, sobre o guarda, como se ele fosse uma *almofada*, agarrando a lateral do corpo com as duas mãos.

— Você está bem? — pergunto a Christina.

Seu rosto se contorce.

— Ai. Estou. Ele atingiu o lado da perna, e não o osso.

Estendo o braço, para ajudá-la a se levantar.

— Beatrice — diz Marcus. — Precisamos deixá-la.

— Como assim *deixá-la*? — pergunto, irritada. — Não podemos deixá-la! Poderia acontecer algo terrível!

Marcus encosta o dedo indicador no meu esterno, entre as minhas clavículas, e inclina-se sobre mim.

— Ouça bem — diz ele. — Jeanine Matthews provavelmente fugiu para o seu laboratório ao primeiro sinal do ataque, porque lá é o lugar mais seguro do edifício. E, a qualquer momento, ela pode decidir que a Erudição perdeu e que é melhor deletar os dados do que correr o risco de que alguém os encontre, e toda a nossa missão terá sido em vão.

E eu terei perdido todo mundo: meus pais, Caleb e, por fim, Tobias, que nunca me perdoará por ter me aliado a seu pai, especialmente se eu não tiver como provar que valeu a pena.

— Vamos deixar a sua amiga aqui. — Seu bafo fede. — E vamos seguir em frente, a não ser que você prefira que eu vá sozinho.

— Ele tem razão — diz Christina. — Não temos tempo. Eu ficarei aqui e impedirei que Ed siga vocês.

Faço que sim com a cabeça. Marcus recolhe o dedo, mas onde ele tocou fica dolorido. Esfrego o lugar para afastar a dor e abro a porta no topo da escada. Olho para trás antes de atravessar a porta, e Christina abre um sorriso de dor, apertando a coxa com a mão.

CAPÍTULO
QUARENTA E QUATRO

A SALA SEGUINTE parece mais um corredor: é larga, mas não comprida, com azulejos azuis, paredes azuis e o teto azul, todos do mesmo tom. Tudo brilha, mas não consigo saber de onde a luz está vindo.

A princípio, não vejo nenhuma porta, mas, quando os meus olhos se acostumam com o choque de cor, vejo um retângulo na parede à minha esquerda e outro na parede à minha direita. Apenas duas portas.

— Precisamos nos separar. Não temos tempo para tentar as duas juntos.

— Qual você quer? — pergunta Marcus.

— A da direita — respondo. — Não, espere. A da esquerda.

— Tudo bem. Vou pela da direita.

— Se eu encontrar o computador, o que devo procurar? — pergunto.

— Se você encontrar o computador, encontrará Jeanine. Suponho que conheça algumas maneiras de coagi-la a fazer o que você quer. Afinal de contas, ela não está acostumada a sentir dor.

Aceno afirmativamente com a cabeça. Andamos, no mesmo ritmo, em direção às nossas respectivas portas. Há pouco tempo, eu consideraria a ideia de me separar do Marcus um alívio. Mas continuar sozinha também é um fardo. E se eu não conseguir passar pelos sistemas de segurança que Jeanine certamente construiu para evitar a entrada de intrusos? E se, mesmo que eu consiga passar por eles, não consiga encontrar o arquivo certo?

Pouso a mão na maçaneta da porta. Não parece haver uma tranca. Quando Tori disse que o lugar era bem protegido, pensei que haveria aparelhos de escaneamento de retina, senhas e trancas, mas, até agora, tudo esteve aberto.

Por que isso me preocupa?

Abro a minha porta, e Marcus abre a sua. Trocamos um olhar. Entro na sala seguinte.

+ + +

A sala, como o corredor anterior, é azul, mas, aqui, dá para ver claramente de onde a luz está vindo. Ela brilha do centro de cada painel, do teto, do chão e das paredes.

Quando a porta se fecha atrás de mim, ouço um ruído, como um ferrolho sendo encaixado. Agarro novamente a maçaneta, e a empurro para baixo com o máximo de força possível, mas a porta não se move. Estou presa.

Pequenas luzes lancinantes me atingem de todas as direções. Minhas pálpebras não conseguem bloqueá-las, portanto sou obrigada a cobrir os olhos com as mãos.

Ouço uma voz feminina, calma:

— Beatrice Prior, segunda geração. Facção de origem: Abnegação. Facção de escolha: Audácia. Divergência confirmada.

Como será que esta sala sabe quem eu sou?

E o que será que quer dizer com "segunda geração"?

— Status: intrusa.

Ouço um clique e afasto os dedos um pouco para ver se as luzes já se foram. Elas não se foram, mas agora o teto está soltando um vapor colorido. Instintivamente, tapo a boca com a mão. Em questão de segundos, tudo o que consigo ver é uma névoa azul. Depois, não vejo mais nada.

Agora, estou em uma escuridão tão completa que, quando coloco a mão na frente do nariz, não consigo ver nem a sua silhueta. Eu deveria seguir adiante e procurar uma porta do outro lado da sala, mas tenho medo de me mover. Não sei o que poderia acontecer comigo se eu tentasse.

De repente, as luzes acendem, e eu estou na sala de treinamento da Audácia, no círculo onde costumávamos treinar. Minhas memórias deste círculo são muito variadas. Algumas são triunfantes, como a vez em que venci Molly, e algumas assustadoras, como quando Peter me socou tanto que eu desmaiei. Experimento o ar, e ele continua o mesmo, com cheiro de suor e poeira.

Do outro lado do círculo, há uma porta azul que não deveria estar ali. Franzo a testa ao olhar para ela.

— Intrusa — diz a voz, e agora ela soa como Jeanine, mas talvez seja só minha imaginação. — Você tem cinco minutos para chegar à porta azul antes que o veneno faça efeito.

— *O quê?*

Mas eu sei o que ela disse. Veneno. Cinco minutos. Isso não deveria me surpreender; esta é a obra de Jeanine, tão sem consciência quanto ela. Meu corpo treme, e me pergunto se isso é efeito do veneno, se ele já está desligando o meu cérebro.

Concentre-se. Não posso sair; preciso seguir em frente, ou...

Ou nada. Preciso seguir em frente.

Começo a caminhar em direção à porta, mas uma pessoa aparece no meu caminho. Ela é baixa, magra e loira e tem olheiras. Ela sou eu.

Um reflexo? Aceno com a mão para ver se ela vai espelhar o meu movimento. Ela não faz nada.

— Olá — digo. Ela não responde. Não achei que responderia.

O que será que está acontecendo? Engulo com força para estalar os ouvidos, que parecem estar cheios de algodão. Se Jeanine projetou isso, provavelmente é algum tipo de teste de inteligência ou lógica, o que significa que terei que pensar claramente. Isso, por sua vez, significa que terei que me acalmar. Aperto as mãos ao peito e pressiono, esperando que a pressão faça com que eu me sinta segura, como um abraço.

Não funciona.

Dou um passo para a direita, para ter uma visão melhor da porta, e minha sósia pula para o lado, arrastando os sapatos no chão, bloqueando a minha passagem novamente.

Acho que sei o que acontecerá se eu seguir em direção à porta, mas preciso tentar. Começo a correr, com a intenção de desviar-me dela, mas ela está preparada: agarra o meu ombro ferido e me lança para o lado. Solto um grito tão alto que arranha a minha garganta; sinto como se facas estivessem entrando cada vez mais fundo na lateral do meu corpo. Começo a me ajoelhar, quando ela chuta a minha barriga e eu desabo no chão, inalando a poeira.

Percebo, ao agarrar a barriga, que isso é exatamente o que eu faria se estivesse na posição dela. Isso significa que, para derrotá-la, preciso pensar em uma maneira de derrotar a mim mesma. Mas como posso lutar melhor do que eu mesma, se ela conhece todas as estratégias que conheço e é tão engenhosa e esperta quanto eu?

Ela avança contra mim novamente, e eu me levanto e tento ignorar a dor em meu ombro. Meu coração bate mais rápido. Quero socá-la, mas ela é mais rápida. Desvio no último segundo, e seu punho atinge a minha orelha, desequilibrando-me.

Dou alguns passos para trás, esperando que ela não me persiga, mas é o que faz. Ela me ataca novamente, agarrando os meus ombros e me empurrando para baixo, na direção do seu joelho dobrado.

Levanto as mãos, posicionando-as entre a minha barriga e o seu joelho, e empurro com o máximo de força que consigo. Ela não estava esperando isso; tropeça para trás, mas não cai.

Corro em sua direção e, ao sentir a vontade de chutá-la, eu me dou conta de que essa também é a vontade *dela*. Desvio do chute dela.

Sempre que quero fazer algo, ela imediatamente também quer. O máximo que conseguiremos é acabar a luta empatadas. Mas preciso *derrotá-la*. Para sobreviver.

Tento pensar sobre a minha situação, mas ela já está avançando contra mim novamente, com a testa franzida e uma expressão concentrada. Ela agarra o meu braço e eu agarro o dela, e ficamos agarradas aos antebraços uma da outra.

Jogamos nossos cotovelos para trás, depois os lançamos para a frente, ao mesmo tempo. Inclino o corpo no último segundo e meu cotovelo atinge seus dentes.

Nós duas gritamos. Sangue espirra dos seus lábios e escorre pelo meu antebraço. Ela cerra os dentes e solta um grito, mergulhando sobre mim, mais forte do que eu esperava.

Seu peso me derruba. Ela me prende no chão com os joelhos e tenta socar o meu rosto, mas me protejo com os braços. Seus punhos acertam meus braços, cada um deles atingindo a minha pele como uma pedra.

Exalando fortemente, agarro um dos seus pulsos e percebo que há manchas dançando nos cantos dos meus olhos. *O veneno.*

Concentre-se.

Enquanto ela luta para se soltar, levanto o joelho até o peito. Depois, empurro-a para trás, soltando um grunhido com o esforço, até conseguir pressionar a sua barriga com o pé. Eu a chuto, com o rosto fervendo.

O enigma lógico: como é possível alguém vencer uma luta entre pessoas exatamente iguais?

A resposta: não é possível.

Ela se levanta e limpa o sangue dos lábios.

Portanto: não podemos ser exatamente iguais. Então, o que pode ser diferente entre nós?

Ela caminha novamente em minha direção, mas preciso de mais tempo para pensar; então, para cada passo que ela dá para a frente, dou um para trás. A sala balança, depois gira, e eu dou uma guinada para o lado, encostando levemente as pontas dos dedos no chão, para me equilibrar.

O que há de diferente entre nós? Temos a mesma massa, nível de habilidade e padrões de pensamento...

Vejo a porta atrás dela e me dou conta de algo: temos objetivos diferentes. Eu *preciso* passar por aquela porta. Ela precisa protegê-la. Mas, mesmo em uma simulação, não é possível que ela esteja tão desesperada quanto eu.

Corro até a beirada do círculo, onde há uma mesa. Há apenas um instante, ela estava vazia, mas conheço as regras das simulações e sei controlá-las. Uma arma aparece sobre a mesa assim que penso nela.

Esbarro na mesa com força, com as manchas bloqueando a minha visão. Nem sinto dor ao colidir contra ela. Sinto meus batimentos cardíacos no rosto, como se meu coração tivesse soltado de suas amarras no meu peito e começado a migrar até o meu cérebro.

Do outro lado da sala, uma arma aparece no chão, diante da minha sósia. Nós duas seguramos as armas.

Sinto o peso e a lisura da arma em minha mão e esqueço-me dela; esqueço-me do veneno; esqueço-me de tudo.

Do outro lado da sala, não é mais a minha sósia que se encontra entre eu e meu objetivo, é Will. *Não, não.* Não pode ser Will. Obrigo-me a respirar. O veneno está cortando o fluxo de oxigênio para o meu cérebro. Ele é apenas uma alucinação dentro da simulação. Solto o ar, com um soluço.

Por um instante, vejo a minha sósia novamente, segurando a arma, mas tremendo visivelmente e afastando ao máximo a arma do corpo. Ela é tão fraca quanto eu. Não, ela não é tão fraca, porque não está ficando cega e perdendo o ar, mas é quase tão fraca, quase.

Depois, Will volta, com o olhar inexpressivo da simulação e o cabelo formando um halo dourado ao redor da cabeça. Há edifícios de tijolos dos dois lados, mas, atrás dele, a porta ainda está lá, a porta que me separa do meu pai e do meu irmão.

Não, não, esta é a porta que me separa de Jeanine e do meu objetivo.

Preciso atravessar aquela porta. *Preciso.*

Ergo a arma, embora meu ombro doa, e envolvo uma mão na outra, para estabilizá-la.

— Me... — Engasgo, com lágrimas escorrendo sobre as bochechas e entrando na minha boca. Sinto o gosto de sal. — Me perdoe.

Então, faço a única coisa que minha sósia é incapaz de fazer, porque não está desesperada o bastante:

Disparo.

CAPÍTULO QUARENTA E CINCO

NÃO O VEJO morrer outra vez.

Fecho os olhos no momento em que aperto o gatilho, e, ao abri-los novamente, é a outra Tris que está deitada no chão em meio às manchas escuras em meus olhos; sou eu.

Solto a arma e corro em direção à porta, quase tropeçando sobre ela. Jogo o corpo contra a porta, giro a maçaneta e a desabo para o outro lado. Com as mãos dormentes, fecho a porta novamente. Balanço as mãos para afastar a dormência.

A sala seguinte tem duas vezes o tamanho da outra e também é iluminada por uma luz azul, mas mais tênue. Há uma enorme mesa no centro e fotos, diagramas e listas colados nas paredes.

Respiro fundo, e minha visão começa a clarear e meu coração, a desacelerar. Entre as fotos nas paredes, reconheço o meu próprio rosto e os de Tobias, Marcus e Uriah.

Uma longa lista do que parecem ser produtos químicos está colada na parede, ao lado das nossas fotos. Cada um dos nomes de produtos foi riscado com uma caneta vermelha. Deve ser aqui que Jeanine desenvolve os soros de simulação.

Ouço vozes em algum lugar adiante e fico irritada comigo mesma. *O que você está fazendo? Corra!*

— O nome do meu irmão. — Ouço uma voz dizer. — Quero ouvir você dizê-lo.

É a voz de Tori.

Como será que ela conseguiu passar pela simulação? Será que ela também é Divergente?

— Eu não o matei — diz Jeanine.

— Você acha que isso a exonera? Você acha que não merece morrer?

Tori não está gritando, mas berrando, liberando toda a sua dor pela boca. Caminho em direção à porta. Mas me movo rápido demais e esbarro com o quadril na beirada da mesa. Sou obrigada a parar, fazendo uma careta de dor.

— Os motivos das minhas ações estão além da sua compreensão — diz Jeanine. — Eu estava disposta a fazer um sacrifício por um bem maior, algo que você nunca conseguiu compreender, nem quando éramos colegas de turma.

Sigo, mancando, em direção à porta, que é um painel de vidro fosco. Ele desliza quando me aproximo, e vejo Jeanine, encurralada contra uma parede, e Tori a alguns metros de distância, com a arma erguida.

Atrás delas, há uma mesa de vidro com uma torre prateada de computador e um teclado. O monitor cobre a parede dos fundos inteira.

Jeanine me encara, mas Tori não move um músculo; ela parece nem ouvir a minha chegada. Seu rosto está vermelho e coberto de lágrimas, e sua mão está tremendo.

Sei que não conseguirei encontrar o arquivo sozinha. Se Jeanine está aqui, posso obrigá-la a encontrá-lo para mim, mas se ela morrer...

— Não! — grito. — Tori, não faça isso!

Mas seu dedo já está no gatilho. Lanço-me sobre ela com o máximo de força possível, batendo com os braços na lateral do seu corpo. A arma dispara, e ouço um grito.

Minha cabeça atinge o chão de ladrilhos. Ignoro os flashes que cobrem a minha visão e jogo o corpo por cima do de Tori. Empurro a arma, e ela desliza para longe de nós.

Por que não pegou a arma, sua idiota?!

O punho de Tori atinge o lado do meu pescoço. Engasgo, e ela aproveita a oportunidade para me afastar e rastejar em direção à arma.

Jeanine está caída contra a parede, com a perna encharcada de sangue. *Perna!* Eu me lembro, e soco a coxa de Tori, perto da ferida de bala. Ela solta um grito, e consigo me levantar.

Dou um passo em direção à arma caída, mas Tori é rápida demais. Ela abraça minhas pernas e me puxa. Meus joelhos chocam-se contra o chão, mas continuo mais alta do que ela. Dou um soco em sua direção, acertando seu peito.

Ela solta um grunhido, mas isso não a detêm; enquanto me arrasto em direção à arma, ela crava os dentes na minha mão. A dor é diferente de qualquer agressão física que eu já tenha sofrido, diferente de levar um tiro. Grito mais alto do que imaginava ser possível, e as lágrimas ofuscam a minha visão.

Não cheguei até aqui apenas para permitir que Tori atire em Jeanine antes que eu consiga pegar o que preciso.

Arranco a mão da sua boca, com a vista turva, e, lançando o braço para o lado, agarro o punho da arma. Giro o corpo e aponto para Tori.

Minha mão. Minha mão está coberta de sangue, assim como o queixo de Tori. Escondo a mão, para que seja mais fácil ignorar a dor e me levantar, ainda apontando a arma para ela.

— Não imaginei que você fosse uma traidora, Tris. — Sua voz soa como um rosnado, um som que nenhum ser humano seria capaz de produzir.

— Não sou — digo. Pisco para que as lágrimas escorram sobre minhas bochechas e eu consiga enxergá-la melhor. — Não posso explicar agora, mas... Só quero que você confie em mim, por favor. Há algo importante, algo que só ela sabe onde está...

— É verdade! — diz Jeanine. — Está *naquele* computador, Beatrice, e só eu sou capaz de localizá-lo. Se você não me ajudar a sobreviver a isto, a informação morrerá comigo.

— Ela é uma mentirosa — diz Tori. — Uma *mentirosa*, e, se acredita nela, você é uma idiota, além de uma traidora, Tris!

— Eu acredito nela — digo. — Acredito nela porque faz todo o sentido! A informação mais importante do mundo está escondida *naquele computador*, Tori! — Respiro fundo e baixo a voz: — Por favor, ouça-me. Eu a odeio tanto quanto você. Não tenho por que defendê-la. Estou falando a verdade. Isso é importante.

Tori fica em silêncio. Penso, por um segundo, que venci a discussão. Que a convenci. Mas, de repente, ela diz:

— Nada é mais importante do que a morte dela.

— Se você insiste em acreditar nisso, não posso fazer nada. Mas não vou permitir que você a mate.

Tori ergue o corpo e fica de joelhos, limpando o sangue do queixo. Ela levanta a cabeça e encara os meus olhos.

— Sou uma líder da Audácia. Não é você quem decide o que farei.

E antes que eu consiga pensar em atirar...

Ela saca uma faca da lateral da sua bota, atira-se para a frente e a crava na barriga de Jeanine.

Solto um grito. Jeanine faz um som horrível com a boca, um grito gorgolejante de morte. Vejo os dentes cerrados de Tori e ouço-a murmurando o nome do seu irmão:

— George Wu.

Depois, vejo a faca entrando novamente.

E os olhos de Jeanine se transformam em vidro.

CAPÍTULO QUARENTA E SEIS

Tori se levanta, com um olhar selvagem, e vira-se para mim.

Sinto-me dormente.

Todos os riscos que assumi para chegar aqui, como conspirar com Marcus, pedir a ajuda de membros da Erudição, cruzar uma escada a três andares de altura e atirar em mim mesma em uma simulação, e todos os sacrifícios que fiz, como a minha relação com Tobias, a vida de Fernando e minha posição dentro da Audácia, foram em vão.

Em vão.

Um segundo depois, a porta de vidro desliza novamente. Tobias e Uriah entram correndo, como se estivessem prontos para encarar uma batalha. Uriah está tossindo, provavelmente por causa do veneno. Mas a batalha acabou. Jeanine está morta, Tori triunfou, e eu traí a Audácia.

Tobias para, quase tropeçando, quando me vê. Ele arregala os olhos.

— Ela é uma traidora — diz Tori. — Ela quase atirou em mim para proteger a Jeanine.

— O quê? — diz Uriah. — Tris, o que está acontecendo? Isso é verdade? Por que você está aqui?

Mas apenas olho para Tobias. Uma pitada de esperança atravessa o meu corpo, de maneira estranhamente dolorosa, combinada com a culpa que sinto por tê-lo enganado. Tobias é teimoso e orgulhoso, mas ele é meu. Talvez me escute. Talvez exista uma chance de que o que fiz não tenha sido em vão.

— Você sabe por que estou aqui — digo, baixinho. — Não sabe?

Levanto a arma de Tori. Ele se aproxima, caminhando de maneira um pouco instável, e pega-a da minha mão.

— Encontramos Marcus na sala ao lado, preso a uma simulação — diz Tobias. — Você veio aqui com ele.

— Sim, vim — confirmo. O sangue da mordida de Tori escorre sobre meu braço.

— Eu confiei em você — diz ele, com o corpo tremendo de raiva. — Eu *confiei* em você, e você me abandonou para conspirar com *ele*?

— Não. — Balanço a cabeça. — Ele me disse uma coisa, e tudo o que meu irmão havia dito, tudo o que Jeanine havia dito quando fiquei presa aqui na sede da Erudição, encaixa-se perfeitamente com o que ele disse. E eu queria... *precisava* descobrir a verdade.

— A verdade. — Ela resfolega. — Você acha que descobriu a *verdade* de um mentiroso, um traidor e uma sociopata?

— A verdade? — diz Tori. — Do que vocês estão falando?

Eu e Tobias nos encaramos. Seus olhos azuis, que costumam ser tão pensativos, agora estão duros e críticos, como se estivessem descascando camada após camada do meu ser e estudando cada uma delas.

— Eu acho... — digo. Preciso fazer uma pausa para respirar, porque não o convenci; falhei, e isso provavelmente será a última coisa que eles permitirão que eu fale, antes de me prenderem.

— Acho que *você* é que é o mentiroso! — digo, com a voz trêmula. — Você diz que me ama, que confia em mim e que me acha mais perceptiva do que as pessoas em geral. E na primeira ocasião em que essa crença na minha percepção, essa confiança, esse *amor* é posto à prova, tudo isso desmorona. — Começo a chorar, mas não me envergonho das lágrimas que brilham na minha bochecha ou do tom grave da minha voz. — Então, você deve ter mentido quando disse todas essas coisas... Deve ter mentido, porque não consigo acreditar que seu amor seja tão frágil.

Eu me aproximo mais dele, e ficamos a poucos centímetros de distância, para que os outros não me ouçam.

— Ainda sou a mesma pessoa que preferiria morrer a matar você — falo, lembrando-me da simulação de ataque e da sensação do seu coração batendo debaixo de minha mão. — Sou exatamente quem você acha que sou. E agora estou falando que sei... *Sei* que essa informação mudará tudo. Tudo o que fizemos, e tudo o que estamos prestes a fazer.

Encaro-o como se fosse capaz de comunicar a verdade através dos olhos, mas isso é impossível. Ele desvia o olhar, e nem sei se ouviu o que eu disse.

— Chega disso — diz Tori. — Leve-a lá para baixo. Ela será julgada junto com os outros criminosos de guerra.

Tobias não se move. Uriah agarra meu braço e me arrasta para longe dele, atravessando o laboratório, a sala de luz e o corredor azul. Therese, dos sem-facção, junta-se a nós no caminho, encarando-me com curiosidade.

Quando alcançamos a escada, sinto algo cutucando o lado do meu corpo. Ao olhar para trás, vejo um pedaço de gaze na mão de Uriah. Pego a gaze, tentando sorrir com gratidão para ele, mas não consigo.

Enquanto descemos a escada, enrolo bem a gaze na mão, desviando de corpos, sem olhar para seus rostos. Uriah segura meu cotovelo para impedir que eu caia. A gaze não diminui a dor da mordida, mas faz com que eu me sinta um pouco melhor, assim como o fato de que pelo menos Uriah não parece me odiar.

Pela primeira vez, a indiferença da Audácia em relação à idade não me parece ser uma oportunidade. Na verdade, parece ser o que vai acabar me condenando. Eles não dirão: *Mas ela é jovem demais; deve ter ficado confusa.* Eles dirão: *Ela é adulta e fez uma escolha.*

É claro que concordo com eles. Realmente fiz uma escolha. Escolhi minha mãe e meu pai e a causa pela qual eles lutaram.

+ + +

Descer as escadas é mais fácil do que subir. Alcançamos o quinto andar antes que eu perceba que estamos descendo até o saguão.

— Entregue-me sua arma, Uriah — diz Therese. — Alguém precisará atirar em possíveis encrenqueiros, e você não conseguirá fazer isso se estiver tentando evitar que ela caia da escada.

Uriah entrega a arma sem questionar. Franzo a testa. Therese já *tem* uma arma, então por que ele teve que entregar a dele? Mas não pergunto nada. Já estou encrencada demais.

Alcançamos o andar térreo e passamos na frente de uma grande sala de reunião, cheia de pessoas vestidas de branco e preto. Paro por um segundo para observá-las. Algumas estão reunidas em pequenos grupos, apoiadas umas nas outras, com os rostos cobertos de lágrimas. Outras estão sozinhas, apoiadas nas paredes ou sentadas nos cantos, com olhares vazios ou encarando algo na distância.

— Fomos obrigados a atirar em tantos deles — murmura Uriah, apertando meu braço. — Só para conseguir entrar no prédio, fomos obrigados.

— Eu sei.

Vejo a irmã e a mãe de Christina abraçadas no lado direito da sala. E, no lado esquerdo, um jovem com cabelo escuro, que reflete a luz fluorescente: Peter. Sua mão está apoiada no ombro de uma mulher de meia-idade, que reconheço como sua mãe.

— O que ele está fazendo aqui? – pergunto.

— O covarde chegou depois da confusão, depois que todo o trabalho já tinha sido feito – diz Uriah. – Ouvi dizer que o pai dele morreu. Mas parece que a mãe dele está bem.

Peter olha para trás, e seu olhar encontra o meu por apenas um segundo. Nesse segundo, tento sentir alguma pena pela pessoa que salvou a minha vida. Mas, apesar de não sentir mais o mesmo ódio que sentia dele, também não consigo sentir mais nada.

— O que estão esperando? – pergunta Therese. – Vamos logo.

Saímos de frente da sala de reunião e seguimos até o saguão principal, onde um dia abracei Caleb. O retrato gigante de Jeanine está no chão, em pedaços. A fumaça que paira no ar está mais densa sobre as estantes de livros, que estão completamente queimadas. Todos os computadores estão destruídos e caídos no chão.

Sentados em fileiras, no centro do saguão, encontram-se alguns membros da Erudição que não conseguiram fugir, assim como os traidores da Audácia que sobreviveram. Procuro alguém conhecido. Vejo Caleb perto da última fileira, com uma expressão atordoada. Desvio o olhar.

— Tris! – grita alguém. Christina está sentada perto da fileira da frente, ao lado de Cara, com a perna enfaixada com um tecido. Ela acena para mim, e eu me sento ao seu lado.

— Não conseguiu? – pergunta ela, baixinho.
Balanço a cabeça.

Ela suspira e me envolve em seu braço. Seu gesto é tão reconfortante que quase começo a chorar. Mas eu e Christina não somos pessoas que choram juntas; somos pessoas que lutam juntas. Portanto, seguro minhas lágrimas.

— Vi sua mãe e sua irmã na sala ao lado.

— É, eu também. Minha família está bem.

— Que bom. Como está sua perna?

— Está bem. Cara disse que ficará tudo bem; não está sangrando muito. Uma das enfermeiras da Erudição enfiou alguns analgésicos, antissépticos e gaze no bolso antes de a trazerem aqui, por isso também não está doendo muito — diz ela. Um pouco mais à frente, Cara também está examinando o braço de um homem da Erudição. — Onde está Marcus?

— Não sei — digo. — Tivemos que nos separar. Ele deveria estar aqui embaixo. A não ser que o tenham matado ou algo assim.

— Sinceramente, isso não me surpreenderia muito.

A sala fica caótica por um instante. Pessoas entram e saem, os guardas sem-facção que estão nos vigiando trocam de lugar, novas pessoas vestindo o azul da Erudição são trazidas e sentam-se entre nós. Mas, gradualmente, as coisas vão se acalmando, e, de repente, eu o vejo: Tobias está atravessando a porta da escada.

Mordo o lábio com força e tento não pensar, tento ignorar o sentimento frio que enche meu peito e o peso na minha cabeça. Ele me odeia. Não acredita em mim.

Christina me segura mais forte quando ele passa por nós sem nem olhar para mim. Olho para trás para vê-lo.

Ele para ao lado de Caleb, agarra o seu braço e o levanta à força. Caleb se contorce por um segundo, mas não tem nem metade da força de Tobias e não consegue escapar.

— O que foi? — diz Caleb, entrando em pânico. — O que você quer?

— Quero que você desarme o sistema de segurança do laboratório de Jeanine — diz Tobias, sem olhar para ele. — Para que os sem-facção acessem o computador dela.

Para destruí-lo, eu penso, e meu coração fica ainda mais pesado, se é que isso é possível. Tobias e Caleb desaparecem no vão da escada.

Christina apoia-se em mim, e eu me apoio nela.

— Sabia que a Jeanine ativou todos os transmissores da Audácia? — diz Christina. — Um dos grupos dos sem-facção caiu em uma emboscada de membros da Audácia controlados pela simulação, que chegaram tarde do setor da Abnegação, há cerca de dez minutos. Acho que os sem-facção venceram, mas não sei se atirar em um monte de zumbis pode ser chamado de vitória.

— É. — Não há muito mais o que dizer. Ela parece perceber isso também.

— O que aconteceu depois que fui alvejada?

Descrevo o corredor azul com as duas portas e a simulação que se seguiu, do momento em que reconheci a sala de treinamento da Audácia até o momento que atirei em mim mesma. Não falo sobre a minha alucinação com Will.

— Espere. Foi uma simulação? Sem um transmissor?

Franzo a testa. Não me preocupei em pensar sobre isso. Especialmente na hora.

— Se o laboratório consegue reconhecer as pessoas, talvez também tenha dados de todos e consiga apresentar um ambiente simulado correspondente, dependendo da facção da pessoa.

Mas isso tudo não importa mais, especialmente descobrir como Jeanine construiu o sistema de segurança do seu laboratório. Mas me sinto melhor fazendo alguma coisa, tentando resolver um novo problema, agora que falhei em resolver o mais importante deles.

Christina ajeita o corpo. Talvez ela sinta a mesma coisa.

— Ou talvez o veneno contenha um transmissor, de alguma maneira.

Não havia pensado nisso.

— Mas como será que Tori passou por ele? Ela não é Divergente.

Inclino a cabeça para o lado.

— Não sei.

Talvez ela seja, penso. Seu irmão era, e, depois do que aconteceu com ele, talvez ela nunca seja capaz de admitir, mesmo que isso se torne algo aceito.

Descobri que as pessoas são compostas de camadas e mais camadas de segredos. Você pode achar que as conhece, que as entende, mas seus motivos estão sempre ocultos, enterrados em seus próprios corações. Você nunca as conhecerá de verdade, mas às vezes decide confiar nelas.

— O que você acha que eles farão conosco, depois de decidirem que somos culpadas? — pergunta ela, após alguns minutos de silêncio.

—Sinceramente?
—Esta parece uma boa hora para a sinceridade?
Olho para ela de relance.
—Acho que eles nos obrigarão a comer muito bolo e depois nos forçarão a tirar um cochilo extremamente longo.

Ela solta uma risada. Tento não rir. Se eu começar a rir, também começarei a chorar.

+ + +

Ouço um grito e olho por entre a multidão, para tentar identificar de onde ele veio.

—Lynn! — O grito vem de Uriah. Ele corre em direção à porta, onde dois membros da Audácia estão carregando Lynn em uma maca improvisada, aparentemente construída com uma prateleira. Ela está pálida, pálida demais. E suas mãos estão dobradas sobre a barriga.

Levanto-me rapidamente e começo a caminhar em sua direção, mas algumas armas dos sem-facção impedem-me de seguir em frente. Levanto as mãos e fico parada, assistindo.

Uriah caminha ao redor da multidão de criminosos de guerra e aponta para uma mulher da Erudição, que tem uma expressão séria e cabelos grisalhos.

—Você. Venha aqui — diz ele.

A mulher se levanta e limpa a calça. Ela caminha, levemente, até a beirada da multidão sentada, e olha para Uriah, aguardando instruções.

—Você é médica, não é? — diz ele.

—Sim, sou.

— Então, cure-a! – diz ele, irritado. – Ela está ferida.

A médica aproxima-se de Lynn e pede para os membros da Audácia a colocarem no chão. Eles a obedecem, e ela inclina-se sobre a maca.

— Minha querida. Por favor, afaste as mãos da ferida.

— Não consigo – geme Lynn. – Dói demais.

— Sei que dói – diz a médica. – Mas não conseguirei avaliar a sua ferida, a não ser que você a mostre para mim.

Uriah ajoelha-se em frente à médica e a ajuda a afastar as mãos de Lynn da sua barriga. A médica levanta a camisa de Lynn. A ferida de bala é apenas um círculo vermelho na pele dela, mas, ao seu redor, há algo que parece um hematoma. Eu nunca tinha visto um hematoma tão escuro.

A médica contrai os lábios, e eu me dou conta de que Lynn já está praticamente morta.

— Cure-a! – diz Uriah. – Você sabe curá-la, então cure-a!

— Não é bem assim – diz a médica, olhando para ele. – Vocês incendiaram o setor hospitalar deste prédio, e, justamente por isso, não serei capaz de curá-la.

— Não quero saber de hospital! – exclama ele, quase gritando. – Você pode pegar as coisas lá e curá-la!

— A condição dela está avançada demais – diz a médica, com a voz tranquila. – Se vocês não tivessem insistido em incendiar tudo pelo caminho, eu poderia até ter tentado. Mas, da maneira que as coisas estão, isso seria inútil.

— Cala a boca! – diz ele, apontando o dedo para o peito da médica. – Não fui eu quem incendiou seu hospital! Ela é minha amiga, e eu... eu só...

— Uri – diz Lynn. – Cala a boca. Já é tarde demais.

Uriah deixa os braços caírem para o lado e segura a mão de Lynn, com os lábios tremendo.

— Também sou amiga dela — digo aos sem-facção que estão apontando as armas para mim. — Vocês poderiam pelo menos apontar as armas mais para lá?

Eles me deixam passar, e corro até o lado de Lynn, segurando sua outra mão, que está melada de sangue. Ignoro as armas apontadas para minha cabeça e concentro-me no rosto de Lynn, que agora está mais amarelado do que branco.

Ela pareceu não reparar em mim. Está encarando Uriah.

— Só estou feliz por não ter morrido sob o efeito da simulação — diz ela, com a voz fraca.

— Você não vai morrer agora.

— Não seja idiota. Uri, me ouça. Eu também a amava. Amava, de verdade.

— Você amava a quem? — pergunta ele, com a voz trêmula.

— Marlene.

— É, nós todos amávamos Marlene.

— Não, não é isso que eu quero dizer. — Ela balança a cabeça. Seus olhos se fecham.

Mesmo assim, demora alguns minutos até que a mão dela amoleça na minha. Eu a guio até sua barriga, depois pego a mão que Uriah está segurando e faço o mesmo. Ele esfrega os olhos, e suas lágrimas começam a escorrer. Nossos olhos encontram-se sobre o corpo de Lynn.

— É melhor você avisar Shauna. E Hector.

— É verdade. — Ele funga e encosta a palma da mão no rosto dela. Será que a bochecha dela ainda está morna? Não quero tocá-la e descobrir que não está.

Levanto-me e caminho de volta para Christina.

CAPÍTULO
QUARENTA E SETE

Minha mente insiste em reviver minhas memórias de Lynn, em uma tentativa de persuadir-me de que ela de fato se foi, mas afasto os flashes à medida que eles chegam. Algum dia, pararei de fazer isso, se eles não me executarem como traidora, ou seja lá o que os líderes planejam fazer conosco. Mas agora luto para manter minha mente vazia e fingir que este saguão é a única coisa que existe e a única coisa que jamais existirá. Isso não deveria ser fácil, mas é. Já aprendi a evitar a tristeza.

Tori e Harrison chegam ao saguão depois de um tempo. Tori manca em direção a uma cadeira. Tinha quase esquecido mais uma vez que ela está ferida; ela foi ágil quando matou Jeanine. Harrison a segue.

Atrás deles, há um membro da Audácia, carregando o corpo de Jeanine no ombro. Ele lança o corpo, como uma pedra, sobre uma mesa em meio às primeiras fileiras de membros da Erudição e traidores da Audácia.

Atrás de mim, ouço arquejos e murmúrios, mas não soluços. Jeanine não era o tipo de líder por quem as pessoas choram.

Encaro seu corpo, que parece muito menor em morte do que em vida. Ela é apenas alguns centímetros mais alta do que eu, e seu cabelo é só um pouco mais escuro. Agora, ela parece calma, quase em paz. É difícil ligar esse corpo à mulher sem consciência que conheci.

Mas até ela era mais complicada do que eu imaginava e mantinha um segredo que acreditava ser terrível demais para ser revelado, motivada por um instinto de proteção horrivelmente distorcido.

Johanna Reyes entra no saguão, molhada da cabeça aos pés pela chuva e com as roupas vermelhas manchadas por um tom mais escuro de vermelho. Os sem-facção a cercam, mas ela nem parece notá-los ou as armas que carregam.

— Olá — diz ela para Harrison e Tori. — O que vocês querem?

— Não esperava que a líder da Amizade fosse tão curta e grossa — diz Tori, com um sorriso amargo. — Isso não é contra seu manifesto?

— Se você realmente conhecesse os costumes da Amizade, saberia que a facção não conta com um líder oficial — diz Johanna, com a voz gentil, mas firme. — Mas não represento mais a Amizade. Renunciei ao cargo para poder vir aqui.

— É, vi você e sua pequena tropa de paz, atrapalhando todo mundo – diz Tori.

— Sim, aquilo foi intencional – responde Johanna. – Já que atrapalhar significava ficar entre armas e pessoas inocentes, e salvar um grande número de vidas.

Suas bochechas coram, e um pensamento volta à minha mente: talvez Johanna Reyes ainda seja bonita. A diferença é que agora não penso apenas que ela é bonita, apesar da cicatriz, mas que é bonita *com* a cicatriz, como Lynn com o cabelo bem curto ou Tobias com as memórias da crueldade do seu pai, que ele usa como uma armadura, ou a minha mãe com suas roupas cinza e simples.

— Já que você continua tão generosa – diz Tori –, será que poderia levar uma mensagem de volta para a Amizade?

— Não gosto da ideia de permitir que você e seu exército façam justiça como bem entenderem – fala Johanna –, mas certamente enviarei outra pessoa até a Amizade com a mensagem.

— Está bem – consente Tori. – Diga a eles que um novo sistema político logo se formará, que excluirá a representatividade deles. Acreditamos que isso é um castigo justo, pelo fato de eles não terem escolhido um lado no conflito. É claro que serão obrigados a continuar a produzir e entregar comida para a cidade, mas serão supervisionados por uma das facções de liderança.

Por um momento, parece que Johanna vai atacar Tori e enforcá-la. Mas ela endireita o corpo, ficando mais alta, e pergunta:

— Isso é tudo?

— É.

— Está bem. Vou procurar algo de útil para fazer. Imagino que você não permitirá que entremos aqui e cuidemos de alguns dos feridos, não é?

Tori olha para ela com desprezo.

— Não imaginei que você permitiria — diz Johanna. — Mas se lembre de que, às vezes, as pessoas que você oprime tornam-se mais poderosas do que você gostaria.

Ela se vira e sai do saguão.

Algo que ela disse chama minha atenção. Tenho certeza de que disse aquilo apenas como uma ameaça, e uma ameaça fraca, mas suas palavras soam na minha cabeça, como se significassem algo a mais, como se ela pudesse não estar falando da Amizade, mas de outro grupo oprimido. Os sem-facção.

Ao olhar em volta do saguão, para cada soldado da Audácia e cada soldado sem-facção, percebo um padrão.

— Christina. Todas as armas estão nas mãos dos sem-facção.

Ela olha ao redor, depois de volta para mim, franzindo a testa.

Na minha mente, vejo Therese, pegando a arma de Uriah, apesar de já ter a sua. Vejo a boca contraída de Tobias, quando o questionei a respeito da aliança frágil entre a Audácia e os sem-facção, como se ele estivesse escondendo alguma coisa.

De repente, Evelyn chega no saguão, com uma postura régia, como uma rainha retornando ao seu reino. Tobias não a acompanha. *Onde estará ele?*

Evelyn vai para trás da mesa onde está o corpo de Jeanine Matthews. Edward entra mancando no saguão, atrás dela. Evelyn saca uma arma, aponta para o retrato caído de Jeanine e dispara.

O saguão fica em silêncio. Evelyn coloca a arma sobre a mesa, ao lado da cabeça de Jeanine.

— Obrigada — diz ela. — Sei que todos vocês estão se perguntando o que acontecerá agora e eu estou aqui para falar sobre isso.

Tori ajeita o corpo em sua cadeira e inclina-se em direção a Evelyn, como se pretendesse dizer alguma coisa. Mas Evelyn não presta atenção.

— O sistema dos sem-facção, que há tempos vem se apoiando nas costas de seres humanos descartados, será desmontado imediatamente – diz Evelyn. — Nós sabemos que essa transição será difícil para vocês, mas...

— *Nós?* — interrompe-a Tori, com um olhar chocado. — Como assim, desmontado?

— O que quero dizer — diz Evelyn, finalmente olhando para Tori — é que a sua facção, que há apenas algumas semanas defendia, junto com a Erudição, a restrição de alimentos e bens para os sem-facção, em uma campanha que resultou na destruição da Abnegação, deixará de existir.

Evelyn abre um pequeno sorriso.

— E, se vocês decidirem usar suas armas contra nós, terão um pouco de dificuldade em encontrá-las.

Assisto, então, a cada soldado sem-facção levantar uma arma. Há pessoas sem-facção distribuídas de maneira igual por todos os cantos do saguão e para dentro de um dos vãos da escada. Estamos cercados.

Tudo isso é tão elegante e astuto que quase caio na gargalhada.

— Ordenei que minha metade do exército retirasse as armas da sua metade do exército assim que completássemos a missão — diz Evelyn. — Vejo agora que eles fizeram isso com sucesso. Lamento as mentiras, mas sabíamos que vocês haviam sido condicionados a se agarrar ao sistema de facções como a uma mãe e que teríamos que ajudá-los a fazer a transição para essa nova era.

— *Ajudar-nos a fazer a transição?* — pergunta Tori, irada. Ela se levanta e manca em direção a Evelyn, que calmamente pega sua arma e a aponta para ela.

— Não passei fome por mais de uma década para me entregar a uma mulher da Audácia com a perna ferida — diz Evelyn. — Portanto, a não ser que você queira que eu atire em você, é melhor sentar-se com os outros ex-membros de facções.

Percebo que todos os músculos do braço de Evelyn saltam. Seus olhos não são frios, ou pelo menos não como os de Jeanine, mas estão calculando, avaliando, planejando. Não consigo entender como essa mulher jamais se dobrou diante da vontade de Marcus. Naquele tempo, ela provavelmente não era a mesma mulher feita de aço e testada por fogo.

Tori fica parada diante de Evelyn por alguns segundos. Depois, manca para trás, afastando-se da arma, até o canto do saguão.

— Aqueles que nos ajudaram na tarefa de derrubar a Erudição serão recompensados — diz Evelyn. — Aqueles que resistiram a nós serão julgados e punidos de acordo com os seus crimes.

Ela ergue a voz ao falar a última frase, e a maneira como ela se projeta pelo ambiente é surpreendente.

Atrás dela, a porta da escada se abre, e Tobias aparece, seguido por Marcus e Caleb, mas quase ninguém nota. Eu noto porque me condicionei a perceber sua presença. Observo seus tênis à medida que ele se aproxima. São tênis pretos, com ilhoses cromados para os cadarços. Eles param ao meu lado, e ele se agacha perto do meu ombro.

Olho para ele, esperando encarar olhos frios e inflexíveis.

Mas não é isso que vejo.

Evelyn ainda está falando, mas não ouço mais o que ela está dizendo.

— Você estava certa — diz Tobias, baixinho, equilibrando-se sobre as pontas dos pés. Ele abre um pequeno sorriso. — Sei quem você é. Só precisava que me lembrassem disso.

Abro a boca, mas não sei o que dizer.

De repente, todos os monitores do saguão da Erudição que não foram destruídos no ataque acendem, incluindo um projetor posicionado acima da parede, onde o retrato de Jeanine costumava ficar.

Evelyn para de falar no meio de uma frase. Tobias segura minha mão e me ajuda a levantar.

— O que é isso? — pergunta Evelyn.

— Isto — responde ele, apenas para mim — é a informação que vai mudar tudo.

Estou tão aliviada, mas apreensiva, que minhas pernas tremem.

— Você conseguiu?

— *Você* conseguiu. Só precisei obrigar Caleb a cooperar.

Jogo um braço ao redor do pescoço dele e encosto meus lábios nos seus. Ele segura meu rosto com as duas mãos e me beija de volta. Diminuo a distância entre nós, até que ela deixa de existir, destruindo os segredos que guardamos e as suspeitas que alimentamos. Para sempre, eu espero.

De repente, ouço uma voz.

Nós nos afastamos e olhamos para a parede, onde a imagem de uma mulher com cabelo curto está sendo projetada. Ela está sentada em uma cadeira de metal, com as mãos uma sobre a outra, em um lugar que não reconheço. Não dá para ver direito o que há atrás dela.

— Olá. Meu nome é Amanda Ritter. Neste arquivo, revelarei apenas o que vocês precisam saber. Sou a líder de uma organização que luta por justiça e paz. Durante as últimas décadas, esta luta tem se tornado cada vez mais importante, e, consequentemente, quase impossível. A razão disso é esta.

Imagens piscam na tela, tão rápido que mal consigo vê-las. Um homem ajoelhado, com uma arma apontada para sua cabeça. Uma mulher aponta a arma com um olhar inexpressivo.

A distância, uma pessoa está pendurada pelo pescoço em um poste de telefone.

Um buraco no chão, do tamanho de uma casa, cheio de corpos.

Há outras imagens também, mas elas passam mais rápido, e vejo apenas relances de sangue, ossos, morte e crueldade, de rostos vazios e olhos desalmados ou cheios de terror.

Quando acho que cheguei ao meu limite e soltarei um grito se vir mais alguma imagem daquelas, a mulher reaparece na tela, atrás de sua mesa.

— Vocês não se lembram de nada disso. Mas, se pensam que estes são atos de um grupo terrorista ou um regime tirânico, estão apenas parcialmente corretos. Metade das pessoas nestas fotos, cometendo estes atos terríveis, eram seus vizinhos. Seus parentes. Seus colegas de trabalho. A batalha que estamos travando não é contra um grupo em particular. Ela é contra a própria natureza humana, ou pelo menos o que ela se tornou.

É por isso que Jeanine estava disposta a escravizar mentes e matar pessoas. É isso que ela queria impedir que soubéssemos. Para que continuássemos ignorantes e seguros, *dentro da cerca*.

Há uma parte de mim que compreende.

— É por isso que vocês são tão importantes — diz Amanda. — Nossa batalha contra a violência e a crueldade está apenas tratando dos sintomas de uma doença, e não a curando. *Vocês* são a cura.

— Para mantê-los seguros, desenvolvemos uma maneira de separá-los de nós. Da nossa fonte de água. Da nossa tecnologia. Da nossa estrutura societária. Construímos a sociedade de vocês de uma maneira particular, com a esperança de que vocês descobrissem o sentido moral que a maioria de nós perdeu. Com o passar do tempo, esperamos que vocês comecem a mudar, de uma maneira que a maioria de nós é incapaz de fazer.

— Estou deixando este arquivo para que vocês saibam quando chegar a hora de nos ajudar. Vocês saberão que a hora chegou quando houver muitos entre vocês cujas mentes parecem ser mais flexíveis do que as das outras pessoas. Vocês devem chamar essas pessoas de Divergentes. Quando elas se tornarem abundantes, seus líderes deverão ordenar que a Amizade destranque o portão para sempre, a fim de que vocês saiam do seu isolamento.

É isso o que meus pais queriam fazer: usar o que aprendemos para ajudar os outros. Eles foram fiéis aos princípios da Abnegação até o fim.

— As informações neste vídeo devem ficar restritas apenas aos representantes do governo — diz Amanda. — Vocês devem representar um novo começo. Mas não se esqueçam de nós.

Ela abre um pequeno sorriso.

— Estou prestes a me juntar a vocês. Como todos vocês, eu voluntariamente esquecerei meu nome, minha família e meu lar. Assumirei uma nova identidade, com memórias falsas e uma história falsa. Mas, para que vocês saibam que as informações que estou revelando são verdadeiras, revelarei o nome que estou prestes a assumir.

Ela abre um sorriso mais largo, e, por um instante, acho que a reconheço.

— Meu nome será Edith Prior. E há muitas coisas que ficarei feliz em esquecer.

Prior.

O vídeo termina. A luz do projetor na parede fica azul. Agarro a mão de Tobias, e há um momento de silêncio, como uma respiração presa.

Depois, os gritos começam.

AGRADECIMENTOS

Obrigada, Deus, por cumprir Suas promessas.

Obrigada a:

Nelson, leitor beta, apoiador incansável, fotógrafo, melhor amigo e, principalmente, marido... Como bem disseram os Beach Boys: só Deus sabe o que eu seria sem você.

Joanna Volpe, eu não poderia esperar uma agente e amiga melhor do que você. Molly O'Neill, minha maravilhosa editora, por seu incansável trabalho neste livro, em todas as áreas. Katherine Tegen, por ser gentil e perspicaz, e toda a equipe da KT Books pelo apoio.

Susan Jeffers, Andrea Curley e a ilustre Brenna Franzitta, por observarem as minhas palavras; Joel Tippie e Amy Ryan, por tornarem este livro tão lindo; e Jean McGinley e Alpha Wong, por estenderem o alcance deste livro para muito além do que eu jamais esperei. Jessica Berg, Suzanne Daghlian, Barb Fitzsimmons, Lauren Flower, Kate Jackson, Susan Katz, Alison Lisnow, Casey McIntyre, Diane Naughton, Colleen O'Connell, Aubrey Parks-Fried, Andrea Pappenheimer, Shayna Ramos, Patty Rosati, Sandee Roston, Jenny Sheridan, Megan Sugrue, Molly Thomas e Allison Verost, assim como todos dos setores de áudio, design, financeiro, vendas internacionais, inventário, jurídico, direção editorial, marketing, marketing online, publicidade, produção, vendas, marketing para bibliotecas e escolas, vendas especiais e direitos adicionais da HarperCollins, pelo trabalho sensacional no mundo dos livros e no *meu* mundo dos livros.

Todos os professores, bibliotecários e livreiros que apoiaram meus livros com tanto entusiasmo. Bloggers literários, revisores e leitores de todas as idades, variedades e países de origem. Sou suspeita, mas acho que tenho os melhores leitores do mundo.

Lara Ehrlich, por um bocado de conhecimento literário. Meus amigos escritores. Listar todas as pessoas da comunidade literária que têm sido gentis comigo tomaria muitas páginas, mas tenho os melhores colegas do mundo. Alice, Mary Katherine, Mallory e Danielle: que amigas fantásticas eu tenho.

Nancy Coffey, por seus olhos e sua sabedoria. Pouya Shahbazian e Steve Younger, minha incrível equipe cinematográfica; e Summit Entertainment, Red Wagon e Evan Daugherty, por desejarem viver neste mundo que criei.

Minha família: minha incrível mãe/psicóloga/torcedora, Frank Sr., Karl, Ingrid, Frank Jr., Candice, McCall e Dave. Vocês são pessoas incríveis e sou muito grata por tê-los em minha vida.

Beth e Darby, que conquistaram mais leitores do que sou capaz de contar através do seu charme e sua determinação; e Chase-baci e Sha-neni, que cuidaram tão bem de nós na Romênia. E Roger, Trevor, Tyler, Rachel, Fred, Billie e Granny, por me aceitarem como uma de vocês de maneira tão natural.

MulÐumesc/Köszönöm a Cluj-Napoca/Kolozsvár, por toda a inspiração e os amigos queridos que deixei lá, mas não para sempre.

Impressão e Acabamento:
EDITORA JPA LTDA.